Ansichten

E. Annie Proulx

Ansichten

Postcards

Uit het Engels vertaald door Regina Willemse

UITGEVERIJ DE GEUS

Vierde druk

De vertaalster ontving voor deze vertaling een reisbeurs en een werkbeurs van de Stichting Fonds voor de Letteren.

Oorspronkelijke titel *Postcards*, verschenen bij Collier Books, Macmillan Publishing Company, New York 1993

Omslagontwerp Robert Nix naar een idee van de oorspronkelijke editie
Omslagillustratie Standard Oil of N.J. Collection Photographic Archives/ University of Louisville
Foto auteur Jon Gilbert Fox
Drukkerij Haasbeek bv, Alphen a/d Rijn

ISBN 90 5226 297 7
NUGI 301

Verspreiding in België uitgeverij EPO, Lange Pastoorstraat 25-27, 2600 Berchem.

Voor Roberta

'Maar dat is het deel dat ik altijd mooi heb gevonden. Toen hij zich had ingesteld op vallende balken, vielen ze niet meer, waarna hij zich instelde op het feit dat ze niet meer vielen.'

Dashiell Hammett, *De Maltezer valk*

Verantwoording

Ik ben zowel De Raad voor de Kunst van Vermont als de Ucross Stichting in Wyoming dank verschuldigd voor hun financiële steun bij het schrijven van dit boek.

Ook de hulp van medewerkers van de bibliotheek van Dartmouth College in Hanover (New Hampshire) en de Openbare Fulmer Bibliotheek in Sheridan (Wyoming) heb ik zeer op prijs gesteld.

Velen hebben de voortgang van dit verhaal vereenvoudigd middels tijd, raad, geld, lunch, tuinhulp, aanmoedigingen, stilzwijgen, barbecue en muziek. Dank aan Roberta Roberts, Tom Watkin, Elizabeth Guheen, Laurent Gaudin, Lois Gill, Abigail Thomas, Bob Jones, Gordon Farr, John Glusman en Ernie Hebert.

En een speciaal woord van dank aan mijn redactrice, Barbara Grossman, en aan mijn zoons, Jonathan, Gillis en Morgan Lang.

Een

1 Blood

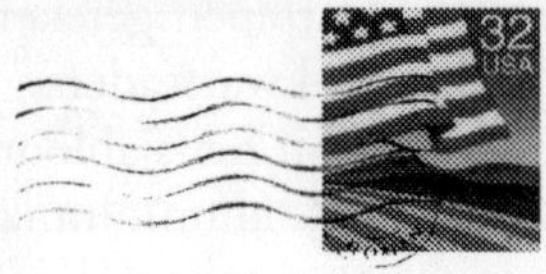

Oktober 1944

Geachte heer Blood,
Ons nationaal landbouwprogramma is het grootste karwei waar we ooit onze schouders onder gezet hebben, een karwei dat zonder te maren *moet* worden geklaard.
Wij verplichten ons tot het installeren van de allerbeste schrikdraadafrastering die er bestaat. Als u een beroep op ons doet, WEET U DAT U OP ELECTROLINE KUNT VERTROUWEN. Naar aanleiding van uw verzoek zal een van onze vertegenwoordigers u binnenkort bezoeken.

Mr. Loyal Blood
RFD
Cream Hill, Vermont

Nog voordat hij opstond, besefte hij dat hij weg moest. Zelfs midden in de orgastische reflex besefte hij het. Dat ze dood was, dat hij weg moest. Zelfs op het moment dat hij, trillend op zijn benen, de koperen knopen door de stijve knoopsgaten probeerde te duwen, besefte hij dat hij alles wat hij ooit in zijn leven gedaan of gedacht had opnieuw moest doen. Zelfs als hij kans zag weg te komen.

Hij kreeg geen lucht meer, stond als verdoofd naar adem te happen, te hijgen. Alsof hij een zware val had gemaakt. Duizelig. Hij voelde het bloed in zijn keel kloppen. Maar dat was ook alles, enkel het happen naar adem en een abnormaal scherp zicht. Een kleed van jeneverbes golfde als een overstroming over het veld; het stenen muurtje dat tussen de bomen door liep, was overdekt met veldesdoorn.

Hij had zonder speciale bedoeling aan het muurtje gedacht toen hij achter Billy de helling opliep, hij had bedacht dat hij er binnenkort eens wat aan moest doen, dat hij de stenen, die door vorst en woekerende wortels van hun plaats waren gedrukt, weer terug moest zetten. Nu zag hij het als een met ferme inktstrepen getekend beeld, de steen doortrokken met kreukelige kwartsaders, plukken mos die als opgetrokken schouders uit het sjabloon staken, zwarte buxus onder rottende schors, de aluminiumachtige glans van dood hout.

Uit het muurtje stak een steen ter grootte van de achterbank van een auto en dito van vorm, met daaronder een kluit aarde die de ingang van een verlaten vossehol markeerde. Oh Jezus, het was toch niet zijn schuld, al zouden ze zeggen van wel. Hij greep Billy's enkels en sleepte haar naar het muurtje. Hij propte haar onder de steen zonder in staat te zijn naar haar gezicht te kijken. Haar lichaam had al iets wasachtigs. Het patroon van haar gerimpelde kousen, de vorm van haar nagels, alles had de karakteristieke harde glans van pas overledenen vlak voordat zij door de vlammen worden verteerd of door het zuigende water omlaag worden getrokken. De ruimte onder de steen was niet erg diep. Haar arm viel naar buiten, de hand ontspannen, de vingers opgekruld alsof ze een spiegel of een vlaggetje vasthield.

Instinctief zette hij de wegebbende schok om in werk, zijn normale reactie op wat hij niet wilde begrijpen, op aanhoudende kiespijn, zwaar weer, het gevoel van eenzaamheid. Hij bouwde het muurtje weer over haar heen, zette de stenen er opnieuw in, kopieerde hun achteloze val. Gedreven door de behoefte aan geheimhouding. Toen ze goed en wel in het muurtje lag opgesloten, strooide hij er dode bladeren, takken en kreupelhout over en wiste de sleepsporen en geplette aarde met een tak.

Door de weiden achter het huis, vlak langs het hek, maar nu en dan het open veld in struikelend. Geen gevoel meer in zijn benen. De zon ging onder, de oktobermiddag verkeerde in de avond. De paaltjes van het hek rond de wei glinsterden als opgepoetste kegels, het schelle licht zette hem een koperen masker op.

Rond zijn knieën golfde gras, waarvan de paarse kafnaalden openbarstten en een stortvloed van zaadjes lieten vallen. Ver beneden zich zag hij het huis liggen, badend in oranje licht, scherp afgetekend tegen het groepje populieren, als een ets in een metalen plaat. Het verzakkende dak vloeide over in schaduwen, delicaat als bloeiende schimmels, waardoor de bomen een nog zwarter aanzien kregen.

In de boomgaard knielde hij neer en veegde telkens opnieuw zijn handen af aan het stugge gras. De bomen waren half verwilderd, overwoekerd door moeraskool en dood hout. De sombere geur van rottend fruit drong in zijn neusgaten. 'Als ik kans zie om weg te komen', zei hij, terwijl hij lucht in zijn dichtgesnoerde keel zoog, waarna hem heel even het beeld voor ogen kwam, niet van wat er zich naast het muurtje had afgespeeld, maar van zijn grootvader, die de boom besproeide met Bordeauxse pap; de lange staaf die sissend door de bladeren ging, de vergiftigde appelbladrollers die als vlammetjes uiteenspatten, de vrouwen en kinderen, hijzelf, terwijl hij appels stond te plukken op de ladder, de in zijn schouder snijdende draagriem van de tas, de lege eikeschorsmanden onder de bomen en de mannen die de volle manden op een kar laadden, de koude inpakkamer, de oude Roseboy met zijn vieze punthoed – een afgeknipt oud stroopfilter – boven op zijn lange kale achterhoofd, die op de deksels van de tonnen tikte en telkens bloedserieus zei: 'Voorzichtig hè, één rotte appel in de mand maakt al het gave fruit te schand.'

De avondnevel die boven de beboste hellingen opsteeg, gaf de als een ruwzijden hemd verkleurde hemel een troebel aanzien. Hij zag en hoorde alles genadeloos duidelijk, maar wat zich naast het muurtje had afgespeeld, was vaag. Coyotes die de rand van het eendenwater afloerden, lieten een langgerekt gehuil horen. Toen hij door de verdorde tuin liep, tikte hij met zijn natte hand tegen de skeletachtige bonestaken. Zodat hij een spoor van vallende motten achterliet, als vleugjes bleek stof.

Bij de hoek van het huis bleef hij staan om op de zwart verkleurde staken van Jewells campanula's te urineren. De zaadbeursjes rammelden en in de trillende schaduw van zijn benen steeg ijle stoom op. Zijn kleren gaven geen warmte. De grijze werkbroek met de aardevlekken op de knieën was bespikkeld met grassprietjes en braamdoorns, zijn jasje besmeurd met flinters boombast. Zijn nek schrijnde van haar scherpe krabben. Er drong zich een glanzend beeld van haar nagels aan hem op, dat hij snel verdrong. De pestvogels ritselden in de stugge bladeren, een geluid als het openvouwen van papieren zakdoeken. Hij hoorde Minks stem in de keuken, kluitjes van geluid als versgeploegde aarde, en het vlakke, gedempte antwoord van Jewell, zijn moeder. Er leek niets veranderd. Billy lag boven onder het muurtje, maar er leek niets veranderd, met uitzondering van de griezelige scherpte van zijn blik en het beklemmende gevoel vlak onder zijn borstbeen.

Een stuk bindtouw, behangen met bonenplanten, hing slap tussen de twee pilaren van de veranda, hij zag elke hennepvezel, alle schaduwen in de nerven van elk verdord blad, de gezwollen zaden in de beursjes. Een opengebarsten en van onderen met aarde aangekoekte pompoen vertoonde een scheur als de lach van een wetende mond. Bij het openen van de hordeur verpulverde er een blad onder zijn voet.

In de hoek van het halletje stonden vlechtijzeren eiermanden opgestapeld. Uit een ervan, voor de helft met bleke eieren gevuld, was water gelekt, zodat zich een plas had gevormd rond Minks stallaarzen. De stinkende stalkleren, Dubs jasje en zijn eigen spijkerjasje, waarvan de zak op een gapende wond leek, hingen aan spijkers. Hij veegde zijn voeten op de stapel jutezakken en ging naar binnen.

'Dat werd tijd. Als jij, Loyal, jij en Dub niet op tijd aan tafel kunnen komen, dan wachten we niet. Dat zeg ik al vanaf je vierde.' Jewell schoof hem de schaal uien toe. Haar lichtbruine ogen waren onzichtbaar achter de glinsterende brilleglazen. De spierrand onder haar onderlip stond zo strak als een plank.

De witte borden vormden een cirkel op de keukentafel, een vorm die correspondeerde met de vetrand om Minks mond. Hij had baardstoppels en fijn getekende lippen, ingevallen doordat hij zijn tanden kwijt was. Dof tafelzilver lag op het dooierkleurige tafelzeil. Mink omklemde het vleesmes en zaagde de ham in stukken. De ham rook naar bloed. Koude lucht streek langs de vloer en achter de muur trippelde de fret. Op een heuvel ver weg werd de laatste lichtstraal gevangen in een zolderraam, het raam lichtte een paar minuten op en doofde toen.

'Geef de borden eens door.' Minks stem, die sinds het tractorongeluk van een paar jaar geleden nogal schraal klonk, leek vast te zitten in een soort anatomische fuik in zijn keel. Hij spande zijn wit doorgroefde nek en sneed in de ham. Op het label voor op zijn overall stond TAAIE RAKKER. De rode plakken, waarvan het glazuur door de hitte een waanzinnig netwerk van fijne barstjes vertoonde, lieten van het mes los en vielen op het bord. Het lemmet van het mes was dun, het staal totaal afgeslepen. Mink voelde hoe broos het was vergeleken bij het been van de ham. Zo'n afgesleten lemmet kon makkelijk breken. Zijn fletse blik, blauw als wintermelk, gleed de tafel rond.

'Waar is Dub, verdomme? Zeker weer aan het lanterfanten.'

'Ik weet het niet', zei Jewell, die volle vlezige armen had en, rechtop in haar stoel gezeten, met een hand als een bos wortelen peper uit de glazen hond strooide. 'Maar ik zeg één ding. Wie te laat komt voor het eten, vindt de hond in de pot. Ik maak avondeten met de bedoeling dat het warm gegeten wordt. Maar als niemand dan de moeite neemt om aan tafel te gaan als het klaar is... Kan me niet schelen om wie het gaat; wie er niet is, kan het vergeten. Al was het Sint-Pieter. Het kan me niet schelen dat Dub weer de hort op is. Die denkt sowieso dat hij kan komen en gaan wanneer hij wil. Hij houdt geen enkele rekening met andermans werk. Al wil Winston Churchill met zijn grote stinksigaar komen eten, we wachten op niemand. Als er wat over is, mag hij het hebben, maar hij moet niet verwachten dat er wat bewaard wordt.'

'Dat verwacht ik helemaal niet', zei Mernelle met haar ogen tot spleetjes geknepen. Haar opgebonden vlechten bijeengehouden met elastiekjes, die pijn deden als ze ze 's avonds bij het losmaken uit haar haar trok, de tanden te groot voor haar gezicht. Ze had de handen van de familie: vervormde vingers en platte nagels. En dezelfde timide, zakkige houding als Mink.

'Werd jou wat gevraagd, jongedame? Nu je wat geld verdient met melkdistelzaad moet je ook opeens een duit in ieder zakje doen. Wat kan geld een mens toch veranderen. Blij dat ik geen cent heb, word ik er ook niet door verpest.'

'Ik heb wel meer leuke dingen dan alleen melkdistelzaad', zei Mernelle smalend. 'Ik had drie belangrijke dingen deze week. Ik heb zes dollar voor het melkdistelzaad gekregen, ik heb een brief gekregen van sergeant Frederick Hale Bottum uit Nieuw-Guinea, omdat hij mijn briefje bij de sigaretten van de zondagsschool gelezen had, en onze klas gaat naar de rubbershow in Barton. Vrijdag.'

'Hoeveel melkdistelzaad heb je geplukt voor die zes dollar?' Mink deed zijn stalpet af en hing hem over de stoelknop. Omdat er altijd een lok over zijn voorhoofd hing, gaf hij voortdurend korte rukjes naar links met zijn hoofd.

'Honderden. Duizenden. Dertig zakken vol. En weet je, pa, sommige kinderen leverden melkdistels in die nog groen waren, die kregen maar tien cent per zak. De mijne heb ik eerst goed laten drogen op de hooizolder. De enige die meer geplukt heeft dan ik was een oude man uit Topunder. Tweeënzeventig zakken, maar hij hoefde dan ook niet naar school. Hij kon lekker de hele dag melkdistels plukken.'

'Ik vroeg me verdorie al af wat al dat melkdistelzaad boven op de vloer deed. Eerst dacht ik dat het een idee van Loyal was voor goedkoop veevoer. Toen dacht ik dat het een soort versiering moest worden.'

'Pa, je kunt geen versieringen van melkdistelzaad maken.'

'Mooi wel. Melkdistelzaad, denneappels, klosjes, popcorn, appels, een likje verf en klaar is Kees. Ik heb vrouwen en kinderen gezien die verdomme van een hooivork nog iets leuks wisten te maken, met crêpepapier en gifsumac.'

De keukendeur ging een paar centimeter open en Dub stak zijn blozende volle gezicht om het hoekje. Midden in zijn krullende haardos zat een kale plek, als een open plek in het bos. Hij keek zogenaamd schuldbewust rond. Toen zijn blik die van Jewell ontmoette, vertrok hij met gespeelde angst zijn mond en schuifelde de kamer in met zijn arm voor zijn gezicht gebogen, alsof hij denkbeeldige slagen afweerde. Hij had massieve dijen en de scharende gang die kleine mannen eigen was. Hij was zich ervan bewust dat hij de clown van de familie was.

'Niet slaan, ma, ik zal nooit meer te laat komen. Ik kon er deze keer echt niks aan doen. Hé, ik raakte aan de praat met een vent die zei dat zijn oom bij degenen was die op de Kamelebult, waar die bommenwerper is neergestort, naar overlevenden van de ramp hebben gezocht.'

'In godsnaam', zei Jewell.

Dub draaide zijn stoel om en ging er schrijlings op zitten, met zijn goede arm over de rugleuning en de lege linkermouw, die meestal in zijn zak gestopt zat, slap neerhangend. Een Camel-sigaret achter zijn rechteroor. Heel even kwam de herinnering aan zijn welgevormde onderarmen bij Jewell op, de aangespannen buigspieren en de op fijn vertakt hout lijkende aderen. Mink sneed een plak ham in stukjes en schoof ze op Dubs bord.

Loyal had de indruk dat de keuken als een perspectivisch schilderij openklapte, waardoor hij alles als een plat, gedetailleerd vlak zag, de vezelrichting van de ham, de twee tinten groen van de klimop op het behang, de bijeengebonden maïskolven die boven de kachel te drogen hingen, het woord COMFORT op het ovendeurtje, de aan de muur gespijkerde oude tas van Jewell waarin rekeningen en brieven bewaard werden, de potloodstompjes in het specerijenblikje dat met een touwtje aan een spijker hing, de door Mernelle getekende en met punaises op de deur van de bijkeuken geprikte vlag, de glazen deurknop, de koperen haak en oog, het slap hangende koordje met het vlekkerige geblokte gordijntje dat voor het gat onder de gootsteen hing, de natte voetafdrukken op het zeil, plat en gedetailleerd maar van hem wegdrijvend als afgerukte bladeren op een gezwollen rivier. Zijn moeders gebloemde schort, de kracht waarmee ze zich naar voren boog, haar scherpe neus en ronde oren waren hem nooit eerder opgevallen, leek het. Ze hadden allemaal zulke oren, allemaal, dacht hij, in een poging het beeld van wat onder de muur lag te verdrijven, en Minks

Ierse zwarte haar, dat zo fijn was dat je de haren niet van elkaar kon onderscheiden. Dub schepte zijn bord vol aardappelpuree, goot er de gele jus overheen en prakte hem er met zijn vork in. Hij plakte een stuk kauwgum op de rand van het bord.

'De brokstukken lagen over de hele berg verspreid. Nadat hij met een van de vleugels een stuk van de leeuw had geraakt, is hij over de kop gevlogen, de vleugels waren daar afgebroken, de staart een stuk verderop en de cockpit heeft een kilometer lager een buiklanding gemaakt. Ze snappen gewoon niet hoe die vent het overleefd heeft, een vent uit Florida, lag gewoon in de sneeuw, met de ingewanden, armen en benen van negen doden om zich heen, terwijl hij alleen wat snij- en schaafwonden had, niks gebroken. Die vent had zelfs nog nooit sneeuw gezien.'

'Wat voor leeuw?' vroeg Mernelle, die het beest al achter iedere besneeuwde rots zag opdoemen.

'Oh, de top van de berg, lijkt op een leeuw die op het punt staat te springen, hoewel anderen hem meer op een kamelebult vinden lijken. De leeuwenpartij wilde hem "sluipende leeuw" noemen, maar de kamelenaanhangers kregen hun zin. Kamelebult. Het is enkel rots daarboven, eersteklas graniet. Ziet eruit als een stapel stenen. Joh, het ziet er niet echt uit als een kameel of een leeuw of een stekelvarken. Leren jullie niks op school?'

'Het lijkt wel of het afgelopen jaar een topjaar voor allerlei verschrikkelijke dingen is geweest. De oorlog. Die serveerster die die naald in haar oog stak. Dat arme mens in die badkuip in dat hotel.' Jewell slaakte een van haar stormachtige zuchten en staarde voor zich uit, waar ze alle droevige dingen zag die normaliter gebeuren en waar ze vol schuldgevoel van genoot. Met halfgesloten ogen liet ze haar dikke polsen op de tafelrand rusten, haar vork lag dwars over haar bord.

'Wat dacht je van idiote dingen,' zei Mink, wiens woorden verstrikt raakten in de aardappel en ham in zijn mond, de stoppelige wangen gespannen van het kauwen, 'wat dacht je van die idioot die dat blik springstof in de keuken zette en er een lucifer bij hield om te zien of het wilde branden. Idioot toch, het halve dorp in vlammen, dankzij hem, en heel zijn broers gezin dood of verminkt.'

'Wat is dit in godsnaam?' zei Dub, terwijl hij iets uit de aardappelpuree op zijn bord trok. 'Wat is dit in godsnaam?' terwijl hij een bebloede pleister omhooghield.

'Oh God,' zei Jewell, 'gooi weg. Neem nieuwe puree. Ik heb bij het aardappels schillen in mijn vinger gesneden en bij het tafeldekken zag ik dat de pleister eraf was. Moet in de aardappels gevallen zijn toen ik ze aan het pureren was. Geef hier', zei ze; ze stond op en schraapte de puree in de emmer voor het varkensvoer. Ze liep met snelle pas, haar kleine voeten duidelijk afgetekend in de lage rijgschoenen met de leren hielen.

'Dacht even dat de piepers de vlag uit hadden', zei Dub.

'Dub', zei Jewell.

'Ik snap het niet', zei Mernelle. 'Ik snap niet wat een bommenwerper bij de Kamelebult te zoeken had. Zitten er Duitsers op de Kamelebult?'

Dub liet zijn stompzinnige brullach horen. Mernelle zag het hangdingetje achter in zijn keel, het zwart van zijn tanden en het lege tandvlees links, waar de spoorwegarbeiders hem zijn tanden hadden uitgeslagen.

'Maak je maar geen zorgen over de Duitsers. Zelfs als het ze lukt om de oceaan over te steken, wat moeten ze dan in godsnaam op de Kamelebult? Ach Heinz, ich sehe die Boerderei von die Familie Blood und die gefahrliche Mernelle die milchdistelsaden versammelt.' Dubs lach hing als een nat touw over zijn gezicht.

Het eten lag nog precies zo op Loyals bord als Mink het hem gegeven had, de ham een stukje over de rand, de oprijzende pureekegel een eenzame ijsberg in een bevroren zee.

Hij stond op, het gele petroleumlicht reikte tot zijn borst, zodat zijn gezicht in de schaduw bleef. De groen gevlekte vingers gekromd, leunend tegen de tafel. 'Ik moet jullie wat zeggen. Billy en ik zijn het zat hier. We vertrekken vanavond nog. Ze zit op dit moment op me te wachten. We gaan naar het westen, we zien wel waarheen, kopen een boerderij en beginnen opnieuw. Gelijk heeft ze. Ze zei: "Ik ga niet meer bij mijn ouders langs. Kan me niet schelen als ik ze geen van tweeën ooit nog zie." Ze gaat gewoon. Ik wilde in ieder geval vertellen hoe of wat, zodat jullie een idee hebben. Ik ben niet gekomen voor dit klote-eten. Ik ben niet teruggekomen om die flauwekul over Duitsers en aardappels aan te horen. Ben teruggekomen voor mijn geld en mijn auto. En om te vragen of jullie haar ouders willen vertellen dat ze vertrokken is. Ze wil ze niet meer zien.'

Terwijl hij het zei, bedacht hij dat dàt was wat ze hadden moeten doen. Het leek zo simpel, nu, dat hij niet begreep waarom hij zich tegen het idee verzet had.

Er viel een stilte. Rond de tafel zweefde een dissonant, alsof hij blindelings met een stuk pijp op pianotoetsen had geslagen.

Mink kwam half uit zijn stoel, zijn haar hing in zijn ogen. 'Wat zeg je me nou, verdomme? Is dit jouw idee van een geintje? Tien jaar lang heb ik niets anders van je gehoord dan hoe jij vond dat dit bedrijf gerund moest worden en nu zeg je, alsof je het over het aantrekken van een schoon hemd hebt, dat je vertrekt. Tien jaar lang heb ik moeten aanhoren wat je met dit bedrijf van plan was, hoe je van Jersey's over wilde schakelen op Holsteins, "na de oorlog kopen we een melkmachine, zodra we elektriciteit krijgen, dan gaan we ons op zuivel toeleggen". Zaai akkers en hooiland in, alfalfa, bouw een silo, verbouw meer maïs, concentreer je op de commerciële melkveehouderij. Maak winst. Besteed tijd aan zuivelproduktie, laat de grote tuin, de varkens, de kalkoenen voor wat ze zijn, het is sneller en efficiënter om je eten te kopen. Ik hoor het je nog zeggen. Je hebt het zo vaak gezegd dat ik er tureluurs van werd. En nou dit. Je denkt toch niet dat ik dit voor zoete koek slik, hè?

En dan nog wat, meneer. Je kankerde en zeurde altijd over de jeneverbes die de velden overwoekerde, je praatte wel een half uur over de boomgaard, over stekken, dood hout; de zwarte spar trekt de voedingsstoffen voor de jonge denneloten weg, zei je, het westelijk hooiland is al drie jaar niet gemaaid, het zit vol dode hulst. Dat heb je gezegd. Je zei dat je wou dat de dag veertig lichturen telde, zodat je eens iets af kon krijgen.'

Loyal hoorde hem amper, maar zag wel de rubberachtige plooien die van zijn neusvleugels naar zijn mondhoeken liepen, de spierbundels in Minks nek, en hij dacht aan de glanzende koorden net onder de huid, aan de slagaders die als touwen van bloed opzwollen tot de dikte van zijn vinger, aan het kraken van ribben als hij een vos de borstkas intrapte.

'Je kunt ons deze boerderij niet alleen laten runnen', zei Mink op die zoemtoon van hem waarin zelfmedelijden zich mengde met woede. 'Allejezus, je broer heeft maar één arm en sinds die klotetractor op mijn borst heeft gelegen, is het met mijn gezondheid ook bergafwaarts gegaan. Als ik gezond was, timmerde ik je smoel in elkaar. Daar lusten de honden toch geen brood van, van jou. Moet jij me eens vertellen hoe Dub en ik verdomme negentien koeien met de hand moeten melken, waaronder twee Holsteins van jou, waarvan er een geen melk geeft en schopt. Jezus, wat haat ik de ogen van dat beest. Klootzak, we redden het gewoon niet.'

'Godverdomme, Holsteins zijn goedaardige beesten, beter dan die venijnige Jersey's van jou. Ze geven verdomme bijna twee keer zo veel melk als welke Jersey ook.' Hij verviel – tot zijn opluchting – in het vertrouwde stramien van het oude conflict.

'Ja, moet je zien hoeveel ze eten. Terwijl ze maar half zo veel botervet geven als de Jersey's. Jersey's zijn geknipt voor dit land. Die redden het wel in een schrale wei, ze houden de boerderij draaiende. Ze zijn taai. En nog wat. Als jij de boerderij de rug toekeert, lijven ze je zo snel bij het leger in dat je niet weet wat je overkomt. Er is een oorlog aan de gang, voor het geval je het vergeten had. Boerenwerk is onmisbaar. Vergeet het westen maar. Lees je nooit geen kranten? Luister je nooit naar de radio? Al die boerderijen in het westen zijn verdord en weggevaagd in de Dust Bowl.[1] Je blijft hier.'

Dub wipte een luciferhoutje op met zijn duimnagel en stak zijn sigaret aan.

'Ik moet hier weg', zei Loyal. 'Dat moet gewoon. Naar Oregon, Montana, maakt niet uit.'

'Ja, zet die plaat maar weer op, Charlie,' zei Dub, 'iedereen wil erop dansen.' De rook kringelde uit zijn neus.

Jewell legde haar handen op haar wangen en trok ze omlaag, zodat ze een lang gezicht kreeg en achter haar bril de rode binnenkant van haar oogleden zichtbaar werd. 'Ik weet het niet', zei ze. 'Hoe moet het dan met het diner voor het leger; zaterdagavond organiseren we dat diner voor het leger, dat grote hacheebuffet. Zoals in het leger. Ik ging ervanuit dat je me zaterdagochtend naar de kerk zou brengen. Daar kun je toch nog wel voor blijven. Billy is een van degenen die zo'n koksmuts zou dragen en het eten zou uitserveren. Daar moet ze toch voor blijven.'

'Het is vanwege Billy dat we vanavond al weggaan. We hebben er goede redenen voor. Het heeft geen zin er nog over te praten. Ik ga.' Hij boog zich dreigend naar hen toe, zodat het zwarte haar dat uit de halsopening van zijn hemd krulde, goed zichtbaar was tegen de blauwig witte huid.

'Godallejezus, ik snap het al. Je hebt haar met jong geschopt. Jullie willen ervandoor voordat iemand erachter komt. Er bestaat een woord voor iemand als jij, die zich zo in de hoek laat duwen dat hij niet meer voor- of achteruit kan,' piepte de stem verder, 'maar dat zal ik niet uitspreken waar je moeder en zuster bij zijn.'

'Als jij vertrekt, Loyal,' zei Dub, 'help je deze boerderij om zeep.'

'Nou, ik had een vermoeden dat dit op een soort bad in gekookte stront zou uitdraaien, maar dat het zo erg zou zijn, wist ik niet. Begrijpen jullie dan helemaal niks? Ik ga.'

Hij rende naar boven, naar de kamer met het schuin aflopende plafond die hij met Dub deelde; de ham op zijn bord, zijn van de tafel weggedraaide stoel, de met vliegepoep bedekte spiegel waarin Mernelles gezicht weerkaatst werd, alles liet hij achter zich. Hij trok de oude koffer tevoorschijn, opende hem en gooide hem op bed. Waarna hij geruime tijd met de overhemden in zijn handen geklemd bleef staan, de koffer wijd open als een schreeuwende mond. Beneden raakte Mink in alle staten, hij brulde van woede, er klonk een dreun, gekletter: de deur naar de bijkeuken. Loyal liet de overhemden in de koffer vallen, en naderhand geloofde hij dat dat het moment was waarop alles veranderde, waarop zijn levenspad van de hoofdroute afboog, niet toen Billy bezweek onder zijn blinde slagen maar toen het slappe katoen van de overhemden ineenzakte.

Hij vond Dubs fles in een laars in de kast, schroefde hem stevig dicht en gooide hem in de koffer, en terwijl hij met twee treden tegelijk de trap afliep, duwde hij de stugge riem door de gesp van de koffer. Toen drong Minks getimmer tot hem door en zag hij dat de ellendeling bezig was de keukendeur dicht te timmeren. Zodat hij er niet uit kon.

Binnen een paar tellen had hij het vertrek doorkruist. Hij trapte het raam eruit en stapte over de scherpe glasscherven heen op de veranda, alles liet hij achter zich, de vallen, de ruige kleine Jersey's, de twee Holsteins met hun zware vleeskleurige uiers, Dubs vette doeken en de geur van oud ijzer achter in de stal, het muurtje boven bij het bos. Dat deel was voorbij. In een zucht was het voorbij.

Beneden op de dorpsweg bedacht hij wat een wrange grap het was, de manier waarop alles gegaan was. Billy, die altijd maar had gekletst over verhuizen, weggaan, opnieuw beginnen, bleef achter op de boerderij. Terwijl hij, die nooit verder dan de boerderij had gedacht, die nooit iets anders had gewild dan de boerderij, wegging. Met zijn handen strak om het stuur geklemd.

Er prikte iets in zijn rug; hij tastte achter zich en zijn hand sloot zich om Mernelles ocarina, waarvan het gedraaide, nieuwerwets gevormde bakeliet beschadigd was doordat het ding zo vaak over de grond geschopt was. Aan de zijkant zaten plakplaatjes van ezels met draagkorven vol cactussen. Hij begon het raampje omlaag te draaien om de ocarina naar buiten te gooien, maar toen het nog maar een kiertje open was, schoot het al uit de rail, zodat hij hem maar op de achterbank gooide.

Hoewel het al bijna donker was, stopte hij op de laagte, waar de weiden de bomen verdrongen, voor een laatste blik. Maar de opwellende flitsen van het gebeurde liet hij niet toe. Het was gebeurd, punt uit.

De plek bevroor, als een afbeelding op een ansicht, het huis en de stal als zwarte schepen op een oceaan van akkers, de lucht een vlies dat het laatste licht vasthield, en daar, de wazige keukenramen, en achter de gebouwen, de oplopende wei, de sappige acht bunders grote wei die zich in zuidelijke richting openvouwde als een bijbel, met de vouw van de waterlijn bijna precies in het midden van de vier bunders grote bladzijden. Hij graaide in de koffer, greep Dubs fles en sloeg de koude whiskey achterover. Prachtig weideland, in vier, vijf jaar tot wasdom gebracht, waar geen spat werk van Mink in zat, allemaal zijn werk, het draineren van het drassige land, de kalkbemesting en het inzaaien van de klaver, drie jaar lang had hij klaver ondergeschoffeld om de aarde te verrijken, om de verzuring tegen te gaan, daarna het planten en onderhouden van de alfalfa, moet je zien wat een heerlijk spul, vol van smaak, boordevol voedingsstoffen. Daardoor gaven die koeien zo veel botervet, niet dank zij Mink, maar dank zij hem, Loyal, het beste weideland in het district. Om die reden had hij naar boven gewild, voorbij de jeneverbes, ook al gaf Billy geen zier om de wei en kon ze goede grond niet van slechte onderscheiden, niet voor wat zij dacht dat hij wilde, maar om van bovenaf op zijn wei te kunnen kijken.

'Ik heb er nou wel genoeg over gehoord', had ze gezegd. 'Hij ziet er net zo stom uit als elke andere wei, wat mij betreft.' Ze had haar hoofd geschud. 'Ik weet niet of ik jou wel kan plaatsen, Loyal.'

In het matte licht leek de wei op zwartgroen bont.

'Dit is de laatste keer dat je het ziet', zei hij; hij legde Dubs fles in het handschoenenkastje en zette de auto in zijn één. Uit zijn ooghoek zag hij vaag een witte stip boven in de wei. Te groot voor een vos, maar gezien de vorm ook geen hert. En geen boomstronken in die wei.

Maar hij was al twintig kilometer van huis en halverwege de brug, waar hij hard moest remmen om een zwerfhond met een vacht vol klevers te ontwijken, eer het tot hem doordrong. De hond. De hond zat nog steeds op dezelfde plek in de wei waar hij hem bevolen had te gaan zitten. Nog steeds te wachten. Jezus Christus.

2 Minks wraak

Hijgend van onbeantwoorde woede hinkte Mink door het huis en smeet al Loyals spullen op de grond, een modelvliegtuigje dat op een spijker geprikt in de gang hing, schoolfoto's – waarop Loyal, knappe Loyal, als enige in zijn klas golvend haar heeft – in kromgetrokken, goudgerande passepartouts, die te midden van fotolijstjes en knopendoosjes op de ronde kersehouten Chippendale-tafel in de voorkamer stonden. De rood-wit-blauwe erelinten van de boerenjongerenorganisatie, die op een rechtopstaand stuk karton geplakt zaten, het diploma van de middelbare school, waarop in zwarte puntige letters stond dat Loyal de cursussen Landbouw, Bodemkunde en Handenarbeid had doorlopen, het donkerblauwe, zware Zuivel-Managementboek uit zijn enige jaar op de landbouwschool, het certificaat voor grondverrijking, een kranteknipsel met een foto waarop Fuller, de districtsvertegenwoordiger, het certificaat aan Loyal overhandigt, alles smeet hij op de grond.

Hij propte Loyals staljas in het fornuis, schraapte het onaangeraakte eten van zijn bord erachteraan. Rook steeg op uit zo'n honderd fornuisnaden en trok cirkelend langs het plafond alvorens zich bij de warme lucht te voegen die door het gebroken raam naar buiten stroomde. Dub zocht achter de deur van de bijkeuken naar karton, dat hij voor het raam kon spijkeren, terwijl Jewell met rood gezicht en tot spleetjes geknepen ogen met de fornuisklep stoeide. Uit de kachelpijp kwam een luid gebulder toen het carbolineum in de vouw van de elleboog vlam vatte en het stinkende metaal zo verhitte dat het dofrood werd.

'Jezus, ma, je veroorzaakt een schoorsteenbrand, temper dat ding, verdomme', schreeuwde Dub.

Nu kwam Mink naar beneden, beheerst, maar met een venijnige blik in zijn ogen; met Loyals .30-.30 in zijn handen hinkte hij de keuken door, de deur liet hij openstaan. Dub vermoedde dat zijn ouwe het geweer in de poel ging gooien. Hij zou later wel eens een rooivork door de modder halen, misschien had hij het geluk het terug te vinden. Het zou waarschijnlijk wel een dag schoonmaken en oliën vergen om het weer in orde te krijgen, maar het was een goed geweer, de moeite waard. Als hij het op de vensterbank van de hooizolder liet rusten, zou hij er best mee kunnen schieten en net als wie ook een hert te grazen kunnen nemen. Hij scheurde de uit louter vouwen en kreukels bestaande stukken karton op maat en zette ze met punaises vast in de vensteropening, terwijl hij ze met zijn linkerknie op hun plaats hield.

'Ik zal morgen wel glas snijden en inzetten, als iemand me een handje helpt met het inslaan van de nagels.' Maar hij zag bleek. Jewell boog zo diep voorover dat haar bloemetjesjurk optrok en de geribbelde katoenen kousen en de vleeskleurige onderbroek van Montgomery Ward zichtbaar werden, en veegde de taps toelopende scherven, de stukjes stopverf en het gruis bijeen.

‘Er zit glas in het eten, ma, er ligt allemaal glas op tafel’, zei Mernelle. ‘En er liggen ook grote stukken op de veranda.’

‘Begin jij maar met het schoonvegen van de borden en gooi het niet in de varkensemmer. Gooi het maar naar buiten. Ik weet niet of de hennen glas oppikken, maar ik ben bang van wel. Gooi het maar helemaal achter in de tuin.’

Uit de stal klonk een dreunend schot, vervolgens nog een, en toen, na een lange pauze, een derde schot. De koeien brulden als krokodillen, een laag geloei, gestamp, rinkelende halsbeugels. Ze konden het geloei van Vader Abraham boven alles uit horen.

‘Wat een gemene rotstreek’, zei Dub. ‘Wat een gemene rotstreek.’ Jewell, die haar hand voor haar mond had geslagen, huiverde, ze zag Dub naar het halletje lopen en zijn jas van de spijker rukken. En door de keuken terug naar de deur van de houtschuur.

‘Voorzichtig’, zei ze, hopend dat hij wist waarmee hij voorzichtig moest zijn. Mernelle begon te snotteren, niet om de koeien, maar vanwege Minks woede, die uit hem spoot als een waterstraal uit een gedraaide slang. Hij kon hen wel allemaal met de bijl aan stukken hakken.

‘Hou je in en ga naar bed’, zei Jewell, terwijl ze de borden van tafel haalde. ‘Schiet op, ik heb zonder dat jij hier loopt te janken al genoeg aan mijn kop.’

Ze zat aan tafel toen Mink binnenkwam. Ze zag de grijze uitgroei van baardharen, die sinds de ochtend op zijn wangen was gegroeid. Hij wierp het geweer zonder het schoon te maken boven op de kast en ging tegenover haar zitten. Zijn handen trilden niet. Het grijs doorschoten haar stak onder zijn pet vandaan, de kuif stond als een dreigende hoorn boven zijn ogen.

‘Zo, dat zijn er twee minder die gemolken moeten worden.’ Er zaten fijne bloeddruppeltjes op zijn overall.

Mist rees als een toneelgordijn op uit de beek. Halverwege de ochtend gingen de bomen nog altijd gebukt onder vocht en stilte. Ieder vlak was bedekt met waterkralen, waardoor schors, hout, verf en aarde verbleekten. Het komen en gaan van Dub en Mink trok donkere sporen over de veranda en door het gras, dat aan stug haar met zaadparels aan de punten deed denken. Het dak van de stal was vaag, de varkens wroetten in de mesthoop, het bubbelende oppervlak van een zwart moeras.

Mink was al voor dag en dauw op. Jewell werd – met moeite – wakker van het geluid van de tractor, waarmee de Holsteins naar het moeras werden gesleept, waar de honden, de vossen en de kraaien ze wel zouden vinden. De motor pruttelde echoënd door de mist.

We hadden op zijn minst het vlees kunnen houden, dacht ze; Minks woede leek haar zo'n verspilling, dat hij er vast voor zou moeten branden in een hel zo rood als het landschap dat je door de rode cellofaanstrip van sigarettepakjes zag. Geen nieuwe gedachte.

Hij had wel honderd dingen op zijn geweten. Niet alles had ze kunnen vergeten. De vloerende slagen, de aframmelingen die hij de jongens had gegeven, precies zoals hij ze zelf had gehad. Loyal – drie jaar oud misschien – die op zijn rode laarsjes en loeiend als een verdwaald kalf, maar met zijn lege melkemmer nog in de hand, over het modderige erf wankelde. Het was een melkkan van een liter geweest. Alle melk was eruit gelopen toen hij over een verse koeievla was uitgegleden. Mink had hem de halve stal door geramd. 'Ik zal je verdomme leren uit te kijken waar je loopt! Er wordt hier geen melk gemorst!' Tegen de tijd dat Loyal met de rinkelende melkkan de veranda had bereikt, was zijn gebroken neus opgezwollen tot de grootte van een henneëi, en twee weken lang was het joch, dat er met zijn twee blauwe ogen uitzag als een wasbeer, Mink stilletjes uit de weg gegaan. Toen ze zelf in woede ontstoken naar de stal was gerend, was Mink stomverbaasd geweest. 'Luister eens. We moeten het hem jong bijbrengen. Dat moet. Het is voor zijn eigen bestwil. Ik ben er ook groot mee geworden. En ik verzeker je dat hij nooit geen melk meer morst.' En inderdaad.

En dan Dub, die bij de hond onder tafel ging zitten eten toen hij – wat? – vijf of zes was, totdat Mink hem er aan zijn haren onder vandaan had getrokken en hem brullend in de lucht had gehouden. 'Zul je van je bord eten of niet? Of niet?'

Maar omdat hij even snel afkoelde als hij opwarmde, kon ze het hem niet blijvend kwalijk nemen. Het temperament van de Bloods. Loyal had hetzelfde vurige temperament. En het volgende moment zo mak als een lammetje.

Mink en Dub kwamen pas laat uit de stal terug. De keukenklok wees negen uur aan toen Dub, verlangend naar de smaak van hete cichorei, naar de bespikkelde koffiepot achter op het fornuis reikte. Hij schonk wat in een beschadigd kopje voor Mink. Als kralen op een telraam flitsten de taxerende blikken – verschuivende gewichten en contragewichten – tussen hen heen en weer. Wrok en verontwaardiging namen af. Mink probeerde zijn minachting voor Dubs zwerfneigingen, zijn onmogelijke liefde voor nikkermuziek, die lijpe platen van Raw Boy Harry die hij meebracht uit verre plaatsen, te smoren. En ook voor het Kong Chow restaurant in Rutland, waar hij in één keer voor drie dollar aan groenten in een ratbruine saus at, wat hij prachtig vond, en voor De Komeet, de bar waar hij zich zaterdags vol liet lopen en met zijn gore fikken aan de vrouwen zat.

Op zijn beurt slikte Dub de op het puntje van zijn tong liggende opmerkingen in over Minks saaie ideeën en bekrompen opvattingen over werk, zijn pathetisch aandoende geloof dat veemarkten het toppunt van vermaak waren. Zelfs het feit dat de ouwe de Holsteins had afgemaakt, kon hij verkroppen.

Werkend in het zwakke licht van de olielamp raakten hun eeltige handen elkaar als stukken hout, als Dub zich naar het hengsel van de volle melkemmer boog en Mink een nieuwe emmer aangaf, als Dub de flanken en uiers van de volgende koe schoonwreef en Myrna Loy kalmeerde, die nog altijd nerveus met haar kop zwaaide. Ze werden werkmakkers. De zwaarte van het werken zonder Loyal bracht hen nader tot elkaar. Dub sjacherde, Mink melkte zonder ophouden, veertien, zeventien koeien, zijn onderarmen deden er pijn van, zijn rug kraakte, en

Dub zag wat een buitensporig zware taak het was. Voor het eerst speet het hem voor Mink dat hij zijn arm kwijt was.

Nu Loyal weg was, begon Dub als het ware te hongeren naar zijn vaders genegenheid, een honger waarvan hij niet wist dat hij hem in zich had, een honger die stil en plat onder zijn grappen en reizen had gelegen en die zo laat in het leven nooit meer te stillen was. Een honger die de oude haatgevoelens en de woorden die hij als een bezwering van het lot fluisterde – 'Ik word nooit zoals hij' – niet kon vervangen.

Ze werkten zonder te praten, luisterend naar het boerderijverslag, de eierprijzen en het oorlogsnieuws op de krakende, met kaf bedekte radio, die op de grote boerderijaccu liep en op de plank naast de deur van de melkstal stond. Voor even – tijdens de uren van gesjouw, van spuitende melk – veranderden ze van vader en jongste zoon in twee gelijken, beiden onderworpen aan de eindeloze arbeid. 'We krijgen het wel voor elkaar', zei Mink, terwijl zijn armspieren zich strekten en spanden bij het melken.

'Drieëneenhalf uur melken. Ik heb gemolken, Dub heeft die klotemelk versjouwd, en dat betekent zeven uur per dag alleen voor het melken, daar moet de graanoogst, het hooien en het uitmesten van de stal nog bij opgeteld; voordat het gaat sneeuwen moeten we mest spreiden, morgen moeten we de melk voor zeven uur aan de weg hebben staan, en dan nog de rest van die kleine levenstaakjes, zoals het rooien van de aardappels die we nodig hebben, het hout dat we nog niet naar beneden gesleept hebben. Het slachten moet van de week gebeuren, al moeten we er de hele nacht voor opblijven. Als ik een lijst zou maken van alles wat er op dit moment gedaan moest worden, zou ik al het papier in het hele huis nodig hebben. Ik weet niet of ik nog een potlood kan vasthouden, weet niet of ik mijn handen nog om iets anders dan koeiespenen kan sluiten. Jij en Mernelle zullen voor de kippen moeten zorgen en maar zien hoeveel appels jullie kunnen plukken, de aardappels rooien. Mernelle moet maar een week of zo thuisblijven van school, totdat we de zaak onder controle hebben. Ik zie niet hoe we het anders moeten aanpakken, tenzij we onze nachtrust opgeven.'

Wat hij zei was waar. Maar zijn strakke, woedende mond maakte dat al Jewells stekels overeind gingen staan.

'Als wij buitenwerk moeten doen, zullen jullie genoegen moeten nemen met opgewarmde kliekjes. Ik kan geen kippen slachten en plukken en met aardappels en appels slepen en dan thuiskomen en een uitgebreide maaltijd klaarmaken. Kun je niet een van die jongens van je broer, Ernest of Norman, om hulp vragen?' Ze wist dat het niet kon.

'Zou mooi zijn, als ik wat minder kon gaan melken alleen omdat ik hout moest slepen. Godverdomme, ik heb een stevige maaltijd nodig en ik verwacht van jou dat je die klaarmaakt.' Hij schreeuwde nu. 'En nee, ik kan Otts jongens niet om hulp vragen. Ten eerste is Norman pas elf en zo sterk als een natte strobaal. En Ernie helpt Ott al en Ott zegt dat hij er net zo enthousiast over is als over het innemen van vergif.'

Ze zou hèm graag vergif zien innemen, hij wist het.

Het geronk van een auto die het weggetje insloeg, werd hoorbaar. Jewell liep naar het raam.

'Ik had kunnen weten dat ze langs zou komen; het is de oude mevrouw Nipple met Ronnie.'

'Ik ben in de stal', zei Mink, terwijl hij aan zijn overall rukte. De ruzie had kleur op zijn gezicht gebracht, en Jewell ving een glimp op van toen hij jong was, de melkkleurige huid onder het hemd, de flitsende blauwe ogen en het fijne haar. Zijn vitaliteit, zijn stoere loop en de manier waarop hij aan zijn overall rukte om zijn geslachtsdelen te bevrijden van de schurende stof.

Hij en Dub namen als één man de deur naar de houtschuur. De verandadeur kraste. Mevrouw Nipples dikke vingers kromden zich om de deurpost.

'Blijf daar niet staan, mevrouw Nipple, kom binnen, en Ronnie ook', gilde Jewell, terwijl ze theewater opzette. De oude dame had als baby ooit haar mond gebrand aan hete koffie en er vervolgens nooit meer naar getaald; haar thee liet ze staan totdat hij lauw was. 'Ik had er al zo'n idee van dat we u gauw zouden zien.' Wat het ontdekken van moeilijkheden betrof, had mevrouw Nipple een instinct dat even sterk was als de drang van wilde ganzen om bij het donkeren der dagen aan hun trek te beginnen. Zelfs de ijlste wanklank ving ze op mijlen afstand op.

'Na wat zij heeft meegemaakt,' had Jewell ooit eens op duistere toon tegen Mernelle gezegd, 'weet ze waarschijnlijk zelfs wat er op Cuba mis is.'

'Wat heeft ze dan meegemaakt?' vroeg Mernelle.

'Iets wat ik je pas kan vertellen als je groot bent. Nu zou je er niks van begrijpen.'

'Ik begrijp het heus wel,' jengelde Mernelle, 'vertel het me nou.'

'Absoluut niet', zei Jewell.

'Ronnie is naar de stal, met Loyal en zo praten', zei mevrouw Nipple, die, terwijl ze zijdelings naar binnen schuifelde, de gebroken ruit, de aardappelschillen in de gootsteen, de half geopende deur naar de houtschuur en Jewells scheve lach in zich opnam. Ze rook de smeulende woede, voelde dat er iemand vertrokken was. In Minks stoel voelde ze de warmte van de zitting dwars door haar zware bruine rok heen. Niemand hoefde haar te vertellen dat er iets was voorgevallen. Ze wist dat Mink naar de stal gegaan was toen hij haar zag aankomen.

De oude dame had het uiterlijk van een oude hen die een duizendtal eieren had gelegd, van haar kroezige witte haar, gepermanent in Corinne Claunch' Schoonheidssalon aan huis, tot aan de heldere, vochtige ogen, de ronde borst, het opwippende achterwerk dat door geen enkel corset ooit kon worden getemd en de kromme benen die met zo veel tussenruimte uit haar bekken staken dat ze op een schommelende schommelstoel leek als ze liep. Dub had ooit eens tegen Loyal gegniffeld dat de ruimte tussen haar dijen wel drie handen breed moest zijn, dat ze op de rug van een werkpaard kon zitten als een knijper op een waslijn.

Ze zuchtte, beroerde een glassplinter op het tafelzeil. 'Lijkt wel of er overal ellende is', zei ze, daarmee een platform oprichtend voor het nieuws dat Jewell te vertellen had. 'Het is zo lastig om je eigen papieren zakken mee te nemen naar de winkel en vorige maand nog kreeg Ronnie een brief van de melkwagen dat ze de route willen herzien. Dat ze niet meer naar de boerderij kunnen komen. Als we melk willen verkopen, moeten we die zelf naar de weg slepen. Hij doet het, maar het is een behoorlijk zware klus, neemt een hoop tijd in beslag. Ik denk dat hij er zwaar op verliest. Ik snap niet hoe ze kunnen denken dat we het redden, zo. En de schoonzuster van mijn nicht Ida, herinner je je Ida nog, ze heeft bij ons gelogeerd toen Zwier nog leefde, en de hele zomer in de tuin geholpen, bessen plukken, appels, ik weet niet wat, en Zwier en Ronnie geholpen met hooien. Zij was degene die door die wespen uit dat nest onder de pompoen gestoken werd. Die woont nu in Shoreham, en ik heb gehoord dat haar schoonzuster, mevrouw Renfrew, die de U-Auto Lunchroom in Barton runt – haar man zit aan het front, bij de luchtmacht – dat die gearresteerd is. Niet dat ik er ooit gegeten heb, en dat zal ook wel nooit gebeuren ook. Die heeft een vent neergeschoten, Jim Huppeldepup, werkte bij de elektriciteitsmaatschappij daar, met zijn eigen geweer. Het schijnt dat hij bij haar rondsloop en door de ramen gluurde om te zien wat ze aan het doen was, en dat hij zo heel wat te zien kreeg. Ze had een kok aangenomen om haar te helpen in de lunchroom, een kleurling uit Zuid-Amerika, ze heeft niet gezegd hoe hij heette, maar mevrouw Renfrew werd door de elektriciteitsman betrapt toen ze de kok zoende, en daar kwam-ie met zijn geweer. Hij had zelf een oogje op haar, snap je. Het schijnt een knappe vrouw te zijn. Ze heeft hem het geweer weten te ontfutselen en hem neergeschoten. En toen is-ie doodgegaan. Toen ze haar kwamen arresteren, heeft ze alles bekend, maar ze zei wel dat het een ongeluk was. Ze heeft zes kinderen, de jongste is amper vier. Die arme kindertjes. Het stond allemaal in de krant. Vreselijk, hè?' Ze wachtte tot Jewell van wal zou steken. Weinig dingen konden erger zijn dan mevrouw Renfrews veelvoudige, aan de openbaarheid prijsgegeven misdaden, en ze had het verhaal verteld om Jewell de gelegenheid te geven haar eigen problemen wat minder zwaar te zien. Ze leunde naar voren.

Jewell schoof haar de kop thee met het over de rand bungelende koordje toe. 'We stonden gisteravond voor een kleine verrassing hier. Loyal komt binnen voor het avondeten, staat halverwege op en zegt dat Billy en hij naar het westen gaan. Ze zijn gisteravond vertrokken. Het overviel ons nogal, maar zo zijn kinderen vandaag de dag.'

'Werkelijk?' zei mevrouw Nipple. 'Daar sta ik van te kijken. Wat zal Ronnie dat vervelend vinden. Het was dikke mik tussen hem en Loyal.' Er zat iets goed scheef, dacht ze, dat het zo rechttoe rechtaan verteld werd, zonder details over wie wat gezegd had. Ze voelde dat er meer aan de hand was. Mink moest witheet geweest zijn. Zoals Jewell het nu vertelde, leek het haar niet het soort verhaal dat in de loop der tijd opgeblazen zou worden, eerder iets wat ingetrokken zou kunnen worden, verdicht, iets wat zou veranderen in een van die dingen waarover niemand praatte, iets wat over een jaar totaal vergeten zou zijn. Dat soort verhalen waren er zat. Ze kende er zelf wel een of twee. Ernstige zaken, allemaal. Ze had nooit begrepen waarom Ronnie Loyal zo aardig vond; afgezien van zijn kracht en zijn niet-aflatende werklust was het geen spring-in-het-oog, zelfs niet tussen de rest van de Bloods met hun gave om alles fout te doen. Maar die boerderij kon niet door één man weer opgebouwd worden. Er zaten te veel minpunten aan. Kijk maar hoe snel het bergafwaarts was gegaan sinds de tijd van de grootvader, toen er een stevig hek omheen stond om de paarden en de merinoschapen binnen te houden; drie koeien hadden ze toen maar, genoeg voor hun eigen boter en kaas. Ze vond Jewell best aardig, maar het was een slechte huisvrouw, zoals ze de mannen toestond met hun stalkleren aan binnen te komen, zoals ze stof en spinnen de vrije teugel liet, en te trots om in de melkstal te werken.

'Tja, Billy stond te trappelen om weg te gaan en ik moet zeggen dat ik haar geen ongelijk geef. Maar dat Loyal weg wilde, verbaast me. Het is in hart en nieren een jongen van het land. Ze zal er nog wel achter komen, je kunt een jongen wel van het land halen, maar je kunt het land niet uit de jongen halen. Het zal niet makkelijk worden om al die koeien te melken, met alleen Mink en Dub. Is Dub nog steeds hier of is hij weer de hort op?' Haar stem zo mierzoet nu dat een zere keel ervan zou genezen.

'Sinds zijn ongeluk is hij vrijwel de hele tijd hier geweest. Maar je weet hoe hij is. Met zijn tweeën kunnen ze het niet aan. De boerderij runnen, enkel met zijn tweeën. We zullen iemand moeten inhuren, denk ik.'

'Je vindt niemand. Ronnie heeft het de hele vorige winter, dit voorjaar en van de zomer geprobeerd, ik denk dat hij dertig kilometer in de omtrek iedereen heeft leren kennen die een hooivork kan vasthouden, en geloof me, het beste wat hij kon vinden, waren schoolkinderen en honderdjarige opa's met houten benen en wandelstokken. Op sommige boerderijen nemen ze zelfs meisjes aan. En Mernelle? Kan zij niet melken? Hoe oud wordt ze nu, twaalf, dertien? Heeft ze opoe al op bezoek gehad? Ik melkte al toen ik acht was. Of jij melkt, terwijl zij het huishouden overneemt. Volgens sommigen worden koeien onrustig als ze gemolken worden door een vrouw die opoe op bezoek heeft. Heb ik zelf nooit iets van gemerkt.' De oude dame slurpte van haar thee.

'Geen sprake van. Ik ga niet in de stal werken en mijn dochter evenmin. De stal is mannenwerk. Als ze het niet redden, huren ze maar iemand in. Ik heb al twee jongens aan de stal gegeven, dat is genoeg. Mink heeft mij en Mernelle al opgezadeld met zowat half zijn buitenwerk.'

'Het is me opgevallen dat er, nu er zo moeilijk hulp te krijgen is en de jongens in de oorlog dienen, heel wat boerderijen te koop staan. En die melkprijzen, die maar op en neer gaan. Nu is het natuurlijk prima, met die oorlog, maar ze kunnen net zo goed weer omlaaggaan. Ik zag dat de boerderij van de Darters verkocht is. Drie van hun jongens zitten in dienst, eentje werkt er op een scheepswerf, het meisje is een verpleegopleiding gaan volgen, en Clyde zegt: "Ik zou niet weten waarvoor we hier zouden blijven, als we goed kunnen verdienen in plaats van onszelf af te beulen." Ze zeggen dat hij naar Bath is, in Maine, waar die andere jongen ook zit, ze hebben hem lassen geleerd, waardoor hij nu een dik betaalde baan heeft. Ze zeggen dat zij ook een baan heeft en dat ze met hun salarissen en met de opbrengst van de boerderijverkoop – aan een leraar uit Pennsylvania, die alleen het weekend hierheen komt – goed bij kas zitten. Ik vind het maar raar, hoor, dat Loyal en Billy zo plotseling zijn vertrokken. Hij heeft niks tegen Ronnie gezegd. Ronnie en hij waren van plan om op ganzejacht te gaan van de week. Daarvoor komen we langs. Zodat Ronnie en Loyal een dag konden afspreken. Ik had gezegd dat ze een paar van die roodstaartbuizerds moesten proberen te schieten, die mijn hennen hebben gepakt, en nu is er ook al een kalkoen weg. Ik heb geen idee of een roodstaartbuizerd in staat is een kalkoen op te tillen, ik vermoed dat ze hem ter plekke opeten. Maar misschien is die kalkoen wel door een vos gepakt. Ik weet niet hoe Ronnie vaart zonder Loyal, ze waren zulke dikke maatjes. Je zult het behoorlijk zwaar krijgen zonder Loyal. Harde werker.'

'We vinden er wel iets op. Al weet ik nog niet wat. Maar één ding... ik ga niet de stal in en Mernelle evenmin.'

3 Wat verderop

11 Juni 1923

Geachte heer Wicogg,
Ik geloof dat we een paar goede foto's hebben, die zeker bruikbaar zullen zijn. Wat stekelvarkens, herten, dan een lijn geregen forellen, McCurdy Lodge, gidsen, brug over de Ausablekloof en een BEER die op het afval van het hotel afkomt, het afval is uiteraard niet te zien. Volgende week dinsdag ben ik met de foto's in Trenton.
Hoogachtend,
Oscar Untergans, fotograaf

Mr. James Wicogg
Wicogg Ansichten
en handkaarten
Trenton, N.J.

Hij schoot lekker op naar het noorden, de punt van het meer. Hij had zijn bundeltje geld, plattelandsgeld, dollarbiljetten vettig en slap van de handen van monteurs, boerenknechten, houthakkers. Genoeg benzinebonnen om ergens te komen. Het was tenslotte niet zo dat er iemand achter hem aan zat. Hij dacht niet dat ze ooit achter hem aan zouden komen. Het was een stevig muurtje, vond hij. Zolang de vossen er maar niet in gingen graven. Zolang er maar niemand naar boven ging. Maar wie zou daar nou in godsnaam naar boven gaan? Niemand toch.

De wegen waren hard geworden in de herfstkou en er was niet veel verkeer. Prima weer om te jagen. Een paar auto's, een vrachtwagen die met hout geladen het donkere bos uitkwam en op de plek waar hij het asfalt op draaide, een dubbel profielspoor van modder achterliet. Was waarschijnlijk ergens op zacht terrein blijven steken. Hij had zevenenveertig dollar, genoeg om hem een eind op weg te helpen. Als de auto het niet begaf. Het was een prima auto, een Chevy Coach uit 1936, alleen de rugleuning van de stoel was kapot en moest met een houten kruis gestut worden. De verwarming blies weliswaar maar een iel luchtstraaltje uit, minder dan de adem van een vleermuis, maar de ontdooier deed het goed. De accu was echter oud en het was een hele toer om de Coach op een koude ochtend aan de praat te krijgen, even simpel als port uit de linkerachtertepel van een koe proberen te persen. De banden hadden nog enig profiel. Daar moest hij zuinig op zijn. En als hij echt zware pech kreeg, kon hij altijd nog werk zoeken. Hij kon op iedere boerderij die hij binnenliep werk krijgen. De benzinebonnen, die baarden hem meer zorgen. Hij had maar net genoeg voor vijfenzeventig liter. Daarmee zou hij net de staat New York door kunnen komen. Hij moest pakken wat hij pakken kon.

Hij had geen idee waar hij heen ging, gewoon weg. De richting leek er niet toe te doen, gewoon een lukrake reis weg van de boerderij. Niet dat hij het idee had dat hij overal heen kon, nee, juist het idee dat hij ergens heen moest, maar dat het niet uitmaakte waarheen. Geen enkele vonk had zijn geest ooit in vuur en vlam gezet voor het bestuderen van spinnen of stenen, voor het netwerk van horlogeradertjes of het trillende papier dat van de zwarte persen rolde, voor het in kaart brengen van het uiterste puntje van de noordpool of voor een loopbaan als tenor. De boerderij had antwoord op alle vragen geboden, hoewel geen enkele vraag ooit was opgekomen.

West, dat was de richting. Daar gebeurde het volgens Billy. Geen andere boerderij. Zij had een plaats met wegrestaurants gewild, iets van oorlogsindustrie, goed verdienen in een fabriek, als ze tenminste een baan kon vinden waarvan haar nagels niet kapot zouden gaan, wat geld sparen om iets voor zichzelf te beginnen, uitgaan op zaterdagavond, haar in de krul, scheiding in het midden, naar achteren gehouden met twee rode haarspelden bezet met nepdiamanten. Ze wilde zangeres worden. Ze zong best goed, als ze de kans kreeg. Dan ging ze naar Club 52, waar het stampvol zat met jongens van de legerbasis. Net Anita O'Day, koel, knap, zoals ze daar achter de microfoon stond, die ze met een van rode chiffon druipende hand vasthield, terwijl haar stem door de ruimte golfde als water over een rots. Helder, maar een tikje sarcastisch.

Hij moest een baan zoeken. Het verdiende goed, zei ze, een dollar per uur, soms meer. Sommige jongens verdienden vijftig, zestig ballen per week in de vliegtuigfabrieken. Hij zou naar het westen rijden, maar dicht bij de grens blijven. Die steden die ze had genoemd, South Bend, Detroit, Gary, Chicago, daar gebeurde het. Wat Billy gewild had. Maar zijn gedachten sprongen steeds weg van wat er gebeurd was. De benzine zou een probleem worden.

De weg liep evenwijdig aan de spoorweg langs het meer. Dat was een mogelijkheid; hij kon op de goederentrein springen. Hij had het nog nooit gedaan, maar er waren er een heleboel die het wel gedaan hadden. Dub ook, zelfs domme Dub had gezworven, was op de goederenwagons gesprongen in de periodes dat hij uit zijn bol ging en her en der ronddwaalde. Hij was vervuild teruggekomen, stinkend, met een oude voerzak vol rotzooi op zijn rug en zijn haar stijf van het vuil.

'Cadeautjes. Ik heb een cadeautje voor je, ma', zei hij dan, terwijl hij de troep tevoorschijn haalde. De ene keer waren het dertig bakblikken, de randen plakkerig van aangekoekte appel- of kersenstroop. Of vijf baaltjes katoen, tien centimeter hoog, met etiketten waarop stond: *geschenk uit New Orleans, katoenhoofdstad van de wereld*. De andere keer was het enige waar hij mee aankwam de helft van een BIRMA-SCHEERZEEP-bord. Alleen BIRMA stond er nog op. Hij probeerde hen wijs te maken dat het echt uit Birma kwam. En die keer dat hij vijftig pond rode aarde van een plek ergens in het zuiden had meegebracht, hij wist niet eens waarvandaan.

'Het ziet er allemaal zo uit, daar, allemaal rode aarde. Rood als bloed. Rode wegen, de wind waait rood, de onderkant van de huizen is rood, tuinen, boerderijen, alles is rood. Maar de piepers en rapen hebben dezelfde kleur als bij ons. Ik snap het niet. Want er bestaan ook rode piepers. Maar niet in het land van de rode aarde.' Hij stortte de aarde in een van Jewells bloemperken, zodat hij er af en toe naar kon kijken en zich de plek voor de geest halen waar het vandaan kwam.

In de achter hem liggende duisternis verscheen telkens een licht, dat allengs groter werd in de achteruitkijkspiegel. Ergens achter hem hoorde Loyal een trein fluiten voor een spoorwegovergang, maar toen hij de lange bocht naar de brug door kwam, reed de trein naast hem; het licht gleed over de rails, het ijzer ratelde op enkele meters afstand voorbij.

Het ergst was de keer dat Dub mager tot op het bot was teruggekomen, met korsten als zwarte eilandjes op zijn gezicht en zijn linkerarm op een stompje na geamputeerd, een stompje dat eruitzag als een zeehondevin. Mink en Jewell, stijfjes gekleed in hun zondagse kleren, waren hem gaan ophalen; de eerste keer dat Mink over de staatsgrens was geweest. Dub noemde hem zo, 'mijn vin', in een poging grappig te zijn, maar het klonk geschift, ziek. 'Het had erger kunnen zijn', zei hij, terwijl hij een gekke bek trok tegen Loyal. Sindsdien was hij nog maar één keer weg geweest, niet verder dan Providence, Rhode Island, liftend langs de weg, niet langs de bielzen. In Rhode Island had je een soort school, zei hij, waar mensen die de helft van hun lichaam kwijt waren, middels allerlei trucs dingen opnieuw leerden doen. Ze konden je kunstarmen en kunsthanden aanmeten en over katrollen lopende aluminium benen. Een nieuw soort plastic vingers, die zo goed werkten dat je er Nikkelen Nelis mee kon spelen. Maar toen hij terugkwam, was hij dezelfde. Wilde er niet over praten. Een of ander veteranenhospitaal voor militairen, boeren moesten er maar het beste van zien te maken. Het was sowieso maar de vraag hoe ver je kwam eer je op enigerlei manier kreupel werd. Veel mensen kwamen hun kindertijd niet eens ongeschonden door. Neem Mink nou: tanden van de hooivork dwars door zijn dijbeen heen toen hij vijf was, twee auto-ongelukken, de omgekieperde tractor, die keer dat de fokzeug hem tegen de grond smakte en hem zijn halve oor afrukte, maar hij hinkte nog steeds rond, sterk als een ankerketting, en nog altijd aan het werk. Taaie rakker. De ouwe druiloor.

Enkele kilometers over de grens met de staat New York reed hij de auto een veld achter een rij Virginische kersebomen in. Die kapotte stoel kon best handig zijn, dacht hij, terwijl hij de schoor erachter vandaan trok en hem neer liet ploffen, zodat het een soort smal bed werd. Maar net toen hij woelend in slaap begon te vallen, kreeg hij weer kramp in zijn borst, werd er een botte staak vlak onder zijn strottehoofd naar binnen gedreven, wat gepaard ging met een verstikkend ademtekort. Hij ging rechtop zitten en bracht de rest van de nacht afwisselend dommelend en wakker schrikkend door.

Geen enkel radiostation kwam helder door, zelfs het ratjetoe van Frans en accordeonmuziek niet, toen hij langs de zoom van de naaldbossen in de Adirondack reed, de sparren en kilometers lange rijen skeletachtige lariksen als een grijze storing in het bos, met soms een kluwen van hertepoten en fosforescerende ogen op de weg voor hem, ver genoeg om toeterend af te remmen en ze te zien wegvluchten, terwijl hij zich zorgen maakte om de remleidingen, de versleten trommels. Hij passeerde huizen niet groter dan gereedschapsschuurtjes, waar rooksliertjes opstegen uit de natuurstenen schoorstenen, hij passeerde dichtgetimmerde blokhutten met naamborden: Kraaienest, Kamp Vrijetijd, De wijkplaats, Schuttersput, Uutgezworv'n. Bruggen, snel stromend water, een grindweg vol gaten, de wegen niet meer dan streepjes tussen dicht opeenstaande bomen, weggetjes die hun bochten en krommingen ontleenden aan de vijfenveertig kilometer noordelijker stromende St. Lawrence. Het vreemde karakter van het land, de leegte, bracht zijn ademhaling tot rust. Er was hier niets wat met hem te maken had, geen enkele druk van gebeurtenis, plicht of familie. Somber land, nat als de binnenkant van een verregende emmer. Daar de naald van de benzinemeter omlaagwees, begon hij uit te kijken naar een benzinepomp. Hoe verder hij kwam, hoe beter hij leek te kunnen ademen.

Laat in de ochtend stopte hij bij GROTE SPAR, een tussen de bomen op de loer liggend toeristenhol aan het eind van een lange bocht. Hij was bijna misselijk van de honger. Vier of vijf oude auto's en trucks, die er al zo lang stonden dat hun banden waren leeggelopen. Een rij stalletjes met borden: Indiaanse mocassins, Pindarostjes, Balsemkusens, Leederwerk, Leevensmiddele, Soeveniers, Band verwiselt terweil u wacht, Lunchroom, Bodemlose kop koffie 5 ct, Toilet, Geschenken en snuistereien, Auto repparaties, Worm en aas, Blokhuten te huur. De uitspanning maakte een gesloten indruk, maar het lichtje in de ronde kop van de pomp brandde en scheen door het roodgeschilderde Tydol Flying A-benzine heen. De parkeerplaats zo oneffen als een maïskolf, vol modderige gaten en wasbordribbels. Er stond een garage met een half uit het scharnier hangende deur, die een halve cirkel in het grind had geschraapt. Een lading vademhout, die iemand bij het hoofdgebouw had neergegooid.

Hij ging naar binnen. Een houten lunchbar met een paar krukken, die nogal amateuristisch met rood zeildoek waren overtrokken, drie tafels met sinaasappelschiloranje gelakte schotjes eromheen. Hij rook sigaretterook. Ergens speelde een radio. 'What a dart you placed in my heart the day that we parted.' Voorbij de bar stonden losse schappen vol mocassins, speldenkussens, gekleurde plumeaus met handvatten in de vorm van een spar, canvas waterzakken die je om de autobumper kon hangen, vilten vlaggetjes, houten bordjes waarin grappige teksten en leuzen gebrand stonden, groene bumperstickers met *Deze auto is in de Adirondacks geweest* en aan de muur de opgezette koppen en opgeprikte lijven van baarzen en snoeken, achtpondsforellen met vierkante staarten, beren, elanden en herten, een stekelvarken groter dan een van de rode lynxen die met gekromde rug op hun berkeblok stonden, een koningsslang die met korte slag over de lateibalk golfde, en alom foto's, bedekt met vliegepoep, van mannen met kniehoge jachtlaarzen aan die gevilde karkassen en dierenlijven omhooghielden.

'Zeg het maar', klonk een geïrriteerde vrouwenstem. Ze zat breeduit aan een van de tafeltjes, een voor drie mensen bedoelde ruimte, een dikke meid met een zijscheiding in het blonde haar dat met een diadeem van zwarte ribstof naar achteren gehouden werd. Over haar met zeepaardjes bedrukte mouwschort droeg ze een grijze mannentrui. Voor haar stonden een doormidden gesneden broodje kipsalade waaruit plakjes bacon hingen, een pot koffie met een souvenirbeker en een opengeslagen tijdschrift. Hij kon lezen wat erin stond: 'Het telegram kwam terwijl ik Joe bedroog'.

'Ik wil graag een kop koffie en een broodje, zoiets graag', wijzend met zijn duim.

'Dat moet lukken.' Ze hees zich overeind en hij zag de gekreukelde pijpen van de overall onder de jurk, de vettige werklaarzen.

'Ben jij de Grote Spar?'

'Zoiets. Groot zeker. Mevrouw Grote Spar. Sparretje zit in de Pacific en ik zit hier de beren uit de lunchroom te houden en auto's te repareren, voor zover dat gaat zonder reserveonderdelen of banden. Wil je hem geroosterd?'

'Doe maar.'

Ze nam de onafgedekte schaal kipsalade uit een grote koeler, waarvan de deur rond de hendel zwart zag van het vet, gooide drie plakken bacon op de bakplaat en legde drie sneden witbrood te roosteren. Ze plette de bacon met een spatel om het vet eruit te drukken. Deed de koeler weer open, greep een krop sla zo groot als een bowlingbal, rukte er drie centimeter blad af en wierp het op de snijplank. Ze draaide de bacon en de sneden brood om en drukte ze plat met de spatel. Ze pakte de koffiepot van haar tafel en schonk koffie in een witte beker waarop stond: 'Groeten uit de Grote Spar in de Adirondacks'. Ze stak de spatel onder een snee donker geroosterd brood met een smalle zwarte rand rond de korst, liet deze op een bord glijden, plamuurde hem met Silvernip-mayonaise, legde de helft van de sla erop, kwakte een lepel kipsalade pal in het midden, nam vervolgens de tweede snee toost, legde hem erbovenop zoals een metselaar een steen op rij legt, en deed de mayonaise, de rest van de sla en de hete bacon erop. Toen het laatste sneetje toost erop lag, keek ze met het mes in haar hand op naar Loyal.

'Overdwars of recht?'

'Recht.'

Ze knikte – één enkele beweging van haar hoofd – legde het mes pal in het midden, evenwijdig aan de rand van de toost, bracht het heft omhoog en sneed hem recht door. Ze trok een fles room uit de koeler en smakte alles op de bar vóór hem.

'Alsjeblieft. Kerels die hem overdwars gesneden willen, vertrouw ik niet. Stadse manieren. Vijfenvijftig cent.' Hij diepte het kleingeld op en begon te eten, waarbij hij probeerde niet te proppen en te schrokken. Ze verdiepte zich weer in haar tijdschrift en hij hoorde haar een lucifer aanstrijken, hoorde het ronde uitblazen van haar adem, rook de sigaret. Ze was groot, maar niet onaardig.

'Prima broodje, dit', zei hij. 'Kan er misschien nog een tweede kop koffie af?'

'Neem maar', zei ze, met de pot op tafel trommelend. Hij bracht de beker naar haar tafel, waar zij inschonk, terwijl ze zijn beker met de andere hand rechthield. Haar vingers raakten de zijne.

God! Hij had zich nog helemaal niet gewassen sinds... Hij wilde zijn hand al terugtrekken, maar dacht aan de benzine. Hij nam een slok koffie, in een poging de nerveuze spanning te onderdrukken. Hij ging op de bank tegenover haar zitten en hield zijn hoofd een tikje schuin.

'Ik trek me niet graag terug uit goed gezelschap,' zei hij, 'maar ik moet verder.'

'Waarheen?'

'Naar het westen. Ik heb besloten de boerderij de rug toe te keren en een baan te zoeken in de oorlogsindustrie, wat geld te verdienen.'

'Ik wou dat ik dat kon. Het verdient prima. Vrouwen ook, die krijgen hetzelfde betaald als mannen aan de lopende band. Keetje Klinkhamer. Ik zit muurvast, hier, totdat Sparretje terugkomt, terwijl ik nog geen vijf auto's per dag zie. Ik zou best als verstekeling mee willen op jouw achterbank.'

'Ik kan wel raden wat Sparretje dan zou doen. Dan komt mijn kop waarschijnlijk vlak naast dat opgezette stinkdier aan de muur te hangen.' Een vleug van de koude, zurige lucht die om haar heen hing, drong in zijn neusgaten, de lucht van kiezelige aarde onder keien.

Ze lachte en liet haar blik op hem rusten, maar hij maakte zich er met een knipoog vanaf.

'Zeg, lieve mevrouw Sparreboom.' Hij liet zijn stem zoet klinken. 'Kun je me niet wat extra benzine verkopen? Ik heb maar heel weinig bonnen.'

'Nou, je bent op de juiste plek gestopt, maar het gaat je dubbel zoveel kosten.' Haar stem werd harder, ze leek in een metaallegering te veranderen. Hij liep met haar mee naar buiten en leunde tegen de auto, terwijl zij de benzinetank vulde. Buiten in het licht zag hij dat ze niet veel bijzonders was, de zoveelste vrouw die zich opgesloten voelde en niet wist hoe ze weg moest komen, één en al vet en vuil, maar bereid om zich aan elke passant aan te bieden. Haar knokkels waren ontveld, haar nagels hadden zwarte randen. En nu ze voelde dat hij weg wilde nu hij benzine had, werd ze ook nog onvriendelijk.

'Daar kom je een heel eind mee.' Met haar voet duwde ze de gele kat opzij, die zich tegen haar benen aan schurkte, daarbij tilde ze hem een paar centimeter de lucht in. 'Smeer 'm, kat.' Ze bedoelde hem, uiteraard.

Ze leek niet te beseffen hoe goed ze het had, dacht hij. Dat ze hier kon zitten, op haar gemak, en deze tent runnen, dik belegde broodjes kon eten, met net zo veel benzine als ze maar wilde, waarvoor ze zwartemarktprijzen kon vragen en mensen kon afzetten, dat ze Sparretje, die in de Pacific zat, kon belazeren door zíjn, Loyals, hand aan te raken, terwijl ze niet eens wist wie hij was, en God, arme Billy, waar was zij? Die vrouw had er geen idee van hoe link haar spelletje was.

'Wat dacht je van een kleine bonus voor degene van wie je de benzine gekocht hebt.' Ze tuitte haar lippen.

'Misschien moeten we even naar binnen voor zo'n soort bonus', zei hij, met een lach alsof hij spijkers tussen zijn tanden had; tot achter in zijn keel proefde hij de olieachtige metaalsmaak van spijkers en hij kon amper wachten tot de deur dicht en op slot was.

Zoekend naar steun sloten zijn armen zich om het rek met ansichtkaarten, hij hapte naar adem. Hij wist niet wat er aan de hand was, maar de poging om wat lucht in zijn geklapte longen te krijgen leek plotseling op het graven van een kuil op een snikhete dag. Zijn broek hing op zijn laarzen. Hij zag de vlekken in zijn onderbroek en wilde de broek ophalen, maar hij kreeg geen lucht.

'Prettig gezicht', zei ze vanaf de andere kant van het vertrek, waar ze keek hoe hij naar adem hapte. Ze liep op hem af. 'Ik zei, prettig gezicht, smerige, kortademige klootzak.' Ze gooide een boterhambordje in zijn richting. Het raakte het rek met ansichtkaarten en viel in zijn broek. Hij zag het tussen zijn enkels liggen, zag het opgedroogde vet en een rood baconkruimeltje, een vuil wit bord. Hoe was hij hierin verzeild geraakt? Hoe was hij hierin verzeild geraakt? Hij had haar niet gewild, hij had alleen benzine van haar gewild.

Hij snakte naar adem, schopte het bord op de vloer, trok zijn broek op en zoog piepend wat lucht naar binnen. Er was verdomme iets goed mis. Een hartaanval of zo. Hij smakte tegen de deur. Met zijn handen vol ansichtkaarten. Buiten was wind en koude lucht, en als hij doodging, wilde hij dat liever buiten doen, niet hier binnen.

'Schiet op, verdwijn', zei ze. 'Je hebt nog geluk. Je hebt nog geluk dat ik mijn man zijn geweer niet pak. Als je slim bent, verdwijn je binnen één minuut uit mijn ogen, anders pak ik het geweer.' Ze kwam met grote passen op hem af. Het lukte hem de pal om te draaien en de deur te openen.

De parkeerplaats werd omsloten door de zwarte sparren aan de overkant van de weg, waarvan de takken op elkaar gestapeld waren als almaar kleiner gevouwen stukjes papier. Zijn wachtende auto stak bleek af tegen de bomen, de verchroomde hendel op het portier een zilverkleurige stang, een verbinding met de verte, op het moment dat hij hem beetpakte. Hijgend en piepend slingerde hij zich in de auto, hij startte, soepel als stroop, hij startte en reed achteruit over het grind de eenzame weg op, langs de aangolvende sparren en dennen, waartussen slingerende paadjes naar van muggen vergeven kampeerplaatsen in het bos leidden.

Toen hij de weg opreed, bewoog er iets vlak bij de houtstapel. Hij dacht dat het een vallend houtblok was, maar het was de gele kat, die dezelfde kleur had als het versgekapte hout. Ze hadden ooit een stalkat gehad met zo'n zelfde butterscotchkleurige vacht. Hij herinnerde zich hoe verknocht het dier was geweest aan zijn moeder, hoe hij op de veranda zat en haar aanstaarde. Ze had hem Vlekje genoemd en hem melk gevoerd. Hij had de fout begaan tegen Minks been aan te schurken toen die, slechtgehumeurd, mest uit de goot stond te scheppen, waarop Mink met één klap van de schep zijn rug had gebroken.

Na een uur had hij wat meer lucht. De voorste stoel lag bezaaid met ansichtkaarten, zeventig, tachtig ansichtkaarten, allemaal met dezelfde dikke beer met rode snuit, die tussen de zwarte bomen vandaan kwam. 'Zeker acht dollar bij elkaar', zei hij hardop en vol kil plezier over de kleine winst.

4 Wat ik zie

Als hij tussen de bomen vandaan komt, ligt het land als een uitgestrekte vlakte voor hem, kilometers wijngaard, de grillige takken op strak gespannen draden gekruisigd. De Chevy Coach hobbelt over een van teerplakken aan elkaar hangende weg met rafelige bermen, waar het afbrokkelend asfalt zich mengt met grind, onkruid, rijen gecarboliseerde palen met blinkende reflectoren en ronde top. Maar het land zo eentonig als een gazon; hij rijdt verder, langs vakantiehuisjes met kleine veranda's en metalen stoelen, langs benzinepompen en kinderdraaimolentjes, metalen borden met reclame voor Nehi-limonade.

De lucht groeit. Gele grindwegen die naar het noorden en het zuiden afbuigen. Gipsen eenden op verdorde gazons, vlaggen die in de over de vlakten aanwaaiende wind wapperen. Een hond rent dertig meter met de auto mee.

In de dampende warmte van het Olympia Café eet hij dikke pannekoeken met suikerstroop. De koffie smaakt sterk naar cichorei. Hij zit, met zijn ellebogen op de bar geleund, naar de kok te kijken. Een jongen parkeert zijn Indian en komt binnen. Hij doet zijn motorbril omhoog, waardoor de witte cirkels rond zijn ogen zichtbaar worden.

'Honden', zegt hij tegen de kok. 'Door die honden maak ik nog eens een doodsmak. Ik heb er net een geraakt, het kreng rende naar buiten, had het op mijn been gemunt.'

'Oh ja.' De kok drukt met zijn aangekoekte spatel op de aardappel. 'Wee je gebeente als het Rusty, mijn Ierse setter was, een stuk verderop, bij mijn huis.'

'Kan best', zegt de jongen. 'Nee, nee, ik maak een geintje. Het was een zwarte, zo'n acht kilometer terug. Enorm joekel. Zo groot als een koe, zowat. Geen Ierse setter.'

In Pennsylvania liggen de wijngaarden verder uit elkaar.

De wijnranken vervagen er, maken plaats voor maïsvelden. De vlakheid van het land, de gemoedelijkheid, brengen hem van de wijs. De weg is van betonplaat, omzoomd met asfaltribbels, die de versleten banden geen goed doen en waardoor zijn handen en schouders telkens opnieuw omhoogschokken. De auto's die voor hem op de weg rijden, draaien zijweggetjes in, werpen dikke stofwolken op. Op de radio niets dan ruis en gebroken stemmen die een paar woorden mekkeren. 'Jimmy Rodgers... bid tot God... gefeliciteerd met je verjaardag... in het Europese theater (dat wil zeggen, de oorlog)... tot ziens mensen... Pillsbury-deegwaren... orgel-inter... Duz doet... het verhaal van een... oh... hallo mensen... Jezus zei... onze luisteraars kunnen schrijven naar...'

Hij passeert oude vrachtwagens die op spekgladde banden doorkachelen. Hij maakt zich zorgen over zijn eigen banden. Hij slaat een grindweg in, maar het grind spat alle kanten op, stof dringt in zijn keel. Gruis in zijn mond. Als hij zijn vingers over de muis van zijn duim laat glijden voelt hij hard gruis. En hij rijdt de verharde weg weer op.

Kilometers lange sneeuwschermen. Een slechtvalk die op een vergeten hooibaal balanceert. Er komt verandering in de vlakheid, in de kleur van de aarde, donkerder, donkerder. Gebeden en lange stiltes uit de stoffige radio. In de herfstregen veranderen de huizen in trailers tussen de bomen. Eiken komen hem tegemoet, flitsen voorbij, exploderen in bosjes, in bossen. H&C Café, ETEN, Amoco, BENZINE 5 km verderop. Mist. Een beetje avondmist. De aarde in Indiana diep bruinzwart. Het vee zinkt weg in het zwart. Naar het zuiden trekkende ganzen, die uit de poelen en meertjes opvliegen, die met honderden tegelijk over zijn hoofd scharen. Het water streperig van de lijnen van hun hoekige nekken, gebroken door vooroverbuigende koppen en snavels.

In het wegrestaurant, gebogen over zijn kop koffie, vraagt hij zich af hoe ver hij gaat.

5 Een korte, hevige schok

13 juni 1926

meneer sims, we hebben
weer het selfde probleem
met paal 18 aan de nr. 20
lijn, rose en ik hebben
weer een dooie beer aan de
voet van de paal gevonden,
iets trekt ze naar die paal,
kunt u er de technisi
ernaar laten kijken,
d. frye.

mr. albert sims
wind kink elektr.
mij.
wind kink n.y.

De beer had, zoals vele andere beren, een kort maar intensief leven geleid. Hij werd als oudste van twee berejongen geboren in een hol onder een boomstronk aan het eind van de winter van 1918. Hij was twistziek van aard en ongevoelig voor de subtiele gevolgen van nieuwigheden. Toen hij de overblijfselen van een vergiftigde adelaar at, ging hij er bijna aan dood. In zijn tweede herfst zag hij vanaf een klif hoe zijn moeder en zuster door magere jachthonden in de rots klem werden gedreven. Ze gingen ten onder met een gekrijs dat slechts droog geweervuur uitlokte. In dat zelfde jaar werd er ook jacht op hem gemaakt, maar hij ontkwam aan dood en verwondingen tot in 1922, toen zijn linkerbovenhoektanden werden verbrijzeld door een hagelschot van gebroken schroeven, die van de winkelvloer van een doodkistenmaker waren opgeveegd, waardoor hij geestelijk uit evenwicht raakte en chronische abcessen opliep.

De daaropvolgende zomer opende McCurdy's Lodge haar deuren aan de oostkant van zijn gebied, een massief hotel van precies in elkaar passende blokken grenehout met bewerkte stijlen van cederhout. Het reukvermogen van de beer was door honger nog scherper geworden. Hij werd aangetrokken door de afvalhoop van de Lodge, waar hij exotische perzikschillen vond, beboterde korsten en rundvleesvet dat smolt in zijn hete keel. Laat in de middag begon hij ongedurig tussen de bomen vandaan te loeren naar het koksmaatje met zijn kruiwagen vol sinaasappelschillen en schimmelige aardappelen, selderijstompjes en kippebotjes, de laatste druppels uit een sardienenblik.

De keukenhulp was kok in een houthakkerskamp geweest en leerde nu de finesses van de haute cuisine. Toen hij de beer in de schemering zag staan, rende hij schreeuwend naar de Lodge om een geweer te halen. Hotelier McCurdy, die in de keuken de *Tournedos forestier* met de kok stond te bespreken, ging zelf de beer in ogenschouw nemen. Hij zag wel iets in de logge schouders, de hondesnuit, en gaf de timmerlieden van het hotel opdracht banken te timmeren op de helling boven de afvalstort. Ze zetten het terrein af met een reling van jonge geschilde boompjes, die aangaf tot hoe ver je mocht naderen. De dapperste gasten liepen kakelend tussen de berken door om de beer te zien. Ze grepen elkaar bij de schouder en bij de arm, hun handen schoten beschermend naar hun keel. Gelach werd gesmoord. De beer keek nooit op.

De hele zomer lang keken de gasten hoe de beer zijn klauwen in het zachte, met vliegen bedekte afval sloeg. De mannen droegen wandelpakken of flanellen broeken met Schotse truien, de vrouwen gekreukelde linnen pakjes met kokerrok en matrozenkraag. Ze brachten hun Kodak in de aanslag, vereeuwigden de glans van zijn vacht, zijn gepolijste klauwen. Oscar Untergans, een houtvester die honderden natuurfoto's verkocht aan drukkers van ansichtkaarten, fotografeerde de beer in de zomer bij de afvalhoop. Untergans bleef komen, hij liep over het pad achter de kok aan en raapte elke stinkende schil en doffe eierschaal op die van de hobbelende kruiwagen viel. Soms stond de beer al te wachten. De kok schepte het afval met een puntige schop op de hoop. Hij bekogelde de beer met rotte tomaten, met op gele kalotjes lijkende grapefruitschillen.

Twee of drie zomers nadat Untergans de beer had gefotografeerd, werd de elektriciteitskabel doorgetrokken naar de Lodge. Op een avond kwam de beer niet meer opdagen bij de afvalhoop, ook in de daaropvolgende weken en jaren werd hij niet meer gesignaleerd. De Lodge brandde af op oudejaarsavond 1934. Op een regenachtige nacht in mei 1938 viel Oscar Untergans neer in de badkamer van zijn van hem vervreemde vrouw en stierf aan een subduraal hematoom. De ansicht hield het langer uit.

6 De lila schoen in de greppel

GNAW BONE Indiana januari '45

Lieve Ma + familie. Schrijf jullie
uit Indiana. Grote boerderij, goeie
grond. Plat als een pannenkoek,
makkelijk bij het ploegen. Stenen
kennen ze hier niet. Veel populieren,
een vent zaagde er een om en kreeg
hem op zijn kop. Geen houtzagerij
hier dus toen hebben ze de stam op
zijn lengte afgezaagd en door de
midden gedaan en uitgehold. Dat
was zijn doodskist. Jullie weten toch
hoe snel populieren uitlopen. Gis-
teren de boom gezien die eruit
was gegroeid. Ons bevalt het hier
niet dus we trekken weer verder.
Heeft pa al kalk besteld voor de
akker. Groeten,

Loyal

Mr. + Mrs. Mink Blood
RFD
Cream Hill
Vermont

Mernelle sjokte de steile weg af, waarbij de sneeuw in haar laarzen drong. De hond stortte zich in haar sporen, erin en eruit, alsof het een achtbaan was. 'Je loopt je af te peigeren voor nop', zei ze. 'Niemand stuurt jou brieven of ansichtkaarten. Domme honden hebben geen pennemaatjes. Ik kan wel raden wat jíj zou schrijven. Zoiets als "Lieve Fikkie, stuur me een kat. Woef woef, Hond."'

Later zou Mink de sneeuwwals, die het dorp goedkoop aan hem had overgedaan toen ze overgingen op de sneeuwschuiver, tevoorschijn halen en achter de tractor hangen. Het was een soort rollende staaf met latten eromheen, waarmee je de sneeuw kon aanstampen tot een compacte massa. Zelfs als de wals op en neer was geweest, redde de truck het niet, zelfs niet met kettingen. In november, voordat de zware sneeuwbuien begonnen, parkeerde Mink de truck beneden aan de weg. Hij zeulde de tienlitermelkemmers iedere ochtend met de tractor naar beneden.

'Als we de truck hier boven laten staan, lopen we het risico dat we vast komen te zitten van de winter. Zo hebben we tenminste een kans als de zaak in de fik vliegt of als er iemand ernstig gewond raakt. Eenmaal beneden aan de weg krijgen we wel een lift van iemand.' Dat waren de woorden van Jewell, uit Minks mond. Jewell was degene die bang was voor ongelukken en brand, ze had haar vaders stal zien afbranden met de paarden en koeien erbij. Ze had haar oudste broer zien sterven, nadat ze hem uit de put getrokken hadden, de put waarvan het jarenlang door gras overwoekerde, doorgerotte deksel onzichtbaar was geweest. Ze vertelde het verhaal altijd op dezelfde manier. Ze schraapte haar keel. Liet een stilte vallen. Haar vingers waren ineengestrengeld, haar polsen rustten op haar borsten, en onder het vertellen liet ze haar handen licht heen en weer wiegen.

'Hij was er vreselijk aan toe. Al zijn botten waren gebroken. Die put was dertien meter diep en tijdens zijn val had hij ook nog stenen meegetrokken; raakte hij een steen, dan kwam die direct los. Ze moesten hem onder achttien stenen vandaan halen, waarvan sommige meer dan vijftig pond wogen, voordat ze hem eruit konden halen. Die stenen kwamen een voor een omhoog, heel voorzichtig zodat er niet nog meer los zouden raken. Je kon Marvin beneden horen kreunen: "Ahhhh, ahhhh", zonder ophouden. Steever Batwine was degene die naar beneden ging om hem eruit te halen. Het was vreselijk gevaarlijk. De rest van de put kon elk moment instorten. Steever was erg op Marvin gesteld. Marvin had die zomer wat werk voor hem gedaan, geholpen met hooien, en Steever zei dat hij een goede kracht was. Dat was hij ook, pas twaalf, maar al heel sterk. De stenen die ze omhooghaalden, hadden uit de lus kunnen schieten en Steever kunnen treffen.' Dub moest altijd lachen als ze 'treffen' zei.

'Marvin is degene naar wie je genoemd bent,' zei ze tegen Dub, 'Marvin Sevins, dus lach maar niet.

Toen lieten ze een soort tafeltje neer waar de poten vanaf waren gehaald, ze legden de tafel in de lus en lieten hem zakken. De tafel kwam maar tot halverwege, toen bleef hij steken, zodat ze hem weer omhoog moesten halen en er een eind af moesten zagen voordat hij erin paste. Steever stond beneden en verwachtte elk moment dat er nog meer stenen naar beneden zouden komen. Hij tilde Marvin op en legde hem op de tafel. Hij schreeuwde vreselijk toen Steever hem optilde om hem op tafel te leggen en begon toen weer te kreunen. Steever zei dat zijn huid het enige was dat hem bij elkaar hield, dat hij aanvoelde als een armvol aanmaakhoutjes. Toen Marvin uit de put kwam op dat tafeltje, helemaal bont en blauw, onder het bloed en vuil, met zijn benen geknakt als maïsstengels, viel mijn moeder flauw. Ze viel gewoon in zwijm midden in de modder. De hennen kwamen om haar heen staan pikken, en één ervan, die ik daarna altijd heb gehaat, stapte gewoon in haar haar en keek in haar gezicht alsof ze erover dacht haar een oog uit te pikken. Ik was pas vijf of zo, maar ik wist meteen dat dat een slechte hen was en ik pakte een stokje en ging erachter aan. Ze legden Marvin in de kamer van mijn vader en moeder, en de knecht – een van de jongens van Mason – was degene die het bloed begon weg te wassen. Hij deed het heel voorzichtig, maar hij hoorde een soort gekraak als van papier toen hij Marvins voorhoofd afveegde, en omdat hij op dat moment besefte dat het geen zin meer had, legde hij de bloederige doek zachtjes in de waskom en ging naar buiten. Marvin deed er de hele nacht over om te sterven, maar hij heeft niet één keer zijn ogen opengedaan. Hij was buiten bewustzijn. Mijn moeder is geen enkele keer de kamer in gegaan. Die bleef gewoon beurtelings flauwvallen en janken in de woonkamer. Dat heb ik haar nog jarenlang kwalijk genomen.' Het wrede egoïsme in het verdriet van de moeder werd opnieuw als een enorm reclamebord uitgehangen, zodat iedereen het sidderend kon aanschouwen. Oma Sevins.

Mernelle liep te zweten in haar wollen sneeuwpak toen ze de

voet van de heuvel bereikte. De dorpsweg was geploegd, de weg verlaten, de sneeuw ribbelig van bandensporen en kettingen. De bestelwagen van de postbode, een oude Ford sedan met afgezaagd achterstuk, waarop een planken vloer was gelegd met latten aan de zijkant, liet een duidelijk herkenbaar spoor achter. Door het getik en geratel van de losse verbindingsstukken kon je hem al van heel ver horen aankomen. Als de bandensporen over het midden van de weg liepen zonder naar de kant te zwenken, wist Mernelle dat de brievenbus leeg was, dat hij enkel de teleurstelling van verroeste scharnieren bood. Normaal gesproken liep ze helemaal naar beneden, alsof ze iets verwachtte, misschien een mysterieuze gele envelop, geadresseerd aan haar vader, waaruit, als hij hem openriste met zijn oude vieze zakmes, een groene cheque ter waarde van een miljoen dollar op tafel zou glijden.

Er was post. Loyals *Boerderijkrant*, die bleef komen ook al was hij zelf weg, een folder van een veemarkt, een briefkaart voor haar moeder dat de man van Watkins de eerste week van februari zou komen. Onderaan had hij gekrabbeld: "Als het weer het toelaat." Weer een berenkaart voor Jewell, in Loyals handschrift, dat zo pietepeuterig was dat het irritant was om te lezen. En ook een ansichtkaart voor haar, de derde keer in haar leven dat ze post kreeg. Ze telde ze. De verjaardagskaart van juf Spark, toen Loyal met haar ging. De brief van sergeant Frederick Hale Bottum. En deze kaart.

Ze had haar moeder niet verteld dat sergeant Frederick Hale Bottum had geschreven dat ze hem een foto moest sturen, een kiekje, schreef hij, 'in een leuk tweedelig badpak als je dat hebt, maar eendelig is ook goed. Met zo'n leuke naam moet je wel leuk zijn. Schrijf me gauw terug.' Ze had hem een foto gestuurd van haar nichtje Thelma in badpak, een foto die ze uit de blikken trommel met omkrullende brieven en foto's in de bijkeuken had opgedoken. Thelma was veertien op die foto, met armen en benen als hooivorken. Ze had haar ogen tot spleetjes geknepen, zag er Mongools uit. De Atlantische Oceaan was vlak. Het was een door tante Rose zelf genaaid bruin badpak. Als het nat was, hing het uitgezakt als een verlepte huid rond je lijf. Op de foto was het nat en zanderig.

Op deze ansicht stond een groot huis met witte pilaren, verscholen achter met kwaadaardig groen mos bedekte bomen. 'Een oud herenhuis in het zuiden'.

Lieve Mernelle, ik zag je naam
en adres bij de Pennemaatjes
en besloot je te schrijven. Ik
ben een meisje van 13 met rood
haar en blauwe ogen, 1 meter
60 lang, weeg 48 kilo. Mijn hob-
by's zijn ansichten verzamelen
van interessante plaatsen en
gedichten schrijven. Als we el-
kaar ansichten sturen, krijgen
we een leuke verzameling. Ik
ga proberen leuke te vinden,
niet met hotels erop of van hana
kale mannen die dikke dames
aframmelen.
Je pennemaatje (?)
Juniata Calliota, Hama, Alabama

32 USA

Mernelle Blood
RFD
Cream Hill, Vermont

Hond rende de geploegde weg op en neer, hij zette zich schrap en rende naar de bocht, daar draaide hij om zijn as, waarbij hij een wolk sneeuw opwierp in de kleine cirkel, en rende weer terug naar Mernelle. Zijn blijdschap strookte met het feit dat Mernelle een ansicht kreeg. Zijn vacht stak geel af tegen de sneeuw. De sneeuwschuiver had de sneeuw aan beide zijden van de weg opgehoopt, diep de berm in, klaar voor de februari- en maartstormen. De schuiver had duizenden stokjes en op stukjes vleermuisvleugel lijkende bladeren omhooggewoeld. Hond rende opnieuw weg, dit keer de bocht om.

'Kom terug, jij. Ik ga naar huis. Je wordt overreden door de melkwagen, hoor.'

Maar ze liep zelf ook naar de bocht, louter en alleen vanwege het genot de harde weg onder haar voeten te voelen, na meer dan twee kilometer van geploeter. 'Juniata Calliota Homa Alabama', zong ze. Hond lag te rollen in de bladeren, een noviteit, en veegde ze met zijn zwiepende staart alle kanten op. Hij keek haar aan.

'Kom op', zei ze, terwijl ze op haar dij sloeg. 'We gaan.' Toen hij obstinaat van haar wegrende in de richting van het dorp, draaide ze zich om zonder hem, met de post in haar jaszak. Ze was al bijna bij de zinkbuis in de bevroren beek toen hij haar inhaalde. Hij had iets voor haar meegebracht maar wilde het niet loslaten, als een kind dat met een verjaarscadeau naar een feestje gaat. Ze wrong het tussen zijn natte kaken vandaan. Het was een vrouwenschoen met een bandje, lichtlila, vol vlekken en halfvol bladeren; waar Hond hem in zijn bek had gehad was de zijde nat geworden.

'Hond. Hond, kijk!' Mernelle deed of ze het muiltje wegwierp, maakte een schijnbeweging. In Honds ogen verscheen de diepe jachtglans. Hij verstijfde en bleef strak naar haar hand staren. Ze gooide het muiltje weg, hij keek eerst waar hij neerkwam en stortte zich toen de sneeuw in op zoek naar de prooi. De hele weg naar huis vermaakten ze zich ermee, toen gooide ze hem – voor de laatste keer – op het dak van de melkstal. En ging zingend naar binnen.

'Waarom zet hij toch nooit een adres op die dingen', vroeg Jewell, terwijl ze de ansichtkaart omdraaide en fronsend naar de beer keek. 'Hoe denkt hij dat we hem moeten terugschrijven, dan? Hoe kunnen we hem nou laten weten wat hier gebeurt?' Jewell vroeg het aan Mink. Maar dit was een vraag die niet gesteld mocht worden.

'Laat ik de naam van die etterbak niet meer horen. Ik hoef geen bericht van hem.' Mink trok met een ruk zijn extra sokken aan. Zijn schouders hingen af in het stijve werkhemd met de afdruk van het strijkijzer op de zachte mouwen. Zijn harige handen kwamen uit de manchetten tevoorschijn en balden zich.

'Je kunt het poste-restante sturen naar de plaats waar hij is afgestempeld', zei Dub.

'Naar Chicago? Zelfs ìk weet dat Chicago te groot is om iets poste-restante heen te sturen.'

'Gaan we de hele dag staan leuteren of kunnen we gaan melken?' zei Mink. Hij had zijn armen al in de staljas, liet de knopen door de uitgelubberde knoopsgaten glijden. 'Ik wil eens naar de koeien kijken, beslissen welke we verkopen, zodat we een aantal overhouden dat we de baas kunnen. Als we het de baas kunnen. Zoals het er nu voor staat, leveren die verdomde melkcheques maar net genoeg op om schoenen te kopen en brandstof voor de tractor.' Het voerpetje met de vette klep was naar de deur gericht.

Dub schonk hem zijn mallotige lach en wurmde zijn voeten in de stallaarzen. De veters sliertten over de grond. Hij volgde Mink op de voet, als een hond.

In de stal de zoete koeiegeur, neerkletterende stront, het van de hooizolder neerdwarrelende stof.

'Die koeien moeten de belasting en de brandverzekering opbrengen. En, je moeder weet het niet, maar we zijn ver achter met het betalen van de hypotheek.'

'Het ouwe liedje', zei Dub, die zich in de donkere hoek terugtrok, waar hij aan de pomp zwengelde tot er water uit spoot. Hij begon emmers te vullen. '"Oh, het boerenleven is zo'n gelukkig leven."' Hij zong het oude meentlied op de geijkte gekscherende toon. Had iemand het ooit anders gezongen?

7 Als je een hand mist

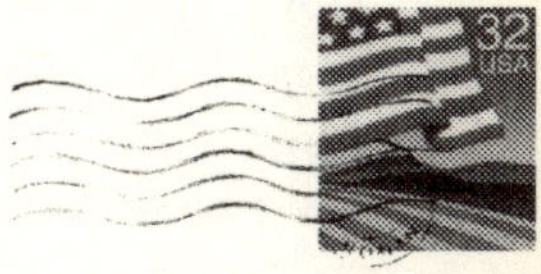

7 februari 1945

Cosmi-pro kunstledematen zijn het summum van kwaliteit. Gespecialiseerd in cineplastische amputaties.

- op maat gemaakt
- keuze tussen vleeskleurig schokbestendig plastic en pokhout
- verkrijgbaar met scharnierende vingers of roestvrij stalen haak
- comfortabel 8-vormig harnas

Vraag vandaag nog een gratis kleurenbrochure aan.

Miss Myrtle Higg
p/a dr. J. Williams, arts
4 Bridge St.
Diamond, Vermont

Dub had in de krant gestaan, drie jaar lang had hij het artikel bewaard in een la die amper openging.

Marvin E. Blood uit Vermont raakte gewond toen hij van een goederentrein sprong die Oakville (Connecticut) binnenreed, en onder een van de wagons terechtkwam. Hij werd naar het Santa Maria Ziekenhuis gebracht, waar zijn linkerarm net boven de elleboog werd geamputeerd. 'Als je treinen bespringt, raak je vroeg of laat gewond. Deze jongeman had zijn krachten aan de oorlog moeten geven, maar nu is hij een last voor zijn familie en de gemeenschap geworden', aldus Percy Sledge, hoofd van politie te Oakville.

Mink en Jewell hadden met de auto naar het ziekenhuis in Connecticut gemoeten om hem op te halen. Mink had naar de lege mouw van het gekregen corduroy jasje gestaard en gezegd: 'Vierentwintig jaar en moet je jezelf eens zien. Jezus Christus, je ziet eruit als honderd kilometer slecht wegdek. Had maar in de buurt de beest uitgehangen, dan zou je er niet zo beroerd aan toe zijn geweest als nu.'

Dub grinnikte. Bij een begrafenis zou hij nog grinniken, dacht Mink. 'Dat laat ik op mijn pyjama borduren', zei Dub. Maar het was geen grap. En toen Dub de drankwinkel in die straat in Hartford zag, had hij Mink dan ook gevraagd te stoppen.

Het was moeilijk om de halveliterfles met één hand open te krijgen. Het leek wel of de dop er op gesoldeerd zat. Hij had de fles tussen zijn knieën geklampt, in zijn handen gespogen en gedraaid totdat zijn vingers verkrampten. 'Ma?' zei hij.

'Ik heb nog nooit van mijn leven een fles van dat gif voor iemand opengemaakt en ik ben niet van plan daar nu mee te beginnen.'

'Ma, je moet het voor me doen. Als je het niet doet, bíjt ik de dop van die klotefles er af.'

Jewell was strak naar de horizon blijven staren, haar handen ineengeklemd. Een kilometer reden ze zo door. Dubs ademhaling vulde de auto.

'Om godswil!' schreeuwde Mink, terwijl hij de grassige berm in zwenkte. 'Om godswil, geef hier dat ding, verdomme.' Hij draaide uit alle macht aan de dop, totdat deze kraakte en loskwam. Hij gaf hem terug aan Dub. De whiskeygeur verspreidde zich, een zware geur als van geschroeide aarde na een bosbrandje. Jewell draaide haar raampje een stuk open, en tijdens de driehonderd kilometer lange rit naar het noorden had Dub niets gezegd van de tocht, die hem zo verkilde dat hij begon te rillen en nog meer whiskey nodig had om helder te kunnen zien.

Al sinds zijn babytijd hadden ze geweten dat hij een malloot was, maar nu hadden ze bewijs uit de eerste hand dat hij ook nog een mismaakte en een dronkaard was.

Nu ze vier koeien hadden afgemaakt ging het iets makkelijker, dacht Dub, maar ze waren nog steeds pas 's avonds om half zeven of later klaar met melken. Al sloeg hij het avondeten over, hij moest zich toch wassen en de stank van de stal zien kwijt te raken. Wat hij ook deed, of hij nou een bad nam, zich helemaal liet wegzakken in het grijze water of zijn nek en armen net zo lang met Vim schrobde tot zijn huid ervan begon te branden, als hij met Myrt danste, stoomde het volle aroma van mest, melk en koeien uit zijn poriën. Maar op zaterdagavond na het melken waste hij zich van top tot teen en vertrok naar De Komeet. Daarvan liet hij zich niet weerhouden.

Het was koud. De truck sloeg pas aan nadat hij de hete theeketel een half uurtje op de accu had gezet. Waarschijnlijk zou hij vannacht om twaalf uur, als De Komeet sloot, weer niet starten, maar dat kon hem op dit moment niet schelen, hij slipte met een soort omgeduldige pret door de kiezelige bochten en negeerde het stopbord op de kruising. Hij zag geen lichten naderen. Hij haastte zich naar de warmte van De Komeet.

Tegen de tijd dat hij aankwam, was de parkeerstrook vol. Op het dak van de bar gloeide de rode neonkomeet met zijn hete letters in de ijzige nacht. Ronnie Nipples truck, met een lading hout achterin om wat grip op de heuvel te hebben, stond aan het eind van de rij auto's en trucks geparkeerd. De sneeuw piepte toen Dub de wielen blokkeerde en ernaast parkeerde. Hij kon waarschijnlijk wel een gooi van Ronnie krijgen als het nodig was. Of van Trimmer, als die er was. Hij keek de rij langs om te zien of Trimmers houttruck er stond, maar zag hem niet. Zijn adem spoot uit zijn mond en maakte een rijmrand op de voorruit, op de plek waar de heteluchtstroom niet kwam. Hij sloeg het portier dicht, dat vanwege de versleten pal net zo hard weer openklapte. 'Kolere, daar heb ik nou geen tijd voor, dat soort onzin.' Hij rende naar de matglazen deur met de klingelende bel, trappelend om zich in de herrie te storten die hem tegemoet schalde.

De stomende, rokerige ruimte zoog hem naar binnen. De tafels waren afgeladen, de bar was een rij gebogen ruggen en schouders. Kleurige luchtbellen, waaruit blèrende saxofoons gorgelden, deden de jukebox oplichten. Hij wierp zich in het vuur van houten lucifers, de glans van bierflessen, de valse halvemaanslachjes van slinkende borrels. Hij ging op de voetsteun van de bar staan om te zien of Myrtle er was, of Trimmer.

'Hoe krijg je het verdomme zo heet hier binnen?' schreeuwde hij naar Howard, die achter de bar heen en weer rende. De barkeeper wendde zijn lange gele gezicht naar Dub. Zijn in plooien neerhangende en door rook verkleurde huid leek te zijn opgehangen aan zijn zwarte metaalachtige wenkbrauwen. De mond ging open, een grimas van herkenning. Een natte tand twinkelde.

'Lichaamswarmte!'

Een man aan de bar lachte. Jack Didion. Zijn arm lag om de oudere vrouw naast hem, die een lange wijde jurk bedrukt met marineblauwe chevrons droeg. Ze werkte voor Didion, melkte de koeien, droeg de hele week een mannenoverall. Didion fluisterde haar iets in het oor, waarop ze haar hoofd in haar nek wierp en brulde van het lachen. 'Lichaamswarmte! Wat je zegt!' Ze had zwarte rouwrandjes om haar gescheurde nagels.

De gekleurde flessen stonden trapsgewijs opgestapeld. Nadat zijn vrouw gestorven was, had Howard de ronde spiegel, omlijst met zangvogels en appelbloesem, van haar toilettafel gehaald en achter de flessen aan de muur gehangen, zodat zowel hun veelbelovende inhoud als hun aantal werd verdubbeld. Ook Howard zelf werd verdubbeld als hij heen en weer liep, met de achterkant van zijn hoofd weerspiegeld tussen de flessen.

Het kleine podium aan het eind van de bar was nog donker, maar de microfoons, en ook een drumstel, stonden er al. Op de ezel een kartonnen bord met in glitterletters DE SUIKERTAPPERS. Dub, die tussen de dansers door zigzagde, zag Myrtle aan een tafeltje bij de muur zitten, naar voren gebogen in het pulserende licht zodat ze de deur in de gaten kon houden. Hij naderde haar van achteren en legde zijn koude hand achter in haar nek.

'Mijn God! Ik schrik me dood! Waar zat je al die tijd? Alsof ik dat niet zou weten.' Ze droeg het bruine haar in een wrong, die op drift geraakt was en nu laag in haar nek hing. Haar mond was met lipstick tot een harde rode kus gevormd. Ze droeg haar secretaressepakje met de blouse met ruches. Haar kleine ogen waren helder talingblauw, omlijst met zandkleurige wimpers. Haar vlakke gezicht en platte borst gaven haar een zwak en kwetsbaar uiterlijk, een illusie die Dub wel beviel. Hij wist dat ze zo taai als eikehout was, een rank, taai eikje.

'Waar ik altijd zit: melken, wassen, de truck starten, hierheen rijden. We waren pas laat klaar met melken. Normaal vind ik het niet erg, maar vanavond kon ik niet wachten om weg te komen. Hij melkte gewoon langzaam, denk ik. Wat een hopeloze klotetoestand.'

'Heb je het hem verteld?'

'Nee, ik heb het hem niet verteld. Dan gaat hij door roeien en ruiten. Ik moet eerst zorgen dat de geweren achter slot en grendel liggen voordat ik het hem vertel. Ik vond hem al aardig kwaad worden toen Loyal de benen nam, maar als ik nu laat vallen dat we gaan trouwen en op onszelf gaan wonen, gaat hij helemaal uit zijn bol.'

'Hoe langer je het uitstelt, hoe moeilijker het wordt.'

'Het gaat om meer dan het alleen maar vertellen. Ik kan niet eerder weg dan dat ik weet dat hij op een of andere manier onder die boerderij uit kan. Verkopen, ik vind dat hij hem moet verkopen. En dan moet ìk met wat geld op tafel komen. Echt geld. Wij hebben makkelijk praten over weggaan, een cursus pianostemmen volgen en dat soort dingen, maar dat lukt alleen als je geld hebt, en ik heb geen geld.'

'Het komt altijd op geld neer. Uiteindelijk gaat het altijd over geld. Vaste prik.'

'Dat is het grote probleem. Hij zegt niet veel, maar ik weet donders goed dat we een grote hypotheek- en belastingachterstand hebben. Hij zou moeten verkopen, maar hij is zo verdomd koppig, dat wil hij niet. Als ik het probeer aan te kaarten, zegt hij: "Ik-ben-op-deze-boerderij-geboren, ik-ga-op-deze-boerderij-dood en boerenwerk-is-het-enige-werk-waar-ik-geschikt-voor-ben." Maar Jezus, als ìk kan leren pianostemmen, kan hij toch ook iets anders leren. Met een boormachine omgaan of zo. Wil je een pilsje? Fris? Een martini?' Zijn stem opgeblazen, warm, komisch.

'Uh, doe mij maar een gin met ginger ale.' Ze duwde de wrong omhoog en schoof nog een haarspeld in de schuivende massa.

'Met wie ik echt medelijden heb, is Mernelle. Die rent huilend naar boven, naar haar kamer, omdat ze niets fatsoenlijks heeft om aan te trekken. Ze is overal uitgegroeid. Van de week moest ze een van ma's jurken aan naar school. Kwam ze jankend thuis. Ik vind het rot, maar ik kan er geen moer aan doen. Ik weet hoe het voelt als je door andere kinderen gepest wordt. Kleine etterbakken.'

'Arme stakker. Weet je, ik heb nog wel een paar jurken en een rok en een trui, die ze mag hebben. Een mooie groene kasjmier trui en een bruine corduroy rok.'

'Schatje, ze is tien centimeter langer dan jij en ongeveer twintig pond lichter. Dat is het probleem. Ze is de afgelopen paar maanden zo krankzinnig hard gegroeid. Bonestaak. Kon ze zichzelf maar een beetje afremmen.'

'We vinden er wel iets op. Ze kan toch niet Jewells jurken aan naar school, dat arme kind. Trouwens, ik heb een verrassing voor je.'

'Toch wel een leuke, hè.'

'Ik vind van wel.' Haar lippen zetten hun rode afdruk ondersteboven op de rand van het glas. 'Dokter Willy heeft vandaag een briefkaart gekregen van de Railway Express. Hij is binnen.'

'Wat is binnen?'

'Je weet wel. Je weet best wat ik bedoel. Wat je je hebt laten aanmeten.' Haar gezicht kleurde rood. Ze kon het nog steeds niet over haar lippen krijgen, zelfs niet na twee jaar als doktersassistente. Zelfs niet nadat ze zeven maanden met Dub in de truck, die muggen, motorolie, modder en been verlammende kou lekte, had zitten zoenen en honderd ontsnappingen en toekomsten had zitten bedenken, geen van alle met een boerderij erin.

'Oh, je bedoelt de kunstarm. De prothese. Bedoel je dat?'

'Ja.' Ze schoof het vlekkerige glas weg. Ze kon het niet verdragen hem zo te horen ademen.

'Of is het een haak, een grote, glimmende, roestvrij stalen haak? Ik weet het niet meer. Ik weet alleen dat mijn vriendin Myrt vindt dat ik er een moet aanschaffen, hoewel ze me niet kan vertellen wat ik precies moet aanschaffen.'

'Marvin. Doe me dit niet aan', zei ze met lage stem.

'Doe wat niet? "Haak" zeggen? "Prothese" zeggen?' Zijn stem schalde over de dansvloer. Hij zag Trimmer aan de bar staan, zag Trimmer scheel kijken en zijn hand langs zijn keel halen. Waardoor hij zich onmiddellijk beter voelde en begon te lachen. Hij haalde het pakje sigaretten uit zijn borstzak en schudde er een sigaret uit. 'Je hoeft je niet te schamen, hoor, schatje, ik vind het ook afschuwelijk om te zeggen. Prothese. Klinkt als een gemene gifslang. "Hij is gebeten door een prothese." Daarom heb ik er zo lang over gedaan om er wat aan te doen. Kon het niet over mijn lippen krijgen. Prima, meid, lach maar eens goed om die malloot. Ik zal je vertellen, meisje, een paar maanden nadat het gebeurd was, ben ik naar een plaats in Rhode Island gelift, waar je je zoiets kunt laten aanmeten, de haak, geloof ik, maar ik durfde niet naar binnen. Ik schaamde me zo, dat ik niet naar binnen durfde. Ik kon het meisje aan de balie zien zitten, maar ik was gewoon niet in staat om naar haar toe te gaan en te zeggen...'

'Dub. Hoe is het?' Trimmer, groot, dik en breed met lang ondergoed dat uit zijn smerige roodgeblokte hemd stak. Hij stonk naar benzine en olie, naar paarden, ongewassen lijven en tabaksrol. Hij gaf Myrtle een knipoog met zijn zware ooglid en maakte een geluid met zijn tong, net zo'n geluid als hij tegen zijn span trekpaarden maakte.

'Trimmer. Hoe gaat-ie?'

'Zo donders goed dat ik er niet goed van word. Ik loop gewoon wat ellende te zoeken om mijn geluk en blijdschap wat te temperen, ik kijk naar de overkant van de zaal en daar zitten jullie, als op bestelling, elkaar kwaad aan te kijken. Dat is het, denk ik, ware liefde, enkel een kwestie van tijd voor ze hem eruit gooit. Dub, ik wil zo even met je praten. Heb je een minuutje?'

Aan beide kanten van het podium ging een spot aan, waarvan de lichtbundels in het midden samenvielen en waardoor de vieze microfoonsnoeren en het blauwe drumstel werden uitgelicht. Een man met een kalend voorhoofd en puntige duivelstanden kwam op, gekleed in een kobaltblauw jasje. Met een gedeukte saxofoon. Er schoven nog twee oude mannen het podium op, een manke met een Red Pearl-accordeon en een dikke schommelkont met een banjo, beiden met een smoezelig kobaltblauw jasje aan. Ze keken vol afkeer naar de kleedkamer naast het podium. Er kringelde rook omhoog. Een tel later beende er een jongen van nog geen twintig, gekleed in een bruine broek en een geel rayon hemd, naar het drumstel, met de brandende sigaret nog in zijn mondhoek. Hij gaf een roffel op de snaardrum bij wijze van welkom en uit de microfoon klonk de holle stem van de saxofonist. 'Goedenavond, dames en heren, welkom in De Komeet. We maken er een leuke avond van. De Suikertappers voor uw dans- en luisterplezier. Ons eerste nummer is "The Too Late Jump".'

'Ben zo terug, makker. Eerst moeten miss Myrt en ik die kinkels laten zien hoe het hoort.'

Didion gaf een brul toen ze de dansvloer opliepen. 'Pas op, dat wordt vuurwerk!' Howard liep naar het puntje van de bar om te kijken. De drummer zette in met een barrage van oorverscheurend harde klanken, en een voor een, aarzelend, volgden de mannen in de kobaltblauwe jasjes, de saxofoon aanvankelijk nog wat hol, maar geleidelijk toewerkend naar een snerpende, gillende set.

Myrtle en Dub stonden met opgetrokken schouders tegenover elkaar, als reigers, alleen Dubs opgeheven hand bewoog, trilde, wapperde als een lap in een storm. Met een Zoeloesprong dook hij op Myrtle af, hij liet haar onder zijn arm rondtollen totdat haar rok zo bol stond als een donkere kelk, waarna hij haar achtereenvolgens van zich afwierp en naar zich toetrok. Haar lakleren schoenen als ijs. De andere dansers gingen opzij, gaven hen alle ruimte. Dub trapte zo hard als een paard. Helder zweet spatte van zijn gezicht. Een regen van haarspelden achter Myrt, de waterval van fijne krullen viel losjes omlaag, hun voeten stampten.

'Pindakaaspotten bewaren!' schreeuwde Trimmer.

'Hertevlees! Hertevlees!' Didion, met het hoogste eerbetoon dat hij kende.

Dub kwam terug naar het tafeltje waar Trimmer zat in een wolk van pijptabaksrook, met een tweeliterkan bier in zijn hand. Zijn flanken gingen op en neer, glinsterend zweet liep in straaltjes langs zijn slapen, hing in heldere druppels aan zijn kin. Myrtle leunde hijgend naar achteren in haar stoel, met haar benen wijd zodat er wat koele lucht onder haar rok kon stromen, en de knoopjes van haar vochtige blouse zo ver open als het fatsoen toeliet. Dub schonk eerst een glas koud bier voor haar in en dronk vervolgens gulzig uit de kan. Hij zette de kan midden op tafel, stak een sigaret voor Myrtle aan en toen een voor hemzelf. Trimmer trok zijn stoel dichter bij de tafel.

'Dat is nog eens dansen. Dat lukt mij in geen miljoen jaar.' Hij klopte het klokhuis uit zijn pijp in de asbak. 'Ik wilde je vragen of je er wat voor voelde om Loyals oude vallen te zetten en of je wat hulp kon gebruiken. Bontprijzen liggen goed. Vooral vismarter. Vos. Ik heb de indruk dat jij in staat bent ze op te sporen, op te pakken en binnenstebuiten te keren terwijl ze nog rennen. Zoals jij danst.'

'Dat is heel wat anders. Als je je arm of zo kwijt bent, doet het je goed, als je zoiets kunt. Loyals oude vallen zetten? Ik kan wel zien dat je er geen sjoege van hebt.'

'Ik weet dat hij er verdomd aardig aan verdiende. Ik weet dat hij een partij prima bont had, waar hij niet eens voor naar de noordpool hoefde. Vos. Heel mooi vossebont had hij vorig voorjaar op de bontveiling. Dik, donzig. Echt mooi. Ik heb hem daar op het podium zien klimmen voor het hele zootje en hem zich zo zien omdraaien met die partij rood bont, dat alle staarten wijd uitstonden. Lijkt me niet meer dan logisch om daar mee door te gaan.'

'Nee', zei Dub op lijzige toon. 'Trimmer, je hebt er geen flauw idee van hoe Loyal zijn vallen zette. Wat hij met die vallen deed, lukt mij in nog geen miljoen jaar. Ik weet niet eens waar ze zijn.'

'Shit, het kan toch niet zo moeilijk zijn om ze te zoeken, wel? Op de hooizolder, de zolder, de schuur? Ik help je wel, uitroken, het spul uitzetten. Ik help je een handje met het spannen van de lijnen. Je hebt toch wel enig idee waar hij ze zette?'

'Wat Loyal met die vallen deed, was heel wat anders dan wat jij of ik ermee zouden doen. Het was niet zo dat hij ze in de schuur hing en er na een dag in de rook op vertrouwde dat de mensenlucht eraf was, zoals de meeste jongens hier. Ten eerste: toen hij klein was heeft hij veel geleerd van die oude snurker die in die boombasthut in het moeras woonde, net onder de plek waar die hoge varens staan.'

'Die struisvarens.'

'Ja, die struisvarens. Loyal nam elke gelegenheid te baat om daar rond te hangen, na de zaterdagse klussen, op zomeravonden na het melken. Ouwe Iris Penryn, zelf half wild. Alle kneepjes van het vak heeft Loyal van ouwe Iris geleerd, en hij was sluw, hij hield alles geheim. Je weet hoe Loyal was, hij kneep er stiekem tussenuit, deed dingen als niemand keek. Ten tweede: hij heeft een klein schuurtje bij de beek, waar hij al zijn jachtgerei bewaart, behalve de vallen zelf. Nee, luister. Dan begrijp je wat ik bedoel.

Loyal was heel goed in het zetten van zijn vallen. Hij was verdomme een genie met twijgjes, hij wist precies hoe hij een hooisprietje zo moest neerleggen, een guldenroedestengel zo moest buigen dat de vos er altijd weer overheen stapte, regelrecht in de val.

Lag er sneeuw? Zette hij ze bij een graspol die uit het nieuwe ijs langs de oever omhoogstak, snap je, dat is waar de vossen op het nieuwe ijs komen spelen, hij zette een vallenspoor zodanig uit dat je niet kon zien dat er iemand in de sneeuw gelopen had, of hij zette een klem op een heuveltje bij de bosrand, waar de grond als het ware een beetje oploopt, een strik in de sneeuwkorst, als de sneeuw hard was, en misschien nog wel vijfentwintig andere soorten vallen. Je moet verstand hebben van vossen en van het terrein. Je moet een jachtinstinct hebben.'

'Oké, ik begrijp dat hij er hartstikke goed in was, maar het is toch niet ondenkbaar dat jij of ik die dingen ook kunnen en wat bont verschalken.'

'Jawel. En ik zal je vertellen waarom. Aan het eind van het seizoen verzamelde Loyal al zijn vallen en bracht ze naar zijn schuur. Wat hij deed, en ik kan me er maar een deel van herinneren, hij maakte buiten een vuur, kookte wat water, schraapte al zijn vallen schoon en schrobde ze vervolgens af met heet water en een borstel die hij nergens anders voor gebruikte, met handschoenen aan die met was waren ingesmeerd. Rubber is ongeschikt en bovendien niet te krijgen. Daarna pakt hij de vallen op met een haak van ijzerdraad en gooit ze in een grote wastobbe die nooit ergens anders voor gebruikt is, hij doet er soda en water in en kookt ze een uur lang. Dan haalt hij de vallen er met zijn haak uit en gooit ze in de beek. Waar hij ze de hele nacht laat liggen.' Dub stak zijn hand op toen Trimmer aanstalten maakte om iets te zeggen. Hij nam een slok uit de kan en keek hoe Myrtle haar losgeraakte haar weer in een wrong draaide en vastspeldde.

'De volgende ochtend is onze Loyal weer terug, glurend over zijn schouder om er zeker van te zijn dat niemand hem bespiedt. Uiteraard nam ik elke kans daartoe te baat. Toen ik klein was. Hij gaat de schuur in, steekt de kachel aan, pakt de grote emmer die hij nergens anders voor gebruikt dan hiervoor, vult hem met water uit de beek, stroomopwaarts van waar de vallen liggen. Hij zet de emmer op de kachel en doet er een pond pure, nog nooit door handen aangeraakte bijenwas in, hij haalt de honingraat hoogstpersoonlijk uit Ronnie Nipples bijenkorven, legt hem in de pers, laat Ronnie de was niet aanraken en bewaart de was in een canvas zak, die, net als de vallen, uitgekookt en in de beek geweekt is. Als de gesmolten was schuimt in de emmer, haalt hij met zijn haak een val uit de beek, brengt hem naar binnen en hup daar gaat-ie, een paar minuten in de emmer met was en water, dan met de haak er weer uit, en dan brengt hij hem naar een berk aan de bosrand, waar hij hem ophangt. En dat doet hij met al die klotevallen. Als ze droog en goed gelucht zijn, bergt hij ze op in de volgorde waarin hij ze het volgend seizoen gaat gebruiken. Voor zijn veldklemmen, en de meeste vosseklemmen zijn veldklemmen, bekleedt hij een holle boomstam die hij ergens heeft liggen met plukjes gras. Die hij nooit met zijn handen aanraakt, dat gras of die boomstam, daar heeft hij weer een ander paar speciale was-handschoenen voor die hij in een stuk reukvrij zeildoek bewaart, hij propt die vallen tussen dat gras in die boomstam en daar blijven ze totdat hij ze het volgend seizoen uitzet. Hetzelfde doet hij met de vallen die hij in het bos uitzet, alleen kookt hij die in boomschors – en hij is heel kieskeurig wat betreft de soort schors – en bewaart ze tot het jachtseizoen ergens onder een richel in het bos. En dan nog al die geurtjes en lokstoffen die hij zelf maakt en waar ik niks van afweet. Trimmer, we komen van een ijskouwe kermis thuis, zelfs al zou ik zijn vallen wìllen uitzetten, want ik weet niet eens waar hij ze verborgen heeft. En ik heb geen zin om door het bos te gaan rennen en mijn arm in holle boomstammen te proppen om mijn broers vallen te zoeken. Hij kon het, hij vond het leuk, hij hield van dat voorzichtige en van het leren hoe je vallen moest zetten. Ik wil liever weten hoe je piano's stemt; dat doe je, en als je klaar bent krijg je ervoor betaald.'

'Nou, het zal allemaal best', zei Trimmer. 'Maar ik denk toch dat ik genoeg pelzen bij elkaar kan krijgen om wat geld te verdienen. Hoe wil je anders wat opzij kunnen leggen voor wat jij en Myrt van plan zijn?'

Dub dronk het laatste restje bier op. Myrt staarde hem aan op een manier die hij maar al te goed kende. Ze stelde hem dezelfde vraag zonder een woord te zeggen. Dub had voor allebei een antwoord.

'Ik zie het zo, als een man niks anders kan, gaat hij uit stropen.' Hij keek Myrt aan. 'Klaar voor de dansvloer?'

Een uur later kwam Dana Swett, Myrtles zwager, binnen, hij tuurde door de rook totdat hij haar zag, stak zijn rechterhand twee keer omhoog, met gestrekte vingers, om de tien minuten aan te geven waarin hij een biertje ging drinken en Myrtle haar glas kon leegdrinken en haar jas aantrekken. Ze danste een laatste keer met Dub, op een langzaam en treurig soldatenafscheidslied, neuriënd, totdat de drummer het tempo begon op te voeren in een poging de oude musici opnieuw naar een hoogtepunt te voeren, maar die waren uitgeblust, uitgespeeld, klaar om naar achteren te verdwijnen, hun fles aan de mond te zetten en geeuwend hun Luckies te roken.

'Maak het niet te laat', zei ze. 'Vergeet niet dat je morgenochtend moet melken. En kom maandagochtend naar kantoor. Dan maak ik een afspraak voor je, zodat dokter weet dat je komt.'

'Voor jou, oh schone weidebloem, alles wat je hartje begeert.'

Hij maakte een diepe buiging, danste met haar de vestibule in en drukte haar, al zoenend, diep in de naar wol ruikende jassen, waarbij hij de bittere tabak op haar tong proefde, de muskusachtige gin.

Toen Dub De Komeet verliet was het schrijnend koud. De harde sneeuw knerpte. Al was hij stevig aangeschoten, hij wist dat de truck stijf bevroren was. De deur kraakte in zijn stijve scharnieren. De voorruit en het stuur waren bedekt met ijs. De stoelzitting leek wel een stuk gebogen plaatstaal. Hij trapte de koppeling in, zette hem in zijn vrij. Alsof je met een lepel in een pot moes roerde. Toen hij het sleuteltje omdraaide, sijpelde er een kort zwak gekreun uit de startmotor.

'Kloteding, hij slaat niet eens aan.' Ronnie was al een uur geleden weggegaan. Hij zou Trimmer moeten vragen om hem aan te slepen. Hij liep terug naar De Komeet, van afschuw vervuld bij de gedachte aan rook en dranklucht, de slepende jukeboxmuziek, en zag dat het rood van het neonbord al vervaagde tegen het rood van de hemel. Ribbels van rood licht, het waterig rood van rijpe watermeloen, pulseerden boven zijn hoofd. Door het rood heen zag hij de sterren. Lange groene stralen waaierden uit langs de hemelkoepel, de hoge, koude lucht blikkerde, beefde in de elektrische storm. Mink beweerde altijd dat hij het noorderlicht kon horen knisperen, dat hij het een geluid kon horen maken als een verre wind. Dub deed de deur open.

‘Hé, het noorderlicht geeft een showtje weg.’

‘Doe die deur dicht, verdomme. Het is ijskoud’, brulde Howard. Hij was rond elf uur begonnen met drinken. Trimmer lag languit op drie stoelen, glinsterend spuug liep uit zijn mondhoek.

Dub sloot de deur, keek naar de trillende lucht, de rood verkleurde sneeuw op de parkeerplaats, de glanzende bomen en rivier in de vlammende nacht. Als Loyal nu de parkeerplaats op kwam lopen, dacht hij plotseling, zou hij er net zo lang op los rammen dat het bloed uit zijn oren liep en de rode sneeuw zwart zou kleuren. Opgekropte woede over het feit dat hij hier vastzat welde als zurig braaksel in zijn keel op. Ach wat. Hij kon net zo goed naar huis lopen, de drank laten uitwerken, tot bedaren komen. Twee uur lopen, op z’n hoogst.

8 De vleermuis in het natte gras

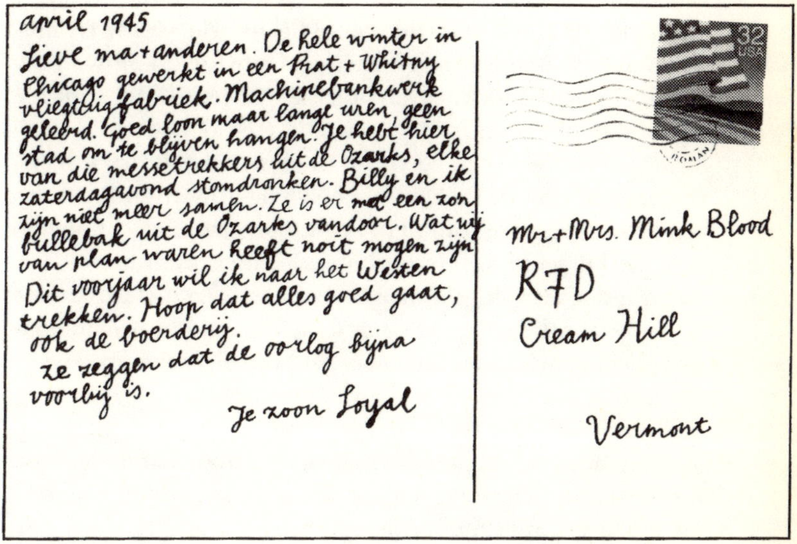

april 1945
Lieve ma + anderen. De hele winter in
Chicago gewerkt in een Prat + Whitny
vliegtuigfabriek. Machinebankwerk
geleerd. Goed loon maar lange uren, geen
stad om te blijven hangen. Je hebt hier
van die messetrekkers uit de Ozarks, elke
zaterdagavond stomdronken. Billy en ik
zijn niet meer samen. Ze is er ~~met~~ een zo'n
bullebak uit de Ozarks vandoor. Wat wij
van plan waren heeft nooit mogen zijn
Dit voorjaar wil ik naar het Westen
trekken. Hoop dat alles goed gaat,
ook de boerderij.
Ze zeggen dat de oorlog bijna
voorbij is.
Je zoon Loyal

Mr + Mrs. Mink Blood
RFD
Cream Hill
Vermont

Bij Taylor's Falls stak Loyal de staatsgrens naar Minnesota over, hij was van plan naar de bossen in het noorden te trekken en onderweg op boerderijen te werken. Hij had gehoord dat er werk was in de houtkap in het Chippewa National Forest. Het verdiende misschien niet best, maar hij moest de buitenlucht in. Werkend verder reizen, misschien naar Alaska voor de herfst, daar in de visfabrieken werken, hij wilde alles doen, behalve terug naar de machinefabriek, met mannen die meer geld dan ooit verdienden, en hun vrouwen ook, maar die er, na jaren van depressie en werkloosheid, nooit genoeg van kregen. Zoals dat onderkruipsel uit Noord-Carolina, Taggy Ledbetter, die bij het lopen zo diep door zijn knieën zakte dat de sleutelbos aan zijn riem tegen zijn kruis sloeg, eeuwig en altijd op de centen. Overdag liep hij het werk altijd zo sluw te traineren dat hij zich kon opgeven voor overwerk. Hij haalde anderen op met zijn auto en bracht ze naar de fabriek, waarvoor hij per persoon een dollar per week ving plus benzinebonnen, hij jatte gereedschap en onderdelen, paperclips, potloden, boortjes, passers, boorijzers, hij stak alles in zijn zak, in zijn groene werkbroek, onder zijn riem, in zijn broodtrommel. Hij liet zijn vrouw en kinderen alles sparen wat tegen baar geld gewisseld kon worden, opgelapte fietsbanden, zilverpapier, papieren zakken, spijkers, afgewerkte olie, oud ijzer, gescheurde enveloppes, oude autobanden. Handelde een beetje op de zwarte markt, in benzine, varkensvlees van de varkens die hij in de achtertuin hield. En bracht niets naar de bank. Hij kocht bouwpercelen. En in zijn vrije uren dreef hij een werkplaatsje in zijn achtertuin.

'Grond, daar valt geld mee te verdienen. Zo meteen komen er een heleboel dienstplichtigen terug die een huis willen bouwen. Dan verwisselt er een smak geld van eigenaar. En daar ga ik verdomme wel een graantje van meepikken.'

Hij was het zat om met de stank van ongewassen kleren op te staan, om van 's ochtends vroeg tot 's avonds laat in de walm van verbrand metaal en ranzige olie te staan, terwijl het werk nooit afliet, om zich door drie diensten per dag te worstelen, als een bingoton met genummerde houtblokjes, die ronddraaien tot de ton vertraagt en een winnend getal aangeeft. Op oudejaarsavond was hij naar een bar geweest. Met Elton en Foote, die naast hem aan de lopende band stonden. De bar zat stampvol. Met mannen die in de oorlogsindustrie werkten en wie het geld in de zak brandde, met vrouwen in gladde rayon jurken, wier haarwrongen slap neerhingen in onzichtbare netjes, met poeder tussen hun borsten en zwartrode lipstick op, die een zachte lipafdruk op hun bierglas achterliet, en de geur van sigaretterook en goedkope Soir de Paris uit kleine blauwe flesjes. Als er iemand binnenkwam, sneed er een zwaard van ijskoude lucht door de rook.

Samen met Elton en Foote wurmde Loyal zich naar de bar en bestelde bier. Elton, een magere boerenpummel met knokige armen en een zwakke blaas, was binnen een half uur ladderzat. Foote koesterde zijn whiskey en staarde recht voor zich uit. Loyal stond tussen Foote en een vrouw in, die een met een rode lakceintuur vastgesnoerde zwarte jurk droeg. Haar haar zat als een vracht zwartpaarse krullen op haar hoofd gestapeld. De hals van de jurk, die dezelfde vorm had als de top van een wapenschild, liet de bovenkant van haar bepoederde borsten vrij. Ze rookte de ene Camel na de andere en draaide zich geleidelijk van Loyal af naar een onzichtbare man links van haar. Ze drukte haar rug tegen Loyals arm. Geleidelijk verplaatste ze haar warme, strakke billen zo dat ze tegen zijn dijbeen duwden. Hij voelde zijn pik hard worden, een bobbel vormen aan de voorkant van zijn goede broek. Het was lang geleden. Langzaam liet hij zijn hand zakken, totdat hij op haar stevige achterwerk rustte, waarop zij zich tegen zijn handpalm aan drukte en net zo lang wiebelde tot zijn wijsvinger tussen haar billen gleed. De hitte sloeg van het gladde rayon af. Toen hij zijn hand op en neer schoof, werd hij onverhoeds, met de snelheid en verschrikkelijke kracht van een vallende balk, overvallen door de wurgende benauwdheid. Hij kreeg geen lucht meer. Hij wierp zich achterover in de muur van drinkers, schokkend en klauwend aan zijn keel alsof de strop van de beul om zijn nek gesnoerd zat. Hij rook de schroeilucht van een brandende sigaret tegen stof, het plafond van gewalst blik met zijn onbarmhartige patroon rees omhoog en viel vervolgens boven op hem.

Toen hij bijkwam, lag hij op een tafel in een kring van starende gezichten. De magerste man voelde met benige vingers Loyals pols. Het haar van het skelet, waarin een middenscheiding zat, was naar achteren geharkt en zag eruit als een metalige muts. Hij had goudomrande tanden en ogen, en gouden ringen om zijn vingers, een trouwring en een zegelring om de pink van zijn rechterhand. Loyal voelde hoe hij beefde en trilde, voelde zijn donderende hartslag.

'Je hebt geluk dat ìk er was. Anders hadden ze je in de hoek gegooid, bij de overige dronkelappen. Dan zou je lamp voorgoed gedoofd zijn.'

Loyals kaak trilde zo hevig dat hij geen woord kon uitbrengen. Zijn armen beefden, maar hij kon wel weer ademen. Hij ging rechtop zitten, waarop de menigte, teleurgesteld dat hij nog leefde, zich weer tot haar glazen wendde.

'Het komt door de adrenaline, dat je zo trilt. Ik heb je een adrenaline-injectie gegeven. Met een half uurtje kom je wel weer tot rust. Je hebt dit soort aanvallen vast eerder gehad.'

'Niet zoals nu.'

'Allergische reactie. Waarschijnlijk iets wat je gegeten of gedronken hebt. Weet je wat? Maak een lijst van alles wat je de afgelopen dag gegeten en gedronken hebt en kom dan overmorgen bij me.'

Maar Loyal wist dat het niet kwam door iets wat hij gegeten of gedronken had. Het kwam door de aanraking. Het aanraken van die vrouw. Kon het Billy niet zijn, dan ook niemand anders. De prijs voor het feit dat hij de dans ontsprongen was. Geen vrouw, geen familie, geen kinderen, geen menselijke warmte in zijn banale bestaan; voor hem slechts een rusteloos trekken van hot naar haar, de smalle marges van eenzame gedachten, de deerniswekkende verlichting van masturbatie, de kronkelige ideeën en alleenspraak die zo makkelijk in idiote uitspraken konden veranderen. Daar, naast het muurtje, was een of ander zwart, smerig buisje, dat van zijn geslachtsdelen naar zijn ziel liep, gaan eroderen.

Een milde dag, warm genoeg om het raampje open te draaien en de geur van het land op te snuiven. De zwarte velden strekten zich mijlen ver uit, de ploegsneden rezen en daalden als golven op een kalme zee. Hij overwoog naar een van de erven te rijden en te vragen of ze iemand nodig hadden, maar hij was bang dat hij niet in staat was om op andermans boerderij te werken, om met zijn hoed in zijn hand om werk te vragen. Hij reed langs een houtfabriek, proefde het pittige aroma van pas gezaagd hout, vermengd met de muffe geur van oude zaagselhopen. In zijn kleren rook hij zijn eigen lichaam, ondanks de wasserijzeep en een dag aan de lijn, niet ranzig, maar vertrouwd, de geur van de gekreukelde lakens op het bed thuis, van zijn opgevouwen blauwe werkhemden.

Maïs- en tarwevelden waaierden uit naar de horizon, akkers doorsneden door witte, liniaalrechte wegen, omzoomd door boerderijen, de hoeken overal even recht, de verdeelde aarde overal even slaapverwekkend, met als enige afwisseling de convergerende lijnen van perspectief en verte, de hoekige vlucht van vogels. Mijlen akkerland golfden tussen de verstarde erven. Ver weg zag hij hoe een tractor met een meerscharige ploeg zwarte voren met opstaande rand trok, alsof de bestuurder zijn patroon van curven en bochten volgens het imaginaire beeld van een kronkelende rivier trok.

De grootte van de boerderijen zat hem dwars. De boerderij thuis was een giller vergeleken bij deze jongens, zijn akker van acht bunders niet meer dan een plek om te keren. Al rijdend vormde hij zich een beeld van de boerderij waar hij zich – als hij hem vond – half en half hoopte te vestigen, heel anders dan de boerderij thuis, met zijn steile, hobbelige akkers en zure grond, zijn opdringende struiken en bomen, maar ook anders dan deze onafzienbare akkers met hun wervelende luchten. Hij had nooit geweten dat Minnesota zo vlak was. Maar het was geen sereen landschap. Door de stijg- en valwinden leek het land voortdurend onderhevig aan trage trillingen.

Zijn boerderij zou klein zijn, misschien honderd hectare, zacht glooiend land, als de ronding van heup en borst, prima weidegrond. Hij zag zijn Holsteins al grazen, tot aan hun hakken in mals gras. De grond zou rul zijn, vrij van stenen. Er zou een beek bij horen, waarvan beide oevers vlak en vruchtbaar zouden zijn, geschikt voor maïs en hooi, en een bosperceel van pakweg twintig bunders recht hardhout met op een zuidelijke helling een groepje suikerahornen, zoete bomen met lage takken. Op het hoogste punt van zijn land stelde hij zich een groep naaldbomen voor en tussen de donkere sparren een uit puur grondwater opwellende bron. Hij zou een tractor aanschaffen, goed gereedschap. Hij zou ervoor zorgen dat het zijn geld opbracht. Zijn handen klemden zich om het stuur, hij keek in de achteruitkijkspiegel, zag zijn vaste blik, het zwarte springerige haar. Zijn kracht welde in hem op, klaar om aangewend te worden.

Toen hij een paar kilometer ten noorden van Rice de liftende gestalte met de wijde broekspijpen en de scheef staande pet zag opdoemen, minderde hij vaart. De zon blakerde de motorkap. Na de smerige fabriek was hij blij weer op weg te zijn, in de stemming voor gezelschap. Hij stopte. De echo van het sonore motorgeluid klonk hem zoet in de oren. Het was een grote zeeman met zandkleurig haar, een aardappelgezicht en scherpe ogen, wiens behoefte aan een praatje hem voorging bij het instappen.

'Blij je te zien, zeg', zei de man. 'Ik sta hier al een dag of twee, een stukkie lopen, een stukkie staan. Ik zal er verdomme wel vreselijk uitzien, automobilisten schrikken zich rot, die denken dat ik een of andere struikrover ben. Wat een lenteweertje, hè? Overal worden militairen door iedereen meegenomen – ik heb er twee dagen en drie ritten over gedaan om van Norfolk naar hier te komen – maar niet in Minnesota! Nee, niet in mijn godvergeten geboorteland, waar iedereen Achterdocht heet. Klote-Scandi*nee*viërs. Er was één vent die vaart minderde, die zo hard remde dat het grind opspatte, maar zodra ik mijn hand op de deurknop had gelegd en hij me gezien had, stoof-ie weg alsof er een prijs te winnen was voor de eerste die in Little Falls aankwam, terwijl hij de laatste was.'

'Moet je naar Little Falls?' vroeg Loyal.

'Die kant op, ja. Niet helemaal. Ik ga mijn betere helft verrassen met een bezoek, mijn wijfie in Leaf River, ten noorden van Wadena. Er wonen daar vier mensen, waarvan ik er een ben, als ik thuis ben; ik melk de koeien, maai het hooi, maak ruzie met de buurman. En als ik weg ben, wil ik weten of iemand mijn plaats inpikt. Waar ik gezeten heb, heb ik te veel lieve Jannen tussen de lakens zien glijden als het spreekwoordelijke mes tussen de ribben, en ik begon me af te vragen: hoe zit dat met Kirsten, ik ken die Scandineeviërs, want ik ben er met een getrouwd, snap je, ik vroeg me af: hoe zit dat met Kirsten en Jugo. Jugo woont op de boerderij naast de onze, we werken samen, hooien, omheinen, klusjes over en weer, alles wat gedaan moet worden; heb ik een gebroken eg, leent Jugo me de zijne, heeft hij een hooivork waar de tanden uitvallen, neemt hij de mijne. Schrijft ze me een brief dat Jugo's vrouw eind maart is gestorven, leuk wijfie, knap, volslank, mijn smaak wel. Volgens die brief is ze door een stinkdier gebeten toen ze de rommel achter de houtschuur aan het opruimen was, en aan hondsdolheid overleden. De dokter kon niets meer voor haar doen. Dus toen begon ik me af te vragen: wat doet Jugo als de steel van zijn bijl afbreekt? Dan neemt hij de mijne. Wat doet Jugo als hij een paar drieduimsspijkers nodig heeft? Dan komt hij naar mijn huis om te kijken of ik er een paar heb. Wat doet Jugo als zijn vrouw de pijp uitgaat? Misschien dat-ie dan ook wel naar mijn huis komt en de mijne neemt, als ik weg ben. Dus heb ik een week verlof opgenomen, en daarvan zijn nog drie dagen over.' Hij onderbrak zijn woordenvloed en wees naar een sloffende gestalte in de berm. 'Hé, neem die gozer ook mee. Hij is oké. Ik heb gisteren met hem staan praten, en zolang de hel niet zijwaarts bevriest, zal niemand hem meenemen. Het is een indiaan maar hij is oké.'

Loyal had de indruk dat er uit alle hoeken en gaten lifters opdoken, op deze eerste warme dag. Hij had zo'n vijftienhonderd kilometer gereden zonder iemand met zijn duim omhoog te hebben zien staan en nu waren er ineens twee binnen een paar kilometer.

'Ken je hem?'

'Nah. Hij kwam gistermiddag langs en bleef toen even staan praten. Hij komt net uit dienst. Hij is een beetje wereldvreemd, maar hij woont aan het eind van deze weg. Hij brengt wat leven in de brouwerij. Daarvoor neem je toch lifters mee, niet? Om wat leven in de brouwerij te krijgen, een paar verhalen aan te horen, en soms laten ze je zien waar ze getatoeëerd zijn.' Hij gaf Loyal een knipoog, waarbij het kleine linkeroog verdween achter het vette ooglid, de kleverige wimpers.

Loyal nam gas terug toen hij de man naderde, keek naar hem in de achteruitkijkspiegel. Hij zag zwart haar, gekamd als dat van Clark Gable, een breed gezicht met een strak over de jukbeenderen gespannen huid, een tweed jasje, een smerige spijkerbroek en slangeleren laarzen. 'Ziet er eerder uit als een advocaat dan als een indiaan', zei hij.

'Bedankt.' De indiaan ging op de achterbank zitten, knikte twee of drie keer. Zijn wangen waren glad en hij rook naar een of andere pittige aftershave. Maar er hing inmiddels een dierlijke sfeer in de auto. De zwarte ogen van de indiaan gleden naar de zeeman. 'Nogmaals hallo', zei hij.

'Zo zie je maar, je weet van tevoren nooit hoe het loopt, Skies. Deze barmhartige Samaritaan hier is tot nu toe anoniem gebleven.'

'Loyal', zei hij. 'Loyal Blood.'

'Derde stuurman Donnie Weener,' zei de zeeman, 'en dit is Blue Skies, zonder dollen, zo heet-ie.'

'Zeg maar Skies', zei de indiaan. 'En ga alsjeblieft dat liedje niet zingen.'

Voor het eerst kwam de gedachte bij Loyal op dat het stel onder één hoedje speelde, hecht als twee centen in een zak, innig als twee kurken in een fles, eenduidig van doel als een aan twee kanten geslepen potlood. Het beviel hem niets dat de indiaan pal achter hem zat, dat matroos Weener zijn arm over zijn stoelleuning had gelegd en zich half naar hem had toegedraaid, alsof hij klaar zat om het stuur te grijpen. Hij draaide de snelweg op, in noordelijke richting, maar vanaf het moment dat de indiaan was ingestapt, had hij alle plezier in de dag verloren.

De indiaan zei dat hij op weg was naar het White Moonreservaat, tachtig kilometer ten noorden van Cork Lake.

Weener zei dat hij best wilde rijden als Loyal dat wilde, maar Loyal zei nee, hij zou zelf wel rijden. Hij liet het raampje open tegen de hitte die van het wegdek af begon te slaan.

'Verdomd goede landbouwgrond', zei Loyal, uitkijkend over de vruchtbaarste grond ter wereld, een miljoen jaar aan gecomposteerde graslagen, die als aarden vloeren aan beide zijden van de weg lagen afgerold. De boerderijen lagen in grote vierkanten, elk met zijn falanx van windbrekingen, bomen die het huis beschutting gaven.

'Deze velden zijn zo vlak', zei de indiaan, 'dat je, als je op je treeplank gaat staan, helemaal van het ene naar het andere eind kunt kijken. Maar moet je zien als het overstroomt, als de rivier buiten zijn oevers treedt. Dan lijkt alles – de huizen, de tractorschuurtjes die uit het water steken – één grote luchtspiegeling, een oceaan; het water kan alle kanten op. Als er dan een zuchtje wind overheen trekt, zie je het meer een kilometer ver rimpelen.'

'Wat zal dat een modder geven', zei Loyal.

'Ik ken mensen die erin zijn gevallen en nooit meer zijn opgestaan.'

'Zeker weten', zei Weener. 'Verdronken in de modder, gestikt in de modder, en dan word je bij het ploegen in de herfst teruggevonden als een soort droogstoppel.' Hij tapte moppen. De indiaan zat stil op de achterbank en rookte de ene sigaret na de andere.

Aan het eind van de ochtend zagen ze hoe achter hen in het zuidoosten de donderwolken zich opstapelden. Rond het middaguur stopte Loyal bij een Texaco-benzinestation in Little Falls.

'Volgooien?' De pompbediende haalde een druipende doek over de voorruit. Zijn armen waren te kort om het midden van het glas te bereiken. Zijn hemd glipte uit zijn broek, waardoor zijn harige buik met rimpels vol vuil zichtbaar werd.

'Ja. En olie en water controleren.'

Loyal betaalde hem met een biljet van vijf, maar voordat hij de snelweg weer op kon rijden, vroeg de zeeman hem een tel te wachten, waarop hij de deur opende en uitstapte.

'Weet je wat,' raffelde Weener snel, 'ik ren even naar dat café en haal wat te bikken. Dat bespaart tijd, wat broodjes ham en wat bier voor onderweg. Ik haal het wel. Ik trakteer.' Hij rende de straat over en verdween in een cafetaria. Op het glas stond in reliëfletters DE EENZAME ADELAAR geschilderd, met daaronder een adelaar en een vliegtuig die de ondergaande zon tegemoet vlogen.

Loyal en de indiaan bleven een paar minuten bij de pomp wachten. Toen er een vrachtwagen achter hen opdook die wilde tanken, parkeerde Loyal de auto langs de straat, waar Weener hen kon zien als hij naar buiten kwam. Ze wachtten in stilte. Na een tijdje opende de indiaan zijn koffer en pakte er een schrift uit, waarin hij begon te bladeren. Hij schreef iets op.

'Waar blijft-ie nou, verdomme? Hij is al een half uur weg voor die broodjes', mopperde Loyal.

De indiaan sloeg een bladzij om. 'Hij is ervandoor. Vlak nadat hij door de voordeur naar binnen ging, zag ik hem er door de zijdeur weer uitkomen. Hij is de straat ingelopen.'

'Bedoel je dat-ie 'm gesmeerd is, terwijl wij hier zaten te wachten? Jezus Christus, waarom heb je niets gezegd?'

'Ik dacht dat jij hem ook gezien had. Ik dacht dat je wel een reden zou hebben om hier te zitten wachten.'

Loyal stapte uit de auto en stak de straat over. Hij was al in de cafetaria eer hij aan de sleutels in het contact dacht. Hij rende terug naar buiten, maar de auto stond er nog, met de indiaan op de achterbank. Hij ging opnieuw de cafetaria binnen. Een magere man, wiens ene mondhoek omlaagboog in een uitdrukking van afkeer, stond achter de toonbank een cake in plakjes te snijden. Hij had links een lage scheiding in zijn dikke haar, de rest lag als een massief pompadourkapsel boven op zijn hoofd. Zijn grote glazige ogen waren zo bleekblauw dat ze wel kleurloos leken. Hij greep een gekarteld mes met gebroken lemmet. Onder een glazen stolp lag een piramide van in cellofaan verpakte boterhammen, rood zwoerd van de ham, grijze tonijn.

'Is er vijftien, twintig minuten geleden misschien een matroos binnengekomen?' vroeg Loyal, terwijl hij zijn hoofd omdraaide om de auto en de indiaan te kunnen zien. 'Grote, zware vent. Weener genaamd.'

'Er is godverdomme inderdaad een zeeman binnengekomen, ja, zijn naam ken ik niet. Rende gelijk de andere deur weer uit. Alsof het hier een doorgang is. Ik heb een bord op de deur hangen, GEEN UITGANG, maar het helpt geen moer. Ze doen het toch. Ik ben het zat. Het lijkt wel een doorgaande weg hier, maar niemand die wat koopt. Vanavond timmer ik de hele klerezooi dicht.'

Loyal keek door het raam naar buiten. De indiaan zat nog steeds in de auto. Hij besloot hem zo snel mogelijk te dumpen.

'Geef je iemand een lift, gaat hij ervandoor. Nou ja, geef me maar twee van die broodjes. Doe maar een met ham en een met tonijn.'

'Is geen tonijn. Kipsalade.'

'Mmm. Geef me maar van elk een. En twee plakken cake. Heb je Dr. Pepper?'[2] Hij zou de indiaan wat te eten geven en hem dan dumpen. Op die manier hoefden ze elkaar niets te verwijten.

De magere man veegde zijn handen af aan zijn schort en legde de broodjes voorzichtig in een witte zak. Hij pakte de plakken cake in vetvrij papier. Hij sloeg alles aan op een barokke oude kassa, die volgens Loyal al sinds Woodrow Wilson in de cafetaria moest staan.

'Da's één zeventig bij elkaar.'

Loyal tastte in zijn rechterbroekzak naar geld en terwijl hij dat deed, drong het tot hem door waarom de sluwe matroos Weener ervandoor was gegaan.

'Die klootzak heeft mijn geld gepikt. Hij heeft me verdomme bestolen.'

De magere man nam de ingepakte cakeplakken en de broodjes weer uit de zak. Hij haalde zijn schouders op zonder Loyal aan te kijken.

De indiaan zat nog steeds op de achterbank, zijn hoofd gebogen, geconcentreerd. Hij las iets.

Op de stoep stak Loyal herhaaldelijk zijn handen in al zijn zakken, zoekend naar de dikke bundel geld, de bijna zeshonderd dollar die hij van de winter had gespaard, zijn hele kapitaal, zijn nieuwe begin, zijn reisgeld. Weg. Hij stapte in de auto, wierp zich tegen de stoelleuning. De indiaan keek op.

'Weet je wat-ie me geflikt heeft? Die matroos? Mijn zakken gerold. Hij is er met al mijn geld vandoor. Hij moet het vlak nadat ik voor de benzine betaald heb, weggegrist hebben. De hele winter heb ik in een stinkende fabriek gestaan voor dat geld.'

Na een minuut zei de indiaan: 'Je moet ook nooit meer dan vijf piek op zak hebben. En nooit al je geld op één plek bewaren.'

'Zo stom ben ik nou ook weer niet. Hij heeft niet alles te pakken. Ik heb nog honderd in mijn schoen, maar hij heeft de rest. Van wat-ie ingepikt heeft, had ik een jaar kunnen leven.' Hij keek de straat langs, de kant op waar Weener volgens de indiaan heen gegaan was. 'Hoe dan ook, ik weet hem te vinden. Hij heeft me verteld dat-ie op weg naar huis was, een plaatsje net voorbij Wadena, Leaf Falls. Daar woont zijn vrouw.'

'Leaf River, bedoel je', zei de indiaan. 'Maar hij komt helemaal niet hiervandaan. Heb je niet gehoord hoe-ie sprak? Hij komt niet hiervandaan. Mij zei-ie dat-ie op weg was naar zijn vriendin in Noord-Dakota. Hij zei dat-ie een brief had gekregen dat ze heel ziek was, maar hij vermoedde dat ze zwanger was, daarom ging-ie dat uitzoeken. Zei-ie.'

'Een dief en nog een leugenaar ook', zei Loyal. 'Ik wil wedden dat-ie ook niet bij de marine zit. Dat marinepak zal-ie ook wel gejat hebben. Als ik hem te pakken krijg zal-ie nooit geen leugens meer verkondigen, ik ruk hem zijn tong uit. Ik trek zijn hersens door zijn neus naar buiten.'

Hij startte de auto en reed langzaam de straten van Little Falls op en neer, nu en dan stopte hij en rende een winkel in, een bar, de Zwarte Hoed, een levensmiddelenzaak, en vroeg of iemand de matroos gezien had. De indiaan zat op de achterbank, met zijn wijsvinger in het dichtgeslagen schrift. De hitte nam toe. De stoepen raakten langzaam leger, mensen zochten de koele schaduw op, lieten zich binnen op keukenstoelen en op oude, met pastelkleurige beddespreien bedekte banken zakken. De straten gingen over in verlaten grindweggetjes. Aan het einde van een kort laantje zagen ze een bord, LINDBERGH PARK. Loyal parkeerde de auto onder de bomen en zette de motor uit. Hij leunde achterover en sloot zijn ogen. Zijn handen en voeten waren gezwollen. Het zweet liep in straaltjes van zijn gezicht, van de haarlijn via zijn slapen naar beneden. De wind wakkerde aan. Het groepje espebomen zwaaide heen en weer, sissend als rotsen in een zware branding. De indiaan begon te zingen.

'Vind je het soms grappig?' schreeuwde Loyal. 'Vind je dat

je moet zingen, als er iemand beroofd wordt en probeert zijn geld terug te krijgen?'

'Ik zing Het Vriendelijke Lied. Het gaat als volgt: "De hemel hoort me graag". Ik wil aardig zijn tegen de hemel. Moet je zien.' Hij wees naar het zuidoosten, waar de lucht gekneusd blauw zag, met paarse zwellingen, als rotte plekken op een perzik. Loyal stapte uit de auto. Binnen een tel stond de binnensmonds zingende indiaan ook buiten. Espebladeren – groene, natte zijde – werden van de bomen gerukt. De indiaan ving er een paar op, wreef met duim en wijsvinger over de nieuwe bladeren, die zo zacht waren als het soepelste kalfsleer.

Terwijl ze naar de lucht stonden te kijken, wakkerde de wind in logaritmische stappen aan. De wolken kolkten, hun onderkant bezet met globes in de kleur van meloenvlees. Een regenvlaag, neerstortende takken, en in het natte gras iets dat met vergeefse volharding lag te kronkelen. Het was een gewonde vleermuis, die met zijn naaldscherpe tanden knarste. Hagel kletterde neer op de vleermuis, hamerde op hun armen en roffelde op het dak alsof het kiezelstenen waren.

'Zie je dat?' zei de indiaan, wijzend. Er bengelde een monsterlijke slurf uit de wolk. Er klonk een enorm gebrul. De gele lucht benam hen de adem.

'Tornado', zei de indiaan. 'De hemel hoort me graag', brulde hij. De slurf zwaaide heen en weer als een loshangend touw en trok over het immense landschap recht op hen af.

Er scheen een ondergaande maan zo wit als een nieuw dubbeltje in Loyals ogen. Gigantische roostervorken bogen zich over hem heen. Hij hoorde de roep van noordwaarts trekkende ganzen. Hij dacht dat hij op de boerderij was, verpletterd door het stenen muurtje, en strekte zijn hand uit om Billy om hulp te vragen.

Met het ochtendlicht verschenen er mensen. Ze tilden hem in een deken en legden hem op een matras achter in een pickup-truck. Iemand legde een papieren zak op zijn borst. Onderweg naar het ziekenhuis, terwijl de wind koud om zijn blote voeten waaide, probeerde hij zijn rechterhand te bewegen, wat nogal pijnlijk was. Na verloop van tijd bracht hij hem naar zijn hoofd en raakte de vochtige, pulpachtige massa aan. Hij hield iets in zijn linkerhand. Iets hards en glads, als een stompe koeiehoorn. Maar hij kon de kracht niet opbrengen om het op te tillen, om ernaar te kijken. De bomen schitterden boven hem als vlammen en de ocarina viel uit zijn hand.

'Een tornado kan rare dingen doen', zei de dokter. Hij boog zich over Loyal heen. Het op een afgeknotte kegel lijkende hoofd was bestoppeld met kort haar, oren als gekromde handen. Een lelijkerd, hoewel de bruine ogen achter de koeiewimpers een vriendelijke uitstraling hadden. 'Strootjes die tien centimeter in een moseik gedreven zijn en huizen die meer dan een halve meter verplaatst zijn zonder dat er een theekopje gebroken is. In jouw geval lijkt het erop dat je auto is meegevoerd en dat je schoenen en sokken netjes zijn uitgetrokken. Je hebt geluk dat je niet in die auto zat. We zullen er waarschijnlijk nooit achterkomen waardoor je precies gewond bent geraakt, maar je bent lichtelijk gescalpeerd, om het zo maar te zeggen.'

De indiaan was in geen velden of wegen te bekennen.

9 Wat ik zie

Loyal langs de wegen, de schaduwen van witte populieren als stroken zijde in de wind; bleke paarden in het veld, voortdwarrelend als bladeren; een vrouw achter een raam, haar schort glijdt over haar hoofd, het haarnet duikt op uit de hals, het schort is verschoten blauw, benen paars muggebeten geen kousen afgetrapte schoenen; in de tuin spijkert een man een bord aan een paal; KONNIJNEVLEES; een plank over Potato Creek; een schuur met scheef staande muren, waarvan de deur met een zware ketting is afgesloten, witte kruisen, windmolens, silo's, varkens, witte populieren in de wind, waarvan de bladeren voorbijstromen als hij langsrijdt. Een hek. Meer hek. Kilometers en kilometers hek, prikkeldraadhek. Drie meisjes aan de rand van het bos, hun armen om enorme bossen aronskelken met dikke bungelende wortels geslagen. Sigurds Slangekuil, MEER DAN 100 LEVENDE SLANGEN KOM HET GILA-MONSTER ZIEN 2½M ANACONDA WATERMOCASSINSLANG ZWEEPSLANG RINGSLANG RATTENSLANG, en de oude Sigurd met zijn lange, lange overall en zijn leren jas, die staat te wenken en te roepen, met een ringslang om zijn nek uit wiens bek beloften flitsen. Een Bostonvaren in het raam. Een sofa op de veranda. Een krant op de sofa. Een man die in een schaduwstrook onder een tractor ligt te slapen. POSTKANTOOR. Koop brood bij Kern. Rode eik, okkernotenboom, dikbastnotenboom, zwarte walnoot, zwarte ahorn, Kentucky koffieboom, viltbraam, Amerikaanse hulst, dwergeik, mos, winterdruif, zevenboom, witte spar, een grafheuvel in de vorm van een vogel, witte jeneverbes, sparren, balsemboom, lariks, prairiehoenderen. Ingezaaide klaver. Een koe die als een zwart vikingschip in een zee van gras ligt, een met een wit laken bedekte tafel onder een appelboom, en aan de tafel een man zonder hemd met een mahoniehouten gezicht en zachte, witte borsten.

Geverfde houten tafels in een wegrestaurant, met op elke plaats een papieren servet met een vork erop, en aan de linkerkant een lepel, een mes en een leeg waterglas. De eenvoudige menukaart rechtop tussen het pepervaatje en het zoutvaatje. Wolken als mierenetertongen, als havikstaarten, als krijtstof op een schoolbord, als uitgekotste bloemkoolroosjes. De lichtbundel van de zaklamp in het donker. Natte rotsen aan de oever van een meer.

10 De zoekgeraakte baby

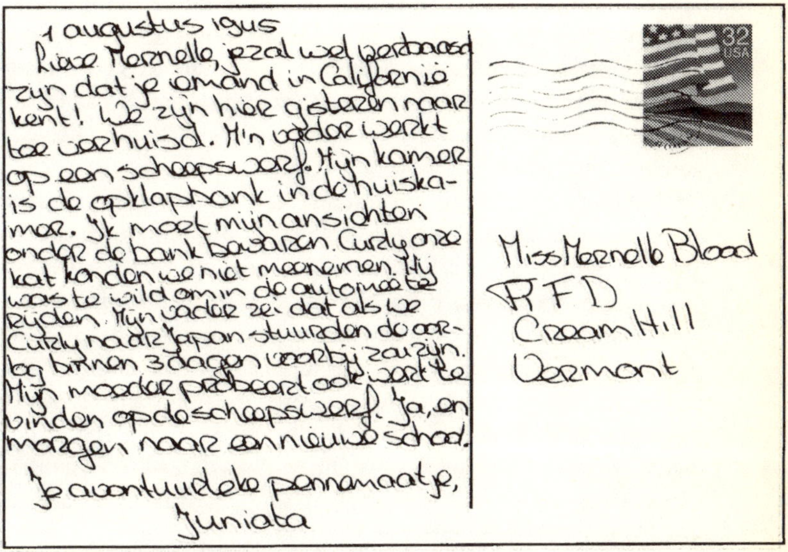

1 augustus 1945
Lieve Mernelle, je zal wel verbaasd zijn dat je iemand in Californië kent! We zijn hier gisteren naar toe verhuisd. Mijn vader werkt op een scheepswerf. Mijn kamer is de opklapbank in de huiskamer. Ik moet mijn ansichten onder de bank bewaren. Curly onze kat konden we niet meenemen. Hij was te wild om in de auto mee te rijden. Mijn vader zei dat als we Curly naar Japan stuurden de oorlog binnen 3 dagen voorbij zou zijn. Mijn moeder probeert ook werk te vinden op de scheepswerf. Ja, en morgen naar een nieuwe school.

Je avontuurlijke pennenmaatje,
Juniata

Miss Mernelle Blood
RFD
Cream Hill
Vermont

Mernelle was al bijna bij het bosbessenmoeras, ze was net bij de voorste struiken aangekomen, waar een zurige lucht hing, waar de zon het aroma uit de leerachtige bladeren, de blauwe libellen en haar eigen modderige voetafdrukken zoog, toen ze Jewell hoorde roepen, maar ze was te ver weg om de langgerekte droevige woorden die als 'Solo, solo' klonken te verstaan.

'Wat?' gilde ze, en luisterde. Alleen het vage 'solo' zweefde terug, op gerekte, holle toon. Haar naam kon het niet zijn. Haar naam klonk als 'Van Nelle, Van Nelle' als je hem van veraf hoorde. Ze stapte de struiken in en plukte een paar bessen. Ze waren nog vlekkerig paars en zuur. Ze tuurde omhoog en herinnerde zich de donkere koperkleur die de lucht tijdens de zonsverduistering van een maand geleden had aangenomen, hoewel de zon zichtbaar en wit was gebleven. Ze was teleurgesteld geweest, had gehoopt op een zwarte lucht met een vlammende corona, die een gat in de duisternis van de voormiddag brandde. Pech. Opnieuw klonk de droevige roep. Ze rukte een handvol bessen en bladeren af die ze, terwijl ze de heuvel terug naar huis opliep, fijnkauwde en pas uitspuugde bij het hek.

Ze kon Jewell onder de sleedoorn op het erf zien staan, zag haar witte armen omhooggaan, zag dat ze haar handen aan haar mond zette en riep en riep. Toen Mernelle in haar gezichtsveld kwam, gebaarde ze dat ze moest rennen.

'De oorlog is voorbij. President Truman was op de radio en er is een baby zoek. Ronnie Nipple is net om hulp komen vragen. Ze willen dat we komen helpen zoeken. Het is de baby van zijn zuster Doris. En wat denk je? Mink en Dub zijn bij Claunch om de verkoop van nog een paar koeien te bespreken. Ik kan het niet uitstaan dat ik niet kan rijden. Er staat hier nota bene een auto en we moeten hem gewoon laten staan. Doris is een week op bezoek, de eerste dag, en moet je zien wat er gebeurt. Iedereen schijnt zo gespannen naar de radio te hebben zitten luisteren toen er gezegd werd dat de Jappen zich hadden overgegeven en de mensen zo knettergek werden dat ze aan het dansen en schreeuwen sloegen, dat niemand dat jochie, het is nog maar een peuter, kleine Rollo, weet je nog dat ze hem een keer mee hierheen hebben genomen vorige zomer, voordat hij kon lopen, dat niemand hem naar buiten heeft zien lopen. En Ronnie, die natuurlijk iedereen behalve zichzelf de schuld geeft, loopt tegen zijn zuster te tieren: "Waarom heb je hem niet in de gaten gehouden?" Ze konden toch al nooit met elkaar opschieten. Dus ik heb hem gezegd dat we zouden komen, zodra ik jou uit de bosbessen had geplukt, en hij zei dat hij ons zou oppikken op de terugweg van Davis, als hij ons zou zien lopen. Davis heeft telefoon.'

'Hoi, dan hoeven we geen vet meer in te zamelen en blikken en afgedankte kleren voor de kerk. Maar het melkdistelzaad hebben ze dan waarschijnlijk ook niet meer nodig.'

'Ik denk het. En er wordt gezegd dat de benzine onmiddellijk van de bon kan.'

'Het klonk niet alsof je mijn naam riep. Het klonk als iets anders.'

'Ik riep: "Rollo". Ik dacht, als hij tot hier is gekomen, kan hij ergens in de struiken zitten. Maar ik vermoed van niet.'

'Ma, het is drie kilometer.' De kracht der gebeurtenissen zette een alles overheersend stempel op de middag. Misschien moest er eerst een baby zoekraken voordat er een einde aan de oorlog kon komen.

Ze liepen door de augustusmiddag. Een paar dagen eerder had de gemeentewagen nieuw grind op de weg gestrooid, de losse stenen en kiezels prikten pijnlijk door de dunne zolen van hun schoenen heen. Ver weg hoorden ze het geloei en geblèr van sirenes, claxons, bellen, het gedreun van geweren waarmee in de lucht geschoten werd op de boerderijen langs de heuvelrug, een geluid als van planken die op de houtstapel gegooid werden.

'Wat ze ook nog zeiden op de radio, was dat er nu weer heel snel naaimachines en emmers en scharen in de winkels zouden liggen. Kan me niet snel genoeg zijn. Ik ben die schaar met dat gebroken blad zat, alles wat je probeert te knippen verkreukelt.' Bijen murmelden tussen de guldenroede die langs het hek groeide. Op een golf van rennende poten, zwaar hijgend, haalde de hond hen in, met zijn lijn achter zich aan gesleept.

'Die rothond,' zei Jewell, 'ik dacht dat ik hem goed had vastgelegd.' Tussen de stoffige guldenroede hing een sfeer van te laat zijn. Het kalme krekelkoor kirde in het gapende veld. Grassen wezen als lansen omhoog.

'Hij kan het kindje helpen zoeken. Net als een bloedhond. Ik houd hem wel aan de lijn.' Ze dacht aan Rollo, verdwaald tussen de guldenroede, duwend tegen de stengels met zijn zwakke kinderhandjes, de lucht rondom vergeven van bijen, of diep in het donkere bos, het gezichtje nat van wanhopige tranen, ze verbeeldde zich dat de hond, die tussen de rotte bladeren liep te snuffelen, ineens zou beginnen te trekken, zoals wanneer hij een konijn rook, dat hij haar zou meesleuren en dan als een ware held het kindje terug zou vinden. Ze zou hem dwars door de sneeuwstorm terugdragen naar zijn moeder, terwijl de hond tegen haar opsprong om de babyvoetjes te likken, en dan zou ze zeggen: 'Nou, u hebt geluk gehad. Een uur later en hij zou er geweest zijn. De temperatuur zakt naar nul.' En Doris zou tranen van dankbaarheid storten en mevrouw Nipple zou in haar spaarcenten duiken en Mernelle tien dollar geven met de woorden: 'Mijn kleinzoon is me een miljoen waard.'

'Ik kan gewoon niet geloven dat we hier over de keien lopen terwijl we een prima auto op het erf hebben staan, waar ik niet mee overweg kan. God, wat is het heet. Je moet maar snel leren autorijden, Mernelle, zo gauw je kan, zodat je niet vast komt te zitten op een boerderij. Ik wilde het jaren geleden al leren, maar je vader zei nee, hij wil het nog steeds niet hebben; nee, het idee dat zijn vrouw rondrijdt in een auto staat hem helemaal niet aan. Bovendien hadden we toen die Ford nog, die moest je aanslingeren, volgens hem was het opwinden van de starter zo zwaar dat je arm er zowat van brak.'

Het pad naar het huis van de Nipples was effen en hard, met een strook dun gras in het midden. De ahornen wierpen adembenemende schaduwen. De oude Zwier Nipple had de bomen ieder jaar in maart afgetapt, maar Ronnie maakte geen stroop meer, hij zei dat hij ze een dezer dagen allemaal tot brandhout zou hakken. 's Winters, als er tijdens de ijsstormen zware takken op het pad stortten, zwoer hij dat hij het de eerstvolgende rustige dag zou doen. Maar hij deed het nooit.

'Ma, noem die telwoorden nog eens op, zoals jouw opa telde.'

'Oh, dat oude gedoe. Dat was zijn manier om schapen te tellen, een heel oude stijl van tellen. Hij telde de schapen altijd allemaal. Eens kijken of ik me het nog kan herinneren. Yan. Tyan. Tethera. Methera. Pimp. Sethera. Lethera. Hovera. Dovera. Dick. Yan-a-dick. Tyan-a-dick. Tethera-dick. Methera-dick. Bumfit. Yan-a-bumfit. Tyan-a-bumfit. Tethera-bumfit. Methera-bumfit. Giggot. Alsjeblieft! Tot zover heb ik het geleerd. Tot twintig.'

'Bumfit', zei Mernelle. 'Bumfit.' Ze begon te lachen, zoals altijd. 'Oh, bumfit!' Ze gierde van het lachen.

'Wacht eens,' zei Jewell, die zelf ook moest lachen, 'wacht eens. Voor pasgeschoren ooien zei hij "gimmer"! En de dwergrunderen noemde hij "pallies". Hij zei...'

'Gimmer! Bumfit!'

'En oma, zijn vrouw, die had een mond zo recht als een spijker, iemand had haar eens een doos grapefruits gegeven. Ze wist niet wat het voor dingen waren. Had nog nooit van haar leven een grapefruit gezien. Weet je wat ze ermee deed?'

'Er bumfit van geven aan de gimmers?'

'Als we bijdehand gaan doen, vertel ik het niet, hoor.'

'Ma! Vertel. Wat deed ze ermee?'

'Ze kookte ze. Ze liet ze een uur lang koken en zette ze toen in een schaal op tafel met een flinke klont gesmolten boter erop. En geloof het of niet, maar ze aten die grapefruits helemaal op, warm en botervet. En toen zei opa: "Die verdringen de piepers niet van de markt."'

De boomgaard kwam in zicht en vervolgens de stal met de ingedeukte voorkant. Jewell liep puffend naar boven. Toen ze eenmaal onder de bomen vandaan waren, stoof het stof bij iedere stap op als meel. Ze stopte om op adem te komen en wierp een lange blik op de weiden van de Nipples. De Virginische kers, wit van het stof. De asters. 'Moet je zien wat een jeneverbes er in die wei zit', zei ze. 'In een paar jaar tijd. Als ik bedenk hoe hard Loyal gewerkt heeft om het bij ons weg te houden, krijg ik de rillingen. Ik geloof dat het net zo hard weer terugkomt. Maar nu de oorlog voorbij is, kunnen we misschien wat hulp krijgen. Hoewel de jongens die terugkomen het schijnen te vertikken om voor iemand anders te werken. Ze zullen er wel genoeg van hebben om gecommandeerd te worden, vermoed ik. Ze schijnen allemaal een eigen zaak te willen. En ik denk voortdurend dat het Loyal toch niet zal bevallen daar in het westen. Ik verwacht eigenlijk dat hij vrij snel terugkomt. En de boerderij weer leven inblaast.'

'Ik kan me nauwelijks herinneren hoe hij eruitzag. Lang. Hij smeerde altijd Brylcreem in zijn haar. Krullen. Ik mocht altijd op zijn schouders zitten toen ik klein was. Kun je je nog herinneren dat hij me die blauwe poppebordjes voor mijn verjaardag gaf?'

'Die poppebordjes had je van hem en Dub samen.'

De stal van de Nipples was aan de westkant bespikkeld met duizenden vliegen, terwijl nog eens duizenden in cirkeltjes rondvlogen en naar de mesthoop doken. Het huis stond op het zuidoosten, waar het 's ochtends de winterzon ving en op zomermiddagen in de schaduw van de stal stond. Toen ze het trapje naar de veranda op klommen, konden ze door de hordeur mevrouw Nipple, huilend in een theedoek, op haar hielen heen en weer zien wiegen. Haar geraniumcollectie stond in lege reuzelblikken en doorgeroeste emaille ketels langs de rand van de veranda. Uit de op de grond gesmeten radio sliertte het verraderlijke snoer.

'We komen helpen zoeken', zei Jewell, terwijl ze de hordeur opende. Het geboende zeil glansde als water. 'Mernelle dacht dat de hond van pas zou kunnen komen.' De hond, die onder de vlooien zat, stond zich te krabben en sloeg een belachelijk figuur.

'Ronnie is naar Davis om om hulp te bellen. Doris is nog een keer in de stal gaan zoeken. De eerste plek waar we gezocht hebben, volgens haar is hij zo gek op de koeien dat ze dacht dat hij daar wel zou zitten. Op die kleine pootjes van hem kan hij toch niet ver gekomen zijn. Een paar tellen eerder hadden we hem nog gezien; we stonden allemaal rond de radio naar het nieuws over de oorlog te luisteren, die voorbij is, en naar al die schreeuwende mensen in New York, en toen zegt Doris ineens: "Waar is Rollo?"' (Mevrouw Nipple vertelde het onwillekeurig als een verhaal.) 'Nou, toen zijn zij en ik eerst boven gaan kijken, toen beneden en in de bijkeuken, in de kelder, terwijl Ronnie nog steeds naar de radio stond te luisteren, en toen Doris de verandadeur open zag staan, zijn we daar gaan kijken en daarna in de stal. Tegen die tijd was Doris al helemaal over haar toeren en heeft ze Ronnie gevraagd om naar jullie en naar Davis te gaan. Dat kind is al meer dan een uur weg en nog steeds geen spoor! Ik heb tegen Ronnie gezegd: "Al dat tijdverlies doordat we geen telefoon hebben. Ik wil onmiddellijk een telefoonaansluiting."'

Mevrouw Nipple pakte Rollo's trui en liet de hond eraan ruiken. Hij nam hem in zijn bek en schudde hem heen en weer alsof het een spelletje was, totdat Mernelle hem afnam; ze voerde de hond aan de lijn naar buiten en zei: 'Waar is-ie? Zoek het kindje! Waar is-ie? Ga het kindje zoeken!' De hond huppelde de hoek van het huis om, waar hij zijn poot optilde en op de keien rond mevrouw Nipples bloemperken piste.

'Schiet op', zei Mernelle, maar de hond ging zitten en staarde haar met stomme blik aan. 'Zoek dat kind, anders maak ik gehakt van je', siste ze. De hond kwispelde aarzelend met zijn staart en keek haar recht aan. 'Stommeling', zei ze en bond hem aan de leuning van het verandatrapje. De hond stak zijn neus onder de treden en snoof zoals je aan een zeldzaam parfum ruikt. Mernelle liep naar de stal.

Doris was op de hooizolder en zei: 'Rollo, mammie zoekt je, liefje', hoewel Mernelle niet inzag hoe een kind langs de gladde, uitgesleten sporten van die steile ladder omhoog zou kunnen klimmen. Ze keek in alle zwak verlichte stalboxen, zag waar Doris het geplette hooi had weggeschraapt, ze keek onder de tafel in de melkstal, in de oude tuigkamer en de bespinragde paardestal met de namen WAXY en PRINCE in de palen gekerfd. Doris' voetstappen tikten van de hoeken via de ondiepe kasten naar de trechter waardoor het hooi naar beneden kwam. Haar donkere wanhoop vulde de stal. Mernelle ging naar buiten en keek naar de mesthoop. Misschien was Rollo in het slijk gevallen en verdronken in de koeiestront. Zoiets had ze wel eens gehoord. Jewell wist van iemand met wie dat gebeurd was. Ze zette zich schrap tegen de aanblik van een blauw, slap hangend hoofdje, besmeurde armpjes. Maar er liepen alleen hennetjes. Vanaf de mesthoop kon ze haar moeder en mevrouw Nipple, die met diepbedroefde stem 'Rollo, Rollo' riepen, door het gras in de ongesnoeide bongerd zien waden.

Toen Ronnies auto, vol mannen in werkkleren, het erf opreed, rende Doris huilend naar buiten om te zeggen dat het kind nog steeds zoek was. De mannen praatten zachtjes met elkaar. Na enige tijd verspreidden ze zich en liepen het gemaaide hooiland op, in de richting van de bron in het bos, een open watertje, drie meter breed, waarvan het witte bodemzand samen met met het ijzige water dat uit de grond omhooggeperst werd, opwarrelde. Doris, die zich plotseling het water herinnerde, rende hen achterna.

Jewell en mevrouw Nipple kwamen terug uit de platgetrapte bongerd, waarop Mernelle hen volgde naar de zomerkeuken met de met gaas bespannen ramen en het petroleumfornuis aan het eind van de veranda. Hun armen zaten onder de striemen van het messcherpe gras. Mevrouw Nipple pompte voor ieder van hen een glas water. Er vielen een paar druppels in de ijzeren gootsteen, die mevrouw Nipple met wat druppels petroleum op een dweiltje gepoetst had.

'Ik weet niet', zei ze, onderwijl door het raam naar Doris kijkend, die achter de mannen aan rende, vervolgens struikelde en op haar knie viel, waarna ze overeind krabbelde en verder strompelde. En naar Ronnie, die zich woedend omdraaide en naar haar wees, schreeuwend dat ze uit de buurt moest blijven. Alsof weten erger was. 'Hoe kan hij nou zo ver gekomen zijn in een paar minuten?' Uit de pomp kwam een ijle, weeklagende klank.

'Je staat af en toe vreemd te kijken van die kleintjes', zei Jewell. 'Ik weet nog dat Dub een keer helemaal tot aan de weg is gekomen, terwijl ik eieren aan het rapen was, en toen kon hij nog niet eens lopen. Helemaal gekropen, anderhalve kilometer. En dat heeft hij nooit meer afgeleerd.' De pomp liet een ijzingwekkend gekrijs horen.

'Wat is dat in 's hemelsnaam', zei mevrouw Nipple, die water uit haar glas morste.

'Klinkt alsof het uit de pomp komt, iets met je pomp.'

'Die pomp heeft nog nooit van zijn leven zo'n geluid gemaakt', zei mevrouw Nipple. 'Dat is het kind, hij zit onder de zomerkeuken. Rollo, Rólló', loeide ze in het pompgat. En kreeg een klokkend gehuil ten antwoord.

Jewell droeg Mernell op naar Doris en de mannen te rennen om te zeggen dat ze het kind onder de zomerkeukenvloer bij de waterleiding hoorden, maar hoe moesten ze bij hem komen, de vloer openbreken? Mevrouw Nipple kroop onder het roepen van aanmoedigingen onder het aanrecht en wrikte een keukenmes tussen de planken. Ze stond op, liep naar de kant van de pomp waar de waterleiding omhoogliep, waar de planken onder het golvende linoleum zo zacht als kaas waren. In de dofrode curve van de pompzwengel stond KLEINE REUS gegrift.

Jewell, die stond te kijken hoe Mernelle met de demonische kracht van een kind de heuvel op sprintte naar de bron, hoorde een dof gekraak en draaide zich om. Mevrouw Nipple was half verdwenen, één been was tot aan de heup door de verrotte vloer gezakt, het andere was dubbelgeklapt als de poot van een sprinkhaan, waardoor de spieren flink samengedrukt werden. Ze hing met één hand aan de rand van de gootsteen, terwijl de andere het mes nog omklemde. Van beneden klonken angstige kreten.

'Trek me omhoog, ik sta boven op hem!' gilde mevrouw Nipple, maar voordat Jewell bij haar was, stortten mevrouw Nipple, de pomp en het aanrecht boven op Rollo.

'Die kleine dondersteen ziet bont en blauw, maar hij redt het wel', zei Dub tijdens het avondeten. 'Je zou denken dat hij helemaal platgedrukt zou zijn met zo'n gewicht boven op hem, maar alles schijnt langzaam gevallen te zijn, eerder neergedaald dan gevallen, en de oude dame is een beetje meegeveerd toen ze neerkwam, daardoor heeft hij het er goed van afgebracht. Zij is er erger aan toe dan hij. Ze zit vol roestige spijkers, als een speldenkussen. Ze hebben geprobeerd haar een dag of twee in het ziekenhuis te houden, maar daar wilde ze niks van horen.'

'Als ik denk aan al die rotte planken onder dat keurige huishouden', zei Jewell. 'Daar valt een lesje uit te leren.' Haar bril, met de vlekkerige, doffe glazen, lag op tafel. Ze wreef over de rug van haar neus, waar door de vleeskleurige brillesteuntjes twee rode ovaaltjes in gedrukt stonden.

'Hoe is hij daar eigenlijk onder gekomen?' vroeg Mernelle, die zich het gehuil en gejammer herinnerde en mevrouw Nipple, die achter in Ronnies auto lag met haar bebloede knieën voor het raam, het kind dat huilend voorin bij Doris op schoot zat en Ronnie die 'uit de weg' schreeuwde terwijl hij het pad af slipte.

'Kruipend. Ze denken dat hij onder het verandatrapje is gekropen, toen verder onder de veranda door naar een smalle plek, waar hij zich niet meer kon omdraaien, en omdat niemand hem ooit geleerd had achterstevoren te kruipen, moest hij wel doorgaan; de waterleiding onder de zomerkeuken was het eindpunt. Dus denk eraan, Mernelle, leer je baby's altijd achterstevoren te kruipen.'

'Wat jij? Met je slimme praatjes over baby's en kruipen. Ik weet nog goed hoe jij een keer anderhalve kilometer dwars door de modder naar de weg gekropen bent en te stom was om terug te komen', zei Jewell.

'Nee', zei Dub. 'Te stom om door te gaan.'

11 Luizenbloemen

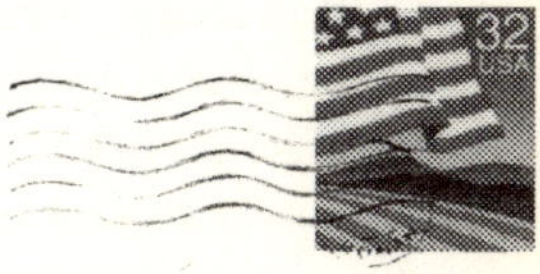

9 sept. '45
Beste buren, na de dood van mijn moeder ben ik van het boerenbedrijf overgestapt naar de Makelaardij. Nu onze jongens terugkomen uit de oorlog liggen boerderijen goed in de markt. Als u erover denkt uw boerderij te Verkopen, waarom gaat u dan niet met een Buurman in zee, die voor u de Beste Prijs kan bedingen? Bel Nipple Makelaardij, tel. 4989, en laten we ter zake komen.

Postbushouder
RFD
Cream Hill, Vt.

Met roodbehuilde ogen van de begrafenis boog Ronnie zich naar voren en zette de porseleinen hond midden op tafel, als betrof het een ereplaats. De wijnvlek die zijn kin ontsierde, was diep van kleur, alsof hij ermee in een bord fijngemalen bramen had gehangen.

'Toen ze inzag dat ze doodging,' mompelde hij met gezwollen lippen tegen Mernelle, 'zei ze dat ze wilde dat jij dit zou krijgen. Ze zei dat jouw hond, toen hij aan het verandatrapje snuffelde, op het goede spoor zat. Het had allemaal anders kunnen lopen als iemand aandacht aan die hond had geschonken, zei ze.' Hij gaf de hond nog een duwtje met zijn wijsvinger, draaide zich toen om en liep terug naar zijn auto.

Loyals wekker, die op de vensterbank stond, gaf een klik. Iedereen keek naar de porseleinen hond. Zijn geesteloze kop en onmogelijke roze glans hielden een beschuldiging in. Een stille verklaring van mevrouw Nipple: Als jij begrepen had wat die hond je duidelijk probeerde te maken, was ik nu nog in leven geweest en niet in een gesloten kist begraven vanwege een bloedvergiftiging die mijn gezicht zwart kleurde.

'Ik betwijfel of die hond aan iets anders snuffelde dan de plek waar een andere hond gepist had', zei Mink. Hij gaf twee maal een klopje op Mernelles hand, het eerste tedere gebaar dat ze zich kon herinneren sinds die keer dat ze de bof had en te duizelig en koortsig was om te lopen en hij haar de trap op had gedragen, naar bed. Jewell duwde de hond achter een paar lege potten in de bijkeuken.

's Middags liep Mernelle naar het land van de Nipples. Het laagste deel van hun boerderij was een veld waar het oude huis had gestaan voordat het was afgebrand. Een paar meisjesogen waren uit het bloemperk ontsnapt en hadden zich dertig jaar lang ongelimiteerd kunnen verspreiden, zodat er nu zo'n één à anderhalve hectare schrale grond mee bedekt was. Mevrouw Nipple noemde ze luizenbloemen.

Ze stonden in bloei, een golvende zee van gele pluimen. Mernelle waadde het schuin oplopende veld in, een spoor van geknakte stengels achter zich latend. Ze stond bijna in het midden, zag zichzelf als een stip in het trillende gele landschap en dacht aan mevrouw Nipple, die nooit meer langs de luizenbloemen zou rijden, die nooit meer naast Ronnie in de auto zou zitten en zou zeggen: 'Wat een prachtig gezicht.'

Mernelle keek naar de lucht, een wolkenloos blauw. Ze staarde, door het blauw flitsten paarse stippen. Ze hoorde een immense, trage ademhaling. De lucht.

'Mevrouw Nipple is een engel', zei ze. Ze stelde zich een transparante, glinsterende engel voor, die uit mevrouw Nipples zwarte, ondergrondse lijk oprees, maar slaagde er niet in dat beeld vast te houden, zodat ze in plaats daarvan aan het in de aarde oplossende lichaam dacht, aan de aarde zelf, krioelend van onzichtbare, hongerige mijten, die rottende deeltjes verslonden, die de beenderen van dode dieren kaalvraten, die het vuur uit verteerde houtblokken en de dauw van het gras zogen, alle uitwasemingen van planten en dieren, rotsen en regen. Waar gaat het heen, dacht ze, al die stromen menstruatiebloed, het bloed van wonden en letsel, dat al vanaf het begin van de wereld vloeit, en ze stelde zich een diep, roerloos meer voor vol gestold bloed. Dat je doodging van spijkerschrammen! Ze rende op de meisjesogen af, rukte er de kopjes af. Ze vertrapte de ongrijpbare, doorbuigende stengels, brak ze en wierp ze van zich af, de wortels sproeiden aarde. De verminkte planten vielen geluidloos neer en gingen weer op in de wuivende massa.

12 Billy

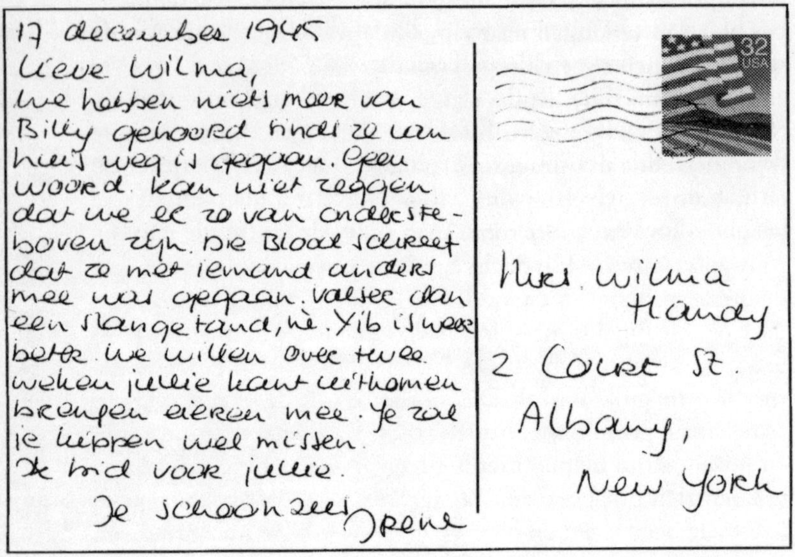

17 december 1945
Lieve Wilma,
We hebben niets meer van Billy gehoord sinds ze van huis weg is gegaan. Geen woord. Kan niet zeggen dat we er zo van ondersteboven zijn. Die Blood schreef dat ze met iemand anders mee was gegaan. Valser dan een slangetand, hè. Yib is weer beter. We willen over twee weken jullie kant uitkomen brengen eieren mee. Je zal je kippen wel missen.
Ik bid voor jullie.
Je schoonzus Irene

32 USA

Mrs. Wilma Handy
2 Court St.
Albany,
New York

Van verre dacht Loyal aan Billy, haar prikkende zoenenregen, haar schoentjes met strikken, haar puntige vingernagels en ellebogen, de knieën, die omhoogkwamen iedere keer als hij zijn hand over haar buik naar haar kruis liet glijden, het rayon dat aan zijn gekloofde vingers bleef hangen.

'Nee, niet doen. Ik laat me hier niet klem zetten. Ik ga ervandoor, ik word iemand. Ik ben niet van plan om op die kloteboerderij van jou terecht te komen om de varkens te voeren en er als honderd uit te zien eer ik veertig ben, met ieder jaar een dikke buik en een hele rits kinderen. Ik ga tot hier, en als je meer wilt, ga je de rest met mij mee. Loyal, er zit zo ongelofelijk veel geld daar. Het valt gewoon uit de lucht, het enige wat je hoeft te doen is je handen op te houden en op de goede plek te gaan staan. En dit is niet de goede plek, jongen.'

Maar harde knieën en ellebogen ten spijt, Billy gaf hitte af als een rokende bakplaat. Het oranje haar knetterde van warmte en geladenheid als hij eroverheen streek; ze had altijd warme handen, zelfs in de winter, en als ze met haar puntige tong over haar lippen streek, schoot er een glibberige vonk dwars door de trechter van verlangen naar zijn lendenen. Ze had de beste ter wereld kunnen zijn, als ze zich niet zo hard verzet zou hebben.

Voordat hij Billy kende, ging hij met de onderwijzeres May Sparks, een stevige meid met een vooruitstekend bekken en bijna hetzelfde oranjeachtige haar als Billy, maar dan kroezig en in een rol over haar oren. Er was iets dat hem aantrok in vrouwen met dat soort rood haar. Iedereen dacht dat hij met May zou trouwen. Hij dacht aan haar platte hangbillen en aan de brede sproetige borsten, die op schoteltjes melk met hier en daar een druppel honing leken. Even makkelijk te wippen als een schommelstoel in de wind. Voor alles in, nooit een weigering uit die gulle mond. De voorbank van de Coach hadden ze helemaal gemold met hun gebonk. En als stroop rond Mink en Jewell, altijd helpen met het eten als ze op bezoek was, om te laten zien hoe goed ze daar van nut kon zijn, haar arm om Mernelle heen slaan en haar vragen: 'Wat is de hoofdstad van Nebraska?' waarop Mernelle met gebogen hoofd, verlegen tegenover de juf, die van het schoolbord naar hun keuken was getransplanteerd alsof ze een mens was met echte gedachten en gevoelens, heel zacht 'Omaha' zei, terwijl ze het geurige poeder op de huid van de juf rook.

Hij had Billy voor Otts huis ontmoet. Mink had hem gevraagd om Jewell op te halen na het kaartpartijtje. Daarna had hij May geen blik meer waardig gekeurd, nooit de brieven beantwoord die ze hem stuurde, en als hij haar in het dorp zag lopen, was hij de andere kant op geglipt.

Die hele week van koud zonlicht had het hard gewaaid. De gele en paarse bladeren waren gegeseld, hoewel er maar enkele gevallen waren. Op de zevende dag ging de wind liggen en rond het middaguur van de zaterdag van het kaartpartijtje was het bladstil, de lucht aan het zicht onttrokken door wolken als opgevouwen kaasdoek waar een bleek licht doorheen filterde.

In de stilte van het ochtendgloren begonnen de bladeren te vallen, en ze bleven vallen, de hele dag. Bladeren raakten de zijtakken van jonge boompjes, schoven en gleden langs takken en stammen omlaag. Bladeren ranselden bladeren en tikten ze los, waarna ze door hun zware stelen naar beneden getrokken werden. In hun val stuiterden ze op de takken, wat een licht, leerachtig tikje gaf.

De eerste keer dat hij haar zag. Die keer dat de klokkende, knisperende bladeren vielen. En hij door het traag getuimel naar het huis van zijn oom reed.

'Ga je moeder ophalen bij Ott. Dat belachelijke kaartpartijtje. En snel.' Minks schreeuw uit de melkstal. 'Schiet op.'

Vier lege auto's onder de bomen, met hun wielen in de heuvelflank gedrukt. De ramen van het benedenhuis gloeiden, de stal was nog donker, maar uit een nabijgelegen wei klonk het geluid van koeiebellen, het geblaf van Otts zonen, die de koeien opdreven.

Hij reed langzaam langs de geparkeerde auto's en stopte aan het begin van de rij, voor een blauwe Studebaker coupé. Een vrouw stond tegen de bumper geleund een sigaret te roken, ze keek hoe hij naast haar tot stilstand kwam. Zelfs al zat hij onder de bomen, hij zag alles, het spitse vossegezicht, de chique jurk van crêpe georgette met de ronde witte kraag, het kleine jasje met pofmouwtjes, een volle mond, de bijna zwarte lippenstift. Haar opgestoken haar kon hij door de goudlamé tulband die ze droeg, niet zien. Ze had een vreemde glamour, als een tijdschriftadvertentie, vreemd en mooi, zoals ze daar tot in de puntjes gekleed voor Otts boom met de bungelende autobandschommel in het met eendestront bespikkelde gras stond. Hij stapte uit.

'Verdomd', zei ze. 'Als dat niet de heer Loyal Blood in hoogsteigen persoon is. Verdomd.'

Hij had haar nog nooit gezien.

'Je zult je mij wel niet herinneren. Je zult wel niet meer weten wie ik ben.' De scherpe, kleine tanden flitsten. Ze knipperde met haar ogen. 'De picknick in de tweede klas van de middelbare school. Bij de Vogel-in-Steenvijver. De wilde aardbeien. Sommigen van ons plukten aardbeien alsof ze op het punt stonden uit te sterven. Degene die naast je aan het plukken was, Beatrice Handy, dat was ik. Uit Bonnet Corners. Ik viel op je. Maar nu heet ik Billy. Noem me dus geen "Bee-triss" als je gezond wilt blijven. Ik zou je overal herkennen. In deze contreien vind je geen twee kerels zo knap als jij.'

Hij herinnerde zich de aardbeien, Christus, hij herinnerde zich de aardbeien nog heel goed, de opluchting toen hij zich uit de voeten kon maken, weg van de giechelende schreeuwers, vreemde kinderen van andere regionale scholen, weg van de picknicktafels met hun stapels papieren borden, op hun plaats gehouden door potten mosterd en piccalilly. Hij was, enkel om daar weg te zijn, de berkenbosjes in gelopen en op het veld vol rode sterren gestuit. Hij herinnerde zich dat hij heel lang aardbeien had geplukt. Uit de buurt van de anderen, dertien jaar oud, had hij in zijn eentje wilde aardbeien geplukt. Had hij überhaupt hot dogs gegeten? Hij schudde zijn hoofd. In Otts woonkamerraam waren nu de uitgestrekte armen te zien van vrouwen die hun jas aantrokken.

Billy nam een trekje van haar sigaret, haar nagels glansden.

Hij schudde een sigaret uit zijn eigen pakje, stak hem aan. 'Je hebt niet op de Cream Hill High School gezeten. Anders was ik je vast niet vergeten.'

'Nee. We hebben twee jaar vlak bij mijn oom en tante in Albany gewoond, Albany, New York. De bewoonde wereld. Maar toen ik zestien was, zijn we hier teruggekomen. Ik ben van school gegaan en gaan werken. En sinds die tijd heb ik mijn eigen kost verdiend. Ik heb bij Horace Pitts gewerkt in Barre, bij Meechams in Montpelier, bij Capitol Sundries, bij Lacoste's Corsets, meestal als winkelmeisje, maar bij Lacoste's als assistent van de assistent-inkoper, daarna heb ik bij Bobby's Rare Steaks in Barre en bij La Fourchette als serveerster gewerkt. Ik heb voor Stovel, de advocaat in Montpelier, gewerkt als secretaresse, tot afgelopen voorjaar, toen dacht meneer Stovel zelf wat secretariële geintjes uit te halen en heb ik opgezegd. Afgelopen voorjaar ben ik begonnen met wat ik nu doe, iets wat ik al sinds mijn tiende wilde. Zingen. Ik zing in een restaurant-nachtclub. Daar ga ik zo meteen heen, nadat ik mijn moeder heb opgepikt en haar thuis heb afgeleverd. Voor het geval je denkt dat ik er altijd zo opgedoft bij loop. Club 52. Kom eens langs, dan kun je me horen zingen. En me vertellen wat je ervan vindt. Ik zal je een hint geven. Ik ben hartstikke goed en ik ben van plan iets te bereiken.'

In Otts stal gingen de lampen aan.

'Ben je al getrouwd, Loyal? Je hebt zeker al een half dozijn kinderen, hè?'

Hij wilde zich er met een grapje van afmaken, zeggen: 'Nee, ik heb geluk gehad tot nu toe', maar het lukte hem niet.

'Nee. Jij?'

'Nee. Bijna, maar het ging niet door. Ik ben de dans op tijd ontsprongen.'

En toen zeilden Jewell en mevrouw Nipple op hen af, wuivend naar het kluitje vrouwen op de veranda, waarvan sommigen nog steeds bezig waren hun armen in hun jas te wurmen, en 'daag, daag' roepend.

Om een of andere reden had ze haar oog op hem laten vallen.

Liggend in het ziekenhuisbed moest hij het zich wel herinneren. Aanvankelijk had hij het schrift van de indiaan wat doorgebladerd en zichzelf niet toegestaan aan thuis te denken, maar als hij half lag te sluimeren, waarbij hij zo nu en dan in een pijnlijke slaap verzonk, kwamen de beelden van de boerderij hem voor de geest als enorme reclameborden langs een nachtmerrie-achtige snelweg waar hij niet af kon.

Hij was op patrijzejacht, toen er een sneeuwbui viel. Hij was een van de vogels gevolgd, hij had hem keer op keer ver van zijn schuilplaats gelokt en was omgedraaid. De sparren slokten het licht op. De sneeuw onttrok herkenningstekens in het landschap aan het gezicht, bedekte de havikskliffen. Hij kon zich niet meer oriënteren, stond met het oude geweer in zijn stijve handen geklemd.

Vanaf de rand van een vreemd moeras liep hij naar hogere grond, dwars door wilde braamstruiken, tussen drie meter dikke esdoorns door, die, op de vasthoudende hoogste takken na, op sterven na dood waren. De sneeuw blies door de dode bladeren. Hij stapte een greppel in en volgde hem omhoog naar het vervagende licht, hij kwam bij een hek van roestig prikkeldraad, dat op verschillende plaatsen kapot was doordat er dode takken op gevallen waren.

Maar het was Minks hekwerk, met vier strengen, één meer dan anderen gebruikten, met de vertrouwde platkopnagels uit het vat in de stal. Een gevoel van eigenheid, van zijn eigen huis welde in hem op. Hij hoefde simpelweg het hek maar te volgen. Bij nadering herkende hij, zelfs in het halfduister, de verste hoek van de houtkamp en rook hij de vage appelhoutgeur uit de keuken op bijna een kilometer afstand.

Vanuit het ziekenhuisbed stond hij scherp afgetekend tegen het onzichtbare landschap, met de ozongeur van verse sneeuw op zijn wollen jasje; het laatste licht en de geur van sneeuw.

Zijn bloed, urine, uitwerpselen en zaad, de tranen, haren, kots, huidschilfers, zijn baby- en kindertandjes, de afgeknipte stukjes van vinger- en teennagels, alle uitwasemingen van zijn lichaam zaten in die aarde, maakten er deel van uit. Het werk van zijn handen had de vorm van het land veranderd, de waterkeringen in de steile greppel naast het pad, de greppel zelf, de gladde velden, alle waren echo's van hemzelf in het landschap, want de visie en de kracht van de arbeider beklijven als de arbeid is gedaan. De lucht was geladen met zijn adem. De herten die hij had geschoten, de in de val gelopen vossen, alle waren gestorven door zijn toedoen, hun afwezigheid in het landschap was door hem teweeggebracht.

En Billy.

Het laatste samenzijn met Billy draaide zich voor zijn ogen af als een gescheurde film die door een projector schokt. Een beeld trilde, de bomen in het bos boven de wei vielen eindeloos om in sidderend licht.

13 Wat ik zie

Jewell, die een mand nat wasgoed door de keuken naar buiten draagt, loopt door het modderige gangetje het erf op. Het is mei. De waslijn vol knopen hangt slap en daar staat de naakte paal, waaraan de knijperzak heen en weer schommelt als een wespennest.

Ze hangt de overalls en blauwe hemden op, werpt een blik op haar geruïneerde handen en op haar versleten omgeving, dezelfde aflopende velden, de hekken, de geschulpte bergen in het oosten, hetzelfde wat ze zag toen ze haar eerste was hier ophing, dertig jaar geleden. In de sleedoorn schurken vogels langs de takken en wassen zich met natte bladeren. De regen heeft de stal de kleur van melasse gegeven; tegen de muur van de melkstal staan werktuigen. Het raam is bedekt met spinnewebben en kaf. Kraaien kwetteren in de bomen en trekken jonge vogeltjes uit hun nest. Ze moet weer denken aan de al wat oudere pianolerares in Bellow Falls, die zich in een hotelbadkuip had verdronken na eerst haar lichaam verzwaard te hebben met encyclopedieën en haar armen in een riem rond haar borst te hebben gewurmd.

Dub en Mink drijven de koeien op; Dub, wiens rafelige kleren om zijn lijf fladderen, schuift de palen tussen de kraal en de weiden weg, Mink mept met zijn koperen gordijnroede op de met mest besmeurde flanken. Hij bukt zich langzaam, raapt de gordijnroede op die hij in het slijk heeft laten vallen en gaat de stal binnen. Zijn been sleept. Pinkelt er gewoon een beetje bij, denkt ze. Een van de knijpers breekt als ze hem met kracht op het zwarte denim drukt, de moeten steken af als versgeploegde velden.

Twee

14 In de Mary Mugg

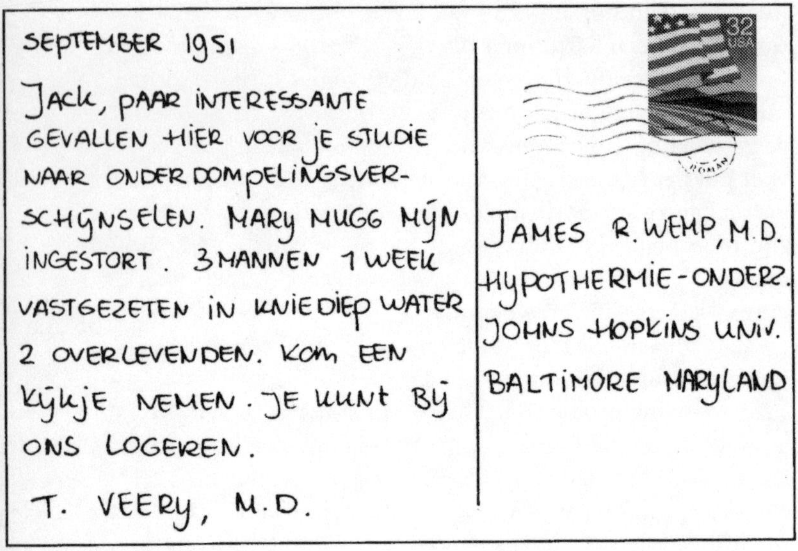

SEPTEMBER 1951

JACK, PAAR INTERESSANTE GEVALLEN HIER VOOR JE STUDIE NAAR ONDERDOMPELINGSVERSCHIJNSELEN. MARY MUGG MIJN INGESTORT. 3 MANNEN 1 WEEK VASTGEZETEN IN KNIEDIEP WATER 2 OVERLEVENDEN. KOM EEN KIJKJE NEMEN. JE KUNT BIJ ONS LOGEREN.

T. VEERY, M.D.

JAMES R. WEMP, M.D.
HYPOTHERMIE-ONDERZ.
JOHNS HOPKINS UNIV.
BALTIMORE MARYLAND

Terwijl hij met grote mechanische stappen het achterpad opliep, liet Loyal de berglucht in zijn mond rondwervelen. De smaak leek een beetje op de ozonlucht die je na een blikseminslag rook. Hij brandde in zijn longen, zette zijn ochtendhoest in gang, waarna hij wat steenstof opkuchte.

Hij hoorde het getingel van Bergs muilezel bij de ingang van de mijn. In het westen ontvlamde de bovenste bergkam van Copper Peak in rood licht. Paars en rood weerspiegeld door het oude bielshout van een ertstrein. De rots gloeide oranje, verbreedde zich in zwart, splitste zich als een set speelkaarten.

Berg kon ook met zijn truck omhoogrijden als hij wilde, maar hij verkoos de muilezel, die hij Pearlette had genoemd, naar zijn oudste dochter. Altijd als hij 'Pearlette' zei, moest Loyal aan het dochtertje denken; hij stelde zich haar voor als een mager en treurig meisje, het rode haar in vlechten, starend uit een zolderraam naar de weg die naar de Mary Mugg leidde. Zou het kind het niet vervelend vinden om haar naam met een muilezel te delen?

Deveaux, de ploegbaas, was ook boven en zat naast de mijningang op zijn hurken een mok koffie te brouwen. In de kantine kon hij een kartonnen beker met koffie krijgen, maar hij deed het liever op zijn eigen manier. Zodat hij kon pronken met zijn stoffige uraniumtijd na de oorlog, toen hij met een geigerteller op zijn rug over het Colorado Plateau had gezworven. Hij liet het koffiedik naar de bodem zakken en dronk de koffie dan zwart uit de mok, waarbij de drab zich afzette rond zijn mond en bij het afvegen in zijn fletse huid en gele baard drong. Met zijn korte nek en opgetrokken schouders had Deveaux wel iets van een woelmuis.

'Ik ben naar de Mary Mugg teruggekomen,' vertelde hij hen met zijn wonderlijke stem die tegelijkertijd zacht en ruw was, 'als afwisseling op die rode kleisteenbeddingen op het Plateau, afwisseling op die koptelefoons. In mijn slaap hoor ik nog altijd dat klik-klik-klik.' Hij was als een aardkleurige man teruggekomen, zonder het wormenwit van de mijnwerker. Een oude rot in het vak, die tijdens de crisisjaren dertig al in de Mary Mugg had gewerkt. In de oorlog, toen de goudmijnen door Roosevelt waren gesloten, was Deveaux als explosievenexpert het leger in gegaan. De mijn ging in 1948 weer open, maar toen zat hij al ingesnoerd in zijn geigerteller en sliep hij zonder enig gerief buiten bij de coyotes, dromend van de koele stiltes onder de grond en van het piepen van het bed als zijn vrouw zich omdraaide.

Zo compact als een knipmes was hij, afgestompt door het mijnwerkersleven. 'Ik had zo allejezus lang onder de grond gezeten, af en aan sinds mijn zeventiende, dat ik me op het Plateau voelde alsof ik tot op mijn vlees gevild werd. Mevrouw Dawlwoody denkt dat ik terug ben gekomen om haar een plezier te doen, maar ik zweer bij God dat ik er nog wel voor niks zou willen werken, enkel en alleen om onder die lucht vandaan te komen. De hele dag zag ik rode vlekken voor mijn ogen, liep ik zo te knijpen dat mijn ouwe ogen begonnen te tranen en te doen. Te schel licht, te heet, en je voelt je voortdurend bespied. De wind waait onophoudelijk, als een kind dat de godganse dag aan je mouw loopt te trekken: "Papa, koop je snoep voor me?" Dat haatte ik ook aan werken op het land, heb ik vijf jaar geprobeerd. Je zit de hele dag op die tractor of je bent hekwerk aan het vlechten, terwijl de wind zand in je gezicht strooit, je haar in je ogen blaast, je hoed het naastgelegen veld in mept en je uitlacht als hij je erachter aan ziet rennen.' Hij liet zijn hoofd zakken en mompelde tegen zijn knieën: 'Het is zo slecht nog niet in de mijn. En ik miste mijn ouwetje. Ik kan nu tenminste naar huis in het weekend en in een gerieflijk bed slapen in plaats van in het stof.'

Mevrouw Dawlwoodys meisjesnaam was Mary Mugg. Zwak en bejaard, met koude golven wit haar over haar oren, kwam ze iedere vrijdag naar de mijn om met een aan eigenaars eigen deftigheid achter de betaalmeester plaats te nemen bij het uitdelen van de cheques. Haar man, DeWitt Dawlwoody, was voor de oorlog bij een auto-ongeluk om het leven gekomen in Poughkeepsie, New York. Tijdens een geldinzamelingsbezoek aan zijn neef, de fabrikant van Kronos Uurwerken. De mijn had nieuwe machines nodig. Mevrouw Dawlwoody geloofde dat de hand Gods de waarheid omtrent nieuwe machines aan het licht zou brengen. Vlak voor een middagstorm liet ze Deveaux twee pompen op Copper Peak plaatsen, een ouderwetse handpomp met dubbele ijzeren hendels, en een nieuwe elektrische C.J. Brully. Laat God maar beslissen of we nieuwe machines moeten hebben, zei ze. Maar niet een van de pompen werd in de daaropvolgende maand door bliksem getroffen. Ten slotte spijkerde Deveaux ze aan een paal in de rots en blies de oude op met dynamiet. Maar inmiddels had mevrouw Dawlwoody ook wel ingezien dat het een dom spelletje was.

De Mary Mugg lag in hardsteen. Met een oeroude ertsmolen werd het inferieure erts in stukken gebroken, waarna het over een lopende band naar de barakken werd gevoerd waar men het goud van de glasharde rotsdelen scheidde. Veel goud ontsnapte aan de ertsmolens. De grote mijnen waren allemaal overgeschakeld op de nieuwe bal-en-staaf-molens. De Mary Mugg was niet het soort mijn waar goedbetaalde 'Neef Jacks' werkten; die broodnuchtere Cornwallers zaten allemaal in Zuid-Dakota in de Homestake, waar ze het goud uit de rots kletsten met hun witte, zonloze monden en andere mijnwerkers hun wil oplegden en hen dwongen het metaal uit de steen te stampen, zo nodig tot bloedens toe. Of ze zaten in Michigan in de Anaconda, waar ze met meedogenloze drift het koper losbeukten. Kolen voor hun hart, graniet voor hun vuisten, een fluwelen tong en pret als er bloed vloeide. Geen van hen werkte in de Mary Mugg. Het waren dure arbeidskrachten.

De Mugg was een kleine onderneming, die vogelvrijen en kreupelen aantrok; dertig procent afval, goud èn mannen, zei Deveaux. Maar je kon nooit weten waar je op zou stuiten, je kon nooit weten of je er als rijke stinkerd vandaan zou komen. Dat was juist de ellende, zei Berg, als Deveaux buiten gehoorsafstand was, je wist het wèl. De Mary Mugg was zelf een kreupele.

Berg bond Pearlette aan een spar en liet de waterzakken leeglopen in haar drinkbak. Hij keek zonder iets te zeggen dwars door Loyal heen. Berg had iets bruuts, hoewel hij de muilezel goed behandelde en altijd liep te neuriën. Hij had een bleke snor, die als een stel verdorde beukeblaadjes uit zijn neusgaten hing. De drinkbak had de hele zomer een dubbele functie gehad. Hij gebruikte hem ook om zich in te wassen voordat hij 's avonds het pad afliep. Loyal verdomde het om zich te wassen in muilezelkwijl, maar Berg moest en zou een boenbeurt hebben. Voor een man die op het land gewerkt had was hij tamelijk kieskeurig. Hij beweerde dat hij na een dag in de rots last had van zijn sproetige huid. Op een heldere februarimiddag, toen het al wat langer licht bleef, was hij eens na zijn dienst naar boven gekomen en had een vuurtje gestookt op een stapel stenen; vervolgens, toen het vuur laag brandde, had hij de houtskool wat verspreid en er stokken omheen gezet, waaromheen hij een paar zeildoeken, afkomstig van het afdakje voor de muilezel, had gewikkeld. Zijn naakte armen en benen deden denken aan drijfstangen van een locomotief, zo lang waren ze. Uit zijn provisorische sauna hadden ze hem de schemering in zien stormen, gehuld in een heldere kolom van naar muilezel geurende stoom. Hij had in de droge sneeuw liggen rollen totdat hij zo berijpt was als een suikerdonut.

'Dat zijn nou Scandineeviërs', zei Deveaux.

Het getjoek van motoren kaatste heen en weer tussen Copper Peak en de rotswand onder de Mary Mugg. Trucks en auto's schokten vanaf Lemon de helling op. De keer- en parkeerplaats lagen zo'n dertig meter lager dan de mijningang. Laarzen kletterden op het pad, een lach klonk op, gehoest en gespuug. Eerst kwam hun hoed in beeld, daarna hun hoofd en schouders, die op en neer deinden bij het klimmen. Loyal zag het glanzende bloedstraaltje dat nu al tussen Komkommers dikke neusvleugels vandaan liep, hij zag de hand met het doekje dat hij gebruikte om het bloeden te stelpen, omhooggaan en deppen. Niemand kon zijn onuitspreekbare buitenlandse naam uit de mond krijgen. Komkommer kwam nog het meest in de buurt. Deveaux liet zijn sigarettepeuk vallen en trapte hem met zijn kleine schoen uit, maar de rook bleef opstijgen.

'Je zou denken dat hij andersoortig werk zou zoeken als hij niet tegen de hoogte kan', zei Deveaux. 'Ik ben het spuugzat om tegen dat rode snot aan te moeten kijken.' Hij zei het op een plek waar Berg hem niet kon horen, terwijl hij zijn koffieprut op de grond gooide en de binnenkant van de pan met een dot gras schoonveegde. Hij liet zijn stem harder klinken. 'In de Red Suspenders werken ze met dagloners. Contractarbeiders weten waar ze aan beginnen.'

Berg en Komkommer deden al twee jaar aangenomen werk samen. Loyal was de nieuwkomer, afkomstig uit het zootje sjouwers dat op uurloon werkte. Hij had met Deveaux gepraat.

'Ik zoek iets waarmee ik meer geld kan verdienen dan nu. Om te sparen voor een boerderij. Waarom zet je me niet bij de contractarbeiders?' Hij kon de aanmatigende toon niet uit zijn stem houden. Daarmee gaf hij Deveaux te kennen dat de Mary Mugg er vandaag nog kon zijn, maar morgen misschien niet meer.

'Ik weet niet. Die jongens kiezen min of meer hun eigen ploeg. Trouwens, je kan het toch best redden met wat je verdient, geen kinderen, geen vrouw.' Maar hij had iets tegen Berg gezegd en die had geknikt.

Berg praatte altijd over het weer, het land, de seizoenen, een overblijfsel uit de tijd dat hij tarweboer was, hij vertelde alles aan Komkommer, die schouders had als een buffel, terwijl de norse Fries voortdurend over boten, kinderen en thuis mompelde en brabbelde. Hij had een gespleten duim, een enorm breed geval met twee vuile nagels die elkaar in de weg zaten. Stilte voor Loyal.

Komkommers vrouw gaf hem zelden genoeg eten mee om zijn niet-aflatende honger te stillen. Hij at zijn plakken pork, zijn crackers en zijn puntjes kaas op en staarde vervolgens hongerig naar hun boterhammen in de bolle broodtrommeltjes, waarbij hij voortdurend slikte en zijn lippen aflikte als een hond bij een picknick. Loyal gaf hem een van de tarwebiscuits die hij altijd bij Dave in het logement kocht, oude Dave de accordeon- en mondharmonicaverkoper, wie het voor de wind was gegaan totdat de goudkoorts hem te pakken had gekregen en hij goudzoeker was geworden. Een dronkemanssmak resulteerde in een bekkenbreuk.

'Wat moet je op zaterdagavond anders doen dan op je reet vallen en je botten breken?' had hij op hoge toon gevraagd. De botten waren zo stijf als staal weer aan elkaar gegroeid, zodat hij dezelfde loop had gekregen als een circushond op zijn achterpoten. De rest van zijn leven sleet hij als kok in het logement in Lemon. Hij deed pijnboompitten in de koekjes. 'Ben ik lekker gaan vinden, zoals kaklui geleerd hebben om gevulde olijven en kaviaar lekker te vinden.'

Een paar dagen later had Loyal het koekje op een stenen richel op de winplaats teruggevonden. Hij maakte zichzelf wijs dat Komkommer het daar neergelegd en vergeten had, maar hij herinnerde zich het besmuikte gelach tussen Komkommer en Berg, toen ze op weg gingen naar buiten, en er was een bittere benaming in zijn keel opgeweld. Niet goed genoeg voor hem! Klotebuitenlander.

Komkommer had vreemde manieren bij de vleet. Op de terugweg naar Lemon, aan het eind van de dienst, stopten ze altijd bij Ullmans Post voor een biertje, om het steenstof weg te spoelen.

'Neem een Red Fox voor me mee', mompelde Komkommer dan terloops tegen de ruggen die uit de auto klommen, terwijl hij zijn geld in zijn zak hield. Waarop er altijd wel iemand een biertje voor hem meebracht. Komkommer nam het aan, legde de dop op het randje van het raam en sloeg hem er met de muis van zijn dikke hand af, hij dronk het in twee teugen leeg en bleef dan met een onverzadigde blik met de lege fles tussen zijn dijen zitten. Andere keren stormde hij de auto uit, rende, rukkend aan beide zakken, naar binnen en kwam er met een hele krat weer uit.

'Neem maar. Neem maar! Niet nee zeggen, dan beledig je me!'

En Loyal had hem op de vuist zien gaan met een man die niet wilde drinken.

De mijnvloer beneden op de winplaats was vochtig, in het geribbelde stof liepen talloze voetsporen. De rotswanden glinsterden. Hun versleten denim hing in slappe plooien om hen heen. Ze luisterden naar het vage gekraak van de houten steunbalken. De ventilator zoemde. Berg begon te stutten en het losse plafondsteen los te wrikken dat, nadat ze gisteren met explosieven hadden gewerkt, aan het plafond was blijven hangen. De sjouwers hadden het erts tijdens de tweede dienst naar buiten gebracht. Terwijl hij werkte, regende het stukjes steen op het puin, en vervolgens donderde er een groot rotsblok van wel tweehonderd pond omlaag, zodat het stof in het rond vloog.

'Jezus, reken maar dat je daar barstende koppijn van krijgt', lachte Berg, terwijl hij verder wrikte. De rots kraakte.

'Zo'n godvergeten kei als die daar is de belangrijkste reden om met een Neef Jack te willen werken', zei Berg voor de honderdste keer tegen Komkommer. 'Die begrijpen het erts, de rots. Alsof het tegen ze praat. En als die zeggen dat het ergens niet pluis is, kun je maar beter luisteren, want die weten waar ze het over hebben. Ik heb eens met een vent gewerkt, Powys, in de Two Birds in Michigan. Kopermijn. Mijn eerste baan nadat ik de boerderij was kwijtgeraakt. 1936. Nat, smerig, verdiende niks, en bloedlink. Powys was slim. Ik begrijp niet wat hij in de mijnen deed. Hij had van alles kunnen worden. Kwam uit Cornwall. Hij citeerde Shakespeare, gedichten. Zei dat hij sinds hij zelf zijn broek aan kon trekken al in de mijnen werkte. Da's het grappige van die jongens, sommigen zijn echt slim, kunnen Latijn lezen, praten over filosofie, en dan gaan ze toch de mijnen in zo lang ze kunnen. Och man, we zaten daar in die mijn, we waren aan het boren, en toen hoorden we zo'n wringend geluid, alsof iemand karton aan het scheuren was, iets waar je normaal gesproken geen aandacht aan zou schenken. Powys begint te gillen, hij gilt...'

'Berg, dat heb ik nou al twee-, driehonderd keer gehoord. Is het die waarin hij ontsnapt door dikke scheten te laten? Of die waarin hij met één hand het plafond omhooghoudt en met de andere in zijn neus peutert?'

'Mmm', zei Berg. 'Nou, laten we maar eens wat doen. We moeten een beetje doorwerken vandaag.' Het licht uit de gele voorhoofdlamp schokte over de rots. Aanvankelijk droeg Loyal zijn stofmasker maar omdat het onhandige ding, dat op een rubberen snuit leek, hem danig in de weg zat, liet hij hem verder los om zijn nek hangen. Wat maakte het uit; twee kerels werken samen, de een draagt iedere dag zijn masker en krijgt toch stoflongen, de ander maakt zich er nooit druk om en is kerngezond. Had-ie meegemaakt.

De vertrouwde geur van natte rots, de metaalachtige smaak van de stofdeeltjes in de lucht, het gebrom van de boor en de rijen diepe gaten over de hele lengte van de rotswand mengden zich tot schemerige, kille uren. Loyal keek naar Berg. Zelfs in de champignonkleurige kegel van de mijnlamp kon hij Berg in zichzelf zien praten. Berg hield er geschifte ideeën op na. Hij geloofde dat dode mijnwerkers uit de hel terugkwamen naar de mijn waar ze gestorven waren, waar hun vervaagde, gemangelde lichamen net buiten je gezichtsveld ronddwaalden, en dat hij ooit, als hij zich snel omdraaide, een glimp op zou vangen van een oude rotsrat, die vanuit de vlammen een dagtripje maakte en achter zijn rug rare bekken trok en met ironische blik in de richting van rijkdommen wees. Hij deed dat soms, zich met een sprong omdraaien.

'Kom je er een beetje doorheen?' vroeg Loyal. Als hij als eerste iets zei, gaven ze wel antwoord.

'Veel gaten, hoor. We zullen het morgen wel zien, als het naar beneden komt. Ze zouden deze rots eigenlijk binnenkort moeten herclassificeren, volgende week of zo. Naar wat we gezien hebben, zou ik zeggen dat ze ons moeten opwaarderen naar Hoog-B.'

'Ik overweeg om er over een paar maanden mee op te houden', zei Loyal. 'En een gok te wagen in wat Deveaux gedaan heeft, de uraniumbusiness. Ik ben hard aan buitenlucht toe, net zo hard als hij de mijn weer in moest. Ik krijg de zenuwen van dat eeuwige klotedonker.'

'Zit wat in. Kerels die het buitenleven gewend zijn, de jacht of de houtkap, die voelen zich niet op hun gemak in de mijnen. Je hebt geluk dat je geen gezin hebt. Met kinderen ben je gedwongen in de mijn te blijven. Ik heb altijd gedacht dat ik hem op een dag zou vinden, dat ik een fantastische ader zou aanboren, maar ik heb altijd aan het kortste eind getrokken en nu zit ik hier, waarschijnlijk voor de rest van mijn leven, in de mijnen. Hé, Komkommer, heeft Deveaux je ooit verteld waarom hij met uranium delven gestopt is?'

Berg had te snel opgegeven, vond Loyal.

Komkommer monkelde met zijn klonterige accent: 'Twee versies heb ik gehoord. Ik heb gehoord dat land hem niet beviel. New Mexico, Colorado, Monument Valley, Arizona, Utah. Dat spul in het zandsteen.'

'Carnotiet. Christus, sommige lui hebben daar miljoenen mee verdiend.' Loyal dacht daar graag aan, het zoeken, de gelukkige vondst, en dan de rest van je leven doen waar je zin in had. 'Wat dacht je van Vernon Pick een paar jaar geleden? Negen miljoen.'

Berg wist ook iets. 'Deveaux heeft eens een versteende boomstam gevonden. Bijna puur carnotiet. Alleen daarmee heeft hij al dertienduizend verdiend.'

'En ook al doe je geen grote vondst. De regering zegt dat ze tot 1962 een vaste prijs garandeert. Het barst verdomme overal van de ertsinkooppunten. Jezus, er bestaan bonussen, je krijgt financiële steun, alle hulp die je maar nodig hebt.'

'Als ik zo veel geld zou verdienen, zou ik de Noordwestkust langstrekken, een boot kopen en gaan vissen. Grote zeezalm.' Een glimp van verlangen, een terugkerende kink in de draad van zijn gesprek.

Komkommer liet zijn pompende lach horen. 'Jij in boot? Maar één soort boot voor jou, Berg. Roeiboot. Roeiboot in haven.'

'Wat weet jij daar verdomme van?'

'Ken boten goed. Geboren op boten. Geboren op Spiekeroog. Dat ken jij niet. Vissersboten. Ik heb passagiersschepen gewerkt. Voor de oorlog.'

'Je hebt zeker ook op de Titanic gewerkt, hè? God, ik vaar nog liever op een kist dynamiet de Yellowstone af dan dat ik op een door jou bestuurde boot zit, Komkommer.'

'Wat heeft Deveaux eigenlijk met zijn geld gedaan? Die klootzak was rijk', zei Loyal. Woedend. De boor schokte, kauwde steen, spoog stof.

'Daar bestaan verschillende verhalen over. Ik heb onder andere gehoord dat hij het aan mevrouw Dawlwoody heeft gegeven, dat hij zich heeft ingekocht in de Mary Mugg. Ik heb ook gehoord dat hij alles in één uur is kwijtgeraakt met een spelletje black-jack in Las Vegas. Komkommer, ben je wel eens naar zo'n casino geweest?'

'Jezus, nee. Moeilijk genoeg om te verdienen, laat staan dat ik ga kijken hoe ik geld kan verbrassen.' Hij kreeg een langdurige hoestbui. Ergens achter hen klonk een licht gekletter van steensplinters.

'Niet goed', zei Komkommer. 'Is niet goed gestut. Als het goed gestut is, schilfert het niet.' Hij tikte heel lichtjes met een staaf tegen het plafond.

'Het is gestut', zei Berg. 'Hé, waarom ben je in godsnaam ooit uit Spiegelei, wat dat ook zijn mag, weggegaan?'

'Eiland. Eiland in Noordzee. Ik werk op boten, oké? Jarenlang gedaan. Goed leven. Op een dag ga ik langs waarzegster in Oslo, wat ze daar een dukker noemen. Zij zegt: "Jij gaat dood door water." Zij wist die dingen. Dus ben ik naar Amerika gegaan, om in de mijnen te werken.'

'En jij gelooft die flauwekul?'

'Ja, Berg, ik geloof het. Die dukker vertelt die vent die op schip werkt: "Pas op voor wijn." Hij lacht. Hij niet drinken, alleen water, thee, koffie. In Palermo zij laden, Jezus, valt een krat op zijn kop. Deze krat vol wijn. Dus geloof het maar.' Maar hij gaf geen diepere redenen.

'Schaftfluit', zei Berg, die de schorre gil van een fabrieksfluit nadeed. Ze zaten bij elkaar onder Bergs wand. Als hij wilde, kon hij de muilezel nadoen, paarden, elk willekeurig model auto op willekeurig welke snelheid.

'Hé, wat betaalt de regering eigenlijk voor uranium?'

'Ik heb gehoord dat het maximum dat ze garandeert zeven dollar vijfentwintig per pond is. Hoeveel pond er in een ton zit, ligt aan de vondst. Het gemiddelde is vier pond per ton. Bij een rijke Canadese vondst zat er tachtig pond in. Ik heb een tijdschriftartikel uit *De Koopvaardij*, dat moet je maar eens lezen.' Loyal liet zijn licht over de rijen vier meter diepe boorgaten in de rots dwalen.

'We komen er goed doorheen. Berg krijgt zijn roeiboot wel.'

'Ja, en jij je boerderij. Als je dan nog steeds gek genoeg bent om er één te willen.'

'Ik wil gewoon een plek waar ik voor mezelf kan werken.'

'Wat voor beest?' zei Berg, terwijl hij zijn lunchtrommeltje opende en de thermoskan eruit nam. Op het moment dat hij de bekerdop losschroefde, voelden ze de vloer onder hen omhoogkomen, gevolgd door een hard geraas toen de tunnel in elkaar klapte. De vloer schokte. Er hing een verstikkende stofnevel en ze hoorden het getinkel van Bergs thermosbeker, die tegen de rots sloeg.

Komkommers voorhoofdlamp kletterde tegen de muur en

ging uit. Loyal lag op zijn rug, stof en steengruis daalden op hem neer. Berg vloekte, zijn lamp zwaaide van links naar rechts toen hij rondkeek. Loyal werd bevangen door een ijzige kou en hij vroeg zich af of zijn ruggegraat gebroken was; hij had wel eens gehoord dat je met een gebroken rug niet veel pijn voelde; je werd koud en gevoelloos. Je kon je niet bewegen. Hij wilde liever niet eens proberen te bewegen. Berg spetterde wat rond, vloekte, liet zijn lamp over het ingestorte puin glijden. Er klonk een verschrikkelijk gekreun. Loyal dacht eerst dat het Komkommer was, maar besefte direct daarop dat het de ventilatieschacht was, die door duizenden tonnen steen samengeperst werd.

'Komkommer. Gaat het? Blood?'

'Heb mijn karbonaadje laten vallen', zei Komkommer. 'Karbonaadje in water.'

Loyal maakte daaruit op dat de koude gevoelloosheid veroorzaakt werd door een laag ijzig water waar hij in lag.

'Jezus Christus, waar komt dat water verdomme vandaan?' Zijn stem klonk paniekerig. Hij kwam overeind, stond te rillen. Hij had niets gebroken. Het water kwam tot zijn enkels en zijn rug was drijfnat. Zijn knieën schrijnden.

Het water kwam overal vandaan. Het druppelde en droop als duizenden kleine zweetdruppeltjes van plafond en wanden, het kwam met stromen omlaag, welde van onder de vloer op.

'Jezus, Jezus, Jezus', kreunde Komkommer. 'Ach Jezus, in donker verdrinken. Water.'

'We weten niet hoe erg het is. Boven kan alles wel in orde zijn, misschien zijn ze op dit moment al bezig ons eruit te halen.' Bergs stem klonk gespannen, maar beheerst. Ze hielden hun ontregelde adem in om het gegalm van hamerslagen op te kunnen vangen. De rots kraakte. De dikke druppels vielen gestaag neer, echoënd in de vol lopende groeve. Loyal voelde zich kalm. Werd het verdrinken of doodgedrukt worden? Onder de rots.

Berg had al eerder instortingen meegemaakt. Hij wist wat je in zo'n geval moest doen. 'We moeten onze batterijen sparen. Doe je lamp uit. Dan kunnen we er een paar dagen mee doen.'

'Dagen?' piepte Komkommer benauwd.

'Man, je kunt het weken volhouden in een ingestorte mijn, als je maar water hebt. En water hebben we. Laten we naar het hoogste punt van de groeve verkassen. Zo veel mogelijk uit het sop.'

Ze waadden door het donker langs de vloer van de groeve omhoog, totdat ze een droge rotsrichel vonden, aan het eind waarvan ze die ochtend hadden staan boren. Op de tast kwamen ze erachter dat het stuk droge vloer ongeveer een meter breed was, amper breed genoeg om te kunnen zitten. Loyal viste een eind touw uit zijn zak, waarin hij met knopen het vloeroppervlak aangaf. Berg tastte naar het gereedschap. Het water steeg gestaag. Overal om hen heen klonk het getik van vallend water, het dodelijke plink en ploink. Het water kroop op de droge richel.

'Deze groeve is tien meter hoog. Om die vol te krijgen heb je verdomd veel water nodig', zei Berg.

'Ja, wat doen, tegen muur opklimmen als vlieg en boven blijven? Wat doen, rondzwemmen? Zwemwedstrijd houden? Ik zal je zeggen: dodemansvlot. Niemand gaat deze nooit openmaken. Je staat in je graf, Berg. Ik zei je nog zo, derde man nemen brengt ongeluk. Nu zie je.' Komkommers stem klonk rauw. Hij spoog en rochelde in het donker alsof Berg hem in dit dodelijke hol gelokt had.

Ze stonden met hun rug tegen de rotswand, gezicht naar het water. Loyal probeerde niet tegen de muur te leunen. De rots zoog de warmte uit je lichaam. Als zijn benen verkrampten, ging hij op zijn hurken zitten. Als hij zijn hand uitstrekte, kon hij de rand van het water voelen. De uren verstreken. Komkommer zoog en kauwde ergens op. Waarschijnlijk had hij het karbonaadje gevonden.

'Je kunt je eten beter bewaren. We weten niet hoe lang we hier moeten zitten', zei Berg. Een nors zwijgen van Komkommer.

Loyal schrok met misselijk makende angst wakker, zijn benen prikten alsof er spelden en naalden in staken, zijn knieën voelden als houtblokken waarin diepe wiggen gedreven waren.

Komkommer brulde iets, een lied of zo, in een andere taal. Loyal zocht steun met zijn hand en voelde drie centimeter water. Het stond al tegen de wand.

'Berg. Ik doe mijn lamp even aan. Kijken of er ergens een droge plek is.' Hij wist dat er geen droge plek was. Het flakkerende licht van de voorhoofdlamp weerkaatste in de watermassa, die zich uitstrekte tot waar het gevallen puin de doorgang versperde. Voordat hij de lamp weer uitdeed, richtte hij hem op Komkommer, die met zijn onderarmen tegen de muur geleund stond en zijn hoofd in zijn natte handen drukte. Het water sijpelde in zijn laarzen. Het leer was zwart van het vocht en glansde als lakleer.

'Zuinig met licht, godverdomme', schreeuwde Berg tegen hem. 'Over een paar dagen doe je een moord voor licht. Wat heeft het voor zin om het nu te verspillen?'

Zonder het licht aan te doen was met geen mogelijkheid vast te stellen hoeveel tijd er sinds de instorting verstreken was. De enige met een horloge was Berg. Het water liep in hun schoenen. Loyal voelde zijn voeten zo opzwellen in het slijmerige leer, dat het prikkende vlees bekneld raakte in de halfhoge schoenen. Hun kuiten verkrampten, de spieren begonnen te trillen tegen de kou. Er klonk geklapper, en hij dacht dat het vallend gruis was, totdat hij zich realiseerde dat gruis zo geruisloos als een mes in het water zou glijden. Een poosje later wist hij wat het geklapper was: de tanden van Berg en Komkommer; hij kwam erachter doordat de rillingen ook door zijn lijf trokken, net zo lang tot hij over zijn hele lichaam beefde.

'De kou van het water onttrekt de warmte aan je lichaam. Je gaat eerder van de kou dood dan dat je verdrinkt', zei Berg. 'Als we het gereedschap kunnen vinden, een hamer en een beitel, kunnen we misschien wat steen uithakken om daarop te staan, een paar traptreden uithakken of zoiets, zodat we niet in het water hoeven staan.' Ze graaiden onder water langs de wand waar ze gewerkt hadden. De nutteloze boren lagen er nog. Daarnaast Loyals lunchtrommel, vol papperig vetvrij papier en broodpap, maar de plakken ham waren nog goed, hij at er een op en stopte de andere in zijn jaszak. De steenhamers, beitels en onderdelen zaten in een houten gereedschapskist met een essehouten treknagel als handgreep. Ze wisten alle drie heel goed hoe hij eruitzag maar ze vonden hem niet, ook niet nadat ze tot aan hun knieën het water in waren gelopen, waarbij ze met hun voeten voorzichtig de bodem aftastten.

'Al stootte ik ertegenaan, zou ik hem niet voelen', zei Loyal. 'Mijn voeten doen zo allejezus zeer dat ik niet weet of ik loop of stilsta.'

'Ik heb naar binnen gedragen', zei Komkommer. 'Voel hem nog aan arm. Weet niet meer waar ik heb neergezet. Achterin, bij de rails misschien. Ik herinner dat ik bijna over gevallen ben.'

Loyal voelde het gewicht van de inklinkende rots boven hen, zo'n achthonderd meter.

Komkommer mompelde. 'Kan daar staan. Misschien, ik denk, we hebben niet nodig vandaag.'

In het duister tuurden hun niets ziende ogen in de richting van de rails en de gereedschapskist, die nu onder het steen bedolven lagen. De rode vlekken en flitsen die altijd door totale duisternis trokken, schoven langs. Het water steeg gestaag.

Na geruime tijd – zeker acht of tien uur, dacht hij – merkte Loyal dat de pijn in zijn voeten en benen was gereduceerd tot een soort koude verdoving, die omhoogtrok naar zijn kruis. Aangezien hij amper op zijn benen kon staan en zowat bezwijmde, leunde hij tegen de muur. Berg stond te kokhalzen in het donker en beefde tussen de spasmen door zo hevig dat zijn stem uit zijn mond trilde: 'Eh-eh-eh-eh-eh.' Komkommer, die aan de andere kant naast Berg stond, ademde luid en langzaam in het vochtige duister. Druppels vielen gestaag naast hem neer.

'Berg. Doe je lamp aan en zeg eens hoe laat het is. Het scheelt als we de uren een beetje bijhouden.'

Hoewel Berg erin slaagde om na wat bezeten gemorrel het knopje om te draaien, was hij niet in staat de tijd af te lezen op zijn dansende, schokkende horloge.

'Christus', zei Loyal, die de trillende arm beetpakte en zag dat het tien over twee was. Welke twee? Twee uur in de ochtend na de instorting of vierentwintig uur later, de volgende middag?

'Komkommer, denk je dat het middag is of twee uur 's nachts?' Hij keek naar Komkommer, die wijdbeens en met zijn armen tegen de rots gedrukt stond om zijn voeten wat te ontlasten, het hoofd gebogen. Komkommer draaide zijn hoofd naar het licht en Loyal zag het bloed uit de zwarte neusgaten stromen, het natte hemd glanzend van het bloed, het water rond Komkommers knieën vol bloed. Komkommer opende zijn mond, zijn bleke tong kroop tussen zijn bloederige tanden vandaan.

'Voor jou is het makkelijker. Jij hebt geen kinderen.'

Loyal draaide het licht uit, er viel niets anders te doen dan staan en wachten, half in zwijm, en te luisteren hoe Komkommer druppel voor druppel leegbloedde.

Nu wist hij het zeker: in haar laatste vlammende seconden van bewustzijn, haar rug gekromd in wat volgens hem een waanzinnige vlaag van passie, maar in werkelijkheid een krampachtige poging was om zijn moordende lijf af te werpen, in die lange, laatste seconden had Billy al haar stervende atomen erop gericht hem te vervloeken. Ze zou hem laten wegrotten, hem misère na misère bezorgen, hem opjagen door een hoogst ellendig leven. Ze had hem al van huis en haard verdreven, hem tussen vreemden in een vreemde situatie geplaatst, zijn kans op vrouw en kinderen tenietgedaan, hem tot armoede gebracht, het mes van de indiaan tegen hem opgezet, en nu rotten door haar toedoen zijn benen onder hem vandaan. Ze zou hem uitpersen en uitwringen tot aan de grenzen van zijn anatomie. 'Billy, als je terug kon komen, zou het niet weer gebeuren', fluisterde hij.

Hij schrok met een kreet wakker, gleed het water in. Hij kon niet meer blijven staan. Zijn klompvoeten voelden de grond niet meer. Hij wist dat hij de op barsten staande schoenen, waarvan het leer zijn vlees afknelde en de veters steeds strakker trokken, uit moest doen, al moest hij ze van zijn voeten afsnijden. Happend naar adem ging hij op zijn hurken in het water zitten en betastte zijn rechterschoen. Het opgezette been puilde over de rand van de schoen. Hevig trillend trok hij aan de veters onder water, rukte aan de natte knopen. Na lange tijd –

uren, volgens hem – lukte het hem de veters uit de gaatjes te trekken en begon hij de schoen uit te sjorren. De pijn was intens. Zijn voet zat onwrikbaar in de schoen vast, als een heipaal in de grond. Christus, zag hij maar iets!

'Berg. Berg, ik moet mijn lamp aandoen. Ik moet mijn schoenen uittrekken, Berg. Mijn voeten zijn zo godsgruwelijk opgezwollen.'

Berg zei niets. Loyal knipte zijn voorhoofdlamp aan en zag Berg tegen de muur geleund staan, half weggezakt op een piepklein richeltje, waar hij met zijn knieën op rustte om zijn benen te ontlasten.

Hij kon zijn schoenen nauwelijks zien in het troebele water, dat inmiddels een halve meter diep was, hij moest ze zien los te snijden. Hij stond op en knipte zijn lamp uit terwijl hij in zijn zak naar het mes tastte. Het mes was moeilijk open te klappen, en nog moeilijker was het om weer in het water te gaan zitten of liever gezegd te vallen, en het strak gespannen leer open te snijden. Terwijl hij zaagde en hijgde en kreunde, probeerde hij de lamp zo min mogelijk te gebruiken. Eindelijk waren ze uit en wierp hij ze het donker in; een zachte plons, terwijl Berg, die links van hem stond, kreunde. Zijn voeten waren gevoelloos. Hij voelde helemaal niets.

'Berg. Komkommer. Doe je schoenen uit. Ik heb de mijne los moeten snijden.'

'Te-te-te-ke-ke-ke-ke-koud', zei Berg. 'Be-be-be-bevries eh-eh-eh-eh verdomme. Gaat niet.'

'Komkommer. Schoenen uit.' Komkommer gaf geen antwoord, maar ze konden het bloed nog steeds in het water horen druppen.

bloed bloedbloed bloed bloed bloedbloed

Het werd steeds moeilijker om te praten, te denken. Loyal had lange, zuigende dromen, waaruit hij met moeite wakker werd. Meermalen dacht hij dat hij in een schommelstoel bij het fornuis zat en dat er een slapend kind tegen zijn borst lag, het lichte haar trillend in de fluitende wind uit zijn neusgaten. Het gewicht van het kind bezorgde hem een zoete pijn, totdat zijn moeder het vuur oprakelde en terloops opmerkte dat het niet zijn kind maar Bergs dochter was en dat dit soort dingen als kalenderbladen uit zijn leven gescheurd waren, voor altijd voor hem verloren.

Dan maakte hij Berg wakker voor de tijd, maar de voorhoofdlampen waren zwak en het leek eeuwig tien over twee te zijn.

'Stil blijven staan', zei Berg. 'Horloge s-s-s-stil blijven staan.'

'Hoe lang zitten we hier al, denk je?' Hij praatte alleen nog met Berg, nu. Hij stond vlak naast Berg.

'Een paar dagen. Vijf of v-v-v-vier dagen. Als je ze hoort, moeten we tikken, die jongens laten weten dat we nog steeds in leven zijn hier beneden. Pearlette. Hoop dat ze-eh-eh-eh-eh-het redden.'

'Pearlette,' zei Loyal, 'is dat je enige kind?'

'Drie. Pearlette. James. Abernethy. Die-ieh-ieh-ieh noemen we Bernie. Baby. Iedere winter ziek.' Berg richtte zijn zwakke licht op de muur. Het water was zes centimeter gezakt. 'We maken e-eh-eh-eh-en kans', zei Berg. 'We maken toch nog een kans.'

In het licht van de dovende voorhoofdlampen dat ze in Komkommers richting lieten schijnen, was niets te zien. Ze riepen, met klapperende kaken, maar hij gaf geen antwoord. Komkommer bevond zich buiten de lichtcirkel, was stil.

Toen het ver verwijderde getik hen ten slotte bereikte, sloegen ze met natte stenen tegen de rotswand en huilden. In de duisternis, in vijfentwintig centimeter mijnwater, dreef Komkommer, keer op keer kuste zijn mond de stenen vloer alsof hij dankbaar was dat hij thuis was.

15 Het schrift van de indiaan

12-3-51

Hallo luitjes, er ligt hier een heel pak sneeuw, het heeft nou 6 dagen aan een stuk door gesneeuwd. Heb een tijdje in het ziekenhuis gelegen maar nou weer op de been en op zoek naar werk.
Keihard hier. Ben de hele tijd op pad.

Loyal

Mr. + Mrs. Mink Blood
RFD
Cream Hill
Vermont

Hij had het schrift van de indiaan jaren bij zich gedragen eer hij erin was beginnen te schrijven. Het had een soepele kaft van smalle stroken slangeleer, aan elkaar genaaid met een langarmige taksteek. De bladzijden hadden afgeronde hoeken. De indiaan had een onmogelijk handschrift; schots en scheef staande letters met open piek en lange, bungelende neerhalen, woorden die dooreengehaspeld waren en woorden die, waar vergeten, boven op de zinnen waren gestapeld. Er stonden vreemde opsommingen in. Op een van de bladzijden las Loyal:

offerandes

weeklagen

hongeren

gevangenis

droom & visioen

reizen

Ergens anders stond in kronkelige zinnen: 'De doden leven. Macht komt voort uit offerandes. Geef me goede gedachten, kalmeer mijn lage lusten, maak mijn lichaam sterk, laat me geen verkeerd voedsel eten. De zon en de maan zullen mijn ogen zijn. Toon mij wit metaal, gele stengels, rood vuur, zwart noorden. Draai mijn armen zesendertig keer in de rondte.'

Zouden die offerandes op scalpen slaan, vroeg Loyal zich af onder zijn cowboyhoed.

Het deel over de doden die bleven leven, deed hem aan Berg en diens opvatting over geesten van mijnwerkers denken, aan Bergs dochter of althans de voorstelling die hij zich van haar had gemaakt, meer levensecht dan alles wat Berg gezegd had. Aan Bergs kinderen dacht hij, die de smaak van sneeuw in hun mond hadden. En aan Berg zelf, die nu ergens rondstrompelde op aluminium voeten. Hij had gehoord dat in het kleine ziekenhuis van Uphrates, waar Berg heen was gebracht, een verpleegster de veters van zijn schoenen had losgesneden. Daarna was ze begonnen hem de linkerschoen uit te trekken. Met de schoen, die met een nat geluid had losgelaten, was tevens de gezwollen, sponzige onderkant van zijn voet, vastgeplakt aan de binnenzool, meegekomen, zodat het glanzende bot bloot kwam te liggen. Loyal kon zich niet herinneren of hij naar hetzelfde ziekenhuis was gebracht. Hij had tenminste nog redelijk goed kunnen lopen, hij had geen voeten of tenen verloren, al leek de pijn zich permanent in de botten van zijn benen te hebben genesteld.

Er stonden vervaagde inkttekeningen van vogels in; het bevatte een bladzij die kreukelig en smerig was, alsof het boek dagenlang opengeslagen op de vloer had gelegen, waar iedereen eroverheen was gelopen, eer iemand het had opgeraapt. Maar het grootste deel van het schrift was leeg, alsof de indiaan maar net begonnen was de draad van eerdere delen weer op te pakken. Enkele paginatitels leken hem best nuttig:

Inkomsten

Uitgaven

Bezochte plaatsen

Bezienswaardigheden

Dromen

Verjaardagen & begrafenissen

Trucs

Gedachten over medicijnen

Moeilijkheden

Op de pagina **Verjaardagen** had de indiaan geschreven: 'Mijn zoon Ralph, geboren op 12 augustus 1938, aan diarree gestorven op 11 augustus 1939.' Onder **Bezienswaardigheden** had hij 'kampvuren langs de weg' en 'klein en glanzend' genoteerd.

Loyal schrapte de notities van de indiaan. Op de pagina **Verjaardagen** schreef hij zijn eigen naam en geboortedatum, en daaronder die van zijn familieleden. Hij was zesendertig. Aarzelend, nauwelijks met het potlood op het papier drukkend, schreef hij 'Billy', maar gomde het een tel later al weer uit. Hij zat in zijn ondergoed op bed en wilde iets over het horloge schrijven, maar wist niet meer dan één stijve, ontoereikende zin op de blanco bladzijde te krijgen: 'Het horloge dat ik haar gegeven heb.'

Ze had zo'n goedkoop prul gehad, dat nooit de juiste tijd aangaf. Hij had haar een juweeltje gegeven: de helft van het winterbont uit zijn klemmen voor een Lady Longines met een piepklein wijzerplaatje, niet groter dan een dubbeltje, bezet met diamantsplinters, die de uren aangaven. Zes vossevellen naar mevrouw Claunch, die er voor haar een bontjasje van genaaid had bij wijze van kerstverrassing; 'een bolletje' had Billy het genoemd. Als ze ergens binnenkwam met het jasje aan, liet ze het horloge langs haar pols naar beneden glijden, zodat ze ermee kon pronken. Ze zag eruit om door een ringetje te halen. Zo zuinig op haar spulletjes, alles hield ze glanzend en netjes.

Die keer dat ze Zwier hadden geholpen met hooien. De ouwe zak deed dat nog altijd met zijn paarden, Rainy en Cloudy. De paarden trokken de kar langs de zwaden op de van hitte zinderende akker, en hij en Ronnie staken het hooi op naar Zwier, die de last over de kar verdeelde; het zweet had hen daarbij tappelings over de rug gelopen. In hun kielzog verzamelde Mernelle de gemiste hooisprieten op haar hooivork. Zwier had haar vijftig cent beloofd voor een dag werk. Zwier en Ronnie hadden de paarden uitgespannen, terwijl hij de laatste vracht de hooizolder op vorkte, worstelend met de pakken hooi, die Zwier als een puzzel in elkaar gevlochten had. Alleen de man die de hooiberg stapelt, weet waar elke schep hooi ligt. De verstikkende geur van gras, de lucht vol kaf en stof, totdat zijn huid zo jeukte dat het leek of hij in brand stond. Mernelle die naar binnen rende om te zeggen dat Billy er was met de auto en dat ze met zijn allen gingen zwemmen in het Bobcatmeertje.

Hij ziet Billy nog bukken, de onthaarde benen strak gespannen, hij ziet de glans van haar nagels als ze haar horloge in een kous rolt, die ze in de neus van haar schoen stopt, de schoenen naast elkaar en daaroverheen haar opgevouwen rayon jurk en de dunne handdoek uit de waspoederdoos. En Mernelle, die uit het water komt banjeren: 'Billy, mag ik alsjeblieft je horloge om als jij gaat zwemmen? Alsjeblieft, Billy!' Hoe ze aarzelde. Maar toch ja zei. Mernelle die haar arm in de lucht steekt, terwijl zij naar de rotsrichel onder water zwommen. Het verrukkelijke water. Hij had tegen haar gezegd dat er een snoekbaars van bijna anderhalve meter onder de rotsrichel school. Haar lichaam, dat groenig zag onder water.

Later, Billy's lage, heldere stem toen Mernelle naar hen toe geploeterd kwam: 'Heb je mijn horloge weer precies zo in mijn schoen gelegd?' Mernelle, alsof ze een klap in haar gezicht had gekregen. Haar arm was uit het water omhooggekomen, met de wijzerplaat, die inmiddels al zo beslagen was dat de diamantsplinters niet meer te zien waren.

Billy die het horloge een paar tellen losjes in haar hand hield, terwijl Loyal 'geeft niks, we brengen het wel naar een goede juwelier' zei, waarna Billy Mernelle recht aankeek en het horloge in het meertje gooide. Zonder een woord te zeggen.

Die winter zat hij avonden lang te schrijven, soms maar enkele zinnen, soms net zo lang tot de aan het raamkozijn rukkende wind zijn handen deed verstijven. Dingen die hij van plan was, liedteksten, afgelegde afstanden, wat hij at en wat hij dronk. Als hij het licht uitdeed, zag hij de blauwe nacht als een ruit in de rechthoekige vensters gezet, de geplooide aarde glanzend van fosforescerende metalen, de vertroebelende wind en sterren.

Het schrift van de indiaan. Zíjn schrift.

16 Hoe groter ze zijn, hoe feller ze branden

1951 Rapport brandweercommandant

Onderzoek uitgevoerd door: Earl L. Frank, plaatsvervangend brandweercommandant.
Zaak 935 Minkton Blood, Cream Hill, Vt. brand vond plaats op 11 december 1951. Eigendommen verwoest: stal en negen koeien. Na grondig onderzoek is Marvin E. Blood, de zoon van de eigenaar, in hechtenis genomen op beschuldiging van moedwillige brandstichting, hij heeft een bekentenis afgelegd en is veroordeeld tot minimaal één, maximaal drie jaar gevangenisstraf in de Strafgevangenis in Windsor. Hij heeft een belastende verklaring afgelegd over zijn vader, Minkton Blood, die hem ertoe zou hebben aangezet de stal in brand te steken in ruil voor een deel van het verzekeringsgeld. Minkton Blood is in hechtenis genomen en heeft een bekentenis afgelegd, hij is veroordeeld tot minimaal twee, maximaal vier jaar gevangenisstraf. Na de brand is tweeduizend dollar aan verzekeringsgeld geïncasseerd. Er wordt getracht het geld terug te krijgen.

Het was nog nooit zo donker geweest in de stal. Ze waren aan hun laatste druppels petroleum toe en het sombere schijnsel van de stallantaarn reikte niet ver in de donkere ochtendkilte. Er stroomde koeiepis. Er klonk nerveus gestamp, er hing een nog ellendiger sfeer in de stal dan de vorige avond. Mink ging op de tast de melkstal binnen, bukte zich naar de emmers, goot de ketel heet water leeg in Dubs wasemmer. Er steeg een zuil kolkende stoom op. Zijn hand zocht de lap. De stal stonk naar ammoniak, zure melk, doorweekt hooi en nat ijzer. Hij hoorde de deur openzwaaien. Dub. Het licht van de tweede stallantaarn viel onwillig uit zijn hand.

'Kouwer dan een heksekont. Christus, waarom is het zo vroeg al zo koud? Lijkt wel januari. Nog vijf van dit soort maanden en ik hang aan mijn staart en doe de apelach. WAHOEHAHOEHOE!' Dub deed de apelach.

'Als je verdomme nog één keer zo jankt, kun je een eind kachelhout tegemoet zien. Ik sta zo ongeveer met mijn rug tegen de muur vandaag, verder kan ik niet.' Er viel een doodse stilte, waarin hun beider woede overkookte en zich mengde.

'Jíj met je rug tegen de muur? Wat hoor ik nou? Jíj met jóuw rug tegen de muur? Jij driedubbel overgehaalde rotzak, jíj bent degene die míj tegen de muur drukt. Als jij je hand tegen mij durft op te heffen, leg ik van oor tot oor een scheiding in je haar.' De stallantaarn trilde in Dubs hand. Hij hing hem aan de spijker naast de zwijgende radio. De accu was al heel lang leeg. Hij pakte de borstel en de inmiddels danig afgekoelde emmer water en begon de rij onrustige koeien af te werken, hij borstelde hun met mest aangekoekte flanken schoon en spoelde de uiers af, waaraan stukjes kaf en mest kleefden. Het licht gaf een vage glans aan zijn kalende hoofd, zijn lippen bewogen. Hij greep de koe bij de staart. Ze deed niets liever dan haar stinkende staart in zijn nek zwiepen. Deze ochtend schopte ze, toen hij zich naast haar wurmde, en verplaatste vervolgens haar gewicht zo dat ze hem tegen de volgende koe aan drukte. Haar flanken waren, zover ze erbij kon, opengelikt, de vacht was tot op de bloedende huid weggeschuurd.

'Wat is er verdomme met jou aan de hand vandaag?' mopperde hij. Hij pakte de uierzalf en smeerde wat op de open wond. Zoals iedere ochtend en avond dacht hij aan elektriciteit en wat ze daarmee niet allemaal hadden kunnen doen. De koe achter in de stal loeide. Mink nam niet meer de moeite om ze bij hun naam te noemen, maar Dub had ze ieder de naam van een filmster gegeven, en deze, met een rug zo breed als een tafelblad, heette Joan Bennett.

'Je krijgt je klotewater zo dadelijk.' Nu moest hij mee in een lastig ritme, hij sjouwde Minks schuimende melkemmer naar de melkkamer, goot de melk door het filter in de melkbus, pakte de volle wateremmer onder de druppelende kraan bij het stenen aanrecht vandaan en greep met zijn haak de lege melkemmer weer. Terug in de stal zette hij de volle wateremmer voor een koe neer, terwijl hij met zijn haak de lege emmer van de volgende koe greep, waarna hij op weg terug naar de melkkamer de lege melkemmer voor Minks volle verruilde. Het ging vrijwel nooit goed. Als de kraan te langzaam stroomde, stond hij bij het aanrecht te wachten, terwijl Mink schreeuwde dat hij op moest schieten; soms hield de koe haar melk op, waarschijnlijk op het moment dat ze Minks leerachtige, oude handen voelde, en stond Dub tegen de muur geleund te wachten, luisterend naar het ondiepe geklots van de in de emmer rijzende melk.

Dan dacht hij aan een radio met een stekker en een wandcontactdoos, een radio die een lekkere beat uitzond, en een peertje, om die ouwe bruine klotetroep hier wat op te vrolijken, het gemak van een melkmachine en een waterpomp en een leiding die voor de halsbeugels langs de muur liep, zoals op Phelps' boerderij aan de overkant van het meer. Was er maar een klein beetje onbekommerde vreugde geweest voor hem en Myrtle. Hij kon het haar niet kwalijk nemen dat ze vertrokken was. Alles maar dan ook alles was fout gelopen. De elektriciteitskabels; in het zuiden waren die tot op dertig kilometer van hen doorgetrokken, in het oosten tot aan de overkant van de rivier, in het noorden tot net over de grens, en in het westen tot op vijfenveertig, misschien vijftig kilometer bij hen vandaan. Hij had geloof gehecht aan die onzin die Loyal de ouwe had verteld, die onzin over elektriciteit die ze direct na de oorlog zouden krijgen. 'Boerderijen krijgen voorrang.' Hij had het voorgelezen uit de krant. Wat een giller. De steden, die kregen voorrang – grote steden, kleine steden – garages, supermarkten, snuisterijenwinkels. Zes jaar na de oorlog, en nog steeds waren ze niet tot bij hen doorgetrokken. En nu stond er alweer een nieuwe oorlog voor de deur. Met Korea, wat dat verdomme ook mocht zijn. En als die klote-MacArthur zijn zin kreeg, zouden ze het ook nog tegen China opnemen. Zo kon het nog wel honderd jaar duren. De veestapel was geslonken omdat Mink de K.I.-man niet op zijn terrein wilde hebben. Hij had hetzelfde moeten doen wat oom Ott gedaan had, die had vlak na de oorlog zijn boerderij verkocht en een andere gekocht, een betere, in Wallings, een boerderij die op het elektriciteitsnet was aangesloten. Hij had stroom, hij had zijn veestapel uitgebreid en was net zo erg geworden als Loyal toentertijd, met zijn gewauwel over stambomen en produktie. Maar nu had hij veertien melkkoeien, elk goed voor een gemiddelde van vijfhonderd liter vierprocentsmelk per maand, en hij verdiende goed. Spoot DDT, geen vliegen in de stal. Had een nieuwe, bruine Henry J., naast de pickup-truck, een Ford uit 1947 met minder dan drieëntwintigduizend kilometer op de teller. Persoonlijk zou Dub geen Henry J. gekocht hebben. Als hij Otts soort geld had gehad, had hij een Buick Roadmaster gekocht, met zo'n grote 152 pk Fireball-motor en Dynaflow Drive. De K.I.-man en een beetje stroom hadden hem en Myrt kunnen redden.

Oh, Myrt, ik heb het geprobeerd, dacht hij. Weer hoorde hij zichzelf een poging doen haar te overreden, zichzelf te overreden, nadat de directeur van de pianostemmersopleiding hem had afgewezen – 'Meneer Blood, u zult ongetwijfeld begrijpen dat een absoluut gehoor voor dit beroep een vereiste is, het is niet anders, het is... het is een vak dat aanzienlijke kracht vergt van de stemmer, die daar dus geheel op gebouwd moet zijn' – weer hoorde hij zichzelf zeggen dat het maar voor een paar maanden was, totdat de ouwe zou inzien dat ze op zichzelf moesten gaan wonen, een paar maanden om rond te kijken, om iets anders te vinden. Verdomme, hij was zo sterk als een os, kon een piano met één hand optillen, dat had hij die klootzak ook laten zien, hij had de vleugel aan een kant vijfentwintig centimeter opgetild en hem onder getinkel en het gekraak van het dichtklappende deksel weer laten vallen.

Het had minder dan een jaar geduurd. Hij had op iedere baan gesolliciteerd waar hij ooit van gehoord had, maar de oorlogsveteranen drongen zich op en pikten de beste baantjes in. Die personeelsjongens hadden volstrekt geen oog voor een eenarmige boer. Die goed klinkende advertentie uit New York State, ook al ging het om een veredelde dienstbetrekking:

Gezocht: getrouwde man, klein gezin, om met volbloed Holsteins te werken. Ervaring met De Laval-melkmachine absolute vereiste. Arbeidsvoorwaarden en huisvesting boven modaal. Tienurige werkdag, zesdaagse werkweek. $ 150 per maand plus aardappelen, melk, kolen en moestuinfaciliteiten. Antecedenten en vaardigheden worden terdege nagetrokken. Myrtle schreef de brief voor hem, waarin ze voorgaven dat hij tot het vereiste in staat was – de prothese werd niet genoemd – en toen er een antwoord kwam met een datum voor een gesprek, was ze met hem meegegaan. Het was hun enige uitje geweest, met de veerpont over Lake Champlain, waarbij de lichte bries door Myrtles haar speelde en de vetvrije papiertjes van hun boterhammen in het donkere water waaiden, waar ze in het kielzog van de veerpont op en neer dansten. Donald Phelps. Zwarte letters op een rode brievenbus. De vlakke, met gravel bestrooide oprijlaan. De hekken zo strak als de lijnen van bladmuziek. Phelps in zijn modelstal, waarvan hij de indeling liet zien, het fluorescerende licht, de melkstal, waar vier koeien tegelijk gemolken konden worden, de roestvrij stalen melkkamer. Hij was licht verstijfd toen hij Dubs haak zag, maar had niets gezegd. Heel beleefd. Donald Phelps was het soort man dat iemand zichzelf liet opknopen.

'Zo, meneer Blood, iets wat we alle sollicitanten vragen, en we hebben er heel wat gehad, is een melkbeurt met de De Laval te doen, zodat ik kan zien hoe goed ze ermee overweg kunnen. En op dat punt zijn we nu.' Hij keek op zijn polshorloge, de eerste boer met een polshorloge die Dub ooit gezien had. De glanzende onderdelen van de melkmachine lagen in de roestvrij stalen sterilisator. Dub staarde naar de kronkelende buizen en pneumatische onderdelen.

'Ik kan er prima mee overweg, hoor.' Hij liet een afschuwelijk lachje horen. 'Het is alleen dat we thuis nog geen elektriciteit hebben, daardoor heb ik nog geen kans gezien om alle handigheidjes onder de knie te krijgen. Maar ik ben snel, ik ben hartstikke handig, ik kan met één hand meer dan de meeste jongens met twee. Ik wil deze baan graag en ik zal heel erg mijn best doen.' Hij tetterde maar door, zijn spuug vloog samen met de woorden in het rond. Maar het hielp niet. Phelps schudde langzaam zijn hoofd, hij opende de deur, zodat de middagzon naar binnen stroomde. Myrtle en mevrouw Phelps stonden op het erf, hun armen over elkaar tegen de wind. Myrtle deed al het praatwerk, was haar iets aan het vertellen, misschien over haar werk als doktersassistente of over de tocht over het meer, misschien over het kind. Ze maakte een blije indruk, totdat ze hem over het erf naar hen toe zag komen. De manier waarop hij liep, had ze gezegd.

Twee weken later had hij de bus naar Groton in Connecticut genomen, een rit van een dag. *Electric Boat heeft per direct vacatures voor ervaren boordwerktuigkundigen (binnengaats en buitengaats), elektriciens (binnengaats en buitengaats), plaatwerkers, technisch tekenaars. Zesdaagse werkweek.*

Twintig minuten om het sollicitatieformulier in te vullen. Het gesprek duurde minder dan twintig seconden. 'Nah. Gezond èn ervaren. BIJ VOORKEUR veteranen. U bent totaal ongeschikt voor dit soort werk. Hoe hebt u in godsnaam kunnen denken dat u in aanmerking kwam?'

Maar hij gaf niet op. Bij Elmore Grain, een graanbedrijf, zochten ze een verkoper; dat kon hij wel, dacht hij, geld incasseren en honderd-pondsbalen achter op de vrachtwagen gooien. Hij begon in november, de dag na de zware storm, toen iedereen druk in de weer was omgewaaide bomen in stukken te zagen en de ondergelopen wegen vrij te maken. Dub daarentegen worstelde de hele dag met graanzakken bij Elmore. Hij was op tijd terug om te melken. Na twee dagen lieten ze hem gaan. Drie van de vier zakken scheurde hij open met zijn haak, waardoor het gele graan van de vrachtwagen op straat regende en hele vluchten vogels en zelfs een paar ratten aantrok.

Mink voelde zich zo traag als een vastgespijkerde plank. De melk sijpelde naar buiten, tussen de straaltjes in hingen lege seconden. De koeien waren onrustig en loeiden. Het was erger vanochtend, wat het ook zijn mocht dat hen dwarszat. Er was een vage herinnering doorgebroken aan iets van lang geleden; hij en Ott waren op een schutting geklommen, samen met een jongen met een frettegezicht, Gordon of Ormond, terwijl zijn vader en een paar andere buren op het hek geleund hingen. Een heleboel mannen, een mengelmoes van lage stemmen. Er kwam een varken in voor op een bed van stro. En een .22. Of was het een .30-.30? Er was iets ernstigs aan de hand, terwijl er tevens een gevoel heerste van een op handen zijnde oplossing daarvoor, wat dat ook zijn mocht, een vervelend maar onvermijdelijk onderdeel van het leven. Maar hij kon zich niet herinneren waar het om ging. Afgelopen nacht had hij lang wakker gelegen en zich proberen te herinneren wat er met dat varken aan de hand was geweest, met als gevolg dat hij vanochtend doodmoe was. Het mechanisch aantrekken van zijn kleren, het winterse gekraak van de trap, het gerammel van kalksteen in de ketel, alles kwam hem ondraaglijk voor. De keuken leek een konijnehok, met hemzelf als konijn, getemd tot kruiperig stilzwijgen.

En nu, Dubs gerammel in de stal, het gekras van het hengsel langs zijn zelfgemaakte houten arm, waar hij de oude slachtershaak in geschroefd had, met opzet een grove en zware, terwijl hij de lichte roestvrij stalen haak, waar ze zo veel geld voor betaald hadden, na de laatste ruzie met Myrt in de rivier gesmeten had. Hij had de wildheid in Dubs stem gehoord, net de dorpsgek van jaren geleden, Brucie, Brucie Beezey, die grijze haren had en om geroosterde appels krijste als een baby om de tepel. Af en toe hoorde hij diezelfde toon in Dubs stem. Wat wilde hij? Iemand die zei dat alles goed zou komen? Hij zou inmiddels beter moeten weten, invalide, gescheiden, een vader die zijn zoon nog nooit gezien had. Hij was altijd al een dwaas geweest. En bij tijden een godvergeten zuipschuit.

Hij liet zijn hoofd tegen de koe rusten, terwijl hij haar uitmolk. De gedachte kwam bij hem op dat deze koe hem op een manier die hij nog niet doorzag, de das om zou doen. En hij was moe omdat hij zowat de hele nacht wakker had gelegen in een poging te achterhalen wat het probleem met dat varken was geweest en om een manier te bedenken om aan de neerwaartse spiraal te ontsnappen. Ieder jaar armer, het werk zwaarder, de prijzen hoger, en de kans om de situatie te doorbreken steeds kleiner. Alles ging er tegenwoordig zo anders aan toe. Hij was zijn richtinggevoel kwijt. Toen hij klein was, had je ook arme mensen gehad. Jezus, iedereen was toen arm. Maar alles ging gewoon door, als een waterrad dat onder het gewicht van stromend water doordraaide. Familieleden en buren kwamen ongevraagd meehelpen. Waar zaten ze, verdomme, nu hij in een zwarte poel wegzonk? Ott was verhuisd, Ronnie gestopt met het boerenbedrijf, Clyde Darter had de hele zaak verkocht en was naar Maine vertrokken. De bank was in andere handen overgegaan, opgekocht door een of ander groot bankbedrijf uit Burlington, keiharde jongens. De Dovers sloegen hun hooi op in het oude huis van de Batchelders, keuken en voorkamer lagen vol, de balen lagen opgestapeld tot op de trap, waar ze de spijlen van de leuningen naar buiten drukten. Hij herinnerde zich Jim Batchelder als de dag van gisteren, het gerimpelde gezicht en de wortelneus, hij hoorde hem nog tegen zijn paarden praten met die schrale stem van hem. En plotseling werd hij door het verleden overspoeld, de geur van paarden, haver en hete lijnzaadkompressen. Als de paarden gingen, gingen de mensen ook.

Maar hoe kwam hij hier onderuit? Dub met zijn schelle stem: een last op zijn schouders, Mernelle met haar constante gezeur over de bioscoop en een godvergeten victoriakapsel, en Jewell, die weliswaar weinig zei, maar duidelijk maakte wat ze ervan dacht door de andere kant uit te staren als hij iets probeerde te vertellen, waarbij ze met haar hoofd trok alsof ze last had van een vlieg.

En dit. Hij kon niet geloven dat hij op raakte. Zijn armen, zijn gespierde dijen, de volle schouders, alles zag er nog net zo uit als altijd, maar al zijn gewrichten brandden. Artritis. Zijn moeder was er zo krom als een hoepel van gaan staan. Jarenlang had ze in haar stoel zitten kronkelen, roepend om hete kruiken, gloeiend heet, zo heet als maar kon om het inwendige gekronkel te verlichten, dat haar ruggegraat almaar krommer trok, zoals je met je vingers wilgetenen kon buigen. En met het beeld van zijn moeder, die krom stond van de pijn, kwam ten slotte de herinnering boven aan het varken op het stro, het varken dat stuiptrekkend zijn eigen flank openreet, zodat de ingewanden er in lussen uit vielen en door de modder sleepten, waarna het varken op zijn eigen darmen stapte alvorens neer te zinken op het stro, waarbij het als een waanzinnige met zijn ogen bleef rollen en probeerde door zijn flanken heen te bijten. En deze koe, die maar heen en weer stond te wiegen, die met haar achterpoot trapte en haar rauwe flank openkrabde... Mink stopte met melken, hij stond op en keek naar het starende oog, zag het draderige slijm.

Er zaten nog slechts een of twee trucs in de doos. Listige trucs.

'Weet je wat wij moesten doen', zei hij tegen Dub.

'Zorgen dat we klaarkomen met melken, verdomme, zodat ik die koeien te vreten kan geven', zei Dub op gedempte toon vanuit de melkkamer.

'Nee, ik bedoel wat de boerderij betreft.'

Het water klotste uit de emmer toen Dub hem van het aanrecht tilde.

'Verkopen, bedoel je? Zou het slimste zijn wat je doen kunt. Ik roep al God weet hoe lang dat je moet verkopen. Doe wat Ott gedaan heeft, koop een bedrijf met elektra. Dat krijgen we hier nooit van zijn leven.'

'Niet verkopen. Snap je nou echt niks? Heb je enig idee hoeveel hypotheek erop rust? Al zouden we verkopen, al zouden we de hoogste prijs krijgen die een boerderij van deze grootte opbrengt, al hadden we elektriciteit en alles, dan nog zouden we na aflossing van de hypotheek niet genoeg overhouden om een paar oorwarmers te kunnen kopen. En we hèbben geen elektriciteit. Al was deze boerderij perfect, dan nog zou het geen oplossing zijn. Dat is de zuivere waarheid, nu weet je het. We houden niets over als we verkopen. We spelen niet eens quitte. Dat is geen oplossing. Dacht je dat ik daar niet aan gedacht had, toen die klootzak wegging? We verdienen er niets op. Waar dacht je dat je moeder en ik van moesten leven? We hebben godverdomme geen moer.'

'De koeien.'

'De koeien. De koeien. Dat is de reden dat we wat anders moeten doen. En snel ook. Kom hier, dan zal ik je eens wat laten zien. Dan kun je zien waarom die koeien geen goudmijn zijn. Misschien dat het dan tot je stomme kop doordringt dat we op een punt zitten waarop we slim moeten zijn.'

Hij wees naar de reikhalzende koe, die met haar tong over de rauwe flank raspte. Een witte kring in het oog. Mink gebaarde naar de rij gehalsterde beesten. Dub stond met zijn rug tegen de deur en staarde. De koe loeide en probeerde uit alle macht haar kop uit de halster te trekken.

'Wat is er dan met ze aan de hand, verdomme?'

'Ik denk dat het jeukpest is.[3] Ik denk dat ze jeukpest hebben.'

'Wil je dat ik de dierenarts haal?'

'Jij bent wel de allergrootste stommeling die ik ooit heb meegemaakt. Nee, ik wil helemaal niet dat je de dierenarts haalt. Ik wil dat je het geweer haalt en twintig liter petroleum.'

17 Op het kantoor van Weeping Water Boerderijverzekeringen

12-11-51

Mijne Heren, NA 20 jr. verz. Premie betalen is Heden-ochtend mijn stal afgebrand door een olielamp die per ongeluk in Het Hooi omviel. Stuur A.U.b. cheque want we Hebben Het geld Hard Nodig.

Hoogachtend,

Minkton M. Blood

Weeping Water
Boerderijverzekering
MAIN st.
Weeping Water
Vt.

Het kantoor van de Weeping Water Verzekeringsmaatschappij besloeg drie kamers boven IJzerhandel Enigma. De houten vloerplanken kraakten opvallend hard. De stoomradiatoren onder de ramen gaven zo'n enorme hitte, dat de werknemers zich op stormachtige dagen slaperig en veilig voelden.

In de eerste kamer zat mevrouw Edna Carter Cutter, secretaresse, receptioniste, informatrice, waakhond, binnenhuistuinier, koffiezetster, broodjessmeerster, boekhoudster, weervoorspelster, voorraadadministratrice, bankloper, postverspreidster en penningmeesteres, in een kunstlederen stoel, te midden van tweehonderd kamerplanten. Ieder plekje was bezet, fluweelplanten, wandelende jood, een paarsbladige ti-plant uit het

Stille-Oceaangebied, tientallen Kaapse viooltjes, een enorme Norfolk-spar in een reuzelton, een boven een archiefkast uit wuivende lippenstiftplant, een kangoeroewijnstok boven een andere kast, een vingerplant in een kruik achter de deur, een dieffenbachia achter de paraplubak, en een Boston-varen, de reus van de collectie, die zijn bladeren ver over het Gestetner-kopieerapparaat uitstrekte. De meeste planten had ze bij wijze van condoléance gekregen bij de dood van haar zoon Vernon, die in New York was doodgereden door een dronken marinier in een gestolen taxi.

Het kantoor van meneer Plute, de manager, lag aan de achterkant, vanwaar je uitkeek op een oude drenkplaats voor vee. Er stonden een eikehouten bureau en drie stoelen, twee eikehouten archiefkasten en een eikehouten kapstok met koperen haken. In de bovenste helft van de deur zat matglas, waardoor je alleen Plutes uitgerekte schaduw zag als hij voor het raam langs liep. Van hem had mevrouw Cutter de Boston-varen gekregen.

De andere kamer was met lage celotex wandjes in drie hokjes verdeeld, daar zaten de agenten en inspecteurs als ze op kantoor waren. In elk hokje stonden een bureau, een stoel, een archiefkast en een telefoon. Als degenen die daar werkten opstonden, konden ze elkaar in de ogen kijken, maar als ze zaten verdwenen ze, op sigaretterookkringels of voorbijflitsende paperclips na.

Perce Paypumps was de nestor van het kantoor, ouder dan meneer Plute. Hij had sinds 1925 al drie eikehouten stoelen versleten vanwege zijn gewoonte om op twee poten achterover te leunen, hij had de grote overstroming van 1927 overleefd, de epidemie van boerderijbranden in de jaren dertig, hij had na de orkaan van 1938 door kilometers omgewaaide troep gestruind om ravage en schadeclaims te onderzoeken. Bij afwezigheid van Plute had Perce de leiding. Als oudste medewerker was hij uitermate oordeelkundig wat betreft het afhandelen van claims.

John Magool, meegaand en dik, was een ex-paratroeper, die binnen enkele weken nadat hij zijn uniform had uitgetrokken, was opgezwollen als een ballon, een vlotte prater, een goede luisteraar en een prima verkoper. Drie van de vier weken zat hij langs de weg. Als hij op kantoor kwam om zijn polissen uit te schrijven, trof hij meestal kamerplanten aan op zijn bureau en op zijn gedeelte van de in drieën gedeelde vensterbank. Dan droeg hij ze terug naar mevrouw Cutters kamer, waar hij zonder iets te zeggen bleef staan met zijn armen vol plantestengels.

'Oh, die planten! Ik hoop dat je het niet erg vindt. Ik heb ze daar alleen een poosje in de zon gezet en was vergeten dat je van de week hier zou zijn. Je hebt daar zo'n lekker zonnetje 's ochtends, John.'

Het derde bureau was van Vic Bake, tweeëntwintig, enthousiast en slim, voor wie dit zijn eerste baan was. Hij had een gezicht als een schep aardappelpuree, een slap lichaam en aanleg om verbanden te zien. Als gevolg van een aangeboren verdraaide nek hield hij zijn gezicht altijd enigszins naar voren gestoken en een tikje scheef. En aangezien hij, op deze afwijking na, nog niet gepokt en gemazeld was door het leven, deelde hij alle menselijke daden in twee categorieën in: oplichting en liefdadigheid. Onkreukbaar was hij, als kind een klikspaan, het lievelingetje van de juf, iemand die altijd tienen met griffels haalde, maar nu uit was op een grotere rol. Plute, die zijn ambitie bespeurde, vond hem wat bruut, hij liet hem de 'branden met dubieuze oorzaak' uitvissen, stuurde hem eropuit om de provinciale brandinspecteur een kroon op te zetten en met vragen te bestoken, en om de officier van justitie te vermoeien met zijn verdenkingen en bewijzen.

Thuis, honderdvijftig kilometer naar het noorden, zat Vics vruchtbare familie opeengepropt in een naar vuil wasgoed riekend huis. De vader ging voor dag en dauw de deur uit om zijn postbestelroute te rijden. En vijf van zijn broers gingen naar hun werk in de haspelfabriek. In Weeping Water had Vic zijn eigen kamer met bad in een klein logement bij de rivier. Hij vond het er luxueus.

Dwars door de grondmist van de milde februariochtend liep hij naar kantoor. Het brokkelende ijs kraakte onder zijn voeten. Op het pad zag hij een blauw draadje, een postzegel, twee doorweekte sigarettepeuken en een nagel in zijn doodkist van ijs liggen.

Hij zette zijn rubberlaarzen met hun neuzen naast elkaar tegen de muur van het kantoor en hing zijn popeline regenjas aan de kapstok. Daarna rommelde hij wat in mevrouw Cutters bureau – niet in meneer Plutes kantoor, want dat zat met twee sleutels op slot – en haalde er de archiefkastsleutels en twee van haar Smith Brothers-hoestpastilles uit, zodat hij wat om op te zuigen had als hij de brieven doornam en het grootboek bestudeerde, vervolgens ging hij Perces hokje binnen om de map met uitstaande claims door te kijken en om in gedachten twee rode sterretjes op het hoekje van twee dossiers te zetten. De zaak-Hakey, waarbij de ouwe Hakey zijn dochters vriend had verordonneerd zijn biezen te pakken, waarna – Nee maar! – om middernacht 'Hakeys Veevoer en Zaden' in brand was gevlogen. En de vrijwillige brandweer de brandweerauto niet aan de praat had gekregen. Dat riekte naar brandstichting. En wat dacht je hiervan. Veehandelaar Ruben Quilliam. Huis afgebrand. Niet echt verdacht, maar Quilliams vrouw was net van hem gescheiden en misschien was hij dronken geweest en had hij het huis in brand gestoken om het haar betaald te zetten. Hij zou een beetje rondneuzen, met Quilliams buren praten. Perce was te weekhartig; hij had de betaling van deze claims goedgekeurd.

Vic trok de map BETAALDE CLAIMS van januari tevoorschijn, enkel om er nog eens naar te kijken. Soms kwam het gevoel dat er iets niet klopte pas een tijdje later. Alles leek in orde. Maar hij kon zich niet herinneren dat hij deze gezien had: 'Stallantaarn omgevallen in hooi. Geen telefoon. Dichtstbijzijnde buren anderhalve kilometer verderop. Oprit ondergesneeuwd.' Perce had deze waarschijnlijk afgehandeld en het niet de moeite waard gevonden om aan hem te laten zien. Die oude, armetierige boerderijen zonder elektriciteit of telefoon, als er ook maar iets gebeurde, was het gelijk raak. Raar dat ze niet één koe uit de stal hadden weten te krijgen. Hij bekeek het ruwe schetsje van de stal, dat de brandinspecteur had getekend. Het gaf de plek aan waar de brand was ontstaan, net buiten de melkkamer. Ongeveer zeven meter van de deur. En zo'n twee meter van de waterpomp af. Je zou zeggen dat ze er dan toch een paar koeien uit hadden kunnen halen. Of een emmer water op het vuur hadden kunnen gooien. En ze hadden ook geen tijd verloren laten gaan bij het indienen van hun claim. De kaart van de boer was gedateerd de middag na de brand. Een tamelijk zware claim, tweeduizend dollar. Hij schreef de naam in zijn notitieboekje. Minkton Blood. Misschien de moeite waard om eens heen te rijden en een beetje rond te snuffelen. Daar was het nooit te laat voor.

18 Wat ik zie

De brede straat, open aan beide kanten van het dorp, opwaaiend stof, telefoonpalen tegen het blauw genageld. 'Welkom in MOAB Utah de Uraniumhoofdstad van de Wereld.' Hij kijkt in etalages, talmt bij het neonbord URANIUM LICENTIES.

Bij kruidenier Buck liggen exemplaren van *Uranium Digest, Uranium Prospector, Uranium Mining Directory Digest*. Een op de glazen deur geplakte poster belooft: 'Miss Kernenergie Verkiezing, eerste prijs tien ton uraniumerts'. Hij schat de waarde op ongeveer tweehonderdtachtig dollar. Ruim gerekend. Nog een bord: 'Thatcher Saw, makelaar in onroerend goed en uranium', en een kleiner bord ernaast: 'Boerderijen te koop'.

In Grand Junction daalt hij langs een reling af naar een kelder, waar het naar bezwete mannen en opgerolde kaarten ruikt. Pickups parkeren in de kakikleurige straat. De meeste hebben er een aanhangwagen met stevig vastgesnoerde gasflessen achter hangen. En overal staan mannen in stoffige, kreukelige kleren kwartjes in rode Coca-Cola-automaten te gooien. Helmen naar de wind gekeerd, de handen tot een kom gevouwen, het lucifervlammetje en de losse rooksliert. Hij ziet wel honderd overheidsfunctionarissen met naamspeldjes, auto's van de AEC, materiaalopsporingsdivisie.[4] Het bergje zwarte steen in een etalage. KAMPEERARTIKELEN & URANIUM – INSCHRIJVING – VERKOOP.

Prospectors die net van de steile, witte rotsen komen, bekijken de laatste anomaliekaarten en overwegen hardop hun geluk elders te beproeven. De stadjes daveren van de stoffige, gedeukte jeeps met afgerukte uitlaat die voorbijkomen, van de bulldozers en dieplepels die op opleggers voorbijrollen. Vrachtwagens met jutezakken vol erts. Langs de wegen en op het land, overal liggen achtergelaten bodemmonsters in bergjes op de grond. Sigarettepeuken, kabels, stof, stof en nog eens stof. Maar geen vrouwen, verdomme. Stoffige landingsbanen, witte vliegtuigjes, bestuurd door luchtmachtveteranen met opgerolde mouwen, die blij zijn dat ze weer kunnen vliegen. Luchtfoto's, Rapid City, Cheyenne, Laramie, Burdock, Dewey, Pringle, Wind River, Grants, Slickrock, Green Rivier, Chuska District, Austin, Black Hills, Big Horns, Big Indian Wash, Big Beaver.

Big bankroet, misschien.

19 De gevangene van het eenzame hart

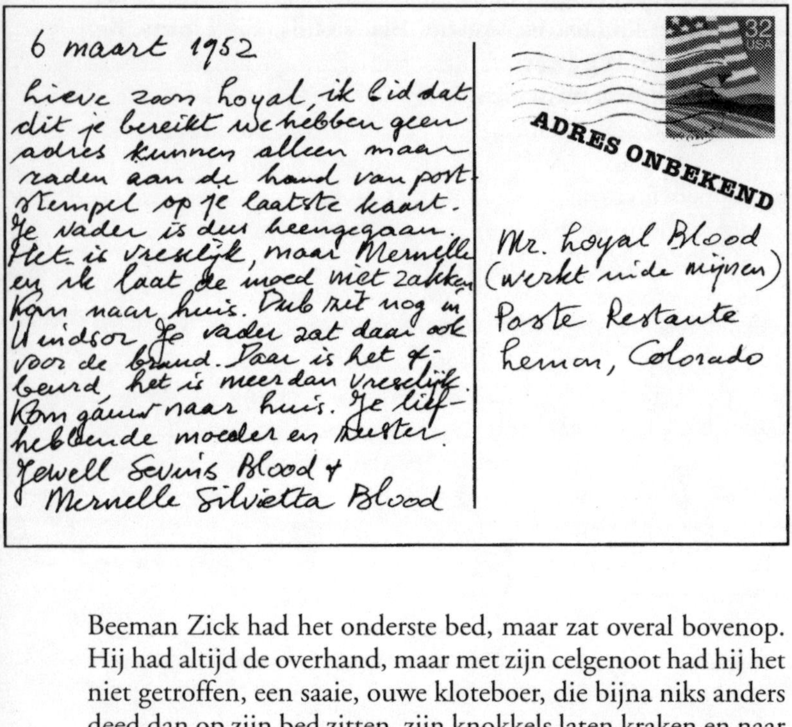
6 maart 1952
Lieve zoon Loyal, ik bid dat
dit je bereikt we hebben geen
adres kunnen alleen maar
raden aan de hand van post-
stempel op je laatste kaart.
Je vader is dus heengegaan.
Het is vreselijk, maar Mernelle
en ik laat de moed niet zakken
Kom naar huis. Dub zit nog in
Windsor Je vader zat daar ook
voor de brand. Daar is het ge-
beurd, het is meer dan vreselijk.
Kom gauw naar huis. Je lief-
hebbende moeder en zuster.
Jewell Sevins Blood &
Mernelle Silvietta Blood

32 USA

ADRES ONBEKEND

Mr. Loyal Blood
(werkt in de mijnen)
Poste Restante
Leman, Colorado

Beeman Zick had het onderste bed, maar zat overal bovenop. Hij had altijd de overhand, maar met zijn celgenoot had hij het niet getroffen, een saaie, ouwe kloteboer, die bijna niks anders deed dan op zijn bed zitten, zijn knokkels laten kraken en naar de grond staren. Ouwe zak wilde nergens over praten. Wie had er nou zin in zo'n taaie ouwe knol. Niet Beeman Zick, die verlangde naar de smaak van augurken, naar het vissen op snoekbaars en naar de liefde.

De zoon, oh, die was anders. Hij wou dat ze hem bij de zoon zetten. Vent had maar één arm (voordeel) en was kalend (jammer, maar dat zag je toch niet in het donker), maar wat een kont, rond en lekker als een kersttulband. Maar de zoon zat bij de Fransoos, en de Fransoos was, ondanks zijn jaren in het houthakkerskamp, waar ze zich enkel bezighielden met bomen omhakken en hem bij elkaar erin duwen, een devoot biddend katholiek, die zijn lippen zowat had versleten met het kussen van a) het gouden kruisje om zijn nek en b) de foto's van zijn dikke vrouw en dochters. Vrouwen. Iemand had ooit gemerkt dat hij twee stellen foto's had, die niet bij elkaar hoorden. Toen was het uitgekomen. Een stel in New Hampshire, in Littleton. En een stel in Quebec, in Roberval. Dertien dochters maar liefst en godverdomme niet één zoon. Hij had een kantelhaak gestolen van een sjoemelaar in de Kingdom, Noordoost-Vermont, was volledig op hol geslagen, na eerst een halve emmer aardappelwijn te hebben gedronken, en had met de kantelhaak de achtermuur uit het huis van de afwezige houtbaron Jean-Jean Poutre gewrikt. Frenchy werd naakt tussen de satijnen lakens aangetroffen, omringd door foto's in zilveren lijstjes, pepermolens, geborduurde sjaals, schoenborstels van het leger met mahoniehouten rug, waskaarsen, briefopeners met inscriptie, lege champagneflessen, in leer gebonden boeken, schellekoorden, kristallen vazen, opgezette vogels, een nagelvijl met paarlemoeren heft, wandelstokken, parfumflesjes, poederdonzen, lakleren schoenen, vellen roomkleurig papier, geïmporteerde vulpennen, bladmuziek en een telefoonboek van Oyster Bay, Long Island. 'Bel me eens op', was alles wat hij wilde zeggen.

Dat kon-ie toch niet aan die ouwe boer vertellen. Ach, je kon het wel vertellen en nog wel meer ook, maar daarmee had je het wel gehad. Niets drong tot hem door, behalve het geschreeuw van de duivel in zijn privé-oor, als je dat snelle gefluister mocht geloven. Beeman Zick verstond er geen woord van. Ze lieten de boer in zijn eentje luchten, in zijn eentje, op de bewaker na. Er werd beweerd dat de zoon hem wilde vermoorden of dat hij de zoon wilde vermoorden. Hou ze gescheiden, werd er gezegd, dacht hij. En hij was even verbaasd geweest als ieder ander toen de oude boer zich ophing.

Beeman Zick was uit het zoete laatste uur van zijn slaap ontwaakt. Hij had nog wat na liggen doezelen op het warme kussen, nog niet bereid om helemaal wakker te worden, en had geprobeerd om vanuit de droomnevelen het geluid te identificeren. Het klonk alsof er iemand lag te snurken of in zijn slaap praatte, een verstikt stemgeluid, plus vlezige schokgeluiden, zoals op het onstuitbare moment, daarna neerkletterend vocht begeleid door geschop en gebonk en het holle gegalm van de waterleiding. Het waterleidinglied had Beeman Zick eerder gehoord. Hij sprong uit bed en staarde naar de oude boer die in de lus van zijn hemdsmouw hing te spartelen, het hemd was aan de waterleiding bevestigd, zijn blote voeten krabden aan de muur, zijn benen waren nat van de urine.

'Bewaking!' bulderde Beeman Zick. 'We hebben een danser hier.' Maar tegen de tijd dat ze de ouwe hadden losgesneden, was de dans voorbij.

Met een kunstlederen aktentas, die steeds tegen zijn been sloeg, het bovenlijf ingepakt in een strak jasje met Schotse ruit, en een van links naar rechts naar links wippend hoofd kwam Ronnie Nipple het meipad op. Zijn dofblauwe Fleetline Aerosedan stond op de oprit af te koelen. De lentekuikens piepten in het moeras, en zelfs in de keuken met de deur dicht overstemden de onophoudelijke trillers alles wat er gezegd werd.

'Jewell. Mernelle. Dit is een verdrietige tijd, maar het leven gaat door', sprak hij op gruwelijk tedere toon. De vlek op zijn kin gloeide.

'Hou op met die begrafenisondernemerstoon, Ronnie. Daar heb ik mijn buik vol van. Het leven gaat niet door, niet zoals het was. Wat wij nodig hebben, is een beetje hulp bij het opruimen van deze puinhoop. De verzekeringsmaatschappij en de jongens van de bank komen elke dag aan de deur. Hij heeft ons in een vreselijk parket achtergelaten. Geen geld, geen plek om heen te gaan, de jongens weg. Vroeger gingen je jongens ergens in de buurt boeren. Begonnen de jongeren hun eigen boerderij, dan hielpen de ouderen een handje. Maar nu. Als jij ons niet kunt helpen een oplossing te vinden, weet ik niet wat ik doen moet.' Ze snotterde en huilde een beetje, met op de achtergrond de indringende trillers uit het moeras. Ze strengelde haar vingers ineen. De trouwring was afgesleten tot de dikte van een draad. 'Ach, ik weet niet. Toen ik klein was waren er zo veel tantes en ooms, neven en nichten, schoonfamilie, achterneven en -nichten. Die woonden allemaal hier in de buurt. Die zouden nu hier zijn, zo groot was de familie indertijd. De mannen legden planken op schragen. Alle vrouwen namen wat mee, het deed er niet toe wat, biscuits, gebraden kip, taarten, aardappelsla, bessenvlaaien, altijd als er bijeenkomsten waren, of kerkpicknicks, of als het slecht ging, namen ze dat soort dingen mee. De kinderen renden lachend rond. Ik herinner me dat de moeders ze tot bedaren probeerden te brengen op de begrafenis van mijn broer Marvin, maar dan namen ze enkel even gas terug en begonnen opnieuw. En hier zitten we dan, met zijn drieën. Dat is alles.'

Mernelle zat dromerig te schommelen en uit het raam te staren naar de geblakerde stalfundering. Het gesprek ontging haar. In het gat waren al wilgeroosjes opgeschoten. De trillers waren om gek van te worden. Kruiden schoten omhoog, heemst, kruidkers, wilde wingerd, stinkende steenraket. De berberis bij het graf van de oude hond droeg sombere bloesems, de vlinders fladderden en dansten.

'Jewell, mijn moeder heeft altijd op je kunnen rekenen als ze je nodig had. Je weet wel waar ik op doel. Ik ken niet het héle verhaal van toen pa doodging, maar ze heeft me aardig wat verteld. En jij en Mernelle kunnen altijd op mij rekenen.' Zijn stem zakte weg. Hij zat aan tafel, zijn papieren uitgespreid op het versleten tafelzeil, als op drift geraakte bootjes op zee, het bruine keukenlicht filterde op zijn handen.

'Ik had nooit gedacht, in al die uren dat zij en ik aan deze tafel hebben zitten praten, dat we op een dag in hetzelfde schuitje zouden zitten. Je moeder was een fatsoenlijke vrouw met een goed karakter. Als er iemand ziek was, ging ze er altijd direct heen om te helpen. Eten koken, de was doen. Ik heb de afgelopen weken vaak gedacht dat als zij hier was, ze zou weten wat ik doormaakte', zei ze, terwijl ze bedacht dat zowel Zwier als Mink zelfmoord had gepleegd uit schande. Al betrof het verschillende schandes. Weer werd ze een tikje nieuwsgierig naar haar eigen dood, een nieuw gevoel, dat haar 's ochtends vroeg bekroop, een semi-bereidheid om de mogelijke vorm ervan onder ogen te zien, een gevoel dat kwam en ging als het verrekken van een spiertje.

'Nou, ik heb eens naar die zaak van jou gekeken en ik denk dat er een manier is om je uit het moeras te trekken. Eruit blijven is natuurlijk een andere zaak.'

'Ronnie. Je bent een fatsoenlijke buur, ik wil dat je dat weet.'

Mernelle trok een gezicht naar het raam, ze knipperde met haar ogen en strekte haar mondhoeken zogenaamd nederig zijwaarts zodat haar boventanden over haar ondertanden hingen. De piepkuikens krijsten. Het knipogende beemdgras, de zware geur van seringen.

'Het is gecompliceerd en het zal niet makkelijk voor je zijn. Het komt erop neer dat de boerderij in drieën wordt gedeeld. Ik heb twee kopers en het is me gelukt om het huis en een bunder of zo voor jou zelf te behouden, zodat je er kunt blijven wonen en het een en ander kunt verbouwen.' Hij krabbelde iets op de achterkant van een envelop. De boerderij werd een soort broek, waarvan iedere pijp een deel van het land was. Zijn balpen prikte in de demarcatielijnen. 'Een deel van de boomgaard, zodat je door kunt gaan met je taarten en appelmoes. Ott heeft een prima prijs geboden voor de akkers en de weidegrond, dat land van Loyal, waarschijnlijk meer dan het momenteel waard is. En ik heb een dokter uit Boston, die het houtperceel en het suikerahornbos wil kopen om een jachtkamp te bouwen in het bos. Met Ott en de dokter ben je uit de schulden. Ik zeg het je recht in je gezicht, Jewell. Je zult andere mensen op je land moeten dulden en je zult niet veel overhouden. Een dak boven je hoofd. Een moestuin. En misschien achthonderd in contanten. Een van jullie tweeën zal een baan moeten gaan zoeken, misschien jullie alle twee wel, zolang Dub zit waar-ie zit. Het is niet anders. Ik hoef jou niets wijs te maken, Jewell; als we in de problemen zitten, moeten we doen wat we kunnen.'

'Vreselijk aardig van Ott om dit aan te bieden, blijft een deel van de boerderij tenminste in de familie', zei Jewell, bittere woorden die haar mond vulden. Haar stem trilde, viel stil. 'Deze boerderij is eigendom van de familie Blood geweest sinds de dagen van de revolutie. Ik zal er wel nooit achterkomen waarom Mink niet naar Ott is gegaan, waarom hij dacht dat de boerderij niets zou opbrengen', zei ze half fluisterend, terwijl ze bedacht dat Ott Mink had kunnen helpen, dat hij de problemen had moeten zien en hem te hulp had moeten schieten. Broers die hun broers de rug toekeren.

'Ach, Jewell, je moet de markt kennen. Mink wist niet eens dat er een markt bestond, een onroerend-goedmarkt. Jullie zaten hier nogal op jezelf. Een aantal zaken is een beetje aan jullie voorbijgegaan. Veranderingen. Het gaat niet alleen om wat een boerderij als boerderij waard is, momenteel. Je hebt mensen met geld die een zomerhuis willen. Het uitzicht. Dat is belangrijk. Dat je over de heuvels, het water, kunt uitkijken. De boerderijen met de stal pal aan de overkant van de weg doen het niet goed, maar als er een mooi uitzicht is, dan...' Het woord 'mooi' klonk vreemd uit zijn mond.

Hij bedoelde dat hij, Ronnie, beschaafd was geworden, iets geleerd had. Jewell bedacht hoe hij was geweest, jaren geleden, een slonzige jongen die met Loyal door het bos zwierf, een meeloper zonder duidelijke ambitie. Moest je hem nu zien, moest je zijn jasje en zijn aktentas zien, zijn schoenen met crêpezolen. Ze dacht aan Loyal, verdwaald in de wereld, aan Dub, opgesloten.

Waarschijnlijk had hij aan hetzelfde zitten denken. Zijn vingers strompelden door de papieren, vouwden de hoekjes om.

'Heb je nog contact met Loyal?'

'Hij schreef dat hij in een mijn werkte, een jaar geleden ongeveer. Ik heb geprobeerd hem te schrijven over Mink, maar hij vergeet altijd zijn adres te vermelden, waarschijnlijk omdat hij steeds verder trekt.' Loyal zei altijd dat hij graag met Ronnie op jacht ging omdat hij wist wat je dacht, zodat je nooit hoefde te stoppen om iets te zeggen of rare signalen hoefde te geven met je handen. Hij wist gewoon wat je dacht.

'Die dokter uit Boston. Is dat een beetje een fatsoenlijk iemand?'

'Dokter Franklin Saul Witkin. Het lijkt me een aardige vent. Rond de veertig, vijfenveertig. Heel netjes. Rustige stem. Draagt een bril. Een tikje aan de zware kant, blozend gezicht. Huidarts, is gespecialiseerd in huidaandoeningen.'

'Dat stelt vast weinig voor, kan me niet voorstellen dat je daarvan kunt leven, jij?'

'Hij verdient genoeg om in een grote Buick te rijden en om een gouden polshorloge te dragen. En om veertig bunder van jouw land te kopen. Je moet hem natuurlijk wel toegang geven tot de top van de heuvel.'

'Wat voor naam is Witkin?'

'Ik geloof dat het een Duitse of joodse naam is.'

'Mmmm', zei Jewell. En ze ademde langzaam in. Hij had net zo goed Chinees kunnen zeggen.

De keuken was niets veranderd, dacht Ronnie. Minks vettige stalpet hing nog altijd aan een haak naast de zijdeur. Het zeil, de klimop op het behang, alles was zoals het altijd geweest was. Er stond een half brood op een versleten plank, het mes met de afgebroken punt ernaast; de gootsteen stond vol beschadigde borden. Bij hem thuis had hij al het oude keukensanitair eruit gehaald toen hij trouwde, hij had Armstrong-vloertegels op de vurehouten planken gelegd, een schone vloer waarop de kleine Buddy kon rondkruipen, een chroom-met-formica eethoek, een combifornuis voor zowel olie als gas. De oude zomerkeuken had hij verbouwd tot makelaarskantoor. Een bureau, drie stoelen, telefoon, een grote wandfoto van herfstige bergen, die hem een aardige duit gekost had. Hij had geen idee wat Loyal zou doen als hij terugkwam en ontdekte dat de boerderij verkocht was. Hij zou het zichzelf niet aanwrijven, of Mink of Dub, Jewell noch Mernelle; hij zou het Ronnie Nipple aanwrijven. Maar dat was van later zorg.

Ronnie kwam twee dagen later terug, hij stapte uit de milde regen met de papieren die ze moest ondertekenen, de overdrachtsakte, de stijve contracten en de documenten betreffende het recht van retentie. Aan de rand van zijn schoen kronkelde een wurm, half ingebed in de geribbelde zool. Maar zijn balpen deed het niet, hoe hard ze er ook mee op de achterkant van een envelop krasten. Jewell moest Minks oude vulpen met het groengeaderde inktreservoir en de bijna lege inktpot gaan halen om haar naam te kunnen krassen. De boerderij was weg. Alleen het woonhuis op zijn enkele aren grote eiland hield stand.

'Ik wil leren autorijden, Ronnie', zei Jewell. 'Hoe pak ik dat aan? Ik heb hier een auto staan, die het vast en zeker nog doet. Ik ben vastbesloten het te leren.'

'Ik leer het je wel, Jewell. Nergens voor nodig om iemand te betalen als je buren hebt die je kunnen helpen. Ik vind het een prima idee. Kom je er eens uit. Ik neem de accu zo meteen wel mee om hem op te laden. Weet je, ze schijnen bij de conservenfabriek personeel te vragen. Ik heb gehoord dat ze ook oudere vrouwen aannemen. Ik weet niet of je dat soort werk wilt, maar je kunt dan met de auto heen en terug. Ga er eens achteraan.' Zijn opluchting verwarmde de kamer. Een oude buurvrouw kon een verschrikkelijke last zijn. Maar als ze wat vooruitzichten had...

'En je moet telefoon nemen, Jewell. Ik bel ze wel, dat ze iemand moeten sturen.'

'Als je eens wist hoe vaak ik gewild had dat ik kon rijden. Het had zeker verschil gemaakt als ik er een paar jaar geleden op uit had kunnen gaan om werk te zoeken, maar Mink wilde er niet van horen. Die kreeg een beroerte, iedere keer als ik ergens heen wilde.' Ze herinnerde zich het kaartpartijtje van Otts vrouw en hoe ze daar dagenlang over geruzied hadden. Mink had zijn woede als een nachthemd naar bed gedragen, maar voor die ene keer had ze zich openlijk tegen hem verzet.

'Nou, al trek je je lippen nog zo strak en al sla je nog zo'n afgebeten toontje aan, ik ga naar dat kaartpartijtje. Je zou toch denken dat je het leuk zou vinden dat de vrouw van je eigen broer een kaartpartijtje geeft.' Heftig fluisterend in het donker. Sinds Loyal een baby was, hadden ze de gewoonte gehad om in bed te fluisteren.

Mink draaide zijn hoofd om op het platte kussen en fluisterde terug: 'Waarom zou ik dat verdomme leuk vinden? En wat heeft het verdomme met de prijs van bonen te maken, wie degene is die het geeft? Zal mooi zijn, er op zaterdagmiddag tussenuit knijpen naar een feestje, het werk laten barsten, enkel om je te amuseren. Je kent trouwens geen eens geen kaartspelletjes. Je verwacht van mij dat ik alles laat vallen en je erheen rijd, dat ik daar ga zitten wachten en je dan weer terugbreng. Ik wou dat ìk de boel de boel kon laten en me gaan amuseren' – hij zocht naar een voorbeeld van frivool amusement – 'om verdomme te gaan bowlen of zo.'

Ze had haar lachen gesmoord bij de gedachte aan Mink, die met een bars gezicht en zijn met mest aangekoekte stallaarzen op een bowlingbaan stond, met de bal als een bom in zijn gespierde handen. Bij die gedachte was ze zowat gestikt van het lachen. Haar schouders schokten, ze had haar gezicht in het kussen begraven.

'Godverdomme, als je er zo'n moeite mee hebt, ga er dan heen! Christus, daar hoef je toch niet om te janken. Ga dan. Wie houdt je tegen?' Maar ze kon niet meer ophouden. Dat hij haar lachen voor gesnik hield, maakte het nog amusanter. Mink aan het bowlen. En zij aan het janken omdat ze niet naar een stom kaartpartijtje mocht.

'Oh, oh, oh', kreunde ze. 'Ik heb in tijden niet zo gelachen.'

Hij zuchtte, met de bittere nijd van een man wiens geduld op is. 'Ik weet wel van wie Dub die idiote manieren heeft.'

Ze sliep al bijna toen hij opnieuw begon te fluisteren. 'Hoe ben je van plan erheen te gaan en hoe kom je terug? Ik kan geen vrij nemen van het melken.'

'Ik rij met mevrouw Nipple mee. Ronnie brengt haar. Loyal kan ons ophalen, dat bespaart Ronnie een tweede rit. Hij heeft ook koeien, weet je. Om vijf uur. Het is van een tot vijf. Ik begin 's ochtends vast met het avondeten, een stevige kipstoofpot of zo, iets wat snel klaar is als ik terug ben.'

'Het moet maar, dan.'

Ze was vertrokken, diep in slaap, zich maar half bewust van zijn warmte, zijn harde arm rond haar middel, terwijl hij haar stevig tegen zich aan trok en zijn gebogen knieën in haar knieholtes duwde.

'En Mernelle? Zou goed zijn als Mernelle het ook leerde.'

Ronnie, die nog doorzanikte over de autorijlessen, bracht haar terug.

'Ik denk niet dat ze interesse heeft. Mernelle voert iets in haar schild. Ze vertelt me niks. Ik weet niet waarom het gaat, maar ze zit de halve tijd in haar kamer of bij Darlene, en de andere helft staat ze bij de brievenbus op de post te wachten. Ze heeft het gebeurde zwaar opgenomen. Is van school gegaan toen ze Mink kwamen halen. Sinds hij overleden is, doet ze haar mond amper nog open. Ze vertrouwt me haar geheimen niet toe.'

Acht dagen sinds ze de brief verstuurd had, te vroeg voor een antwoord, dat snapte ze wel, maar ze kon niet nalaten te denken dat haar brief een speciale indruk op hem zou maken, zelfs terwijl hij nog in de envelop zat. Honderden meisjes zouden hem waarschijnlijk schrijven en het zou enige tijd vergen om al die post door te werken, zelfs als hij hulp had. Ze wist dat hij het in zijn eentje zou doen. Hij was gewend om dingen in zijn eentje te doen.

Het had op de voorpagina van twee kranten gestaan, misschien zelfs op meerdere. Het verhaal was op een grappig toontje geschreven, dat hem als een dwaas moest voorstellen. Maar daar keek ze doorheen.

'Gevangene van het eenzame hart' zet advertentie voor vrouw.

Ray MacWay, een negentienjarige houtsorteerder bij Fredettes Bouwmarkt in Burlington kwam naar de redactie van de 'Trumpet' en zei dat hij een advertentie voor een vrouw wilde zetten. 'Ik zoek iemand die eenzaam is, net als ik. Ik ben sinds mijn kindertijd wees en woon in mijn eentje op een gemeubileerde kamer. Door mijn werkuren is het moeilijk voor mij om meisjes te ontmoeten. Ik noem mezelf de gevangene van het eenzame hart. Op mijn zesde ben ik als schorspeller in het bos gaan werken. Op mijn zestiende ben ik weggelopen, ik ben overal geweest, in Maine, in Canada, in Mexico en Texas. Maar dit is mijn thuisstaat. Ik ben een harde werker. Ik voel dat er ergens een jongedame is, die, net als ik, eenzaam is, en dat we samen gelukkig kunnen worden. Ik hoop dat ze me schrijft, per adres de "Trumpet".'

Op de foto bij het verhaal stond een jongeman met piekerig haar naast een stapel hout. Op de achtergrond lag het meer. Hij had gaten in de knieën van zijn broek. Hij droeg een geruit jasje, waarvan Mernelle de gerafelde manchetten goed kon zien. Hij had een alledaags, rustig gezicht. Zelfs in de dicht opeenstaande inktvlekken van de krantefoto had hij een eenzame uitstraling, iets wat ze zo vaak in de spiegel zag, dat ze het herkende.

Het antwoord kwam op een donderdagochtend. Het regende nog steeds, een gestage stroom die de oprit uitholde. Ze liep naar beneden, haar zwarte canvas regenjas van borst tot scheenbeen opengeslagen als de vleugels van een kever die op het punt staat weg te vliegen. De hakken van haar laarzen wierpen modderige zandkorrels tegen haar kuiten. Op de ansicht stond een afbeelding van Red Rock Point, dat een eind in Lake Champlain uitstak. De voor het bericht bestemde ruimte was volgekrabbeld met kleine letters, heel leesbaar ondanks de spelfouten. Even ernstig van toon als haar eigen brief was geweest. De elzen achter de brievenbus waren zo zwartig nat dat ze de lucht in tweeën spleten.

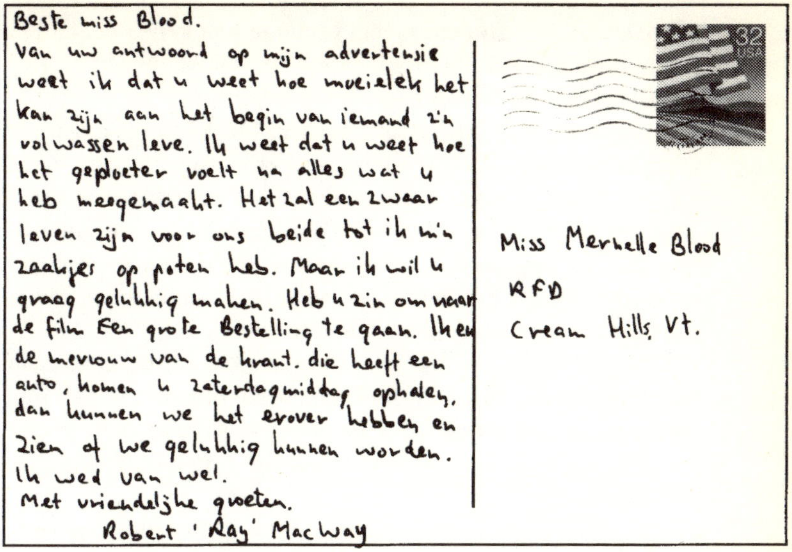
Beste miss Blood.
Van uw antwoord op mijn advertensie
weet ik dat u weet hoe moeielek het
kan zijn aan het begin van iemand z'n
volwassen leve. Ik weet dat u weet hoe
het geploeter voelt na alles wat u
heb meegemaakt. Het zal een zwaar
leven zijn voor ons beide tot ik m'n
zaakjes op poten heb. Maar ik wil u
graag gelukkig maken. Heb u zin om naar
de film Een grote Bestelling te gaan. Ik en
de mevrouw van de krant. die heeft een
auto, komen u zaterdagmiddag ophalen,
dan kunnen we het erover hebben en
zien of we gelukkig kunnen worden.
Ik wed van wel.
Met vriendeljke groeten.
Robert 'Ray' MacWay

32 USA

Miss Mernelle Blood
RFD
Cream Hills, Vt.

Zaterdagochtend om negen uur stond Mernelle de cornflakesschaaltjes af te drogen en te bedenken wat ze tegen Jewell moest zeggen. Uit de gootsteen steeg de vertrouwde stank op. Ze zou kunnen zeggen: 'Ik wil bij de gootsteen weg.' Of: 'Wat moet ik dan? Hier wegrotten?' Haar kleren lagen al klaar. De blauwe rok, een diep paarsblauw, amper verbleekt aan de lijn, en de witte blouse met knopen als kleine paarlen hartjes. Ze had een citroen klaargelegd; als ze haar haar waste, zou een scheutje citroensap in het spoelwater het een rode gloed geven. 'Heethoofdje', fluisterde ze tegen zichzelf, denkend aan een of andere film. Ze zou kunnen zeggen: 'Jij en pa leefden als varkens. Ik wil een mooi huis, net als mevrouw Weedmeyer, die dat krot van de Batchelders heeft opgeknapt. Een douche met een glazen deur. Tapijten. Tafelzilver met rozen op de steel en bijpassende borden met een blauwe rand en een goudkleurig streepje.'

Het was al moeilijk genoeg om het aan Jewell uit te leggen, laat staan om het zo te zeggen dat Jewell zou inzien dat ze hoe dan ook weg moest. Het kwam neer op twee stupide zinnen:

dat ze ervandoor ging met iemand die ze niet kende en dat het iemand was die een advertentie voor een vrouw in de krant had gezet. Ze kon Jewells zwabber op de trap horen en ze hoorde een wagen tegen de heuvel op zwoegen. Oom Ott die nog meer machines of gereedschap naar zijn nieuwe land bracht. Twee dagen eerder had hij er al een bulldozer neergezet, een modderig gevaarte dat bij het starten een herrie maakte als een stel kalkoenen. Hij was van de vrachtwagen afgerold en had snuivend te midden van de eveneens gele paardebloemen gestaan, in het stugge nieuwe gras.

'Ik zou wel eens willen weten wat hij ermee denkt te gaan doen', zei Jewell. 'Hij zegt dat hij maïs wil planten. Ik heb nog nooit een boer een bulldozer als ploeg of als zaaimachine zien gebruiken. Loyal zou een beroerte krijgen als hij dat ding op zijn land zag.'

Het zware geronk weergalmde op het erf, er klonken stappen op de veranda, er werd op de deur geklopt. Niet Ott dus, die was zijn hele leven al gewoon naar binnen gelopen.

'Hallo. Ik ben op zoek naar Mernelle Blood.' Een vaste stem, gedecideerd.

Ze hoorde Jewells zwabber op de trap pauzeren. De hitte van de meiochtend straalde door de hordeur, de geur van gras en witte bloesem drong langs de gestalte aan de andere kant van de hor naar binnen. Ze herkende zijn houding van de krantefoto. Lucht stroomde de keuken in, vulde hem met de geur van boerenjasmijn, de zurige uitlaatgassen van de sputterende auto op het erf. Door de hor heen zag ze wolken vliegen om de toppen van de sleedoorntakken cirkelen, de curve van blauw metaal.

'Oh God, ik ben nog niet klaar. Ik moet mijn haar nog wassen.'

'Ik kon niet meer tot vanmiddag wachten', zei hij. 'Ik kon niet meer wachten.' De hordeur rammelde zachtjes in zijn trillende hand.

Jewell, die op de trap stond mee te luisteren, kon wel min of meer raden wat er gaande was.

20 De flesvormige grafsteen

beste JOE

ALVINA KILLSMAN heb gevraagt om te zegge dat ze het meeste van wat je heb gevraagt heb gevonde het elandmedesijn het wervelwindmedesijn tegen nachtmerrie het kleine bizon-medesijn ze zei nog meer maar geen plek ze vraag te zegge dat iemand een plaats heb gevonde waar wagamd medesijn groeit ze zeg kan jij het opgraven ze zegt opshieten.

je frient ELMER IN'T GRASS

JOE BLUE SKIES
white MOON res
zuid-dakota

Hij hield het portier voor haar open en ze gleed op de bank achter de chauffeur, een zwaargebouwde vrouw met een waterval van grijze krullen op haar rug en ogen de kleur van thee.

‘Dit is mevrouw Greenslit. Ze is verslaggever bij de *Trumpet* en degene die mijn verhaal heeft geschreven.’

‘Zeg maar Arlene. Yep, dit is mijn verhaal en ik maak het helemaal af. Jullie tweeën zijn te gast bij de *Trumpet*, binnen zekere grenzen uiteraard. Daarbij is inbegrepen een diner en een film vanavond, en juffrouw Blood – je vindt het toch niet erg als ik je Mernelle noem, hè? – je kunt gratis bij mij logeren, totdat jullie erachter zijn of dit een succes is. Mijn man Pearl, diens broer Ruby en ik zijn de enigen daar. En al nam ik de kale degenslikker mee naar huis, het maakt hen niets uit. Het hoort allemaal bij het werk van een journaliste. Oh, de verhalen die ik verslagen heb, Mernelle, niet te geloven. Ik heb Ray net, toen we op je zaten te wachten, over vorig jaar verteld, toen die ongelofelijke vrachtwagenchauffeur zonder armen – hij stuurde met zijn voeten – de stad binnendenderde en ik helemaal met hem meegereden ben naar Montreal. Heb de trein terug genomen. Het was gewoon fantastisch hoe hij dat klaarspeelde, sturen en alles. Die is ook blijven logeren. Heeft in hetzelfde bed geslapen als jij straks. Ik heb een groot artikel over hem geschreven, met de nadruk op het persoonlijke. Dat is mijn specialiteit: het persoonlijke element. Dus dit verhaal, het verhaal over jullie tweetjes, is me op het lijf geschreven. Och God, ik heb al zo veel meegemaakt. Dit is nog niets. In mijn eigen leven en daarbuiten. Ik loop als het ware vanzelf tegen dit soort verhalen op. Ik ben in New York State geboren, maar met mijn familie het meer overgestoken toen ik drie was. Opgegroeid in Rouses Point. Mijn vader was een zware drinker. Weet je, toen hij doodging, heeft mijn moeder een grafsteen voor hem laten maken in Barre in de vorm van een whiskeyfles. Twee meter hoog. Een paar jaar geleden ging ik erheen om hem aan een paar mensen die ik ken te laten zien, had iemand hem gestolen. Daar heb ik toen een speciaal artikel aan gewijd, ‘De gestolen grafsteen’, krijgt de krant een tip dat een zeker heerschap uit Amherst, Massachusetts, een professor aan de universiteit, hem als koffietafel in gebruik had. De politie heeft hem voor ons teruggehaald. De politie van Massachusetts. We moesten er natuurlijk wel met een dieplader heen om hem op te halen. Mijn man had een paar rake woorden voor die professor. Maar die zal ik hier niet herhalen. Pearl laat zich niet in de maling nemen. Wat me verbaasde, was dat hij al een paar jaar weg was zonder dat mijn moeder dat wist. En hoe heeft hij hem daar gekregen? Dat wilde hij niet zeggen, maar hij ontkende dat hij hem met een vrachtwagen vervoerd had. Ik heb eens een verhaal over een vleermuisjacht gedaan. Weet je wat dat is? Ik neem aan dat je de *Trumpet* niet leest, het was namelijk een van de populairste verhalen die ze ooit geplaatst hebben. Ze kregen ik weet niet hoeveel brieven als reactie op dat verhaal. Het ging over een jacht- en visclub, die kleiduiven wilde gaan schieten in het weekend, maar ze konden geen kleiduiven krijgen, die konden ze hier gewoon niet krijgen, en toen heeft een van die kerels – die had vleermuizen op zolder, snap je – die vleermuizen overdag, toen ze sliepen, in een doos gestopt, waar hij een paar gaten in had geprikt, zodat ze konden ademen, en ze meegenomen naar de club. Die vleermuizen lieten ze los en daar schoten ze dan op omdat ze geen kleiduiven konden krijgen. Maar toen er iemand gewond raakte, stopten ze ermee. Vleermuizen vliegen te laag. Weet je, meneer File, Fred File, de hoofdredacteur van de *Trumpet*, dacht dat jullie het misschien leuk zouden vinden om na de film te gaan dansen; diner bij Bove's, Italiaans, zo veel als je op kunt, de lasagna is er fantastisch, dan naar de film, ik ben vergeten wat er draait, oh nee, ik weet het alweer, *Een Grote Bestelling*, met Irene Dunne of zo. Een lachfilm, moet om te gieren zijn. Maar wat dansen betreft, is er niets vanavond, dus misschien moeten jullie maar gewoon wat rondlopen. Een wandeling maken. Het belangrijkste is dat jullie elkaar leren kennen. Ik vertelde Ray toen we hierheen reden dat dat het allerbelangrijkste is, een ander leren kennen, en waarschijnlijk ook het moeilijkste. Een van de beste verhalen die ik ooit heb gedaan, ging over een vent die verliefd werd op een vriendin van zijn moeder; ze was, ik weet niet, misschien wel vijfentwintig jaar ouder dan hij, had wit haar en alles, maar hij was gek op haar. Het enige wat hij van haar wist, was wat hij van haar zag als ze bij zijn moeder op bezoek kwam. Ze was altijd heel vriendelijk, dat zal hem wel aangetrokken hebben. Zijn moeder dronk, geloof ik, en was niet al te aardig voor hem. Dus op een dag komt die vriendin van zijn moeder binnen, hij zinkt op zijn knieën voor haar neer en zegt: "Ik hou van je", waarop zij denkt dat er eentje bij hem op de loop is gegaan; ze staat op en maakt aanstalten om naar de keuken te gaan om zijn moeder te halen, hij grijpt haar beet en zij geeft hem een duw, waarop hij naar zijn slaapkamer gaat en een geweer pakt, hij komt naar buiten en zegt: "Als ìk je niet mag hebben, krijgt niemand je", en schiet. Hij schoot haar zomaar dood. En al die tijd stond zijn moeder in de keuken ijsthee klaar te maken. Waarmee ik maar wil zeggen dat je iemand eerst goed moet leren kennen voor je hem meesleept. Nietwaar, Ray?'

Mernelle en Ray MacWay zaten beiden zo stijf als een zoutpilaar op de achterbank, zich bewust van de lichaamswarmte van de ander, en hoorden niets van mevrouw Greenslits zee van woorden, alleen het ademen van de ander. Boven de muffe bekleding uit, rook Mernelle zeep, shampoo, vurehout, warme huid, Dentyne-kauwgom. Haar maag knorde, wat ze vreselijk vond; door wilsoplegging probeerde ze hem te laten slinken.

In de keuken vloog een hommel tegen de ramen, die de kier tussen de hordeur en de deurstijl abusievelijk voor het nirwana had aangezien en nu een weg terug zocht naar de bekende wereld, die, hoewel zichtbaar en dichtbij, door een kwaadaardige macht bleek afgeschermd.

Mernelle was binnen een week terug en liet de hordeur tegen het huis klappen toen ze – achterstevoren – de keuken binnenkwam. Ze droeg een rond stuk karton, waarop een in een winkel gekochte taart lag, bedekt met een laag kokos zo dik als bont. De pruttelende uitlaatpijp op het erf zweeg, autoportieren sloegen dicht.

'Een fijne moederdag, ma. Ik ben het, met Ray. En mevrouw Greenslit is er ook.' Ze sloeg haar armen om Jewells middel.

'Tjonge, laat het nieuws maar horen', zei Jewell, die versteld stond hoe Mernelle veranderd was, terwijl ze zich tegelijkertijd schuldig voelde omdat ze zich zo weinig zorgen om haar had gemaakt. Mernelle had een blauw pakje aan met een lange rok en een roze rayon blouse. Ze droeg hoge hakken en make-up. Haar zwarte haar was geknipt en gepermanent tot een soort schapewollen helm. Ze leek langer, slungeliger zelfs, maar ze straalde een zekerheid uit waarbij haar oude kinderleven verbleekte.

'Ik vertel het je heel snel, voordat Ray en mevrouw Greenslit binnenkomen, meneer Trueblood wilde ons niet trouwen.' Murmelend, half fluisterend. 'Hij zei dat het een publiciteitsstunt was en dat hij ons niet wilde trouwen voordat we elkaar een jaar kenden. Hij zei: "Snel bemind is snel gescheiden." Toen gaf Ray hem een dreun, waarop hij de sheriff belde. En toen moesten we allemaal mee naar het kantoor van de sheriff in Billytown, waar mevrouw Greenslit alles op moest schrijven. Nou, toen kwam er een nieuw artikel in de *Trumpet* en kregen we allemaal brieven van andere dominees, die ons wèl wilden trouwen, waaronder eentje uit Rouses Point, dezelfde die de begrafenisdienst voor mevrouw Greenslits vader heeft gedaan, toen die doodging. Dus ik vermoed dat we daarheen gaan. Ray wil trouwens ook de grafsteen van mevrouw Greenslits vader zien. We gaan er vandaag heen en we willen dat je meegaat. Mevrouw Greenslit brengt je terug. Ray en ik gaan op huwelijksreis naar Montreal. De *Trumpet* betaalt eraan mee. Ray wil niet dat ze alles betalen. Hij heeft wat geld gespaard.'

Jewell zette de ketel op voor koffie. De drukte in de keuken leek haar immens. Mevrouw Greenslit, die papieren bordjes schikte en plastic vorken en messen neerlegde. 'Hallo, hallo, hallo! Daar zijn we dan', riep ze uit. Mernelle zocht tussen de beschadigde borden naar de vier beste. 'We hebben ook ijs. Aardbeien. Boter-pecan. Dat is de nieuwste smaak. Ik weet zeker dat je dat lekker vindt.'

Ray kwam binnen met een toeter van glanzend papier, die hij Jewell toestak. 'Niet van de *Trumpet*', zei hij, en lachte. Waardoor zijn strakke gezicht in tweeën spleet en zijn slechte tanden zichtbaar werden. Het was een bos theerozen met de kleur van gekookte garnalen. Ze nam ze uit het papier, dat even groen was als jonge populierblaadjes, en vulde een melkkan met water. 'Dat is heel wat jaren geleden, dat ik van iemand bloemen heb gekregen. Bloemen uit de winkel.' Ze herinnerde zich Mernelles hete bossen madeliefjes en wikke, de viooltjes met steeltjes van één centimeter, de verlepte seringen.

'Graag gedaan', zei Ray, terwijl hij naast Mernelle ging zitten. Mernelle gaf Jewell een pakje met bloemetjespapier erom. Ze besteedde overdreven veel aandacht aan het mooie papier, streek het glad en legde het weg. Het waren twee paar nylons, 60 gauge, 15 denier, met een label waarop 'Piquant Beige' stond. Terwijl ze haar taart opat, gluurde Jewell van onder haar wimpers naar Ray, naar zijn alledaagse gezicht, zijn magere armen, zijn hunkerende ogen. Ze dacht met weemoed aan snaakse Dub, aan knappe Loyal, wier leven ofwel verknald, ofwel grotendeels verkeken was, terwijl deze hier furore maakte. Ray sneed nog wat taart af, een zagende handbeweging waar Mernelle zichtbaar van genoot. Het glazuur bleef aan hun vork hangen. Mevrouw Greenslit kwebbelde er lustig op los. Jewell voelde hoe stug ze in haar eenzaamheid geworden was. Ze glimlachte niettemin en zei met haar vriendelijkste stem dat de taart echt een traktatie was en dat ze met hen mee zou gaan naar Rouses Point voor de bruiloft. Waarna ze met Mernelle naar zolder ging, op zoek naar een zekere zijden zakdoek, afgezet met handgemaakt kant.

'Hij is van je vaders moeder geweest, gekregen toen ze trouwde, en zij had hem ook weer geërfd. Ik geloof dat hij uit Ierland komt. Hij is heel oud.' Ze zaten op de stoffige zolder voor de hutkoffer met zijn vracht aan oude schoolboeken, vreemde kleren, een half vergane jas van bizonhuid, familiepapieren en foto's, een gerafelde paraplu.

'Ik neem aan dat ik je niets meer hoef te vertellen, hè?' zei ze. 'Er zijn dingen die je leert, dingen die niemand je kàn leren.'

'Nou,' zei Mernelle, 'het is niet dat ik zo veel weet, maar ik vertrouw Ray. Ik weet dat hij me nooit pijn zal doen. Ik heb hèm nog nooit boos zien worden.' Haar stem vibreerde. Hij klonk lager, alsof ze iedere dag uren had staan zingen. 'Ik bedoel, ik ben niet voor niks op een boerderij opgegroeid. Maar er is iets wat ik al heel lang wil weten.' Haar stem kreeg een vleierige toon. 'Over mevrouw Nipple. Wat het was over mevrouw Nipple en Zwier dat je me nooit hebt willen vertellen.'

'Mijn God, dat is niet iets om het nu over te hebben. Dit wordt verondersteld een blijde gebeurtenis te zijn, en van dat ziekelijke verhaal wordt zelfs een engel depressief. Het zou je dag maar bederven en mevrouw Nipple zou zich omdraaien in haar graf. Trouwens, het zou ook míjn dag bederven als ik dat weer allemaal moest oprakelen. Laten we naar beneden gaan en van de dag genieten.'

'Dan moet het wel iets heel afschuwelijks zijn', zei Mernelle, een beetje pruilend. Ze had zich al van alles in haar hoofd gehaald, dacht Jewell.

'Reken maar. En nu ga ik mijn nieuwe nylons aantrekken en zien of ik de bruid niet naar de kroon kan steken. Er is trouwens nog iets wat ik je wil geven. Het geld van de boerderij, dat over was nadat de bank en alles afbetaald was, heb ik gelijkelijk verdeeld over mezelf, jou, Dub en Loyal. Het is niet veel, zo'n tweehonderd per persoon, maar het is in ieder geval iets. Als ik jou was, zette ik het op de bank of zo, ik zou het niet tegen Ray zeggen, niet dat het geen aardige jongen is, maar leg het opzij, zodat je een leuk spaarcentje voor jezelf hebt. Je weet nooit, misschien heb je het op een dag hard nodig.'

'Ma, dat geld is voor jouw levensonderhoud. Ray en ik redden ons wel.'

'Maak je om mij maar geen zorgen. Ik mag dan grijs zijn, maar er zit nog wel leven in het ouwe mens. Ronnie heeft me autorijden geleerd, zodat ik buiten de deur kan werken. Je moet zo snel mogelijk leren autorijden, Mernelle. Het maakt een gigantisch verschil in je leven.'

'Ma, we hebben niet eens een auto. We hebben alleen maar rondgerend met die verslaggeefster, mevrouw Greenslit, en ik zou zo dankbaar zijn als we haar ooit weten kwijt te raken, dat ik het niet erg zou vinden om op handen en voeten te kruipen. Maar Ray is aan het sparen. Ik moet ook een baan zien te vinden. Wat voor baan ga jij zoeken?'

'In feite heb ik al twee banen. Leuk, hè. Ronnie heeft me steeds gebracht en gehaald als onderdeel van de rijles. Als je gisteren was gekomen, had je me niet eens thuis getroffen. Toen was ik aan het werk in de conservenfabriek. Groente snijden, die met vrachtwagens wordt aangevoerd, deze week wortelen. Ze zeggen dat ze van alles aangeleverd krijgen, broccoli, selderie, bonen. En 's avonds brei ik sokken voor de Ski Shop, of de Heuvel-af Shop, of hoe ze die ook noemen. Lange sokken met een mooi patroontje in het been en een omslag in een contrasterende kleur. Ik heb pas een stel gebreid met rode Valentijnshartjes, net als die muts die ik voor jou gebreid heb toen je in de tweede klas zat, waar ze helemaal verrukt van waren. De winkel wordt gerund door twee vrouwen; Jo-Jo, de jongste, zegt dat ze de Valentijnssokken naar New York brengt. Ze denkt dat ze daar goed zullen verkopen. Een beetje raar om sokken te breien in de zomer, maar zo bouw je de voorraad op, zeiden ze. Hoe dan ook, ik kan er redelijk van leven. Waar gaan jullie wonen?'

'We hebben een appartement gevonden. Duurt nog wel even eer we ons een eigen huis kunnen permitteren. Een kast van een huis bij het meer, een oud huis dat in acht appartementen is opgedeeld. Met hele grote ramen. Gaat meters en meters stof kosten om gordijnen voor te maken, maar ik wil ze niet kaal laten.'

'Verf je toch gewoon een paar lakens in de gewenste kleur, waar je een zoom in legt. Die passen voor de grootste ramen in de staat. Luister, Mernelle, hou dit geld voor jezelf. Voor het geval je in een noodsituatie belandt. Of als aanbetaling op schoolgeld. Voor je kinderen.'

Maar onderweg naar Rouses Point vertelde Mernelle het toch aan Ray MacWay, ze fluisterde het in zijn oor, terwijl voorin mevrouw Greenslit het over haar vaders grafsteen en over de vrachtwagenchauffeur zonder armen had. Het viel Jewell op dat de vrouw een abominabele chauffeur was, die bij iedere bocht op de rem trapte en bij heuvels vergat terug te schakelen, zodat de auto begon te steigeren.

21 De chauffeur

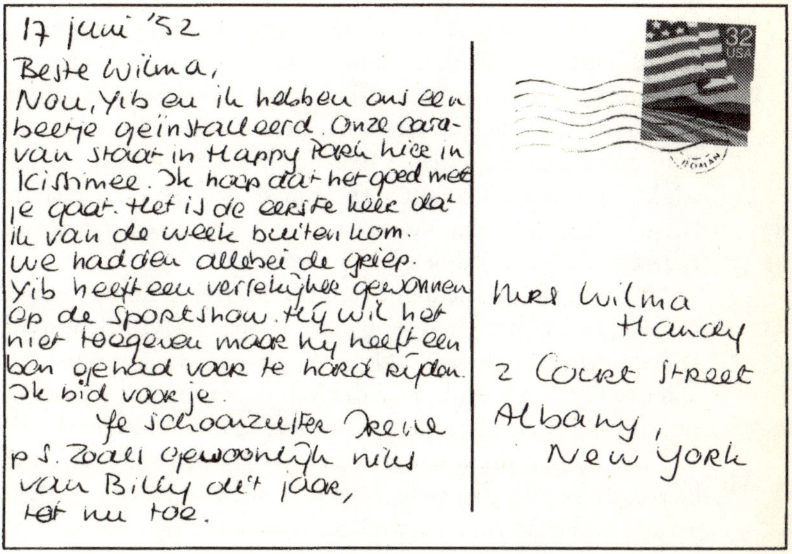
17 juni '52
Beste Wilma,
Nou, Yib en ik hebben ons een
beetje geïnstalleerd. Onze cara-
van staat in Happy Park hier in
Kissimmee. Ik hoop dat het goed met
je gaat. Het is de eerste keer dat
ik van de week buiten kom.
We hadden allebei de griep.
Yib heeft een verrekijker gewonnen
op de Sportshow. Hij wil het
niet toegeven maar hij heeft een
bon gehad voor te hard rijden.
Ik bid voor je.
Je schoonzuster Irene
P.S. Zoals gewoonlijk niets
van Billy dit jaar,
tot nu toe.

Mrs Wilma
Haney
2 Court Street
Albany,
New York

Nadat Ronnie haar eenmaal de kneepjes van de koppeling en de versnelling had bijgebracht, was het alsof ze al jaren reed. Ze had er aanleg voor en in augustus had ze haar rijbewijs in haar nieuwe bruine tas zitten en waagde ze zich op wegen, waar ze nog nooit gereden had. Haar grote angst was dat de motor op een heuvel midden in het verkeer zou afslaan en dat ze de hele rij op zou houden als ze hem weer probeerde te starten, dat ze hem zou verzuipen of zou vergeten hem op de rem te zetten, zodat ze achterwaarts een ambulance in zou rollen.

Aanvankelijk bleef ze keurig op de asfaltwegen in het dal maar na een paar weken begon ze bergweggetjes op te zoeken, waar ze in de bochten een beetje scheef kon hangen, weggetjes waarlangs ze de ouwe brik voorzichtig omhoogwurmde naar een parkeerplek op de top, vanwaar ze het panorama bekeek door haar nieuwe bril. Het doorbrak de sleur; als ze reed, ontvouwde haar gesmoorde jeugd zich als een afrollend lint.

Dan werd het haar ook duidelijk wat buitenstaanders in uitzichten zagen; als je ergens heen ging, wilde je iets zien, als je urenlang had gereden, met je ogen strak op de weg gericht, wilde je daarna dat je blik zich kon uitstrekken tot de grenzen van de aarde, hoe verder hoe beter. Haar hele leven had ze de beboste contouren van de heuvels als een constante beschouwd maar nu zag ze dat het landschap steeds veranderde, dat het zich, zo ver als de wegen voerden, bleef ontvouwen, dat de schikking van kliffen, water en bomen zich nooit herhaalde. Uitzicht was meer dan de som van heuvels en zich openende valleien, meer dan kabbelende lichtvlakken.

Als ze het contactsleuteltje omdraaide en de auto de oprit af stuurde, terwijl het grind zalig knerpte onder de banden, werd ze voor het eerst van haar volwassen leven duizelig van macht. 'Cherry Pink and Apple Blossom White' was op de radio en ze was blij. Ze voelde zich jong en alsof ze in een film speelde, als ze reed. Ze had nooit geweten hoe prettig het was om zelf te kiezen welke afslag en welke weg je nam, waar je zou stoppen. Of om de aanstormende wind te voelen, die op haar gezicht beukte en haar stugge haar alle kanten uit zwiepte alsof het kinderhaar was. Alsof ze het hele land voor zichzelf had gekregen. Kregen mannen ook zo'n licht gevoel, vroeg ze zich af, zo'n gevoel alsof alle moeilijkheden werden weggevaagd, als ze in hun auto's en vrachtwagens stapten? Er straalde bepaald geen plezier van hun gezicht, als ze reden. Mannen begrepen niets van de diepe eentonigheid, week in week uit, maand in maand uit, van altijd maar dezelfde bekrompen kamers, altijd dezelfde gang over het uitgesleten voetpad naar de waslijn, naar de tuin. Het feit dat je binnen de kortste keren alles kon dromen. Waarna je geest zich enkel nog op problemen als een barst in een glas richtte, het zoeken naar centen in stoffige jaszakken, zure melk. Moeilijkheden kon je niet ontlopen. Ze sleepten zich met je mee naar de spiegel, kwamen aangewaaid over de sneeuw, stapelden zich op in de vieze gootsteen. Mannen konden zich het leven van vrouwen helemaal niet voorstellen, ze schenen te geloven – alsof het een soort religie was – dat vrouwen, afgestompt door instinct, enkel natte babymondjes wilden vullen en voorbestemd waren om hun aandacht te allen tijde op de meest onbeduidende aspecten van het leven te richten, totdat uiteindelijk alles alleen nog om lichaamsopeningen draaide. Zelf had ze dat ook geloofd. En nu vroeg ze zich op donkere nachten af of dat wat ze nu voelde plezier in het autorijden was of vreugde omdat ze bevrijd was van Minks razende woede. Hij had haar in een hoek van het leven gedrongen.

Als ze terugkeerde van haar tochten, waarop ze huizen op wel honderd verschillende manieren geplaatst had gezien, sommige aan de weg, sommige tussen een groepje bomen of als een broche op de borst van een heuvel, doemde haar eigen huis op als een haveloze verzameling kale planken, waarvan de veranda wegzakte als smeltende butterscotch.

Ze zag het landschap veranderen. Ronnie had gelijk. Alles veranderde. Als opschietend kreupelhout. Ze was het er niet mee eens geweest dat de wegwerkers de overhangende takken van de esdoorns afzaagden. Tranen stroomden toen ze de bomen omhakten om de weg te verbreden, die nu helemaal tot aan de Postweg geasfalteerd was. Het dorp maakte een onverklaarbare groei door, mannen zaagden de vergelende iepen om, trokken boomstronken uit met enorme kurketrekkerachtige machines. De bestrating verbreedde zich als vrij stromend water tot aan de huizenrand. Metalen daken glinsterden. Op de stortplaats nodigden de bergen gebroken dakleien ratteschieters uit tot lukrake schoten, om de kogels vervolgens terug te ketsen. Het dorp verleende kapconcessies voor het neerslaggebied boven het dal en verdroeg twee jaar lang het nasale gejank van kettingzagen. Door de kaalslag lagen de heuvels er naakt bij, als de flanken van een gevilde egel. De oude meent veranderde in een park met paden en betonnen bankjes, die al in de tweede lente afbrokkelden. Met een oorlogsmonument, een wonderlijk artilleriekanon, dichtgekit met, alweer, beton, dat op de methodistische kerk gericht stond. En dat binnen een jaar zo afgebladderd was dat alleen het roestige metaal overbleef. Ze haatte de manier waarop de jongens hun fiets lieten slippen op een kaal veldje, waar de oude muziekkapel, met het houtsnijwerk dat zo'n lust voor het oog was geweest, half op instorten had gestaan.

Nieuwe mensen. Nieuwe mensen waren eigenaar geworden van het warenhuis, waren nieuwe winkels begonnen, hadden stallen omgetoverd tot hotels en timmermanswerkplaatsen. Ze waren in de boerenwoningen getrokken, waar ze hun levens naar de kamers en hun schoenen naar de traptreden hoopten te schikken. Ze vond het net insekten die hun benauwde cocons afwierpen, waarna ze enige tijd kwetsbaar waren, totdat hun nieuwe pantser hard geworden was.

Het deel van de plaatselijke bevolking dat ergens goed in was geweest, werkte nu buiten de deur. Robby Gordy, die vroeger eenvoudige, maar comfortabele stoelen van esdoornhout had gemaakt, werkte in de nieuwe tennisballenfabriek. Terwijl die Hubbardkindle, een jonge vent uit Rhode Island, hierheen was verhuisd en nu logge vurehouten stoelen zaagde. Waar hij een fortuin voor vroeg, en kreeg. Hij had een mooi bord voor de deur hangen, zette advertenties in de krant. Robby Gordy moest je kennen om te weten dat hij überhaupt iets maakte.

Voor het eerst in haar volwassen leven was ze alleen, leefde ze in een eenzaamheid die smaakte als een vreemde, maar zoete tropische vrucht. De enorme maaltijden drie keer per dag, het twee keer in de week brood bakken, was het eerste wat ze afschafte. Ze at restjes, koude aardappelen, overgebleven soep, broodjes, die Mink haatte als zijnde 'stadseten'. Er stond op maandag niet langer een gigantische vracht wasgoed te klotsen in de wasmachine met wringer. En ze sliep tot zes uur 's ochtends.

De stille kamers deerden haar niet, ze sloot de deuren, een voor een, en hield alleen de keuken aan en de logeerkamer om te slapen. De dag waarop men haar inlichtte over Mink haalde ze 's avonds haar kussen van hun bed en bracht het naar de logeerkamer met het witgeschilderde ijzeren bed, de fleurige sprei, het gevlochten, veelkleurige kleed. Het bed was hard, maar de vreemdheid ervan leek haar passend. Een stilte zo diep als kolen. Toen ze 's ochtends wakker werd, met de lichtvlek op de verschoten muur, de geur van het geborduurde zakje onder het kussen, was ze al in haar andere leven.

22 De huidarts in het donkere bos

13 juli 1953
Geachte L.L. Bean,
De jachtlaarzen zijn vandaag met de pakketpost aangekomen, maar de vilten binnensokken zaten er niet bij. Moet ik die apart bestellen? Ik had begrepen dat ze onderdeel van de laars waren. Wat is de beste manier om ze waterproof te maken, was of nertsolie? Ik verheug me erop de laarzen dit najaar te dragen. Als ik *ze eenmaal aan heb*, passen ze goed! (Ik hoop dat ze nog een beetje rekken)
F.S. Witkin, arts
Camp Woodcroft
Cream Hill, Vermont

L.L. Bean
Freeport, Maine

Dokter Franklin Saul Witkin, zevenenveertig, ronde rug, een stedeling van geboorte, maar een die al vanaf zijn kindertijd geobsedeerd was door fantasieën over wildernissen, zat op het stenen muurtje naar de chaos van zijn gekochte omgeving te staren. Er was te veel om naar te kijken. Verstrengelde ranken. Het hoekige wijzen der boomtakken, dwingend, maar doelloos. Gras de kleur van wafels. Bomen die geluidloze explosies van chroomgeel en saffraan voortbrachten. Kastanjebruin bekrabbelde bergen, gebroken door met mica doorschoten kliffen. Het schreeuwende licht. Hij keek op en de lucht vulde zich met zwermen stippen. Als hij het bos inliep, waar de grond helde en de bomen zich als vliegen verdrongen, werd de lucht grauw en raakte hij de weg kwijt. Ter oriëntatie kwam hij altijd terug naar het muurtje, waarvan de rechtlijnige standvastigheid en bemoste stenen hem voorkwamen als een reddingslijn in de wildernis.

Vlak nadat hij het stuk grond gekocht had, reed hij erheen om het jachtkamp in te delen. Het idee van een jachtkamp was bij hem opgekomen toen hij op zijn veertiende foto's zat te bekijken van Teddy Roosevelt in een blokhut met dierenkoppen en huiden aan de wand. Hij noemde zijn droomkamp 'Woodcroft' in de overtuiging dat een 'croft' een soort hol was.

'Het wordt niet alleen een jachtkamp, het is ook een weekendhuis voor ons allemaal', zei hij tegen Matitia. Zij en de tweeling waren twee of drie keer meegegaan. Maar zijn halfbroer Larry J., galeriehouder in New York, een man met honderd interesses en duizend vrienden, was dolenthousiast geweest. Larry was zeven jaar ouder, de zoon van zijn vaders eerste vrouw, Jolana. Ze kenden elkaar niet, hadden elkaar alleen op hun vaders begrafenis ontmoet. Wie had Larry eigenlijk over het stuk land verteld? Zijn Newyorkse stem aan de telefoon had het over jachtweekenden in de herfst gehad, over het hertenseizoen, over prachtige honden die voor hen uit naar sporen zochten. Geen van beiden had ooit gejaagd.

'Het is wonderlijk eigenlijk. We weten geen van beiden iets van het bos. En geen van beiden iets van de ander. En toch houden we alle twee van deze plek. Alle twee hebben we van een hut in het bos gedroomd toen we klein waren.' Larry stond tussen de bomen, tot zijn enkels weggezakt in afgevallen bladeren, zonder Witkin aan te kijken. 'Het is anders dan skiën of in een hotel logeren in Woodstock, anders ook dan bij vrienden logeren of een zomerhuis huren. Dat iemand in de familie eigenaar is van dit land...' Het beschrijven van hun gevoel ging hen slecht af. Het stuk grond was als een spreekbuis waardoor ze elkaar konden begrijpen.

De eerste keer dat Witkin erheen ging, om het land in bezit te nemen, kwam hij met vrouw en kinderen; ze liepen langs het scheef gezakte boerenhuis dat halverwege de heuvel stond, langs de ingezakte hoop balken en stenen die de plaats van de oude stal aangaf, en dwars door het veld tot onder de dichtbebladerde esdoorns.

Hij had min of meer verwacht dat de oude suikermolen wel viel op te knappen, maar die was te ver heen. Lichtvlekjes trilden op de inzakkende muren. De deur lag begraven in de aarde. De door egels aangevreten dorpels rotten weg en dakspanen lagen als een hand speelkaarten op de grond. Het enige solide hout zat in de muurpanelen.

Ze zetten de tent op op een vlak stuk grond onder de esdoorns en legden een kring van stenen. Langzaam vervaagde het licht onder de bomen en viel de duisternis rond hen in. De tent glom. Kevin en Kim lieten telkens de straal van hun zaklantaarn door het bos schieten, waarbij de lichtcirkel als een levend wezen tussen de bomen door huppelde.

'Ophouden, allebei, anders raken de batterijen leeg en moet je in het donker slapen.' Ze bleven tot laat rond het kampvuur zitten. Toen er twijgen knapten in het bos, zei Witkin dat ze zich geen zorgen hoefden te maken, er zaten daar geen gevaarlijke dieren, maar hij dacht met angst en beven aan beren. Geen van hen had ooit buiten geslapen. Kim plaste 's nachts van angst in haar slaapzak.

'Ik hoorde iets heel hard ademen net buiten de tent.'

'Dat waren wij, dat was onze ademhaling.'

'Nee, nee. Jullie ademhaling is rustig. Dit was een hele harde, enge ademhaling. Zo.'

Witkin kon de imitatie van zijn seksueel gepuf uit de onschuldige keel van zijn dochter niet verdragen. Nadat de tweeling was gaan slapen, had Witkin namelijk hartstochtelijk klauwend de liefde bedreven met Matitia, waarbij de rits van de slaapzak hen in de armen sneed. De nieuwe geur van de tent, de jammerende dromen van zijn kinderen hadden zijn bloed sneller doen stromen. Hij had zich schrap gezet tegen de harde grond. De wind had de bomen in beroering gebracht en hij had zich hijgend vastgegrepen in zijn vrouws levendig glanzende haar.

Talloze keren was hij 's nachts wakker geworden van geluiden buiten de tent, maar als hij dan in zijn ondergoed bij de rits van de gazen tentflap hurkte en zijn licht in het donker liet schijnen, zag hij niets. Als hij de zaklantaarn uitknipte, kwam de duisternis hem immens en leeftijdloos voor.

's Ochtends wilde Matitia terug naar huis.

'Vanwege Kims slaapzak. Omdat ik een bad nodig heb. Omdat ik nauwelijks geslapen heb. Ik ben kapot. Later,' zei ze, 'later, als het kamp klaar is en we binnen kunnen slapen. De tent is griezelig en de kinderen zijn er nog te klein voor. En ik stink als een kipper.'

'Ik ben oud genoeg', schreeuwde Kevin.

'Nog niet, schatje', zei Matitia.

'We komen wel terug', zei Witkin. 'Maak je maar geen zorgen, babbeltje babbeltje baby'tje.'

'Je moet me niet zo noemen! Ik haat die babynaam!'

Maar ze kwamen niet terug, dus ging hij met de halfbroer. In de miezerige regen sloopten ze de suikermolen en verbrandden ze de half verrotte planken. Larry opende de champagne en ze wankelden rond het stinkende vuur.

'Woe-woe-woe', zei Larry. Zijn stijve spijkerbroek was besmeurd met modder. Zijn kampeerschoenen gleden uit op de natte bladeren. Witkin zag wel iets van zijn vader in Larry's zwarte haar met de rossige gloed, in de kleine dikke, op twee roze capsules lijkende lippen. Maar niets van zichzelf. Ze hadden evengoed gewoon bekenden van elkaar kunnen zijn.

De hele week had Witkin het met patiënten over hun schilferende huid, over hun in huidplooien opduikende moedervlekken, over het rode carcinoom op de oren van de wegwerker, over uitslag, jeuk, galbulten, gordelroos en over wijnvlekken, terwijl hij onder het praten een schetsje maakte, verscholen achter de foto van Matitia, Kevin en Kim in de driedelige, scharnierende fotolijst. Hij tekende een rustieke blokhut met kleine raampjes. Hij wilde een veranda rondom de hele hut, eentje die aan de oostkant uit de hitte van de ondergaande zomerzon lag, maar die 's ochtends licht en vrolijk was, een plek om koffie te drinken. Met ergens een schoenschraper. De schoenschraper had hij al, die stond al jaren ongebruikt in de garage te wachten op een houten veranda. Nauwkeurig tekende hij de uiteinden van de houtblokken met inkepingen voor de zwaluwstaartverbindingen. Twee treetjes die naar de veranda leidden. Een deur van zware planken met een smeedijzeren klink. Hij tekende er twee sparren bij, aan elke kant één, ook al stond de hut tussen esdoorns. De sparren stonden aan de andere kant van de bergrug, waar geen weg liep.

Het tekenen van het interieur was helemaal fantastisch. Hij schetste balken, een open haard met vlammen, een van dik hout gemaakte salontafel. Boven de haard hing hij een geweienrek, een geweer, en daarnaast een schilderij van twee jagers in een kano die een eland op de korrel namen.

Larry glimlachte toen hij hem de schetsen liet zien. Maar zijn gezicht stond niet onvriendelijk.

'Waar is de keuken? Geen gootsteen, geen ijskast, geen keukenkasten. Dit is een beetje onpraktisch, Frank. Die open haard vind ik prachtig, maar je kunt er niet in koken, tenzij je alles aan een spit rijgt. Heb je wel eens pannekoeken aan het spit geprobeerd? Wat we nodig hebben, is een fornuis. En geloof het of niet, maar ik heb een fornuis. Een schitterend geval, vierkant, een donkergroene emaille kubus. Een kunstwerk. Uit Darmstadt. Opgestuurd door een kunsthandelaar uit Darmstadt. Ik had hem gevraagd iets op te sturen van een of andere vreemde snuiter, ene Joseph Beuys. Ik had een... een klant zullen we maar zeggen, die Duitse naoorlogse kunst verzamelde en van Beuys had gehoord, die wilde iets van Beuys, deed er niet toe wat, moest direct verscheept worden. Hoewel ze niets afwist van het werk van die man. Het fornuis – dat is wat die handelaar opstuurde – zat volgestouwd met brokken niervet. Die man werkt nou eenmaal met niervet, een soort vet. Dus ik heb het bij het appartement van die klant laten bezorgen. Ze woont in Boca Raton. Gaat de week daarop de telefoon. Ze is terug en ze is woedend. Wat doet dat stinkende ding vol vet in haar foyer? Ik leg uit dat dat haar kunstwerk is. Ze zegt dat het weerzinwekkend is. Ze had haar schoonmaakster al het niervet eruit laten halen en weg laten gooien, en ik moest het fornuis weer op komen halen. Dat heb ik gedaan. En nu staat dat rotfornuis in de galerie, een geruïneerd kunstwerk. Het is een heel duur fornuis, we kunnen het net zo goed gebruiken.'

In Boston stond Witkin op vrijdagochtend al voor het ochtendgloren op, denkend aan de rit naar het noorden alsof het om de beklimming van een of andere steile berghelling ging, alsof het noorden hoger lag. Het lag ook hoger, dat wist hij wel. Hij laadde de stationcar in voordat Matitia wakker werd, en om acht uur zat hij in zijn spreekkamer. De laatste patiënt kwam om twaalf uur en daarna ging hij op pad. Maar eenmaal in het kamp voelde hij zich onzeker. Het leek wel of de weg tussen zijn twee levens het meest werkelijke van alles was, alsof de reis meer telde dan de aankomst bij het reisdoel.

23 Otts percelen

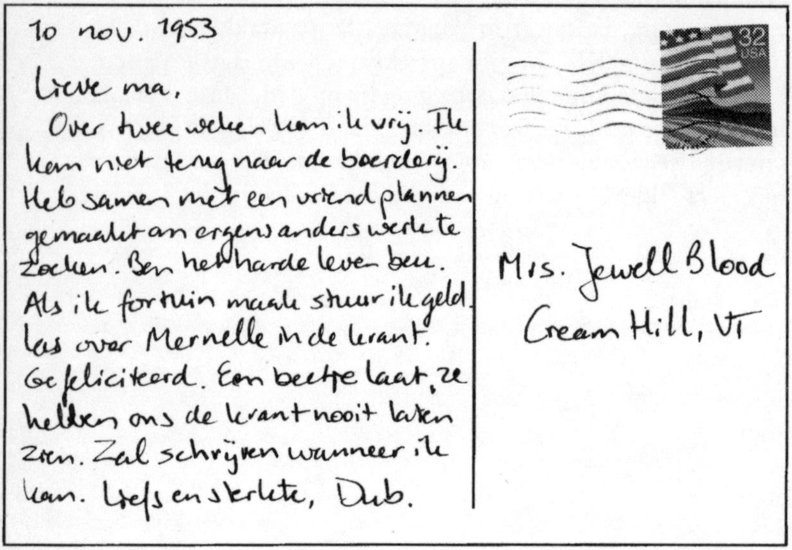

10 nov. 1953

Lieve ma,

Over twee weken kom ik vrij. Ik kom niet terug naar de boerderij. Heb samen met een vriend plannen gemaakt om ergens anders werk te zoeken. Ben het harde leven beu. Als ik fortuin maak stuur ik geld. Las over Mernelle in de krant. Gefeliciteerd. Een beetje laat, ze hebben ons de krant nooit laten zien. Zal schrijven wanneer ik kan. Liefs en sterkte, Dub.

Mrs. Jewell Blood
Cream Hill, VT

Maar toen Jewell op een betaaldag in november 's middags de weg naar huis insloeg, met een kartonnetje tjap-tjoi op de vloer en de autoradio trillend van het Orgel Intermezzo, en opkeek naar Loyals – nu Otts – wei, stokte haar adem in haar keel.

De avondschaduw kroop over het veld, nam bezit van inzinkingen in het terrein en verlengde de duisternis van de rotsen tot voorbij hun tastbare vorm, de schaduw sloot zich als een tang, vanaf de laaggelegen grond en vanaf het bos op de top, tot er enkel nog een waaier van zonlicht overbleef. Het koude licht stroomde over de ruw gebulldozerde wegen, die er 's ochtends nog niet geweest waren. Van links naar rechts en van boven naar beneden werd het veld door weggetjes opgedeeld in veertig percelen van veertig bij vijftig meter, te klein voor iets anders dan een graf, vond Jewell.

Terwijl ze trillend van woede langs de wei naar huis reed, doofde de waaier van zonlicht en viel als verbrand papier uiteen, met uitzondering van de aarden wallen die langs de versgedolven wegen waren opgeworpen. Het metalen hek dat toegang had gegeven tot de wei was verdwenen, naast het rauwe, open gat dat nu de ingang vormde, stond een bord, een enkele plaat multiplex. OTTS PERCELEN & CARAVANPARK. Een telefoonnummer in grote geschilderde cijfers. Niet Otts nummer. Dat van Ronnie Nipple.

24 Nogmaals het schrift van de indiaan

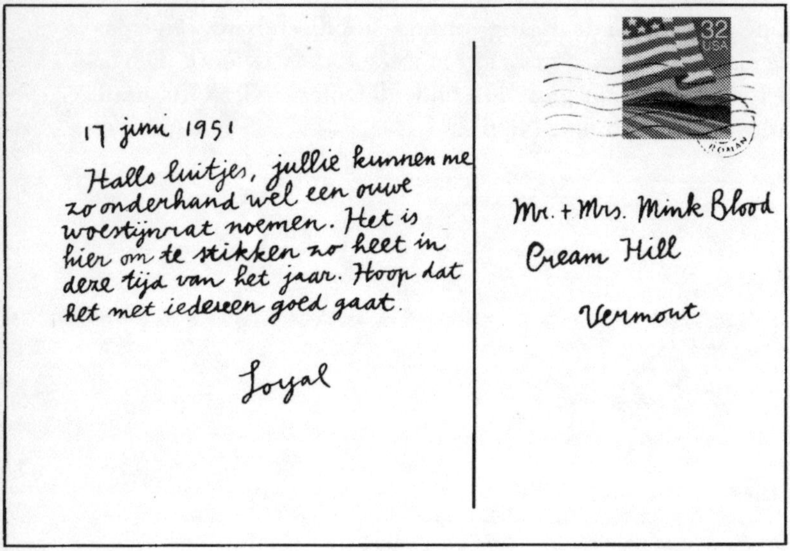
17 juni 1951

Hallo luitjes, jullie kunnen me zo onderhand wel een ouwe woestijnrat noemen. Het is hier om te stikken zo heet in deze tijd van het jaar. Hoop dat het met iedereen goed gaat.

Loyal

Mr. + Mrs. Mink Blood
Cream Hill
Vermont

Hij had een vraag opgeschreven in het schrift van de indiaan, een verkreukeld schrift met een spiraalband en een gestippelde oranje kaft. Vóór Billy, was alles toen in orde geweest met hem? Het smerige antwoord kende hij al.

Drie

25 Het paradijs

Maart 1960
Lieve Mernelle en ma, Wat vinden jullie hiervan? Ik woon in Miami en volg een opleiding tot makelaar. Ik werk van ma-woe en in het weekend bij zo'n toeristen attractie en 's avonds dus naar school. Leer een woordje Spaans, dat moet wel hier. Een paradijs is het hier al krijg je al die Cubanen die van Castro af willen. Woon nou nog in een miserabel hok maar wacht maar af. Na alles wat er gebeurd is, na zes jaar rondzwerven, is dit mijn grote kans. Zoals meneer Bent, mijn leraar, zegt, Ik weiger het mij toegevallen lot te aanvaarden. Ik bepaal mijn eigen lot. Schrijf a.u.b. terug, vooral nieuws over Myrtle en de Jongen. Dub. 2131 Los Gatos, Miami Fla.

32 USA

Mrs. Jewell Blood
RFD
Cream Hill, Vt.

Yarra was opgewonden. 'Hij heeft het opgestuurd. Ik weet zeker dat hij het opgestuurd heeft. Godverdomme, er zit een cheque in, ik had niet gedacht dat hij het op zou sturen. Maar wel, hoor. Dat was een prima namenlijst. Was dat niet dezelfde lijst waarvan die vrouw een honderdje opstuurde? Zeker weten. Prima lijst.' Hij had zijn bruine hoedje, nogal agressief, diep over zijn ogen getrokken, zodat hij zijn kin in de lucht moest steken om Dub te kunnen aankijken. Zijn kaken vermaalden het nooit op rakende, onzichtbare stukje kraakbeen.

'Heb je hem opengemaakt?'

'Nee, tuurlijk heb ik hem niet opengemaakt. Jouw naam staat er toch op, denk je dat ik andermans post openmaak?' Hij sloeg Dub zowat letterlijk met de envelop om de oren.

'Hoe weet je dan dat er geld in zit?' Dub had het gevoel dat hij zich onder water bevond. De muren van het hotel waren zwembadblauw. Op het gammele bureau: zijn fles whiskey, rolletje postzegels, de balpen, het stapeltje enveloppen, het kreukelige pak briefpapier, adreslijsten en antwoorden. Hij kon die brieven wel dromen.

Geachte heer Randall,
Uw naam is mij opgegeven als zijnde de naam van een man die te vertrouwen is en die geïnteresseerd zou kunnen zijn in een uitstekende mogelijkheid om geld te verdienen. Ik zal direct ter zake komen, want ik weet dat u een druk bezet man bent. Geheel buiten mijn schuld zit ik momenteel als politiek gevangene in een Mexicaanse gevangenis. De dingen gaan hier een tikkeltje anders dan in de VS en men heeft mij laten weten dat ik, als ik driehonderd dollar bij elkaar kan krijgen, vrijgelaten zal worden. Vrijheid! Het mooiste woord dat er bestaat! Het is uiteraard niet zo dat ik u vraag mij zomaar driehonderd dollar te schenken, maar ik kan u in alle vertrouwen meedelen dat ik over een grote som geld beschik, bijna driehonderdvijftigduizend dollar, die op een alleen aan mij bekende plek in de VS begraven ligt, en als het me lukt om hier weg te komen, zal ik dat bedrag delen met de man die mij zijn vriendschap betoont, ieder de helft. Hier in deze vreselijke gevangenis heb ik tenslotte niets aan het geld. Het barst hier van de ratten. Als ik erbij kon, zou ik binnen een minuut vrij zijn. Maar ik weet dat u een mede-Amerikaan bent die te vertrouwen is, en als u de driehonderd dollar opstuurt om mijn vrijlating te bewerkstelligen, zal ik onmiddellijk na mijn vrijlating contact met u opnemen en gaan we samen naar de plaats waar ik de som geld verborgen heb. U als barmhartige Samaritaan krijgt vijfhonderd keer uw investering terug. Omdat het tamelijk riskant is om een brief over de grens te sturen, heb ik geregeld dat deze aan mij persoonlijk wordt bezorgd. Verstuur het

geld in een gewone bruine envelop of stuur een postwissel ten name van de heer Marvin E. Blood, 1408 Lily Garden Ave., Miami, Florida. Hij zal het aan een betrouwbare vriend meegeven, die binnenkort voor zaken naar Mexico komt.
Hoogachtend,
Joseph W. MacArthur
(een ver familielid van generaal Douglas MacArthur)

Wat een baan.

Maar dit was een plaats naar zijn hart, Florida, dé plaats voor hem, het overdadige licht, de pit, de snelle denkers. Hier voelde hij dat hij leefde. Nooit ging hij meer terug naar het noorden.

'Ik heb hem tegen het raam gehouden. Zo zag ik dat er een postwissel in zat.'

Dub sneed de brief met zijn zakmes open. Uit een opgevouwen brief gleed een postwissel voor vijfhonderd dollar.

'Jezus! We hebben prijs. Die vent heeft tweehonderd meer gestuurd dan waar ik om gevraagd had. Moet je luisteren. Luister.

"Geachte heer MacArthur,
Misschien ben ik gek dat ik op u gok, maar ik neem het risico. Ik denk dat u me zult terugbetalen. Ik heb zelf ook aan lager wal gezeten. Bijgesloten vindt u de driehonderd dollar om uit de 'Mexicaanse gevangenis' te komen en nog eens tweehonderd om u op weg te helpen in een eerlijk vak. Ik heb gehoord dat men in Florida een kapitaal kan vergaren in de makelaardij en in beroepen die samenhangen met de toeristenindustrie. Wellicht helpt dit u op weg.
Hoogachtend, J.J. Randall."'

'Hé, hij weet dat het nep is.'

'Ja. En toch stuurt hij het op. Dat is wel een hele toffe vent.' Dub dreef in een zee van geluk.

'Hij heeft vast zelf in de bak gezeten, zodat hij weet hoe het is. Hij heeft vast een supermarkt beroofd of zo. Of een oud dametje een klap op haar kop gegeven en haar kattevoergeld gejat.'

'Ja. Maar het kan ook iemand zijn die een ander gewoon een handje wil helpen. Of een of andere rijke vent, die niet op een vijfhonderdje meer of minder kijkt. Die heb je. In Palm Beach heb je van die lui. Dat is het adres dat Randall opgeeft, Palm Beach. Je mag er 's avonds niet eens over straat lopen, tenzij je een pasje hebt. Dat zijn echt rijkelui.'

'Die geven niks weg. Palm Beach. Daar dumpen rijke families hun achterlijke kinderen. Ze kiezen een warm klimaat, zodat de dumbo's niet doodvriezen, een vuurtje maken kunnen ze niet.'

'Hé, doe niet zo zuur. Kom op. We gaan die postwissel verzilveren.'

'Ik wil het beste van het beste eten, biefstuk met uien en champignons, weg uit dit helse krot. Wat dacht je van Los Angeles? Ver weg van dit krot.' Er kwam een beetje leven in Yarra's gezwollen gezicht, waarvan de huid aan een onverbonden voet deed denken.

'Ik zit te denken.'

'Dat doe je maar onderweg. Kom op.'

'Ik heb liever zo'n Cubaans broodje, die vind ik zo lekker, die dingen.'

Dub las de brief opnieuw onder het eten, terwijl hij het gekruide varkensvlees naar binnen propte. De korst sneed in zijn verhemelte. Die brief. Makelaardij. Waarom niet? Sinds het pianostemmen was het niet meer bij hem opgekomen om nog iets te gaan doen. Enkel zwendelbrieven. Dom!

'Yarra, wist je dat ik ooit aan een opleiding tot pianostemmer ben begonnen?'

'Oh ja? Wat toen?'

'Niets. Niets.' Hij zat te denken. Het hoefde niet per se makelaardij te zijn. Hij kon van alles gaan doen. Hij probeerde iets te verzinnen, maar de enige beroepen waar hij op kon komen, waren kelner, bedrijfsleider van een restaurant, postbeambte, motelhouder, de beroepen die hem invielen als hij terugblikte op zijn dag. Geen van alle sprak hem aan. Waar kon je verdomme iets aan de weet komen over beroepen?

's Avonds laat kreeg hij een ingeving: in het telefoonboek kijken. Kijken wat mensen zoal doen. Hij stond op, negeerde Yarra's gesmoorde vraag vanuit het andere bed en nam het telefoonboek mee naar de badkamer, waar hij op de koele troon ging zitten te midden van de kakkerlakken. Hij sloeg de gele bladzijden om en vroeg zich af hoe ver hij het zou schoppen als vertegenwoordiger van een adoptiebureau, als privé-detective, septic-tankreiniger, diamanthandelaar, uithangbordschilder, jachthavenopzichter, boomkweker, handdoekenleverancier, tennisbaanonderhoudsman, rookgeurverdrijver, touwslager, boekhandelaar, verkeersdeskundige of tatoeagespecialist. Hij keek onder makelaardij. Allejezus, de ene bladzij na de andere vol taxateurs, projectontwikkelaars, makelaars. Hij raakte helemaal opgewonden. Er stonden ook een paar makelaarsopleidingen bij. In Miami. Hij zou er morgenochtend eentje opbellen. Waarom niet. Mijn God, hij was helemaal opgewonden, hij kon er niet van slapen.

Hij werd gek van Yarra. Die wilde direct naar L.A. vertrekken. Hij wilde cornflakes en pannekoeken met spek voor ontbijt. Hij hield niet van Miami. Hij had een hekel aan de klank van het Spaans, zei hij, er waren te veel nikkers, het was er te heet, hij verbrandde al als hij gewoon op straat liep, de auto zat zo dik onder de vliegen dat je niet meer door de voorruit kon kijken, hij had een hekel aan fruit, in de kapellen stonden de verkeerde heiligen, laten we als de sodemieter maken dat we hier wegkomen.

Dub liet Yarra, die in een eethuis rietsuikerstroop over maïsbrood zat te schenken, even alleen om verderop in de straat Cubaanse koffie en een paar gesuikerde *churro's* te kopen. De rustige telefooncel achter in de jachthaven, een blok bij het eethuis vandaan. Hij praatte met mensen van twee verschillende makelaarsopleidingen. Bij de derde werd de telefoon niet opgenomen. Hij vond het meisje van het Makelaarsinstituut Zuid-Florida wel aardig en belde haar terug.

'Jazeker. Ik weet nog dat ik tien minuten geleden met u gesproken heb. En ik ben blij dat u terugbelt?' Alles wat ze zei klonk als een vraag. 'Want er schoot me nog iets te binnen. Wij bieden een cursus van een half jaar, aan het eind waarvan u het makelaarsdiploma kunt behalen, alleen voor het verkopen van onroerend goed, begrijpt u? Maar. Er bestaat ook een makelaardijcollege, het Miami Makelaardij Junior College. Hele goede cursussen in ieder aspect van het vak, voor diegenen die echt verder willen in het vak? Niet alleen de verkoop dus. Maar. Investeringen, projectontwikkeling, aandelen? U kunt overdag werken en 's avonds cursussen volgen? Eigenlijk hoor ik u dit niet te vertellen, maar u klonk alsof u er echt alles van wilde weten?'

'Ik wil er ook alles van weten. Dat heb ik net besloten. En ik wil ook graag je naam weten en hoe laat je klaar bent met werken. Ik zou je graag wat te drinken aanbieden voor je hulp. En je ontmoeten.'

'Meneer Blood, ik heb een verrassing voor u? U hebt u laten verleiden door een vrouwenstem. Ik ben een oma van tweeënzestig en mijn man zou het niet zo leuk vinden als ik met een vreemde de kroeg inging? Maar. Ik ken het College omdat mijn dochter daar zeven jaar geleden is afgestudeerd. Ze is naar Houston verhuisd? Ze zit bij een van de beste projectontwikkelaars? Dus het is te doen. Maar dank u voor de uitnodiging. Goedendag en het allerbeste?'

Yarra was pisnijdig. Hij stond op de stoep voor het eethuis en keek links en rechts de straat af. Hij ramde zijn vuist in de palm van zijn andere hand, zodat zijn gespierde onderarmen goed zichtbaar waren. Armen als kabels. Levi's gekreukeld als staal. Zijn vissershoedje had hij naar achteren geschoven. Hij keek op zijn horloge. Hij denkt natuurlijk dat ik ertussenuit geknepen ben, dacht Dub. Heel even kwam hij in de verleiding, híj had het geld, maar toen liep hij naar hem toe en tikte hem op de schouder.

'Jezus, waar zat je?'

'Een paar telefoontjes plegen. Plannen maken.'

'Oh ja? Nou, het enige plan dat ik wil maken, is wegwezen hier. Er zat verdomme een kakkerlak in het maïsbrood. Ik kotste zowat over tafel. Ik wil alleen maar weg hier.'

'Laten we er even over praten. Mij bevalt het hier wel.'

'Jou bevalt het! Val je op bruintjes of zo?'

'Ik weet niet, ik voel me hier gewoon lekker. Er gebeurt tenminste wat, er hangt zo'n sfeertje van risico's durven nemen. Net of je elke dag naar de paardenrennen gaat.'

'Miami stinkt. L.A. is veel beter. Dat heeft een lekker stabiel klimaat, niet zo klam als hier. Ik heb er contacten. We strijken de poet op. Kopen een beetje chique papier voor de brieven. Dan hebben we een luizenleven. Hé, Hollywood! Nog een paar van die prachtbrieven als gisteren en we zitten op rozen.'

'Ik wil niet naar L.A., ik wil geen brieven meer schrijven. Ik zal die vijfhonderd met je delen, maar ìk blijf hier. Ik ga kijken of ik toegelaten word tot de makelaarsopleiding. Ik heb een afspraak voor een intakegesprek vanmiddag.'

Yarra staakte zijn gekauw op het stukje kraakbeen. 'Oh, oh, oh, ik heb een luxepaardje voor me.' Hij zette zijn gebalde rechterhand op zijn heup en haalde de andere door zijn stugge haar. 'Ach, vergeeft u mij mijn slechte manieren, meneer, ik dacht dat we in hetzelfde kloteschuitje zaten, maar ik heb me vergist. Ik besefte niet dat ik met een luxepaardje reisde. Ach wat. Er valt met jou toch niks te lachen. Een stomme boerenpummel ben je, verblind door stadslichten. Geef mij mijn tweehonderdvijftig en ik ben weg.'

'Tweehonderdvijfentwintig; ik heb je gisteren al vijfentwintig gegeven, nadat we het geïnd hadden.'

'Oh ja. Dat mogen we nu niet vergeten, hè? Maar dan vraag ik je, wie heeft je op het idee van die brieven gebracht? Ik. Wie heeft je die zwendelpraktijk geleerd? Ik. Wie heeft je die adressenlijst gegeven? Ik. Wie haalt de brief op, als er een komt? Ik. En wie krijgt er nu een trap voor zijn kloten en wordt gedumpt? Ik. En ik zal je nog wat zeggen. Jij maakt het van zijn leven niet. Je bent niet het soort dat het maakt.'

'Je kan m'n rug op. Maar als je je er beter door voelt, geef ik je wel tweehonderdvijftig.' Hij wilde Yarra alleen nog maar kwijt. Met iedere minuut maakte hij meer deel uit van Florida, voelde hij het geladen ritme.

'En de VW? Wie krijgt de VW?' De mensenstroom splitste

zich in tweeën, een vrouw met open schoenen waaruit rode teennagels wipten, een zwarte vrouw gekleed in een met paarse orchideeën bedrukte jurk, een zwarte vrouw in uniform met een tas van Woolworth's. Een stel kortbenige Cubanen met bij de buik opbollende *guayabera's*[5], uit hun open boord puilend borsthaar en een dikke sigarewalm achter hen aan, liep tegen hem op, toen ze naar twee in kuitbroek en balletschoentjes gestoken blondines staarden. Een kind met een konijneballon werd aan zijn oren meegetrokken door een toerist. De dwerg met het rode vest, drie gehelmde mannen zonder overhemd bij wie het buikhaar uit hun spijkerbroek stak, een man met ringen van rood glas om al zijn vingers en een nors ogende Miccasukee-indiaan met zadelleren veterschoenen en geel overhemd gleden voorbij; het verkeer – bussen die hen volledig overstemden – maakte dat ze elkaar alleen nog maar in het gezicht stonden te spugen.

'Oké, we gaan bij een paar handelaars in tweedehands auto's langs om te zien wat ze ervoor geven. Nemen we het gemiddelde. Jij wil de auto? Dan betaal je mij de helft. We hebben er ook allebei de helft voor betaald. We kunnen hem verkopen en de poen delen. Dat zou voor ons allebei het beste zijn, denk ik. Je kan net zo goed de bus naar L.A. nemen.'

Ze kregen tweehonderd voor de zwarte VW, waarna Yarra de middagbus naar het westen nam, richting Mobile en New Orleans.

'Wat mij betreft, kan je doodvallen, stom rund', riep hij, terwijl hij met opgestoken middelvinger uit het busraampje hing.

Meneer Bent kwam als een tijger de klas binnen. Staand voor de klas staarde hij hen een volle minuut aan. Zijn gezicht had een diepe roodoranje kleur van de zon. Een opbollend spiertje rond zijn mond kleurde de rand van zijn bovenlip wit, wat hem het uiterlijk van een slimme mensaap gaf. De wallen onder zijn ogen waren donkerblauw. Zijn haar, met scheiding links, hing in een lange spuuglok over zijn linkeroog. Hij droeg een wit linnen pak met een lichtgeel polyester overhemd. Waarvan de kraag zo ruim over de revers viel, dat Dub, die op de voorste rij zat, het boven de linkertepel gestikte kroontje kon zien als hij naar voren boog. Hij boog zich naar hen toe en zei op uitdagende toon: 'Ik ben miljonair. Hoeveel van u willen miljonair worden?'

De Cubaans ogende vrouw naast Dub stak vliegensvlug haar hand op en hield hem daar. Er gingen meerdere handen omhoog. Na een lichte aarzeling dacht Dub: Waarom zou ìk geen miljonair worden?, en stak zijn hand op. Enkel een zware man met een trieste uitdrukking op zijn gezicht liet zijn handen op zijn bureau liggen.

'Hoe heet u, meneer?'

'John Corcoris.'

'Zo, John, als u geen miljonair wilt worden, waarom zit u dan bij dit college?' In het gelach gleden de handen weer omlaag.

'Tja, ik zat in de sponzenduikerij, dat doet mijn familie al generaties lang, in Key West, Tarpon Springs, maar de sponzen worden schaars en je hebt tegenwoordig van die synthetische. Ik dacht dat het misschien een idee was om in de makelaardij te gaan. Ik heb me nooit afgevraagd of ik miljonair wilde worden. Ik wil gewoon genoeg geld verdienen om mijn gezin te onderhouden, om een beetje aangenaam te leven.'

'Meneer Corcoris, ik zou u vriendelijk willen vragen om even buiten op de gang te gaan staan en u te bezinnen. Als u na vijf minuten nog steeds geen miljonair wilt worden, moet u, met alle respect, een andere richting kiezen. Dit college moet drijven op de wens van alle studenten om een miljoen dollar te verdienen. En ik zal me persoonlijk aangesproken voelen als niet iedereen in dit lokaal dat doel nastreeft met alles wat hij of zij in zich heeft. U kùnt het. Alle rangen en standen zijn hier vertegenwoordigd, u hebt verschillende achtergronden, verschillende leeftijden – hoe oud bent u?', wijzend naar een jongen met jeugdpuistjes en vervolgens naar een oudere vrouw wier haar geelwitte strepen vertoonde, 'ziet u wel, tweeëntwintig en drieënzestig. Sommigen onder u hebben wellicht een triest verleden, anderen zijn hun vroegere roem en rijkdom misschien kwijtgeraakt. En toch zit u allemaal in dit lokaal, verbonden door één enkel motief: succes hebben, fortuin maken, een miljoen dollar verdienen. En ik ben hier om u te leren hoe dat moet. Het motto van dit college is: "Ik weiger het mij toegevallen lot te aanvaarden. Ik bepaal mijn éigen lot." Bij andere colleges leert u over eigendoms- en overdrachtsaktes, over contracten, statuten, courtages en hypotheken, maar bij Maurice Sheridan Bent leert u hoe u miljonair moet worden.'

Corcoris' hand ging omhoog.

26 Bullet Wulff

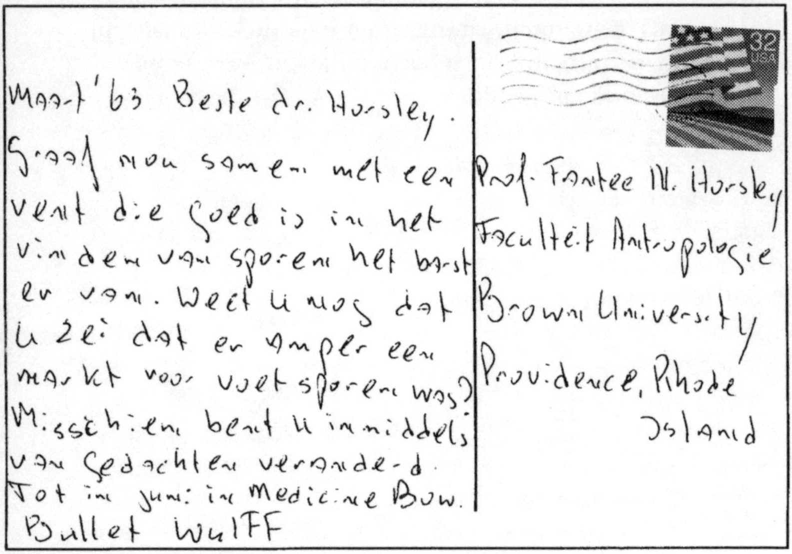
Maart '63 Beste dr. Horsley.
Graaf nou samen met een vent die goed is in het vinden van sporen het barst er van. Weet u nog dat u zei dat er amper een markt voor voetsporen was? Misschien bent u inmiddels van gedachten veranderd. Tot in juni in Medicine Bow.
Bullet Wulff

Prof. Fantee M. Horsley
Faculteit Antropologie
Brown University
Providence, Rhode Island

Hij zwierf over het stoffige Colorado Plateau, langs de Morrisonformatie naar de Uintabergketen in Utah, en door naar Wyoming en het Great Dividebekken, omhoog de Gasheuvels in, over het Rattlesnakegebergte en omlaag naar het bekken van de Powderrivier, het Shirleybekken, Crook's Gap, hij bestudeerde de verheffingen in de bodem, de zoutlagen in de door gladde rotsen gemarkeerde rivierbeddingen, hij liep langs de randen van het Shinarump Plateau, speurend naar oranje en gele schitteringen. Hij had het eindeloze getik van de geigerteller tot in de finesses doorgrond, had rondgehangen in ruige kroegen en cafés. Overal hing de geladen sfeer van snel verdiend geld. Jezus. Hij raakte er opgewonden van.

Hij had, opeengepakt met stinkende woestijnratten, de meest recente anomaliekaarten bestudeerd die door de regering waren uitgegeven. Maar het was of de duvel ermee speelde: hij kwam net op tijd voor de bezuinigingen. Het inkoopbureau sloot, de prijsgaranties werden opgeheven. De slimme jongens schuimden inmiddels met helikopters en vliegtuigen en met scintillatietellers van vijftienhonderd dollar de rotsplateaus af. De in het stof wroetende prospector had het zwaar. Maar ach wat, hij ging gewoon door.

De prijzen trokken weer aan, zo zeer zelfs dat de grote jongens zich dit keer ook op het inferieure erts stortten. Uraniumspeculatie. De gesprekken gingen over produktieniveaus. De rotsratten verdwenen. Het was allemaal 'big business' nu, diepe mijnen, het uitlogen, chemicaliënextractie, prospectors in dienst van grote maatschappijen, giftig afval en slik, de slurry die de rivieren verstikte, enorme vissterftes en bergen dood en stinkend afval.

Hij vond massa's beenderen, wat hem ervan overtuigde dat je vond wat je zocht.

De botten en schelpen, de versteende bomen, dat alles trok hem meer dan het idee van een grote slag. Hij vond eens drie enorme verweerde ruggewervels op de bodem van een ravijn. Eerst dacht hij dat het stenen waren. De geigerteller was in een razend geklik uitgebarsten. Pas toen hij er een had uitgegraven, zag hij wat het was. Ze waren zwaar, rijk aan uranium. Wekenlang reed hij prakkizerend rond met de in kranten gewikkelde botten in een doos achterin, voordat hij naar de boerderij-voorraadwinkel-bar-levensmiddelenhandel van Donald de bottenkoper in Zuid-Dakota ging.

Donald de Bottenman, een vreemde snuiter met een over zijn dikke lippen hangende, rafelige snor, een naadloos in zijn nek overlopende kin en over zijn oren hangend haar, noodde Loyal met een zwaai van zijn paarlen manchetknopen in de achterkamer. Litteken als een oogkas in zijn rechterwang, een hoed – inhoud veertig liter – met opgekrulde rand en precies de juiste deuk erin, een ellenlang lijf in een cowboyhemd, ingestopt in een verbleekte spijkerbroek met een bewerkte leren riem en een gesp versierd met een achter scherpe bergpieken ondergaande zon, maar hij betaalde goed voor de botten, en nog beter als je een kaart tekende van de plek waar je ze gevonden had. Waar Donald het van deed, wist niemand precies, maar hij reed in een gloednieuwe pickup- truck, die hij ieder half jaar inruilde. Donald ververste nooit olie. Hij droeg handgemaakte cowboyhemden. Donalds achterkamer stond tot de nok toe vol met dozen vol botten, waar de archeologen en paleontologen van de universiteiten aan de Oostkust 's zomers in rommelden, terwijl ze Donald met vleiende stem om een gids vroegen naar de plaatsen waar de meest uitmuntende exemplaren gevonden waren. Donald was een controlepost, een startplaats voor beginners.

Loyal zag de bekende blik in Donalds ogen verschijnen; wist wat hij van plan was; hij zou deze exemplaren verkopen voor het uranium.

'Ik wil dat deze naar een expert van een of ander fossielenmuseum gaan. Als ik ze had willen verkopen voor het uranium, had ik dat zelf wel gedaan.'

'Als je ze voor het uranium verkoopt, leveren ze meer op.'

'Ik wil dat ze naar zo'n vent gaan die fossielen bestudeert, zodat hij kan bepalen van welk dier deze zijn.'

'Jezus, dat kan ik je zo vertellen. Ze zijn van een eendesnaveldinosaurus, en ik wed dat je ze gevonden hebt bij Lance Creek. Daar stikt het van de eendesnavelskeletten. Daar en in Canada, in het Red Deerdistrict, bij Alberta. Wil je zien hoe ze eruitzagen?' Donald rommelde wat in een boekenkast en trok er een beduimeld exemplaar van *Life* met roze verkleurde afbeeldingen uit.

'Alsjeblieft. Daar heb je je klote-eendesnavels.' Op de platen stonden modderbruine beesten tot aan hun borst in het water. Met druipende waterplanten in hun bek. 'Dat heb je gevonden. Kropen rond in het moeras. Omdat ze te zwaar waren om op het droge te lopen, moesten ze zich in het water rond laten drijven. Die krengen waren meer dan tien meter lang. Niet echt zeldzaam. Het uranium in jouw monsters levert meer op. Zeker weten.'

'Man, ik heb daar heel wat botten gezien. Ik wil niet dat deze naar zo'n klote-uraniumfabriek gaan. Als ik dat gewild had, had ik ze al lang verkocht. Waar ìk in geïnteresseerd ben, zijn de botten. Ik ben geïnteresseerd in die eendesnaveldingen.'

De splinter was een wonderlijke speling van het lot. Jarenlang had er een oude houten kist achter op de pickup-truck gestaan, waar hij ertsmonsters en steenhamers in had gegooid, totdat de wanden gebarsten en de zijkanten naar buiten geklapt waren. Hij was zo uit elkaar gevallen dat het enkel nog wat losse planken waren. De stenen, de botten, het gereedschap en de buizen, die in de truck heen en weer rolden, waren op de vlakte op een mijl afstand te horen.

'Kloteherrie, je wordt er gek van.' Hij draaide van de weg af, naar een door populieren omringde plek. Hij zou vroeg zijn kamp opslaan en die troep achter op de truck eens opruimen. Hij sloeg de hak van de pikhouweel in de gemangelde kist.

'Al deug je nergens anders meer voor, je bent nog goed genoeg om koffie mee te maken.' Als door een wesp gestoken, schoot er een zes centimeter lange splinter uit de kist, die de buitenste punt van zijn rechterooglid doorboorde en het lid op het oog pinde. De pijn was gruwelijk, een vurige roede. Hij strompelde naar de bestuurdersstoel en keek met zijn goede oog in de achteruitkijkspiegel. Hij zat er, dacht hij, niet al te diep in. Er lag een handklem op het dashboard. Hij moest de splinter eruit trekken. En de pakweg honderd kilometer naar Tongue Bolt rijden, waar een of andere kliniek zat.

Hij dacht er niet al te lang over na; terwijl hij het ooglid met de trillende vingers van zijn linkerhand vasthield, zette hij de klem op de naar buiten stekende splinter en draaide hem onder helse pijnen vast. Hij rook het metaal van de klem, voelde het snelle kloppen van zijn bloed. Hij schatte de hoek waaronder de splinter was binnengedrongen en gaf een ruk. Hete tranen stroomden over zijn gezicht. Hij hoopte tenminste dat het tranen waren. Hij had eens een in het oog getroffen hond gezien en het vocht dat uit de verschrompelde oogbal sijpelde. De pijn was hevig maar draaglijk. Met zijn hoofd achterovergebogen bleef hij zitten. Hij zag geen ene moer met dat oog. Misschien nooit meer.

Na een tijdje maakte hij het handschoenenkastje open en haalde er de doos verbandgaas uit. De doos was gedeukt en smerig van alle jaren dat hij met bougies en doosjes lucifers had rondgerold, maar het verband zat nog keurig in het blauwe papier gewikkeld. Hij bedekte zijn oog, wikkelde het verband om zijn hoofd, met lussen om zijn rechteroor om het op zijn plaats te houden. Hij startte de truck en reed naar de snelweg. Ondanks het vertroebelde, eenogige zicht was hij zich ervan bewust dat hij door een rossige nevel reed. Het stof dat de truck op de heenweg had opgeworpen, was nog niet neergeslagen.

In de kliniek: glazen deur, plakletters. De wachtkamer zat vol oude mannen met hun handen gevouwen op hun wandelstokken, die hem verwachtingsvol opnamen. Een meisje achter een glazen wand met schuifpaneel. Ze schoof het paneel opzij. Krullen, ogen de vorm van pompoenpitten.

'Aard van uw probleem?'

'Splinter in mijn oog. Heb hem eruitgetrokken. Verrek van de pijn.'

'Gaat u maar zitten. Dokter Coleman komt zo bij u. Er is nu een ander spoedgeval binnen. Op mannenkliniekdag loopt alles altijd in het honderd. U bent ons derde spoedgeval al vandaag. Eerst hadden we een vrouw die bij het openen van de deur van haar stationcar twee voortanden en haar neus had gebroken, een jonge vrouw nog, we moesten de kaakspecialist erbij halen, nu is er een man binnen wiens vingers door een van zijn arbeiders met een schop afgehakt zijn bij het graven naar dinosaurusbotten, en nu u, en de middag moet nog beginnen. Echt een dag met een gat erin. En sommige van de vaste klanten van de mannenkliniek zitten hier al meer dan twee uur. Bent u in staat om dit formulier in te vullen of wilt u dat ik het voorlees en dat u mij de antwoorden geeft?'

'Het lukt wel.'

Maar hij vulde alleen zijn naam in, daarna liet hij zijn hoofd achteroverleunen en telde hij de harde, pijnlijke slagen van zijn hart achter zijn gesloten oogleden, totdat de oude man naast hem aan zijn pols schudde.

'Ik ben hier opgegroeid', fluisterde hij. 'Mijn ouweheer was prospector. Kwam hier lang geleden naar toe. Twaalf kinderen, waarvan ik de derde was. Nu ben ik de enige nog. Zal ik je eens wat leuks vertellen? Ik zal je wat leuks vertellen, over hoe mijn vader doodging. We liepen in het donker terug naar de hut, ik, mijn ouweheer en mijn zus Rosalee. Ik heb geen idee waar de rest uithing. Zegt Rosalee tegen hem, ze zegt: "Pa, hoe komt het dat we hier nooit leeuwen en tijgers zien?" Mijn vader zegt: "Die heb je hier niet. Leeuwen en tijgers wonen in Afrika", en toen gingen we de hut binnen. De volgende dag gaat mijn ouweheer ergens hoog in de bergen een groeve verkennen en komt niet thuis op het gebruikelijke uur. Na een paar dagen zegt zijn vrouw, zijn tweede vrouw, die ik nooit heb gemogen: "Hij had al lang terug moeten zijn, maar hij is er nog steeds niet. Ik heb het gevoel dat hij een of andere aanval heeft gehad." Nou, ze had er geen idee van hoe dicht ze bij de waarheid was. Ze vonden hem daar boven, met zijn hoekmeter, zijn vlaggen en alles verspreid over de grond. Met klauwsporen op zijn borst en overal sporen van een grote kat. En toen zei Rosalee: "Het zijn tijgers geweest", en daar heeft ze zich nooit meer van af laten brengen. Wat moet je daar nou van denken?'

Maar Loyal zei niets, totdat de oude man opnieuw aan zijn arm trok.

'Je mag naar binnen, jongen. Red je het?'

'Reken maar.' Maar de vloer kwam omhoog als het dek van een schip.

En in de andere kamer zag hij een monster, linkerhand in een cocon van verband, voeten in flappende basketballschoenen, een warrige baard, spuugnat van een aanval van dolle woede.

'Wat is er verdomme met jou gebeurd?' Het was de patiënt, die hem de vraag toeblafte, niet de dokter, een kleurloze man met de breedste trouwring die Loyal ooit had gezien. Loyal vertelde het verhaal van de splinter in één zin.

'Wat een klotepech,' zei Bullet Wulff, 'wat een stel klotepechvogels zijn we toch', terwijl Coleman het gewonde oog met een zoutoplossing spoelde.

'Je mag wel gaan, Bullet,' zei Coleman, 'in plaats van mijn andere patiënten lastig te vallen. Maar ik zou graag willen dat je nog een paar dagen in de stad bleef, zodat ik je nog een keer kan onderzoeken. Het King Kong hotel is best redelijk.'

'Zeker weten', zei Wulff, terwijl hij met zijn goede hand in de zak van zijn bebloede hemd graaide. Hij haalde een sigaret tevoorschijn en stak hem aan. Het grootste deel van de tabak was eruitgevallen, zodat het papier opvlamde als een toorts. Hij bleef op tafel zitten kijken hoe Coleman het oog een oogbad gaf.

'U hebt geluk gehad, meneer...' Loyal voelde de hitte van de lamp, rook de slechte adem van de dokter.

'Blood. Loyal Blood.'

'U hebt geluk gehad, denk ik.'

'Da's mooi dan. Ik heb nooit eerder het geluk van een splinter in mijn oog gehad.'

Wulff lachte. 'Zo, die zit. Hé, hou je van krabbepootjes?'

'Geen idee. Nooit gegeten.'

'Godskolere! Nooit geen krabbepootjes gegeten?'

'Even niet praten alstublieft', mompelde Coleman, terwijl hij zich tegen Loyal aan drukte en in diens oog tuurde. Ten slotte legde hij er een plastic, vleeskleurig ooglapje op en zette dat vast met een elastische band, die gemeen aan Loyals haar trok.

'Krabbepootjes zijn Alaska's geschenk aan de mensheid. Ingevroren degenkrabbepootjes, worden twee keer per week per vliegtuig aangevoerd naar het King hotel – zo heet het, dacht ik, het King hotel – en zoals ze die krengen daar klaarmaken, daar gaat zelfs je oma van jubelen. Zo lekker, dat je gaat geloven dat je dood en in de hemel bent. Hierbij nodig ik je uit om met mij het avondmaal te gebruiken in het King. Voor de krabbepootjes. Croix de guerre. Kunnen we over onze oorlogsverwondingen praten. Onze beroepen vergelijken. Jij mag mij over uranium vertellen en ik praat over dinosaurusbotten. Ik had u ook best willen uitnodigen, dok, maar u wilt altijd over ingewanden en fistels praten.'

'Heb je verstand van dinosaurussen?'

'Heb ik verstand van dinosaurussen? Ik zal je een geheim verklappen: niemand heeft ene moer verstand van dinosaurussen. Maffe ideeën, wilde theorieën van hotemetoten die beter een film kunnen gaan maken. Ik heb ze voor een zandsteengroeve zien staan, hun vinger in hun reet zien steken en ze horen schreeuwen. Ze slaan er gewoon een slag naar, ze bekvechten, worden door slangen gebeten, sjouwen kilometers met zware stenen. Rijden anderen omver.' Hij liet zijn wenkbrauwen op de manier van Groucho Marx op en neer schieten. 'Da's mijn werk. Ik verhuur me aan die universiteits- en museumjongens. Ik zoek naar fossielen, graaf ze uit, stuur ze op naar de paleontologen aan de Oostkust en laat hen uitzoeken wie wie opgevreten heeft, hoeveel tanden ze daarvoor nodig hadden en welk Latijns etiket er opgeplakt moet worden. De hele winter schrijven ze me brieven, dat kunnen ze, hoor, brieven schrijven. En 's zomers komen ze hierheen met hun assistenten en studenten. Ik ben degene die koffie zet, die de gipsafdrukken maakt en de rotsblokken op de truck laadt, die de grotten in kruipt. Zoek je een baan? Zou een leuke afwisseling voor je zijn. Die vent die samen met mij groef, is voor zijn eigen bestwil hopelijk de Californische grens al gepasseerd, anders is-ie morgen dood. Wist ongeveer net zoveel van zijn werk als een treinconducteur van ballet. We zouden een goed team vormen: Eenoog en Eenpoot. Misschien kunnen we een showtje in elkaar knutselen, hoeven we niet meer te werken.'

Onder het genot van het zoete vlees van krabbepoten praatte Loyal over de speurtocht naar uranium, over geologen en pekblende, over hoe de investeerders overal bovenop zaten.

'Als vliegen op stront', zei Loyal. 'Toen ik op het Plateau begon, was het "kamlopen" geblazen. Je zocht de juiste beddingen, je kende je achtergrondstraling, en dan liep je ze gewoon af, met je ouwe tikkende geigerteller op je rug. Een andere manier was om aan de voet van de rotsen de naar beneden gevallen stenen te inspecteren. Zo heeft Vernon Pick toen de Hidden Splendor-afzetting gevonden. Wist geen moer van uranium zoeken, hij was ziek, zo goed als blut, afgepeigerd. Was onder aan een klif gestopt om uit te rusten en zag zijn teller van de schaal lopen. Hij stelde hem lager af, en hij loopt nog steeds van de schaal af. Stelde hem af op de bodemstand, en nog staat hij helemaal bovenaan. Even dacht hij dat de teller stuk was. Maar toen drong het tot hem door dat de steen waarschijnlijk van het klif was gevallen, dus hij klimt naar boven met zijn teller en vindt de afzetting. En nu is Vernon Pick uraniumair. Voor negen miljoen dollar heeft hij het verkocht.

Wat ik ook wel deed, was de kaarten goed bestuderen en namen als Poison Spring en Badwater Canyon opzoeken. Weet je waarom? Omdat je vaak uranium vindt op plaatsen waar seleen of arseen aan de oppervlakte komt.' In navolging van Bullet druppelde hij wat citroensap over het krabvlees.

'En Charlie Steen, die de Mi Vida vond rond de Big Indian Wash bij Moab. Volgens zeggen heeft hij daar zestig miljoen voor gekregen. En dan had je nog die vrachtwagenchauffeur die samen met zijn zwager in een oude, verlaten kopermijn ging graven, de Happy Jack, en verdomd als ze niet op miljoenen dollars aan uraniumerts stuitten. Weer een ander ging iemands voorraadtank repareren en kreeg onderweg een lekke band. Terwijl hij daarmee bezig was, zette hij zijn geigerteller even aan. Je raadt het al. Er bestaan legio van dat soort verhalen. Je hoort ze overal. Sommigen worden er rijk van. Wat mezelf betreft, ik ben maar een keer op iets gestuit dat er goed uitzag. Ik had het wel afgebakend maar niet goed uitgemeten, het moet tweehonderd bij vijfhonderd meter zijn, en ergens ben ik daarmee de fout in gegaan. De hele tijd al werd ik in de gaten gehouden door een of andere vent. Ik ga met zakken vol erts naar de stad, laat het ontginningsrecht vastleggen, en hij springt er gelijk in, meet het opnieuw uit, laat het op zijn naam registreren, en ditmaal is het geldig, want ik had fout gemeten. Ik had in mijn hoofd dat het tweehonderd bij tweehonderd moest zijn. Weer wat geleerd. Een andere keer stuitte ik op een plek met een – dacht ik – lage kwaliteit erts, verkocht ik aan Uratex voor tienduizend. Daar verdiende ik redelijk op. Allemaal nieuw materiaal gekocht toen, mooie nieuwe Willy's jeep, nieuwe slaapzak, proviand, ik kocht een scintillatieteller van duizend dollar, die ik op de jeep liet monteren, en daar ging ik. Op zoek naar meer. Ik was ervan overtuigd dat ik het eindelijk in mijn vingers had. Christus, tachtigduizend kilometer Plateau deed ik in die jeep. Na een tijdje begon het me te vervelen. Ik weet niet waarom. Ik raakte mijn belangstelling kwijt. Er zwerven nog altijd duizenden kerels rond daar, pukkelige jongetjes en buschauffeurs met slangeleren laarzen.' Hij schepte zijn salade om.

'Wat ìk leuk schijn te vinden, zijn de botten. Ik kan geen versteende boomstam omkeren of ik vind botten. Vol uranium, maar toch, ik vind het vreselijk om ze naar de ertsfabrieken van de AEC te brengen. De botten die ik gevonden heb, heb ik altijd naar Donald in Spotted Dick gebracht.'

'Donald! Nou, ten eerste heeft hij je ongetwijfeld zwaar belazerd, ten tweede dreef hij een doodordinaire toeristenwinkel, ongeacht wat hij beweerde, en ten derde zal de heer Donald B. Plenty Hoops waar hij nu zit voorlopig geen botten meer opkopen. Donald zit in de bak.' Wulff zoog op het uiteinde van een poot tot het vlees in zijn mond schoot. Hij nam een paar slokken uit de kan gesmolten boter. Zijn mond en kin glommen ervan.

'Waarvoor?'

'Aanrijding door schuld, met dodelijke afloop. Paar weken geleden. Hij had zich ladderzat gezopen in zijn stamkroeg en reed naar huis – wat zal het zijn, tweehonderd meter verderop? – aan de verkeerde kant van de weg. Midden op de dag. Raakte een paard dwars op de flank, waardoor het halve been van het kind dat erop zat, werd afgerukt. Reed door. Later beweerde hij dat hij dacht dat het een amarantstruik was. Het kind bloedde dood. Donald had geen schrammetje. Het meisje was de dochter van de nieuwe eigenaar van de IR & S. Ik heb gehoord dat een paar lui met liefde de nor in de fik willen steken waar Donald in afwachting van zijn proces zit en zo wat proceskosten willen uitsparen. Wat zou je zeggen van een biefstuk? Kop en kont. Een biefstuk kan er nog wel bij, en daarna zuip ik een halve fles whiskey leeg en ga ik liggen. Mijn hand begint om te krullen van de pijn. Hoe gaat het met je oog?'

'Krult om van de pijn.'

'Hé! Twee dubbele whiskey's en twee medium lendebiefstukken.'

Drie zomers lang groef hij af en aan samen met Wulff. Wulff leerde hem wat naar zijn zeggen de kneepjes van het vak waren.

'Twee regels, Blood. Haal het fossiel uit de grond en neem het zo compleet mogelijk mee naar huis. Noteer elk klotesnippertje informatie over locatie, bodemsoort en positie dat je maar kan bedenken en voeg dat bij het exemplaar. Dat is het hele eieren eten.'

Bij Bullet leerde hij als het ware geduld opbrengen, de langzame zoektocht op het oog en de tast tussen obelisken van crèmekleurige en wijnrode kleisteen, afbrokkelende perzikkleurige rotswanden, witte ravijnen, rivieren vol melkachtig water, die erosie veroorzaakten, paarse heuvels en ronde toppen in een brandende hitte, die hem deden snakken naar iets anders dan het naar rubber smakende water in de veldfles.

'Godverdomme, Blood, als je op vijf meter afstand nog geen konijnekaak herkent, zit je in de verkeerde business.'

Het kalksteenstof, het fijne zand, het schuurde langs hun huid, veroorzaakte ontstekingen aan hun brandende ogen. De hitte sprong uit de witte aarde op als een elektrische lading. Vaak trokken ze er na een regenbui op uit in de hoop dat de waterstroompjes, die zich door de geulen en droge beddingen omlaaghaastten, verse lagen zandsteen hadden weggeschuurd, nieuwe fossielen hadden blootgelegd. Hij leerde ver voorovergebogen te lopen, speurend naar randen en knobbels van botten die aan de oppervlakte begonnen te komen. Hij wande het stof van mierenheuvels op zoek naar tanden en botten van kleine knaagdiertjes, zocht in het zand naar zeeschelpjes, lakte de broze beenderen van uit verweerde hellingen stekende skeletten, en zat later in het kamp samen met Bullet aangekoekte botten kaal te plukken en botoppervlakken schoon te maken met een krasborsteltje dat normaliter door tandartsen gebruikt werd, of hij hield zich onledig met het verpakken van afgegipste exemplaren ter verzending naar de Oostkust.

Voor in de truck lag het bezaaid met rollen geologische kaarten, gedrukt in turkoois en zalmtinten. Bierflessen rolden over de vloer. Zijn hoeden zaten achter de zitting gepropt, achter de zonneklep. Kapotte zonnebrillen en lege chipszakken lagen verspreid over het dashboard. De laadbak van de truck lag ook vol, met fossielenjachtgerei, gips, jutezakken, beitels, rollen toiletpapier, oude kranten, vijfliterblikken lijm, schellak en alcohol, borstels en verfkwasten, tape, tandenstokers en tandartsgerei en een doos blocnotes. Het schrift van de indiaan, een goedkoop notitieblok met spiraalband, waarvan de gelinieerde bladzijden vol vetvlekken zaten, lag er ook tussen. En af en toe schreef hij erin.

Ieder jaar in september, een paar dagen voor het elandenseizoen, pakten ze het fossielengerei in en trokken ze naar het noorden. Bullet had een kampeerhut in de Black Hills, vanwaaruit ze tussen de sparren op jacht gingen, totdat de elandkoorts zakte of de zware sneeuwval hen naar beneden dwong. Bullet, die een ingebouwd kompas voor fossielengrond had, raakte in bosland verdwaald.

'Ik weet niet wat het is, maar ik raak in de war van al die bomen; zodra ik in zo'n klotegreppel terechtkom, loop ik de verkeerde kant op. Door de bomen ziet alles er hetzelfde uit. Je kunt niet in de verte kijken. Je kunt hier niet je positie bepalen aan de hand van een tafelberg, waar je alleen maar even op hoeft te klimmen om te zien waar je bent.' Deze desoriëntatie kwam volgens Loyal deels doordat de oude fossielenspeurder op deze hoogte sliep als een os. 's Ochtends kroop hij uit zijn slaapzak en zat dan nog een uur te knikkebollen boven een kop zwarte koffie, voordat hij geleidelijk tot leven kwam. Hij druppelde wat koffiemelk in de koude koffie.

'"*Carnation milk, best in the lan', comes to you in a little red can. No tits to pull, no hay to pitch, just punch a hole in the son of a bitch.*"'[6]

Pas laat in de ochtend trok hij de heuvels in en tegen de middag was hij verdwaald. Een keer, nadat hij de hele dag en de daarop volgende nacht was weggebleven, vond Loyal hem door op het geluid van een schot uit Bullets aftandse 30.06 af te gaan. Hij beantwoordde het schot en liep net zo lang door, totdat hij hem met flappende schoenzolen langs een droge helling omhoog zag klauteren, zijn gebroken pols in een geïmproviseerde draagdoek.

'Nou, ik heb wel weer wat geleerd', zei Bullet. Zijn mond was zo droog en gezwollen dat de woorden vervormden. 'Ik heb geleerd dat je zo'n klote-30.06 nooit moet afschieten alsof het een revolver is. Ik stak dat pokkeding godverdomme gewoon een beetje nonchalant de lucht in, zoals je met een pistool doet, en haalde de trekker over. Verdomme, indianen doen dat toch ook op afbeeldingen van Custers Laatste Slag.[7] En op de film heb ik het ook gezien. Alsof mijn hand finaal van mijn arm gerukt werd.'

Eén seizoen viel er, de dag nadat de pickup-trucks de helling naar de hut op waren gezwoegd, zeven, acht centimeter sneeuw, goed om te spoorzoeken. Loyal ging al vroeg op pad, hij deed de planken deur zachtjes dicht achter Bullets ademhaling. Na de stank van de potdichte hut rook de grijze lucht, die zijn neusgaten schroeide, naar hars. Hij voelde zich wild, bruisend van leven, terwijl hij in noordelijke richting ging. Op minder dan anderhalve kilometer van de hut stuitte hij op elandsporen, vijf of zes elanden in gestrekte draf. Hij volgde de rechte lijn een paar honderd meter, totdat hij keutels zag. Hij verbeeldde zich dat ze nog enigszins warm aanvoelden en maakte zich op voor een lange achtervolging. Laat in de ochtend kreeg hij een jonge stier in het vizier, die achteromkeek naar zijn spoor, alsof hij op de dood wachtte. Loyal bracht het geweer omhoog en de eland stortte op bevallige wijze neer, alsof hij een korte, maar vaak gerepeteerde scène in een toneelstuk speelde. Zo makkelijk ging dat.

De betrokken lucht was zo dof als oud ijzerdraad toen hij bij de hut terugkwam. Binnen brandde licht. Zijn schouders schrijnden van de sleepbanden, het gewicht van de achterbout. Hij hoopte dat Bullet in staat was om de rest van de eland te helpen slepen, zag toen pas de zwarte vorm van een kleinere eland aan de tak hangen. In de hut zat Wulff, diep over tafel gebogen, spaghetti uit blik naar binnen te werken. Sausspetters glinsterden in zijn baard. Er hing een geur van rode wijn.

'Heb je er een te pakken gekregen?'

'Ja. Hoe heb je die hierheen gekregen, Bullet? Die eland?'

'Een wonder. Ik liep hier recht achter de hut door het bos naar boven, stuit ik op een reus van een eland, pakweg tien minuten nadat ik op pad was gegaan. Ik was zo stomverbaasd, dat ik mijn geweer nog niet eens geladen had. Hij staat daar gewoon, breeduit. Zonder me te zien. Dus ik steek mijn hand in mijn zak, pak een patroon, schuif hem in het geweer, richt... gaat het kloteding niet af. Alleen maar klik. De eland snuift en gaat ervandoor. Ik open dat klotegeweer, en weet je wat ik gedaan had? Ik had er godverdomme een Purol-stift in geschoven.' Hij lachte; een hees gegorgel als van een zwijn waarvan de keel is doorgesneden, dacht Loyal, die het verhaal van de Purolstift al twintig keer gehoord had, en niet alleen van Bullet.

'Maar ik zie dat je er toch een te pakken hebt gekregen. Waar ik benieuwd naar ben, is hoe je die in je eentje hierheen hebt gekregen.'

'Oh, dat. Ja, nou, dat was raar! Ik voelde me zo ontzettend ontmoedigd, dat ik teruggegaan ben, waarbij ik – overigens niet als enige – jouw spoor kruiste, en verdomd als het niet waar is: een eland die jouw mocassinsporen had gezien, was, in de wetenschap dat jij daar ergens rondliep, aan een hartaanval bezweken. Vlak naast de deur. Ik hoefde hem alleen nog maar op te hangen. Kom op, maak een blik spaghetti open en pak een stoel.' Wat een goedmoedige, ouwe klootzak was het toch.

Na de elandejacht ging ieder gedurende de winter zijn eigen weg. Loyal nam genoegen met tijdelijke baantjes op schapen- of rundveeboerderijen, totdat de sneeuw van de heuvels verdween. Wulff ging naar Las Vegas.

'En in de lente kom ik terug met heel wat meer geld dan ik

het afgelopen najaar heb gehad', zei hij vergenoegd. 'Ik leid daar een keurig net leventje. Ik heb een wasserij in Vegas. Mijn stadspartner, George Washut – wat een naam hè, voor iemand die in een wasserij werkt – leidt de zaak 's zomers, als ik tussen de rotsen loop te snuffelen, dan kom ik in de herfst terug met een grote eland boven op de truck – niet dat ik er zo dol op ben, maar het ziet er leuk uit – en vertrekt George naar Palm Springs, waar hij een of andere deal heeft, en run ik de wasserij, draai regelmatige uren, ja mevrouw, nee mevrouw, ik verspil mijn goeie geld niet aan de goktafels, ik onderhoud mijn twee appartementen, werk mijn boekhouding bij, bezoek mijn kinderen, Barbara en Josie, mijn ex-vrouw, mijn vriendinnen. Die twee meiden zijn nu dertien en vijftien, maar ik heb genoeg in een ouwe sok weggestopt om hen naar de beste universiteit in het district te kunnen sturen. Die meiden zijn slim. Die schoppen het nog ver. Josie wil wetenschapper worden, maar weet nog niet wat voor een. Bioloog, denkt ze. Volgende zomer gaat ze met me mee botten graven. Barbara speelt piano, even goed als Liberace. Nee, serieus, ze is echt goed.'

Elk voorjaar duurde het een maand eer ze weer aan elkaar gewend waren. Aanvankelijk werkten ze zij aan zij, maar niemand kon lang naast Wulff werken zonder daas te worden. Wulff zei dat hij gek werd van Loyals zwijgen.

'Allejezus, het is best rustgevend om een hard werkende, rustige partner te hebben, maar ik heb het gevoel dat ik voor ons alle twee moet praten. Ik stel een vraag en jij gromt alleen maar. Het antwoord moet ik zelf bedenken.'

Loyal werd het zat om Wulff steeds dezelfde twee zinnen te horen zeggen, iedere keer als ze in een ander landschap kwamen. Hij zei dan: 'Ik voel dat er fossielen in die rots zitten.' Of: 'Volgens mijn alzijdige, ingebouwde dinosauruszoeker zit er helemaal niks hier.'

Geleidelijk werkten ze steeds verder van elkaar, net zo lang totdat ze moesten schreeuwen om erachter te komen waar de ander zat.

Zijn eigen intuïtie voor waar hij moest zoeken, kon hij niet verklaren. Het was net als met strikken zetten, enerzijds wist hij instinctmatig hoe dieren door een landschap trokken en anderzijds voelde hij aan hoe het landschap er de afgelopen duizend jaar moest hebben uitgezien, een innerlijke kennis, die hem zei waar in die verdwenen wereld de meren en modderpoelen, de kuilen en kloven hadden gelegen.

'Verdomme, jij ruikt die fossielen gewoon', zei Bullet.

'Inderdaad', zei Loyal. 'Ze ruiken naar verbrand meel.'

Maar wat hem werkelijk trok, waren de sporen. Hoe vaak was hij niet stokstijf blijven staan en had hij Wulff weggetrokken van zijn eigen werk?

'Nou en? Het zijn maar sporen.' Wulffs met gips overdekte handen balden zich tot vuisten, terwijl hij naar de sporen stond te kijken. 'We kunnen toch verdomme geen sporen opgraven. Het is een reeks, snap je wat ik bedoel? Wat wil je? Tweehonderd voetsporen opgraven? Elk zo groot als een wasjmasjien.'

'Ik wil zien waar ze heen gaan. Het is anders als met botten. Botten zijn dood, overblijfselen, maar sporen... begrijp je, die sporen zijn door iets levends, een levend dier gemaakt. Het is net als met jagen. Als we een of ander dier op het spoor zijn, krijg ik een vermoeden van hoe het zijn eigen gang ging, lang voordat de eerste mensen uit de modder kropen.' Hij stond verbaasd van zijn eigen felheid. 'Hier, zie je hoe de tenen diep wegzinken, terwijl het achterste deel van de voet niet te zien is? Deze sporen zijn gemaakt door iets dat rende. Moet je zien hoe groot die afdruk is. Wel dertig centimeter lang. Een of ander groot, roodogig monster met grote klauwen. Wat zou je ervan vinden, als zoiets vanuit de bosjes op je afstormde? Of misschien werd hij achternagezeten door iets nog groters en rende hij zijn poten onder zijn kont vandaan om weg te komen. Moet je nagaan, Bullet, moet je nagaan.'

'Tja, ieder zijn hobby.' Maar Bullet liet Fantee Horsley van het Beinecke American Geological Museum weten dat hij met een in sporen geïnteresseerde mafkees aan het graven was, en had er iemand belangstelling voor een reeks sporen van, laten we zeggen, een kilometer lang?

Na een langdurige – en vaak terugkerende – woordenwisseling hadden ze hun kamp opgeslagen, zich koesterend in het gebrek aan bewijs voor beider standpunt. Het eindigde met een schreeuwpartij, waarbij Bullet, die in Zuid-Dakota was opgegroeid en zich een autoriteit op het gebied van prairiegrassen waande, op de rem trapte en de berm in stoof, waar hij graspollen uittrok om zijn woorden te staven.

'Kijk, Blood, dìt is naald-en-draadgras, het zijn grassen die in het koude seizoen op een kluitje bij elkaar groeien en die ik mijn hele leven gezien heb, en dìt is espartogras. Zie je die lange kafnaalden, die eruitzien als pennen van een stekelvarken?'

'Ik weet niet, Bullet, díe zien er, vind ik, meer uit als naalden met een draadje door het oog. En deze hier ziet eruit als de pen van een stekelvarken.'

'Ik vind je een aardige kerel, Blood, maar je bent wel dom. En koppig. En wat je over het prairiehoen zei, zal ik ook niet licht vergeten. Het is zo'n beetje het nationale symbool hier, en dan kom jij ons vertellen wat voor geluid hij maakt. Ik kan honderden mensen optrommelen die weten dat hij klinkt alsof je langs de hals van een fles blaast, maar dan kom jij uit een of andere godvergeten negorij gekropen om een partij eigenwijs te blazen. Met je "klinkt als een ocarina". Wie weet er in godsnaam trouwens wat een ocarina is?'

'Iedereen die niet in een kippenhok in Zuid-Dakota is opgegroeid en in een of andere uithoek op school heeft gezeten, weet dat de ocarina begonnen is als de roep van het prairiehoen. Roy Orbison heeft hem uitgevonden met het prairiehoen in zijn achterhoofd. Waarom vraag je die slimme piano spelende dochter van je niet wat ze denkt? Dan is het voor eens en altijd duidelijk.'

'Dat zal ik doen, verdomme, reken maar dat ik dat doe.'

Maar Barbara had de prairiehoenderen nog nooit horen balderen, had nooit de haan naar voren zien stuiven op zijn stukje grond, had nooit gezien hoe hij fronste, zijn oranje luchtzakken opblies en zijn roep uitstiet, een roep als van een ballon waar je met je hand over strijkt. Toen Bullet haar, onder protest, de maartse prairie op sleurde, op zoek naar balderende hoenderen, was ze blij dat hij niet het hele jaar bij hen woonde. Hij voelde haar wrevel; vijf of zes minuten zaten ze stilzwijgend in de koude jeep, terwijl de wind over de glanzende grasssprieten scheerde, die boven de sneeuw uitstaken. Bullet schraapte zijn keel.

'Weet je, met de meeste mensen ben ik gewoon niet makkelijk in de omgang.' Hij krabde zich op het achterhoofd. 'Ik schijn hen tegen de haren in te strijken.'

Barbara zei niets en ze reden terug naar het dorp. Toen ze voor de blauwe boerderijwoning stopten, zei Bullet verdrietig: 'Toch zou je een dezer dagen eens naar het prairiehoen moeten gaan luisteren.'

'Ja, papa. Dag.'

27 Gek Oog

Een niet-verzonden ansicht

25 dec. 1964
Beste Pearlette, Je kent mij niet maar
ik heb je vader nog gekend een paar
jaar terug, zat met hem vast in het
mijnongeluk, hij had het vaak over
jou. Ik heb een zusje van zowat
jouw leeftijd. Pearlette is een mooie
naam volgens mij is er een revolver
met een parelmoeren kolf die zo
heet. Nou meer weet ik niet te
bedenken alleen nog Gelukkig
Kerstfeest
met vriendelijke groeten,

Loyal Blood

Miss Pearlette Berg
Invincible
Colorado

Horsley en zijn vrouw Emma ontmoetten hen in Medicine Bow. Emma bestuurde de Landrover. Drie studenten lagen als honden languit op de achterbank. Horsley hing in de stoel naast de bestuurder, één stoffige gelaarsde voet uit het raam gestoken. Toen de Landrover met een grind opwerpende slip tot stilstand kwam, ging hij rechtop zitten en opende zijn peperkleurige ogen. Emma, bruinverbrand, bijna zwart van twee maanden graven in Arizona, was tot haar knokige ellebogen omhangen met zilver en turkoois. Ringen straalden aan vingers, ogen schitterden in het cacaokleurige gezicht. Horsley en de studenten hadden de kleur van natte rijst, academici eigen.

'Hé, ouwe druiloor!' Horsley sprong uit de auto, kwam net

dicht genoeg bij Bullet om diens arm even aan te raken. Zijn plastic brilleglazen weerkaatsten als papieren schijfjes. 'Oké, jongens, deze knakker hier kent het antwoord op alles wat jullie willen weten. En hij zet prima koffie.' Horsley sprong schetterend in het rond, een volslagen idioot, vond Loyal. Moest je hem nou zien. Het stof vloog van zijn mouwen. Bullet leek in zijn nopjes, maar Loyal kon geen van hen uitstaan.

Ze aten chili con carne in de Corner Cookhouse. Loyal beet op een klein rood steentje. Een tand klopte. Bullet zou Horsley, Emma en twee van de studenten meenemen naar Lance Creek. Loyal kreeg de andere student toegewezen, degene die belangstelling had voor reeksen fossiele voetsporen. Emma glimlachte toen Bullet over de voetsporen vertelde. Haar vingers gleden over de geëmailleerde rode aansteker. De zak van haar zijden blouse werd door een tekenpen naar een punt boven haar linkerborst getrokken.

Loyal wist al wie hij toegewezen zou krijgen: de dikke jongen met de krulletjes en de achter een stalen brilmontuur schuilgaande kille, gekke ogen. Een door het raam vallende lichtstraal lag als een verband achter op zijn nek. Zijn ogen deden denken aan benen knopen.

Hij hoefde zich verdomme toch niet als babysitter te verhuren.

Gek Oog wendde zijn blik af van het landschap toen ze over de witte wegen hobbelden. Boven de rivierbedding cirkelde een adelaar. Onder de paarse hemel klommen ze naar het land van het Baskische schaap. Loyal wees naar de lillende massa schapen in de verte, het rennende stipje van de hond. Hoog tussen de zwerfkeien zagen ze de wagen van de schaapherder. De student zei niets, maar bladerde nerveus door zijn aantekeningen. Er knisperde zand tussen het van hitte krullende papier.

De pickup-truck slipte om de wasborden heen. Gek Oog zette zich schrap tegen het dashboard. Gaffelantilopes renden langs het hek, niet in staat eroverheen te springen of eronderdoor te kruipen.

'Kloteschapeboeren', schreeuwde Loyal boven het geronk van de motor uit. Zijn mond was droog van de verzengende hitte.

's Middags stopten ze aan de rand van een sedimentlaag. Een plek die gemarkeerd werd door Bullets bierblikkenberg. De hitte sloeg van de kleurloze rotsen. Niets bewoog. De lucht drukte zwaar op hen, de aarde duwde zich omhoog. De tand voelde als een wolf in Loyals kaak. Hij liep de steenlaag op, wijzend naar de sporen. Vijftien meter spoor verdween plotseling onder de rots, alsof het oeroude beest een aardholte in was gedenderd.

Gek Oog liep met hem mee. Hij bukte. Het zweet trok strepen over zijn gelige wangen. De duimstok kletterde tegen de rots toen hij de voetafdrukken mat, de afstand tussen de afdrukken, de breedte van het spoor. Met zoemende en draaiende camera lengde hij gips aan, maakte afgietsels. Hij knielde, drukte zijn vingers in de sporen als wilde hij hun versheid vaststellen. Maar zonder een woord tegen Loyal te zeggen, zonder hem aan te kijken.

'Oké, waar nu heen?'

Ze trokken van plaats naar plaats; Gek Oog moest continu zijn bril terug op zijn neus duwen, Loyals tand voelde inmiddels als getrommel op de maat van zijn pulserende bloed.

'Oké, waar nu heen?' De student liet zijn schriften op zijn vuile knie balanceren, onderwijl met een prop toiletpapier zijn nek afvegend.

'Volgende plek halen we niet meer vandaag. We rijden nog een paar uur, slaan ons kamp op en gaan morgen vroeg door. Het ligt zo'n acht kilometer van de weg af. Sporen van een eendesnaveldinosaurus.'

'Hoe weet jij dat nou?' Gek Oog zette zich schrap met zijn arm in het raam, zijn vingers om de bloedhete afvoerrichel boven het portier gekromd. De pickup-truck hobbelde zuidwestwaarts over de stoffige wegen.

'Ik ben niet helemaal achterlijk met betrekking tot wat ik de afgelopen drie jaar gedaan heb.' Hij was het spuugzat. 'Volgens Bullet zijn ze van een eendesnavel. Volgens anderen zijn ze van een eendesnavel. Ik heb inmiddels een paar boeken over het onderwerp ingezien, waaronder die van Howell, Swinnerton en Clemens. Clemens was twee jaar geleden samen met ons hier in het Lancegebergte. De meeste van jullie zogenaamde experts zijn met ons mee geweest hier. Ze kennen Bullet allemaal.'

'Wat bedoel je met "zogenaamde"? Dat zijn dé grote namen op dit gebied.'

'Als je de experts, de boeken en de sporen bij elkaar zet, klopt er iets niet. En zíj zien het probleem niet.' Nu had hij de aandacht van het joch te pakken. Gek Oog draaide zich om in zijn stoel, het licht gaf zijn bestofte gezicht een gargouilleachtige grijns.

'Wat dan? Wat is het probleem dan? Volgens jou?'

'Die eendesnavel, bijvoorbeeld. Op alle afbeeldingen staat die druiloor met poten die uit zijn flank steken, zoals bij een hagedis. Volgens alle experts had het beest een beetje een waggelgang, sleepte het zich voort van de ene modderpoel naar de andere. Maar als ik naar die sporen kijk, zie ik dat die opvatting niet strookt met de ruimte tussen de linker- en de rechterafdruk. Ik zou zeggen dat het zwaartepunt van het dier hoger lag, dat zijn poten helemaal niet uit zijn flank staken. Jezus, moet je de ruimte zien die er tussen die sporen zit. Als de druiloor hagedissepoten had gehad, zouden de afdrukken anderhalve meter verder uit elkaar liggen. En er zijn ook geen staartafdrukken. En het ritme van de sporen geeft je een gevoel van snelheid, wat niet strookt met het idee van een dikbuikige wammes moeraswaggel.'

Gek Oog bladerde als een gek door zijn schriften. Papier vloog rond, gleed op de vloer.

'Stop! Jezus Christus, stoppen!' Gek Oog gaf een ram op Loyals schouder. 'Dat is ook mijn theorie. Dat is precies wat ik probeer aan te tonen.' Hij ramde op de zitting. 'Daar kwam ik hier naar zoeken. Dat is precies mijn opvatting. Daarom meet ik steeds alles op. Oké, ik zal je iets laten zien, moet je zien!'

Met balpen zette hij snel een tekening op lijntjespapier. Het dier, neergezet met nerveuze halen, zag er energiek uit. Een eendesnaveldino, rennend over een dorre vlakte. De krachtige poten zaten onder het lijf, als bij een paard. Zijn gespierde staart stak recht naar achteren.

'Wat denk je hiervan?' De hete wind waaide door het raam naar binnen. Door het kloppen van Loyals tand scheen de auto heen en weer te schudden. Vast weer een abces. Hij wurmde twee biertjes uit de koeler achterin, gaf er een door aan Gek Oog. Hij zou de whiskey uit moeten graven om de nacht door te komen.

'Een stuk aannemelijker dan die Moos Modderpoel. De spijker op zijn kop volgens mij. Laat ik dit zeggen: ik vond je een beetje een dweil, toen ik je in Medicine Bow ontmoette, maar dat neem ik terug. Je hebt vroeger zeker gejaagd of klemmen gezet?'

'Eendejacht. Ganzen. Ik ben opgegroeid in Iowa en mijn vader joeg altijd om en nabij het meer.'

'Dat is het. De meeste van die jongens, die experts die hier komen, zijn expert op het gebied van beenderidentificatie, ze kennen de vakliteratuur, hebben hersens als Einstein, maar ze hebben nog nooit gejaagd of klemmen gezet en ze hebben geen enkel gevoel voor hoe dieren denken en zich bewegen. Dat is iets waarmee je moet zijn opgegroeid.'

'Hé', zei Gek Oog. Een sprankeltje spuug vloog tussen zijn tanden vandaan. 'Ik heb nog honderd andere onwaarschijnlijke ideeën.'

'Ik rijd. Jij praat. We moeten voortmaken als we voor het donker nog een eind op weg willen komen.' Alles was prima, als hij maar niet zo'n last van die tand had. Gek Oog had leuke ideeën. Maar hoe goed was hij met een tang?

'Heb je wel eens een tand getrokken?'

De student draaide zich abrupt om en wierp hem een nijdige blik toe. 'Dat heeft Horsley je verteld, hè? De klootzak.'

'Wat?'

'Over de opleiding tandheelkunde. Dat ik voor tandarts leerde voordat ik overstapte op paleontologie. Door de tanden raakte ik hierin geïnteresseerd.'

'Dat heeft hij me niet verteld, maar het is het beste nieuws dat ik vandaag gehoord heb. Ik verrek namelijk van de pijn in mijn kaak.'

'Hoe hard ben je?'

'Oh, ik heb ze er wel vaker met een tang uit laten trekken. Bedoel je dat?'

'Nou... Op de opleiding lieten ze ons eens een film zien. Over een of andere stam, bij wie, als hoogtepunt van een puberteitsritueel, jongens een tand wordt uitgeslagen met een dikke stok. Heb ik altijd willen proberen.'

28 De kern van het leven

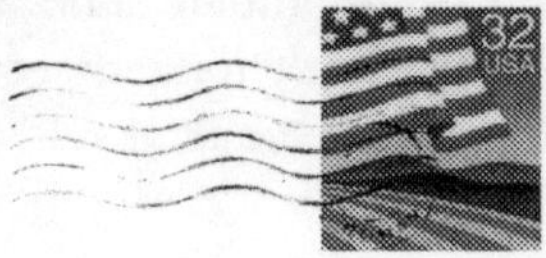

18 november 1965

Beste mevr. Scomps,
Dokter Witkin houdt 's zomers spreekuur op dinsdag, woensdag en donderdag, van 8.00 tot 14.00 uur.
Voor wijziging van afspraken kunt u bellen: 606 38 83.

Mrs. Vergil Scomps
Badger Lane 12
Newton, Mass. 02158

'Ik zou niet meer zonder deze plek kunnen.' Larry, halfbroer Larry die op een boomstronk in het schemerlicht donkere wijn zat te drinken uit een bekerglas, net als een Italiaan. De plek kon onmogelijk zo'n betekenis hebben voor Larry. Hij overdreef. Hij was emotioneel. Iedereen in de kunstwereld was emotioneel. De kegel van zodiakaallicht in het westen vervaagde. De hond lag voor hun voeten op een bak water te wachten. Te stom, dacht Witkin, om naar de bron te lopen en het water van de overloop op te likken. Er stak een veertje in zijn snorharen.

Zittend op de vloer van de veranda plukte Witkin de vogels. Een werkje waarbij zijn gezicht vertrok en hij zijn bolle tanden ontblootte; met zijn gezicht over de half naakte vogel gebogen, lukte het hem niet zich los te maken van het feit dat hij met vlees bezig was. Alsof iets in hem in de waan verkeerde dat de vogels kleine patiëntjes waren. De veren bleven aan zijn kwalijk riekende vingers plakken. Vandaag waren er ook houtsnippen overgevlogen. De herfsttrek. Ze hadden ze niet verwacht, kleine vogels met lange snavels en grote ogen, die tussen de bladeren heen en weer flitsten, daar, weg waren ze, daar een, en daar een, daar twee, en de rest. Maar ze hadden er drie gedood, Larry had er drie gedood. De eerste houtsnippen ooit door een van beiden geschoten. Hij stond met de breekbare lijfjes in zijn handen, keek in de verstarde oogjes. Ook roodborstjes hadden ze voorbij zien trekken, duizenden vogels in de lucht, net muggen, net peperspikkels in een kom melk.

'Vroeger at men ze, roodborstjes', had Larry gezegd, nadat de hond een hele vlucht piepend het naaldhout in had gejaagd. 'Rond de eeuwwisseling werden ze in de beste restaurants geserveerd. Delmonico's. Op toost. Lijsters. Schijnen verrukkelijk te zijn, alle lijstersoorten. Verrukkelijk, verrukkelijke hapjes.'

De maan gleed de hemel in, met geschroeide rand, als een dubbeltje in de as van het haardvuur. Haar licht viel op Larry's hand, op zijn bril, op het emaille oog van de hond.

'Vind je het leuk om ze dood te schieten? De vogels, om op vogels te jagen, bedoel ik, vind je dat leuk?' Witkin kon zich niet voorstellen waarom hij die vraag gesteld had. Hij hield er niet van om mensen te horen vertellen hoe ze zich voelden. Saai.

De halfbroer gaf een vaag antwoord. 'Dit is een jachtkamp. We hebben geweren gekocht, stevige broeken en jachtvesten voor de vogeljacht. We wilden vogeljagers zijn. De hond. Dure training, dure hond. Je loopt door het struikgewas, de hond rent voor je uit. Hij blijft staan, bedwingt zich, je bereidt je voor. Je bent klaar, je zet een stap. Gespannen. Je schrikt als ze opvliegen.'

'Maar als je ze raakt, als ze met hun bebloede vleugels slaan en proberen op te vliegen? Wat dan?' Zo intiem waren ze al met elkaar. Maar het antwoord verveelde hem al voordat hij het gehoord had.

'Verschillende dingen tegelijk, bijna. Opgetogen, opgetogenheid omdat ik een vogel geraakt heb, omdat ik zo'n ongrijpbaar... iets, waarop ik jacht maakte, gedood heb. Dan voel ik me blij, snap je, als een overwinnaar, in zekere zin. En natuurlijk voel ik ook spijt, dat dit prachtige wezentje, met zijn geheel eigen leven en lusten, dood is, Ik voel me schuldig omdat ik degene ben die het angst heeft aangejaagd, die het gedood heeft. En ik voel woede, woede tegen een eventueel persoon die tegen mij zal zeggen: "Dat was een verachtelijke daad. Had je die vogel niet kunnen laten leven? Had je je bloeddorst niet kunnen sublimeren met een camera of een schetsblok?" Niemand heeft dat nog tegen me gezegd maar ik heb mijn antwoord al bijna klaar, snap je? En bovendien verheug ik me op het diner, de lof van de gasten: "Oh, heb je dat slimme vogeltje zelf geschoten? Wat sterk!" En jij? Wat vind jíj van het doodschieten van vogels?'

'Niets. Ik vind niets.' Zijn gevoel betrof de plaats; de vogels betekenden evenveel voor hem als wilde paddestoelen; als individueel dier: niets; als deel van het geheel: alles. Ongewild maakte zich een kille verwarring van hem meester. Een kilheid jegens zijn leven.

Hij gaf niets meer om zijn gezin. Hier, hier in het jachtkamp lag de kern der dingen. Hier had hij Larry, die evenveel van de verkrachte steden, de overvolle treinen, die andersoortige jachtkampen af wist als hij. De plaatsen waar gemoord werd. Larry was degene die hen door kilometers struikgewas leidde, die zijn kop erbij hield als hij zich slingerend een weg kapte over de gekloofde hellingen. Witkin was bij elke stap uit balans.

Hij hield zijn adem in bij het rauwe bruin van zwammen, lichtgevende schors, bij verbrijzeld kwarts, leerachtige bladeren, opengebarsten bolsters. Oh, verdwenen, dacht hij, verdwenen de beperkte wereld van stalen tafel en bureau en mensenhuid, de van angst riekende adem, de van kanker opzwellende neus, mevrouw MacReady, die met haar tenen samengeperst in haar witte schoenen over het tapijt liep. Hij rilde van zichzelf, van zijn kille zelf, de matte toon van zijn stem, zijn handen, die als twee haarloze dieren over elkaar kropen in de wasbak, terwijl de antiseptische zeep ertussen vandaan spoot, de gladde bladzijden van medische teksten, de foto's van huidverwekingen, de eettafel, de wezenloosheid van Matitia en de kinderen, alsof het andermans kinderen waren, alsof hun trekken en gewoonten uit iets anders voortkwamen, niet uit hem.

Alleen de halfbroer begreep het atavistische verlangen dat hem overviel als hij onder de bomen stond, als een tak in de wind het geluid van een hobo maakte. Hij hoefde het bos maar in te lopen, tot hij het kamp niet meer zag, en hij bevond zich in een oeroud verleden, dat hem trok maar dat hij geenszins begreep. Hij had geen verklaring voor het gevoel dat hij hier thuis hoorde. Hij staarde zonder gevoel, verloren, in schorsspleten, scharrelde door de krullende bladeren op zoek naar een teken, hij draaide rond en rond, totdat de jonge boompjes hun takken ophieven, totdat de dikke stammen voor hem uiteenweken. Hij hoorde een vaag getrommel, een gezang. Maar wat betekende dat? De kern van het leven, klein, zwaar, dieprood van kleur, zat verstopt in deze kwebbelende bossen. Hoe kon hij dat ooit begrijpen?

29 Verdoofd en verward

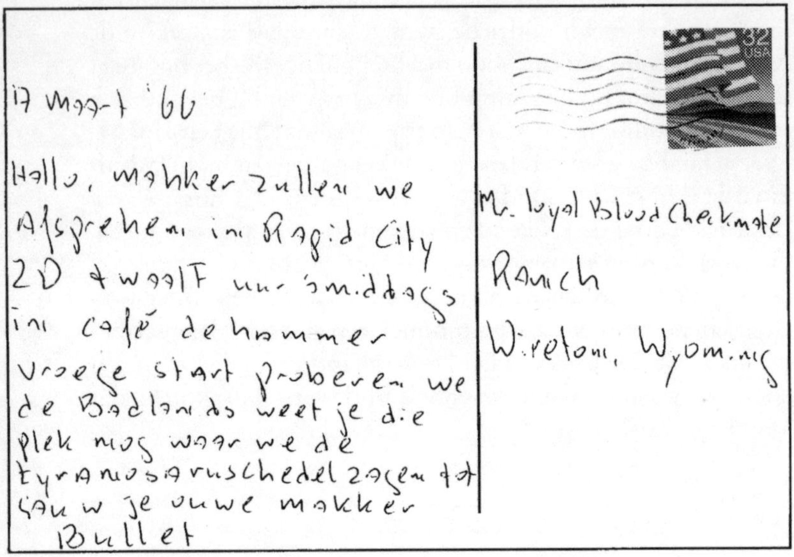

Bullet vertelde dat de student met het draadstalen montuur in zijn eigen braaksel was gestikt. Horsley had hem er een brief over geschreven.

'Tja. Zijn waakvlammetje is uitgewaaid. Hij had zich bij een stelletje geflipte rockfanaten aangesloten die zich in vuile tafelkleden hulden en nachten lang op tamboerijnen sloegen. Was bedwelmd geraakt door drugs, had liggend op zijn rug overgegeven en was gestikt, zei Horsley. Gore hippies, ze moesten ze stuk voor stuk doodschieten. Maar weet je, professor Alton Cruller wil deze zomer in de moerassen naar eendesnavels komen graven. Cruller hoort bij de top. Een absolute topper. Hij heeft een theorie over een komeet, waardoor ze aan het eind van het Krijt zouden kunnen zijn uitgeroeid.'

Waarom draait alles toch altijd op rotzooi uit? dacht Loyal. Zijn tong ging naar de plek waar de ontstoken tand had gezeten. Hij had Gek Oog aardig gevonden, hij had zijn bezetenheid en merkwaardige humor gewaardeerd. Het plan om samen aan grote projecten te werken, om alle bekende sporenreeksen in kaart te brengen, om afgietsels en foto's te maken om daarmee de beweeglijkheid en de snelheid van de dinosaurus aan te tonen... ach wat, dat was allemaal van de baan, nu. Hij had op het punt gestaan iets zinvols te doen. Hij gaf geen moer om Cruller.

En na twee weken in het veld met Bullet leek hij zijn buik vol te hebben van botten. Het was saai geworden. Bullet wilde schedels en dijbeenderen. Loyal kreeg een kick van sporen, maar zonder Gek Oog miste de speurtocht een vastomlijnd doel. Hij was rusteloos, alsof het doodsbericht van de student een soort migratiedrang had opgewekt.

'Ik denk dat het tijd is, Bullet. Vorig jaar heb ik het ook al overwogen. Ik ga ervandoor, een tijdje wat anders doen.'

'Waarom in godsnaam? Het gaat juist zo goed. Wat is er nou leuker dan dit? Je bepaalt je eigen uren, het verdient goed, interessantste werk dat er is. Je doet het graag, ik heb tenminste altijd gedacht dat je het graag deed. We vormen verdomme toch een prima koppel.'

'Ik weet het.' Maar hij zou Bullet niet op dezelfde manier missen als Gek Oog. Hij had hem amper gekend, maar de tekening van de over het gekreukelde papier rennende eendesnavel had hij nog steeds in zijn bezit. Geen moeras te bekennen.

30 De problemen met betrekking tot hemellichamen

5 oktober 1966

Beste B. Rainwater. Zag uw advertentie voor observatoriumhulp in de Western Times. Ik heb er nog nooit een gebouwd maar ik ben handig + geïnteresseerd. Gewerkt als bankwerker plus prospector, fossielen graven, boer. Midden volgende maand ben ik in New Mexico. Wil graag met u praten over een baan. U kunt me bereiken via de Poste Restante Santa Fe. Groeten van

Loyal Blood

Mr. Ben Rainwater
Vengeance
New Mex.

De hut, dertig kilometer ten noorden van de boerderij die ze in de jaren vijftig hadden gekocht, gebruikte hij, zei Ben, om te drinken. Om Vernita het beeld van de op handen en voeten rondkruipende zuiplap waarmee ze getrouwd was, te besparen.

De zuiplap in kwestie was klein en breedgeschouderd, met een borst als een keteldrum. En een springerige witte haardos op zijn hoofd. De doffe ogen in hun zware, vlezige hangmatten waren zo leeg als die van een straatmuzikant; toch had Bens gezicht nog de frisheid van een jongeman, misschien door de rode lachende mond. De in twee puntjes oplopende, gewelfde bovenlip, de ronde neusvleugels met hun netwerk van adertjes.

Iedereen kon het aan hem zien. Zijn stem was hypnotiserend, zwaar als die van een Rus.

'Hoe ik ertoe kwam om de hut te kopen, stamt uit de tijd dat ik op zoek was naar een geschikte plek voor een klein observatorium. Daar heb ik het al eens met je over gehad, Loyal. Ik zocht diepe duisternis, zachte lucht. Vernita wilde ruimte, een klein lab, een werkkamer waar ze kon schrijven, een grote keuken. En het moest een mooi uitzicht hebben natuurlijk.' Zijn woorden marcheerden op geamuseerde bastoon zijn mond uit, zijn vingers draaiden een niet-bestaande kurk los. 'We vonden de boerderij, wat aanvankelijk prima werkte. Vernita was de hele zomer kwallen aan het bestuderen in de Zee van Cortez. En als ze dan in de herfst terugkwam om te schrijven, was ik hartstikke blij haar weer te zien. Tijdens haar afwezigheid had ik een gat in het dak van de gereedschapsschuur gemaakt voor een tijdelijk observatorium en een paar plaatsen in kaart gebracht waar het hoofdobservatorium zou kunnen komen. Maar daarna, Loyal, mijn vriend, begon ik te drinken. Na een week ontnuchterde ik en werkte ik een maand lang door, maar daarna viel alles weer in duigen. Ik had een bepaald patroon. Ik heb geen idee wat je van astronomie af weet, maar ik zal je wat vertellen: als je dronken bent, kun je niet accuraat observeren en niet goed registreren. Registratie is het hart en de ziel van de astronomie. Als de registratie onderbroken wordt, wat heb je er dan nog aan?' Redelijke argumenten, die hij met kwispelende wijsvinger aangaf. Loyal kon niet anders dan het met hem eens zijn.

'Maar mijn sluwe, doorweekte brein had bedacht dat als ik regelmatig op tilt sloeg en in de nuchtere periodes nauwkeurig werkte, de aantekeningen toch enige waarde moesten hebben, omdat er een zekere regelmaat in zat. Dat is mijn rationalisering. Zo werk ik. Mijn werk kent gebreken, maar het zijn consequente gebreken.' De glimlach werd sluwer. 'Als Vernita er is, doe ik het anders. Dan ga ik naar de hut. Zoals je weet. Of naar Mexico-Stad. Zoals je weet.' De stem daalde, fluisterde, werd vertrouwelijk. 'Ik heb de hut vóór de oorlog gekocht. En sinds die tijd kom ik hier in de periodes dat de zeeman terug is van zee. Regelmatig. Constant. Volgens een vast patroon.' De kokende lach.

Zodra de hut in zicht kwam, begon hij, alsof hij de grens met een toleranter land was gepasseerd. De fles kwam uit zijn borstzak, de zak die op zijn hart rustte, zijn hartewens. Hij zette hem aan zijn mond en bracht de whiskey in zijn keel tot bloei. De lange zucht was grotendeels opluchting en maar zeer ten dele genot.

'Laat de deur maar open', zei hij tegen Loyal. Vanuit de donkere blokhut gezien, vulde het goudachtige landschap de deuropening. De wind had de kleur van vuur.

'Neem ook wat te drinken. Je bent al zo'n eind met me gekomen, dat je net zo goed tot het einde door kunt gaan. Een soort grens. Tot dit jaar heb ik nooit iemand nodig gehad om me op te rapen. De tijd dringt.' De verkrampte hand waarmee hij inschonk, was vaster dan Loyal hem in weken had gezien, het blauwe hamerlitteken op zijn vingers zag paars. Hij drinkt om zijn evenwicht te bewaren, dacht Loyal. De planken deur zwaaide in de wind heen en weer.

Een houten vloer, muren van houtblokken, de tafel, een bank, een enkele stoel, een paar beschadigde jampotglazen en theemokken. Geen bedden. Je rolde je in je slaapzak op de vloer of je viel neer en bleef liggen waar je gevallen was.

Ben staarde door de openstaande deur naar het kronkelende gras, de rotsen, de wervelende stofgeesten; misschien prentte hij zich de horizon in, de genopte rotsen of de wolken, die op witte vlammen uit een hemelse brander leken. Er naderde een front. Hij zat op de bank en leunde op tafel. Terwijl hij door de deur naar buiten bleef kijken, schonk hij zich keer op keer in; glimlachend in het glas dronk hij en merkte op dat de wind opstak, hij praatte tegen Loyal, vervolgens tegen zichzelf, terwijl hij doorging met drinken, langzamer nu, voorzichtige nipjes, precies de juiste hoeveelheid. De knellende banden verslapten. De wind huilde.

'Weet je,' zei hij, 'je kunt zo gewend raken aan de stilte, dat het pijnlijk is om weer muziek te horen.' Door de wind kon Loyal zich niet herinneren welke muziek hij ooit gehoord had.

De wind werd alle muziek die ooit gemaakt was. Muzikale herinneringen liet hij niet toe. Loyal probeerde zich de melodie van 'Home on the Range' te herinneren, maar de wind nam alles weg. Hij jankte met drie verschillende stemmen tegelijk: hij gierde met opeengeklemde kaken rond de hoeken van de hut, rond de houtstapel, de nacht in en terug in een enorme cirkel van gehuil.

Ben plensde whiskey in de gebarsten glazen.

And the skies are not cloudy all day, neuriede Loyal in zichzelf, aansluitend bij de sombere melodie van de wind.

'Ik ben een overlevende van een uitstervend ras, de amateur-astronoom.' De stem bulderde. 'Ik hoor bij geen enkele universiteit. Ik ben niet afhankelijk van het publiceren van artikelen vol onbegrijpelijke mathematische formules om in het leven vooruit te komen. Ik ga nooit naar bijeenkomsten van het Nationaal Comité voor Astronomie. Maar ik betaal ervoor! Ik betaal een prijs voor mijn vermogen om vrij te denken! Mij wordt geen tijd toegekend aan een van de grote telescopen! Door mijn amateurstatus heb ik daar geen toegang! (Academici staan jaren in de rij om ze te mogen gebruiken.) Ik zorg dat ik tevreden ben met dat wat mij ter beschikking staat, wat hen niet ter beschikking staat. En ik heb op bescheiden schaal succes geboekt. Maar de dag komt – en mogelijk is hij al aangebroken – dat er geen plaats meer is voor de amateur-astronoom, dat hij nog slechts de maan mag aanwijzen op barbecuefeestjes in achtertuinen of jaloers mag klappen voor de prestaties van technologische-bijstandtrekkers. Klinkt dat als wrange druiven? Absoluut niet. Niets heeft me ervan weerhouden de academische weg te kiezen. Behalve misschien de depressie, de oorlog en mijn kleine hobby. Lang geleden. Ik heb deze kleine hobby al zo lang. Ik was al aan mijn doctoraal bezig en al aardig op weg, maar die ouwejongens-krentenbroodachtige coteriegeest, daar, vrat aan me als zuur. Snap je wat ik bedoel? Van die lui die golf speelden. En uiteraard was ik toen al een zuiplap. Ik haatte de klappen op de schouder, de vriendendiensten, de interne vetes en het donkerbruine gekonkel. Ik heb vijf jaar bij de marine gezeten, waar dit soort duivelse toestanden natuurlijk absoluut niet voorkomt. De heilige marine! Toen ik eruitkwam, was ik klaar voor iets nieuws, dus trouwde ik met Vernita, geheel bereid de echtgenoot en vader te spelen. Het waren geen van beide glansrollen. Wat me gered – of geruïneerd – heeft, was een erfenis. Daardoor kan ik me veroorloven te zijn wat ik in werkelijkheid ben, een humeurige alcoholist, die incidentele momenten van zulke luciditeit heeft dat hij de werking der dingen ver en diep doorziet, de klokken der hemelen, het triviale getouwtrek van mannen en vrouwen.' De rode mond bewoog zich rond de woorden, zijn brein beefde in zijn schedel.

'Loyal, mijn vriend, wij begrijpen elkaar, jij en ik. We maken er een donders goed observatorium van.' De hand schonk in, het gezicht spleet open in het eierdooierkleurige licht. De schaduw van de deur wees de kamer in, de kamer viel in een kuil.

'We verliezen de hemel, of eigenlijk hebben we hem al verloren. De meeste mensen op aarde zien niets anders boven zich dan de zon, die hen door zijn gunstige ligging een kankerbruin vel geeft en prima golfdagen. Die stomme heikneuters weten niets van de Magelhaense Wolk. Ze kennen de Paardekopnevel niet, de kringen rond Saturnus die op metalen ringen rond de hals van een Beninse prinses lijken, de enorme zwarte gaten van geïmplodeerde materie, een soort afvoergoten in de ruimte, het golvende licht van pulsars, ontploffende zonnen, de ongelofelijk zware dwergsterren, de rode reuzen, de uitdijende sterrenstelsels. En dan heb ik het niet over het jingoïstische busreisje naar de maan of hondjes die in gewichtloze capsules in het planetaire puin rondzweven, de banale en dure klappen die de puddingmogendheden uitdelen. Moet je je voorstellen, Loyal, mogendheden als puddingen. Nee, met de bestudering van het heelal leg je de vreemdste en meest exotische werkelijkheden bloot die de menselijke geest ooit kan bevatten. Niets schijnt onmogelijk in de ruimte. Niets is onmogelijk. Alles is vreemd en wonderlijk in die niet-menselijke leegte. Daarom zoeken astronomen altijd alleen elkaars gezelschap, omdat niemand die mysteriën heeft aanschouwd zoals zij. Ze scheppen een ziekelijk plezier in exploderende sterren, in een galactische dood. Ze weten dat het vage licht van een ster, voordat het door onze vieze, vervuilde lucht heen dringt, duizenden jaren onderweg is geweest naar dit moment.'

Often at night, when the heavens are bright, dacht Loyal, maar hij luisterde ook.

'Kijk naar de hemel en je kijkt in de tijd, niets wat je ziet is het heden; het is allemaal zo ver, zo oud, dat de menselijke geest siddert en slinkt als hij in de buurt komt. Kijk, uitsterven is het lot van alle soorten, ook de onze. Maar voordat we gaan, vangen we misschien nog snel een glimp op van een verblindend licht. Ik voel... ik voel...' Hij stopte. De huiverende stem haalde zichzelf in, werd een fluistering.

'En dan nog wat. Er is iets raars met jou. Er is iets volkomen verknipts aan jou. Ik weet niet wat het is, maar ik ruik het. Je trekt ongeluk aan. Je bent een verliezer. Je staat volslagen uit het lood. Je rent hard, maar je komt nergens. Volgens mij heb je het niet makkelijk.' Hij keek Loyal aan. Zijn oude zwarte ogen keken Loyal aan. Gele rechthoekjes, weerspiegelingen van de openstaande deur, nodigden hem uit naar binnen te stappen. Loyal haalde diep adem, exhaleerde. Begon iets te zeggen, stopte. En begon opnieuw.

'Ik kan er goed tegen', mompelde hij. 'Het gaat best redelijk. Ik heb wat geld gespaard. Wat wil een mens verdomme nog meer?'

Ze zaten in het donker, terwijl het overvloedige abrikooskleurige licht de verspreid in de verte liggende rotsen in vuur en vlam zette.

'Een andere keer', zei Ben. 'Hier, neem nog een slokje troostwater.'

De wind was uitgeraasd. De ochtendhemel was als van blauw glas, de hoekpalen van de hut raakten het harde uitspansel. Gooide hij er een steen tegenaan, zou het breken, blies hij er zijn whiskeyadem tegenaan, zou het smelten. Een adelaar trok een grote cirkel onder de koepel. Een strook kwinkelerende veldleeuweriken. Hij urineerde op een vijgcactus. De hemel draaide om hem heen. Hij zag het geschitter van zijn water, de flonkering van glas. Ben, die naast hem heen en weer zwaaide, zijn gezicht ingedeukt alsof hij er een klap op had gehad. Zijn kunstgebit op tafel.

'Vrouwen', zei Loyal. 'Ik kan niet tegen vrouwen.'

Ben zei niets, vertrapte een polletje vlooienkruid. Het giftige water spoot schoksgewijs uit zijn gehavende blaas. Zijn blinde, dronken ogen keken dwars door de glazen lucht heen, zagen de zwarte chaos achter de misleidende gloed.

'Het is... Ik stik – als bij een zware astma-aanval – als ik te dicht bij ze in de buurt kom. Als ik in ze geïnteresseerd raak. Snap je. Door iets wat lang geleden gebeurd is. Wat ik gedaan heb.' De grond lag bezaaid met gebroken glas. Hij zag stengels en bladeren van glas, ronde, breekbare stengels van rood glas, insekten als druppeltjes gesmolten glas, uithardend in de massieve lucht, het op ruw glas lijkende grind onder zijn voeten. Hij was blootsvoets. Hij zag de korst tussen zijn tenen, het verslappende vel van zijn onderarmen, de als gevolg van goedkope laarzen ingegroeide teennagels.

'Ik zie hoe je je op moeilijkheden stort. Jezelf straft met werk. Hoe je nergens komt, enkel ergens anders. In jou herken ik een lid van de club. Ik kan me niet voorstellen dat jij ooit naar een zieleknijper zou stappen.'

Slap geouwehoer. Hij had kunnen weten dat Bens strottehoofd opengereten was door het glas dat hij gisteravond genuttigd had. Hij voelde hoe het ook in zijn eigen keel en longen sneed. Jezus, zijn keel voelde aan alsof hij vol bloed zat. 'Nee. Geloof ik niet in. We worden op verschillende manieren vernachelt in het leven, maar ieder krijgt zijn deel. Ieder krijgt zijn deel, zo zie ik dat. Je krijgt klap op klap, en op een dag ga je onderuit.'

'Oh, ja? En jij vindt dat je gewoon steeds overeind moet komen, net zo lang tot je niet meer overeind kùnt komen? Dat het gewoon een kwestie is van hoe lang hou je het vol?'

'Zoiets ja.'

Ben lachte tot hij ervan moest kokhalzen.

31 Zwier Nipple

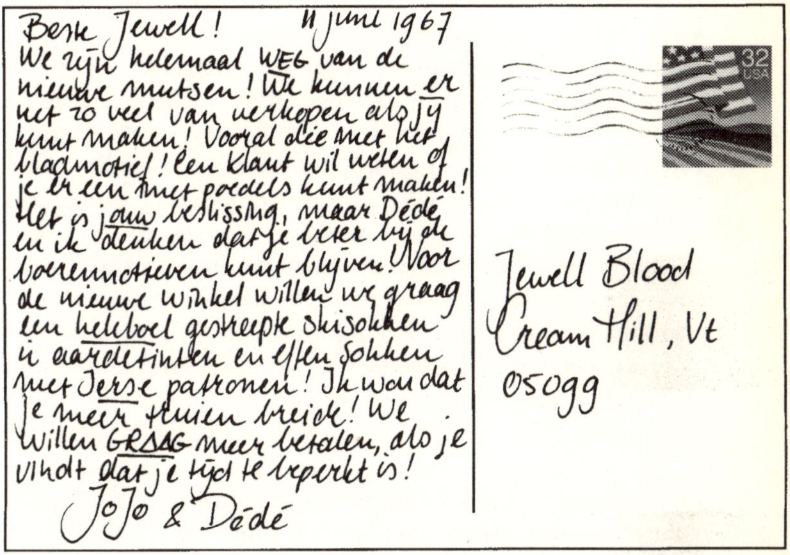
Beste Jewell! 11 juni 1967
We zijn helemaal WEG van de nieuwe mutsen! We kunnen er niet zo veel van verkopen als jij kunt maken! Vooral die met het bladmotief! Een klant wil weten of je er een met poedels kunt maken! Het is jouw beslissing, maar Dédé en ik denken dat je beter bij de boerenmotieven kunt blijven! Voor de nieuwe winkel willen we graag een heleboel gestreepte skisokken in aardetinten en effen sokken met Jerse patronen! Ik wou dat je meer truien breide! We willen GRAAG meer betalen, als je vindt dat je tijd te beperkt is!
JoJo & Dédé

32 USA

Jewell Blood
Cream Hill, Vt
05099

Van achter het raam waaraan ze in haar stacaravan de tafel had staan, keek Jewell uit over het caravanpark beneden haar. Als ze het blauw gebloemde gordijn voor het badkamerraam opzij trok, kon ze het oude, inmiddels door zijn knieën gezakte huis zien. Het dak was vorige winter doorgezakt onder een vracht sneeuw. Ott wilde het in de fik steken, noemde het een doorn in het oog, die, zoals het daar als een houten klif boven de pastelkleurige cocons uittorende, het caravanpark een lelijk aanzien gaf, maar ze kon het niet loslaten, hobbelde 's zomers nog iedere dag op het achtererf rond om de oude perken te verzorgen, hoewel de bosmarmotten en herten er samen met het onkruid binnendrongen en veel schade aanrichtten. Haar enkels zwollen zo op. De tuin wil terug naar zijn natuurlijke staat, dacht ze.

'Het grootste deel van mijn volwassen leven ben ik in de weer geweest om die tuin precies zo te maken als ik hem hebben wilde en ik ben vooralsnog niet bereid hem over te laten aan de natuur. Het enige wat ik hier nodig heb, is een jongen die een paar klemmen rond het hek zet. Ik heb die grote, dikke vrouw uit het caravanpark, Marla Swett, gevraagd of ze geen jongens kende die klemmen konden zetten, maar ze zei nee. Ik vermoed dat er geen klemmen meer gezet worden vandaag de dag. Loyal en Ronnie waren altijd bezig klemmen te zetten, zelfs toen ze klein waren. Loyal verdiende goed geld met het bont. En wat ik daar boven ook goed zou kunnen gebruiken, is een paar kruiwagens goed rijpe kippe- of koeiemest. Een tuin heeft gewoon wat mest nodig, maar je moet eens proberen Ott zover te krijgen dat hij eraan denkt om het mee te nemen. Niemand hier houdt nog koeien of kippen.'

Haar perken waren geslonken. Ze kweekte nog wel tomaten en bieten en andere tuingewassen, maar geen aardappelen en maïs meer.

'Kan het net zo goed kopen. Als ik een bushel maïs koop, heb ik meer dan genoeg, kan ik *succotash* maken en maïspuree voor maïssoep.[8] Als Ray en Mernelle komen, brengen ze altijd een stuk of tien verse kolven mee van een of ander stalletje langs de weg. En een paar jonkies uit New Jersey, die in het oude huis van Perish zijn getrokken, hebben de afgelopen paar jaar Silver Queen verbouwd. Als ze niet uit elkaar gaan, wat, naar ik hoor, tot de mogelijkheden behoort, en als we geen koele zomer krijgen, kan ik gewoon bij hen blijven kopen.'

Ze sjouwde wat groenten mee naar de conservenfabriek, waar ze haar toestonden ze met de overige lading in te blikken. Ray en een van de mannen van de houthandel kochten een vrieskist voor haar en zetten hem in de logeerkamer, de extra slaapkamer, die ze nooit gebruikte, maar die ze aanhield voor het geval Loyal thuiskwam. Twee jaar probeerde ze het, maar in maart vond ze de groenten niet lekker meer, dan zaten ze vol ijskristallen. Ze ging ze weer wecken en omdat ze geen kelder of voorraadkast had, bewaarde ze de potten in de uitgeschakelde vrieskist. Maar haar rundvlees en kip, die, klaagde ze, geen smaak hadden, kocht ze bij de IGA.

'Mernelle, weet je nog hoe lekker die hennen waren, die we hielden? Ik kan ze nog zo proeven, van die grote braadkippen van zeven, acht pond, knapperig en bruin op de schaal met een lekkere broodvulling. Als je ze rook, begon je al te watertanden. Wat ik zelf kookte heb ik toch altijd het lekkerst gevonden, ik mis het gewoon, alles wat we op de boerderij verbouwden. Neem nou het rundvlees. Je vader hield ieder jaar twee stierkalveren apart voor de slacht. We hadden twee slachtdagen, een in oktober en een begin december, de hele depressie lang; in een tijd dat veel mensen honger leden, maakte ik rundvlees in. Ik weckte het. Soms maakte ik runderstoofpot en dan maakte ik die in. Niets zo mals en lekker als zelf ingemaakt rundvlees. Is voor geen geld te koop. Daar kan niks aan tippen wat smaak betreft. Hertevlees idem dito. Deden we altijd met hertevlees, inmaken. Loyal en Dub en pa zorgden altijd dat we ruim voorzien waren van hertevlees. Als mensen, nieuwkomers met name, vandaag de dag een hert schieten, wat doen ze? Ze snijden hem op in wildbraad en -biefstukken en klagen dan dat hij taai is, of te vet. Ze stoppen hem in de ijskast. Wordt-ie taai van, zou ik zeggen. Zoals wij het deden, was het vlees altijd mals als boter, en als je het een tijdje op een koele plek liet staan voordat je het weckte, kon je het vet er zo afschrapen.'

De caravan, met zijn handige hoekjes en kasten, beviel haar best. Maar soms dacht ze terug aan de oude keuken, zeven stappen van het aanrecht naar de tafel, heen en weer, de hele dag. Het was Rays idee geweest dat ze een caravan zou moeten hebben met een klein oliekacheltje en sanitair en elektriciteit, in plaats van te proberen het oude huis warm te stoken, waar de wind doorheen kierde en ze voortdurend met hout moest slepen. Het was alsof ze bij iemand logeerde als ze 's ochtends wakker werd in het smalle bed met de gebloemde lakens en het zonlicht zag, dat als een handvol gele linialen door de jaloezieën viel, in plaats van het gescheurde rolgordijn met zijn lompe verstelplekken en gaatjes als minuscule sterren. De Schots geruite bank had glanzende armleuningen en een bijpassende stoel op een draaivoet, waarin je comfortabel achterover kon leunen. De stoel stond voor de televisie, die Ray en Mernelle voor haar gekocht hadden en die ze aanzette als ze in de keuken stond te koken of als ze zat te breien, enkel voor het gezelschap, hoewel het blikkerige geluid van de stemmen je er voortdurend aan herinnerde dat het geen echte mensen waren. Ze was blij met het roestvrij stalen aanrechtje in de keuken, het handige ijskastje met de laatjes voor ijsblokjes, die ze alleen gebruikte als Mernelle en Ray op bezoek waren; 'Ik gebruik nooit ijs', zei ze. Loyals ansichtkaarten met de beren erop lagen in een sigarendoos in de kast. Heel af en toe kreeg ze er nog wel eens een. Het enige minpunt was de geur van de caravan. In het oude huis had ze nooit iets geroken tenzij er iets stond aan te branden of Mernelle een grote bos seringen had meegebracht, maar hier hing zo'n hoofdpijnlucht, als van dat spul dat gebruikt werd om vloertegels te lijmen. Volgens Ray was het de isolatie.

'Wat het ook is, het zal ooit wel overgaan. Wat niet te verhelpen is, moet je verdragen.' Ze kon altijd buiten wat frisse lucht gaan happen.

Drie dagen per week reed ze naar de conservenfabriek en werkte op de snijafdeling. Soms vaker, als er een spoedbestelling was. Toen ze waren overgegaan op automatische snijmachines met allerlei instelmogelijkheden en verstelbare bladen, had ze de nieuwe machines sneller leren bedienen dan wie ook. De voorvrouw, Janet Cumple, was verrukt geweest.

'Moet je zien hoe goed Jewell het al onder de knie heeft', had ze ten overstaan van de anderen gezegd. Jewell kon zich niet herinneren wanneer iemand haar voor het laatst een complimentje had gemaakt. Ze was rood aangelopen en zenuwachtig geworden toen iedereen naar haar keek, had aan Marvin moeten denken, de dode broer, die ooit tegen haar gezegd had dat ze een slimme meid was omdat ze nadat hij het zoeken had opgegeven zijn zelfgemaakte honkbal – een koeievel om een prop elastiekjes genaaid – in het hoge gras had gevonden. Ze kon niet ouder dan vier geweest zijn.

De rest van haar tijd gebruikte ze om in de moestuin te werken, om mutsen en truien te breien voor de skishop en om rond te rijden.

'Het probleem is, ze willen dat ik die ouderwetse effen wol gebruik – ze is niet eens regelmatig gesponnen, er zitten klevers in en hooizaad – in plaats van die mooie kleuren die je bij de Ben Franklin kan krijgen. Waar ik in kan komen, is dat je wol gebruikt in plaats van acryl; acryl heeft niet dezelfde veerkracht en het zakt uit, maar een beetje kleur kan toch geen kwaad. Al dat grijs en bruin en zwart maakt het saai om aan te werken. Dus blaas ik stoom af in de truien voor Ray.' Dub in Miami wilde niets van wol weten. Hij had foto's van zichzelf gestuurd, waarop hij golf speelde in een korte broek en een gebloemd hemd. Zijn kunstarm zag er heel echt uit, hoewel de kleur wat rozer was dan zijn gebruinde rechterarm. Maar Ray kreeg ieder jaar voor Kerstmis een trui van haar met een patroon in opzichtige kleuren en dessins, hoekige gele bliksemstralen die zijn hele torso omcirkelden, rode vliegtuigen die over een kobaltblauwe borst scheerden, eindeloze rijen rendieren die over kastanjebruine en oranje mouwen marcheerden. Hij paste ze, prees ze en gaf hoog op van de verfijnde details, terwijl Mernelle haar ogen bedekte en jammerde: 'Nee, oh nee, ik vind hem vreselijk.'

De eendetrui. Tijdens een van haar excursies, op een winderige oktoberdag, was ze langs het meer gereden, zo'n honderdtwintig kilometer ten westen van haar woonplaats, en op een kerkbazaar gestuit in een lelijk dorp met verspreid liggende huizen. Twee vrouwen worstelden met een schoolbord; de een probeerde er met een touwtje posters op te binden, terwijl de ander stenen rond de poten stapelde om hem overeind te houden in de wind. 'TAART- & ROMMELMARKT. Ten bate van de gemeentekerk in Mottford'. Net voorbij het bord zag ze een plekje waar ze kon parkeren.

Het gebak was niet zoals vroeger. In plaats van brownies, vierkante chocoladecake in het bakblik, appeltaarten, haverkoekjes en zelfgebakken brood lagen er kant-en-klaar-taarten met drie keer zoveel glazuur als nodig was en muizehapjes van havermout en noten. Op de rommeltafels lagen dezelfde versleten keukenspullen als altijd, beeldjes van slavenmeisjes bedekt met glitter, houten doosjes en kapstokjes. Het borduurwerk leek geheel te bestaan uit nooit gebruikte theedoeken, geborduurd met windmolens, die sinds de jaren twintig in een motteballenkist hadden gelegen, lichtgele, gehaakte beddespreien zo ruw als prikkeldraad en slabbetjes met eeuwenoude appelmoesvlekken. De baby's moesten inmiddels volwassen mannen en vrouwen zijn.

Een grote vierkante rieten mand met deksel. Die trok haar aandacht. De mand reikte tot haar middel, ze tilde het deksel op en keek erin. Hij zat vol garen in honderden kleuren en diktes; fijn, handgesponnen linnendraad, handgeverfde strengen wol, het donkergroen van stekelnoot, het rood van meekrapwortel, indigo, het bewolkte grijs van walnoten, gouden duizendknoop. Rijkere, subtielere kleuren dan ze ooit gebruikt had. Hoe dieper ze graaide, hoe meer schatten ze vond, een tere kleur die haar aan wintertalingen deed denken, en meteen zag ze de trui voor zich, in zijn geheel, met de eenden die in vele kleuren tegen een donkere achtergrond zwommen, en om de paar steken zou ze een kattestaartje achter de eenden inbreien.

'Die wol is van de oude mevrouw Twiss geweest, die is in juli gestorven en de familie wil alle spullen kwijt', flapte de vrouw eruit. Ze had langwerpige, ingevallen kaken en een kommervolle stem, die aan gebeden deed denken. 'De belangrijkste reden dat we deze rommelmarkt houden, is om haar spullen te verkopen. Totdat meneer Twiss doodging, hebben ze schapen gehouden en toen zat zij nog met al die wol. Daar maakte ze kleden van op een weefgetouw. Persoonlijk vond ik er niet veel aan – geef mij maar mooi effen nylon tapijt – maar ik geloof dat veel mensen ze kochten, vooral zomergasten. Breien deed ze ook. Dit was haar breimand.'

'Wat wilt u ervoor hebben?' Jewell wilde de mand dolgraag hebben, ze had al haar zinnen erop gezet.

'Vijf dollar? Of is dat bezwaarlijk? Het zijn grotendeels restjes. Voor sokken of zo is het misschien nog best te doen.'

Ze moesten de mand met zijn vieren naar haar auto dragen en omdat toen de bagageklep niet meer dicht kon, moest ze die vastbinden met touw dat ze leende van de vrouw die de poster aan het vastbinden was. Ze noteerde haar naam en adres en stuurde het touw de volgende dag terug met een bedankje.

In de vroege juniochtend liep Jewell naar het aardbeienperk achter het op instorten staande huis en trok de netten van de donkere rijen af. Zo zou ze een voorsprong hebben op Mernelle. De rijen waren overwoekerd door kweek en er had een of ander beest onder het net gezeten dat alle aardbeien van de buitenste planten had afgegeten. Ze kon zich ergere dingen herinneren: de hagelstorm die er binnen vijf minuten aardbeienjam van had gemaakt, de losgebroken koeien die alle planten hadden vertrapt. Ze legde haar stukje vloerbedekking op de koele aarde en begon te plukken, waarbij ze de volle mandjes steeds in de schaduw van de rabarberbladen zette. Het werd snel warmer, de doorstoofde aarde glinsterde in de trillende hitte. Tegen de tijd dat Ray Mernelle afzette, had ze alle rijpe aardbeien uit het perk geplukt en het net teruggelegd voor de volgende pluk, over een paar dagen. De kloven in haar vingers zaten vol zwarte aarde.

Ze ging in een aluminium kampeerstoel in het rechthoekige schaduwplekje achter de caravan zitten, Mernelle twee meter verderop, in de zon. De goudsbloemen straalden. Mernelles armen en benen waren zo bruin als walnotedoppen. Ze had haar lange zwarte haar getoupeerd en losjes in een wrong gedraaid. Ze droeg een oranje bodysuit. En had het hoogste woord. Maar ze was goedgemutst.

'Ik ga zo'n aardbeienrabarbertaart voor Ray maken, als ik wat van jouw rabarber mag hebben. Ray kan een hele taart in één keer op.'

'Ik kan hem geen ongelijk geven. Je maakt heerlijke taart. Neem maar zo veel rabarber als je wilt. Er is meer dan genoeg. Aardbeien ook. Ik moet volgende week nog een keer plukken. Het zijn er dit jaar zoveel, dat ik niet weet wat ik ermee aan moet. En ik ben er ook niet meer zo gek op, lijkt wel. Vroeger at ik iedereen onder tafel met aarbeientaartjes. Met jam. Of gewoon aardbeien met slagroom.' Jewells vingers zagen rood tot aan de knokkels van het ontstelen van de volle vruchten.

'Heb je ze gewassen, ma?'

'Ik heb ze onder het kraantje achter het huis afgespoeld. Je ziet toch dat ze nat zijn.'

'Ik zie wel dat ze nat zijn, maar ze voelen zo zanderig aan.'

'Dan heb je waarschijnlijk die van onder uit de mand. Dub. Dub was de enige van jullie die niet tegen aardbeien kon. Hij kreeg er uitslag van, netelroos noemde je oma het. Ouwe Ida. Elk soort uitslag noemde ze netelroos. Muggebeten? Noemde ze muskietnetelroos. Kwam je in de brandnetels terecht, had je een aanval van brandnetelroos. Als je vader terugkwam van het gaffelen in de hooiberg met al dat kaf in zijn nek, dat jeukte als een gek, weet je wat dat was, dat was hooinetelroos. De eerste keer dat ik dat hoorde, barstte ik in lachen uit. "Hoi, Mink heeft hooinetelroos!" Toen heeft ze een hele tijd niets meer tegen me gezegd. Dat was voordat we getrouwd waren. Ik vond haar echt zo'n ouwe kip. Zei ze, zo heel uit de hoogte: "Ik vind het geen pas geven om de spot te drijven met iemand om wat hij zegt." Maar ze had ook heel wat te verduren. Matthew was echt een ouwe zuurpruim. Chagrijnig! Daar had je vader het van, dat chagrijnige, en Loyal ook, als je het mij vraagt. Ik heb hem een keer je oma iets zien vragen, ouwe Matthew, iets onbelangrijks, waar iets lag en of zij het gezien had. Ze stond net op dat moment met wat pannedeksels te rammelen, dus ze hoorde hem niet. Ze werd een beetje doof toen ze ouder werd. En ze raakte ook haar haar grotendeels kwijt. Ze droeg altijd een valse vlecht boven op het hoofd, die een andere kleur had dan de rest. Een soort roestbruin. Het viel helemaal verkeerd, dat ze hem geen antwoord gaf, hij werd woest. Greep een pot tomaten, die ze op de plank had staan om ergens in te doen, en keerde hem om, zodat alles op de grond liep. Pas toen ze de harde klap vlak achter zich hoorde en de nattigheid op haar benen voelde, wist ze dat er iets aan de hand was; ze draaide zich om en zag haar schone keukenvloer bezaaid met tomaten en glas, en ouwe Matthew met een opgeblazen rode kop als een kalkoense haan. Ja, die meiden van vroeger hadden heel wat te verduren. Een scheiding werd als iets tamelijk dramatisch beschouwd, dus ze slikten een hoop, dingen die geen enkele vrouw vandaag de dag zou slikken.'

'Wat was er met mevrouw Nipple aan de hand? Je hebt me nooit willen vertellen wat haar overkomen is. Terwijl je het wel weet.'

'Maar ik moet zeggen, Ida was een kei op het gebied van toetjes. Maakte frambozenschuimtaart voor zondagavond, daar viel je mond zowat van flauw, zo lekker. Appelfeuilleté, geglazuurde cake. En ijs, als ze de jongens zover kreeg om aan de slinger te gaan staan. Ze maakte rabarberijs. Ik weet dat het raar klinkt, maar het was heerlijk. Ook van de Concorde-druif maakte ze ijs. Als de druiven het redden. Als ze niet laat in de lente kapotvroren.'

'Draai er nou niet omheen, ma. Dat heb ik allemaal al tien keer gehoord. Hoe zat het nou met mevrouw Nipple?'

'Ze heeft een zwaar leven gehad, toch is ze nooit haar gevoel voor humor kwijtgeraakt, ik snap niet hoe ze het voor elkaar kreeg.' De donkere aardbeienzuil in de schaal werd steeds hoger. De hoedjes met hun wit gevlekte onderkant lagen rondom hen in het gras, waar ze lukraak waren neergegooid. 'Ik had niet graag met haar willen ruilen. Vaak zei ik bij mezelf: "Ik heb het, God zij dank, niet zo beroerd als mevrouw Nipple." Maar misschien was ik uiteindelijk niet beter af. Raar, hoe de dingen kunnen lopen. Het leven wendt en keert zich als een hond met een zere plek op zijn achterwerk, waar hij in bijt om van de pijn af te komen.'

'Een smakelijk beeld, ma.' Mernelle had zin om haar handen in de aardbeien te steken, ze met handenvol tegelijk omhoog te brengen en dan te knijpen totdat het sap langs haar armen liep. Een even onverklaarbare wens als haar verlangen naar kinderen. We hebben toch een hond, dacht ze cynisch.

'Tja.'

'Mevrouw Nipple.'

'Waarschijnlijk herinner je je haar man, Zwier, niet meer; hij is gestorven toen jij een jaar of vijf, zes was, maar het was een grote, knappe man toen hij jong was. Steil, bruin haar dat op een bepaalde manier over zijn ogen viel, mooie ogen met donkere wimpers, een soort aquamarijn van kleur.'

'Gek, maar zijn ogen kan ik me herinneren. Het was een dikke, ouwe viezerik en ik was nog maar een ukkie, maar zijn ogen kan ik me herinneren. Die maakten indruk. Een vreemde kleur.' En ze herinnerde zich hoe de oude man zijn hand over haar billen had laten glijden toen ze in de stal op de ladder stond. Ik zal je een zetje geven, had hij gezegd, en toen de warme vingers.

'Toen hij jong was, was het een grote vent, een bijdehante donder, de schrik van de dansvloer. Toen was hij nog geen dikke viezerik. Hij was knap. Hij maakte grappen, was goedlachs en kon met iedereen goed opschieten. Alle meisjes waren weg van hem. Noemden hem Zwier omdat hij, als hij aan de rol was geweest, altijd zei: "Ik ben geloof ik weer aan de zwier geweest." Hij trouwde met mevrouw Nipple, die toen uiteraard nog Opaline Hatch heette. Maar daarna mevrouw Nipple, en niemand begreep er ene snars van want hij ging gewoon door alsof hij helemaal niet getrouwd was, hij had vriendinnen, ging iedere avond uit. Mevrouw Hatch, Opalines moeder dus, had voor iedereen een gulle lach op de bruiloft. Maar ongeveer drie maanden later werd Ronnie geboren, dus we hadden wel enig idee wat hen samengebracht had. Vreemd genoeg werd ze nooit kwaad op hem om zijn rokkenjagerij. Als hij stomdronken thuiskwam met een lucht om zich heen alsof hij zich in braaksel en parfum had gewenteld, maakte zij iets voor zijn maag en verontschuldigde hem de volgende dag bij degene voor wie hij werkte; dat was voordat ze de boerderij betrokken. Die boerderij had ze van haar ouders geërfd. Zwiers ouders hadden geen nagel om hun kont te krabben. Hij raakte heel erg op haar aangewezen. Ze begon te denken dat ze hem getemd had, dat haar leven ten slotte in rustiger vaarwater was gekomen. Misschien dacht hij dat ook wel. En dat was het moment waarop het een wending nam en begon te bijten.'

De naakte, bloedende aardbeien lagen in de besmeurde schaal. Jewell pakte een volgend mandje en zette het op haar schoot. Haar vingers schoten naar de aardbeien, plukten er wreed knijpend de kroontjes af.

'Wat er gebeurde, was dat hij rond zijn vijf- of zesenveertigste prostaatkanker kreeg. De dokter zei: "We kunnen het gezwel wel verwijderen, maar dan wordt u impotent. We kunnen het ook laten zitten, maar dan hebt u nog zes maanden tot een jaar te leven. U moet een keus maken." Hij besloot zich te laten opereren. En hij werd inderdaad impotent. Hij was het soort man, snap je, voor wie dat het belangrijkste in zijn leven was. Hij werd volstrekt gevoelloos, toen. Hij wilde zelfs zijn arm niet meer om mevrouw Nipple heen leggen, maakte geen grapjes meer met de dames, zoals voorheen. Wilde geen van hen meer aanraken, niet uit tederheid en niet uit vriendschap. Het was alsof hij over zijn hele lijf impotent was geworden. Aanraken was voor hem onlosmakelijk verbonden met seks, snap je. Toen begon hij over zelfmoord. Daar praatte hij met haar over onder het eten. Hij wilde eerst haar doden en dan zichzelf. Wilde haar meenemen. "Vanavond", zei hij dan, terwijl ze aan de sperziebonen en de hamburgers zaten. "We doen het vanavond." Altijd onder het eten. Dat hield hij zes jaar vol. En zij bleef voor hem klaarstaan, dat moet ik haar nageven. Zonder toe te geven en hem haar te laten doodschieten, maar ze bleef voor hem klaarstaan. Ten slotte heeft hij zichzelf opgehangen. En daarna is Ronnie teruggekomen naar de boerderij. Hij heeft nooit kunnen opschieten met Zwier en heeft vanaf zijn veertiende ongeveer bij zijn tante gewoond. En ik had zo met haar te doen omdat haar leven zo'n afschuwelijke wending had genomen. En toen mij hetzelfde overkwam, voelde ik me... Ik weet nog steeds niet hoe ik me voelde. Maar ik weet één ding. Je bent er nooit klaar voor als het leven een kwade wending neemt en je naar de strot vliegt.'

Mernelle hield een aardbei in haar hand. Haar vingers sloten zich, ze kneep. Ze wierp de smurrie in het gras en staarde naar haar rode handpalm.

32 Pala

18 juni '67
Lieve ma, Over een paar weken
krijg jij en Mernelle en Ray een
uitnodiging voor een trouwerij. juist,
ja! De mijne! Ze heet Pala Suarez.
Ze is mooi en slim. (Ik leer veel!)
Komt oorspronkelijk uit Cuba. Ook
in de makelaardij, maar met andere
connecties. Jonger dan ik maar 'n
goed stel hersens. Jullie moeten
allemaal komen en bij mij op
Biscayne logeren. Ik stuur 't
geld voor een vliegticket voor jou, ma.
Details volgen per brief.
Je zoon, Marvin E. Blood.

Mrs. Jewell Blood
RFD
Cream Hill, VT.
05099

Ze wist precies wat ze wilde. Als hij naar haar ivoorkleurige gezicht, haar zwarte, ovale ogen keek, voelde hij zich altijd weer een dwaas. Ze had stevige, korte armen, als alle Cubaansen, en een scheve neus, maar ook een koel vernis, waar hij dol op was. Wat hem in haar aantrok, waren haar druk gesticulerende handen als ze praatte, de rappe stem.

'Ik wil deze secretaressebaan om meer te leren over de makelaardij. Ik wil het tot in de finesses onder de knie krijgen, me de namen en ideeën van de grote investeerders in New York eigen maken, zien hoe je dingen in gang zet.' Hij knikte. Ze wilde zijn geheimen weten.

'Maar over een jaar ben ik aan een hogere positie toe. Ik ben heel ambitieus.'

'Dat is wel duidelijk, juffrouw Suarez. Naar welk soort onroerend goed gaat uw belangstelling uit, woonhuizen?' Vrouwelijke makelaars waren allemaal actief op de woningmarkt.

'Ik ben meer geïnteresseerd in de commerciële vastgoedsector: centraal opgezette projecten, waarin landschapsarchitectuur een belangrijke rol vervult en waarin hotels, winkelcentra, jachthavens en diensten op een mooie, coherente manier met elkaar in evenwicht zijn. Open ruimtes met waterpartijen, planten, boulevards, restaurants met terrassen. Daarom heb ik hier gesolliciteerd. Ik heb stedelijke architectuur gestudeerd en heb bewondering voor veel van uw projecten. Spice Islands Park. Betoverend, die piramidevormige kantoren en die winkels rond plantsoenen vol geurige bomen. Die prachtige daktuinen, balkons vol bloemen. Alles in pasteltinten. Iedereen wilde daar onmiddellijk werken. De architect waarmee u werkte, ken ik goed. Dat is een neef van mij. Geen enkele andere Amerikaanse projectontwikkelaar zou het in zijn hoofd halen om een Cubaanse architect in de arm te nemen.'

Ze was zo serieus, dacht hij, zoals ze daar zat in haar grijze zijden pakje, enigszins naar voren geleund, met haar plompe handen ineengevouwen op haar knieën. Ze droeg het haar in vlechten, die losjes om haar hoofd gewonden lagen. Haar ivoorkleurige huid was een beetje ruw van oude acnelittekens; het gaf haar een stevig en interessant tintje, dat hij om een of andere reden associeerde met de naam Mercedes.

'Ik kan u ook goed van dienst zijn', zei ze. Daar was hij van overtuigd.

'Er wonen heel wat onzichtbare Cubaanse miljonairs in deze stad. Je hebt hier banken en bankiers, een hele gemeenschap die door het Amerikaanse establishment in deze stad genegeerd wordt. In die wereld hebben we onze eigen idealen en opvattingen, onze eigen televisie en radio, een bepaalde manier van doen, van denken, lopen en praten, eigen feestdagen, feesten en bals, liefdadigheidsinstellingen en onderwijsprogramma's, die uw wereld volkomen vreemd zijn. Ik kan uw brug naar die wereld zijn. Als u daarin geïnteresseerd zou zijn, uiteraard.' Ze was zo serieus.

'Nee', zei hij. 'Die secretaressebaan kan ik u niet geven. Maar ik realiseer me net dat ik iemand zoek voor de vacature "directeur interculturele marketing en ontwikkeling". Misschien wilt u daarnaar solliciteren.'

Toen ze lachte, zag hij, in de schitterend witte, scherpe tanden, in de gouden glimp van een kies, dat hij een piraat te pakken had.

33 Obregóns arm

Beste Mevrouw Rainwater,
u weet misschien niet wat uw
man uitvreet als hij de stad
uitgaat met die klaploper die
om hem heen hangt. Mensen
zo ryk als u motte de ge-
meenschap laten zien hoe
het hoort en geen lelijke
dingen doen in het openbaar
zoals wij hebben gezien. Er
zijn er hier veel die het
een schande vinden wat er
gebeurt. Als u slim bent
maakt u schoon schip.

iemand die het goed met
u voor heeft

Mrs. Vernita Rainwater
Last Stand Ranch
Vengeance
New Mexico

In de werkruimte hing een spiegel boven de gootsteen. Hij keek er alleen in om zich te scheren en naarmate de maanden verstreken, hadden zeepspetters, stof en vliegepoep zijn spiegelbeeld meer en meer vertroebeld, tot na de reis met Ben naar Mexico-Stad, een reis die hij niet uit enig eigenbelang had gemaakt, maar om Ben uit de goot op te rapen als hij viel. Hij was er erger aan toe geweest dan ooit.

Na twee weken kwamen ze terug. Hij hielp een trillende en zwijgende Ben door de keukendeur het grote huis in, leidde hem voorbij de vaatwasmachine, het hakblok, voorbij de heen en weer wiegende strengen chilipepers en knoflookbollen, de op hun kop hangende kruidenboeketten, de Spaanse ham met zijn schimmelige patina, die als een boksbal aan een zware smeedijzeren haak hing.

De kokkin stond voor de koelkast. Ze hield de deur wijd open, zodat de inhoud goed zichtbaar was: het vlees, de potjes Westindische chilisaus, Franse mosterd, olijven, kappertjes, pijnpitten, walnotenolie, literpakken melk en room, half lege flessen witte wijn, wasachtige kazen, andijvie en witlof, bruine pepers, grote blauwe druiven, de kippebouten.

'Piano', leek Ben te zeggen. Zijn stem trilde uit een verwoeste diepte omhoog. 'Piano.' Loyal kon langs hem de woonkamer in kijken, naar het op een bloedvlek op de muur lijkende schilderij.

'Hij zegt ook dat u nu weg moet gaan', zei de kokkin tegen Loyal. 'Mevrouw wil dat u weggaat. Ze wil dat u vertrekt. Ze willen allebei dat u weggaat.'

'Piano.'

In de werkruimte had Vernita, de kwallenbiologe, een totale transformatie bewerkstelligd, zag Loyal. Alles was geschrobt, meegesleurd als door een equinoctiaalstorm. De muren waren hardwit gekalkt, de vloertegels geschuurd, gedweild en gewreven tot ze spiegelden als rood water. Hij las de boodschap in de glans van de aluminium ketel met zijn tuit als een cherubijnemondje. Boeken en tijdschriften rechtgelegd op stofvrije planken, het bed afgehaald, het vensterglas zo schoon dat het de verte tenietdeed. Hij draaide zich langzaam om. De gordijnen bolden op, de lege gootsteen met de schitterend glanzende kranen erboven smachtte naar een zoete straal water.

Zijn blik trok naar de spiegel, een tunnel die uitkwam in een andere wereld. Hij had er lang niet in gekeken, zag zichzelf nog altijd als een jongeman met sterke armen, fijn zwart haar en felblauwe ogen. Zijn gezicht was ingevallen, zag hij. De blauwe spiegelrand omlijstte zijn harde trekken. De levendige blos en het snel oplaaiende vuur in de ogen waren gedoofd. Dit was de huid van een asceet, wiens hals nooit ontsierd werd door zuigzoenen, dit waren de strakke gelaatstrekken van iemand die veel tijd alleen doorbracht, onaangedaan door de loerende maskers van het sociale leven. Zijn blik veranderde niet als er vrouwen voorbijliepen. Het zou kunnen, dacht hij, dat die vonk inmiddels gedoofd was. Maar hij geloofde er niets van.

Binnen een uur was hij gepakt en met de auto op weg naar het noorden. De ouderdom leek hem bij de strot te hebben.

Maar de oude drang naar de boerderij was als de hitte van een afgedekt vuur, de tijd vergleed. Eenenvijftig jaar oud. Het zoeken naar erts, de caféavonden, de zomers dat hij met Bullet gegraven had, de klimtochten naar de bergpassen, waar hij zich door borsthoog struikgewas had moeten banen... zijn doen en laten was lange tijd dat van een banneling geweest. Hij had getracht het wankele evenwicht in zijn leven te bewaren, altijd balancerend tussen kortstondige vriendschap en abrupt afscheid. Hij dacht aan de nachten in het zand, de luid ruziënde woestijnvossen, de sterren, rondwentelende lichtpuntjes die kriskras hun baan volgden, de zuigende kern. En aan de huiveringwekkende uren met Ben in het observatorium, als ze sterresporen volgden met de camera en hij probeerde Bens gedachtensprongen over verre energie en imploderende materie te volgen. Maar zijn duizelingwekkende reis door gangen van galactisch ijs en kil, ver sterrenlicht konden de warmte van stal, keuken en fonkelende berg dierehuiden niet doen vergeten. Nooit was het boerderijgevoel hem dierbaarder dan wanneer Ben stomlazarus in donkere kroegen zat te kwijlen.

In Mexico-Stad, zwaaiend op zijn voeten voor het standbeeld van generaal Alvara Obregón, met Ben tegen hem aan hangend, werd Loyal overspoeld door het oude verlangen. Op een granieten voetstuk onder aan het standbeeld dreef de arm van de generaal in een verlichte pot formaldehyde. Het gele bot stak uit het vlees en in de hoek die het bot maakte, zag Loyal zichzelf op zijn rug op bed liggen, met zijn handen achter het hoofd en zijn ellebogen in de lucht.

Een dezer dagen zou hij dood wakker worden. En hij had nog niet eens een begin gemaakt met de boerderij, met het helen van zijn wonden door middel van aarde, tokkende hennen en een met modderige poten opspringende hond. Hij stelde zich een gezin met zilverachtige kinderen voor en warmte in bed, een stem in het donker, in plaats van de overweldigende sterren en het stille schrift van de indiaan.

Het lichaamsdeel dreef in een soort wondvocht, en starend naar de naakte ellepijp, besefte hij dat het rijkelijk laat was om voor zichzelf te beginnen, rijkelijk laat om een boerderij te kopen, om over de rest maar te zwijgen, maar hij wist dat hij òf iets moest doen, òf zijn geld in de kachel moest stoppen. Misschien zou het hem lukken. Misschien bewees Vernita hem een dienst. Waarom was hij eigenlijk zo lang gebleven?

Het lemen werkplaatsje, de ijskoude nachten, ze konden zijn rug op. En de stompzinnige uren dat hij aan Criddles zinken bar had gehangen tot Ben rijp was om te worden weggedragen.

34 Amarant

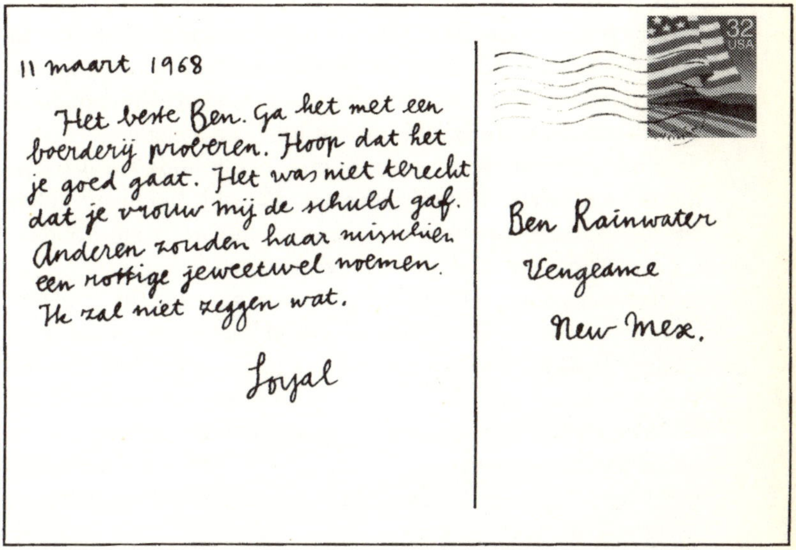
11 maart 1968

Het beste Ben. Ga het met een boerderij proberen. Hoop dat het je goed gaat. Het was niet terecht dat je vrouw mij de schuld gaf. Anderen zouden haar misschien een rottige jeweetwel noemen. Ik zal niet zeggen wat.

Loyal

Ben Rainwater
Vengeance
New Mex.

Daar zat hij dan, eenenvijftig jaar oud, in Noord-Dakota. De boerderij: een lap aarde, een tegen de wind in leunend huis met planken muren en kwijnende akkers, ingeklemd tussen vee- en suikerbietenboeren. Waarom kocht hij dit in godsnaam, vroeg hij zich af, terwijl hij de in schaapsleren jas gestoken man met de kwabbige gierenek de bankcheque toeschoof. Als een iriserende kever in een lucifersdoosje, zo zat zijn schuin aflopende akker met de kroon van gekaarde esdoorns in zijn geest gevangen, niet als dit benige vierkantje grond. Hij had trouwens nog geen flauw idee wat hij ermee wilde.

Een half uur later zag hij de man met de halskwab met zijn hoofd op het stuur van zijn auto geleund zitten, alsof hij even uitrustte voordat hij wegreed.

Hij kon er niet aan denken als zijnde zijn boerderij, daarom noemde hij het "de plek". En dat was precies wat het was, een plek. Hij wist nog niet wat hij ermee wilde, suikerbieten verbouwen, sojabonen, tarwe... de districtsvertegenwoordiger had het over de nieuwe soorten gehad, Durum, Carleton en Stewart, graan van goede kwaliteit en resistent tegen stengelbrand. De machines waren duur. Hij kon ook vee of varkens gaan fokken. In vee zat geld, maar je moest ervoor in de wieg gelegd zijn, vond hij. Hij had alleen verstand van melkveehouderij, akkerbouw, hooi, houthak, wat oogstbeheer. Maar daar was het de plek niet naar. Tegenwoordig ging het er anders aan toe in het boerenbedrijf. Terwijl hij erover nadacht, kocht hij vijftig zwart-wit gestreepte hennen. Hij kon pluimvee gaan houden. Of groene erwten of doperwten verbouwen.

Het was geen goede plek om te slapen, 's nachts, metalen bed, afgebladderd ijzer, over de grond sliertende lakens. Een oncomfortabel huis. Er lag altijd fijn gruis op het zeil, stof dat van de andere kant van de aarde was komen aanwaaien, bruine kringels die oprezen van de steppes van Midden-Azië en neersloegen op zijn vensterbanken. Het bord maakte een knerpend geluid op tafel. Hij had een hardnekkige kuch opgelopen; het stof irriteerde zijn keel.

Ergens in zijn achterhoofd had hij geloofd – maar toch ook weer niet – dat het boerenwerk hem op het juiste been zou zetten. Maar zijn problemen leken eerder te verschuiven dan te verdwijnen. Op een nacht werd hij wakker na een droom over Ben, een veel jongere Ben, die onder zijn handen wegsmolt en de ronde vormen van een vrouw aannam, met gapende stiksels waar zijn geslacht had gezeten en het gezicht van de hoer in Criddles bar met haar zwaar opgemaakte ogen en coyotetanden. Schoppend en maaiend voelde hij brandplekken ter grootte van pannekoeken op zijn hals en billen, zijn onderarmen. In de spiegel trok het fijne zwarte haar, doorschoten met wit, zich terug van zijn voorhoofd. Zijn woede zat er nog, warm als vers bloed. Hij haatte zichzelf erom.

De dichtstbijzijnde boerderij lag vijf kilometer ten westen

van hem, Shears' varkensfokkerij, een verzameling nonchalant bijeengeharkte schuren. Bij de veevoederfabriek liep hij de oude Shears tegen het lijf, met een bij zijn witte haar passend boerepetje op, vochtige lippen, omzoomd door een snor. Iemand wees hem van een afstand de twee tarwekleurige, oudste zonen aan, Orson en Pego, boeren wier land in het westen aan dat van de vader grensde. De boerenknecht, Oyvind Ruscha, die een uit louter zonen bestaand gezin had, liep zijn langs de weg staande caravan in en uit.

De oude Shears had een vol gezicht, pruimde tabak en was fel progressief met betrekking tot nieuwe landbouwmachines. Hij had er bij Orson en Pego op aangedrongen om gezamenlijk een zelfrijdende maaidorser met airconditioning aan te schaffen.

'Neem die met de maaibalk van tien meter. Met veiligheidsglas en airconditioning. Zeg tegen hem dat je die met de zelfsmerende lagers en de nieuwe V-snaar en katrolblokken wilt. Neem de grootste en stevigste die ze hebben. Die kant gaat het allemaal op, grote, snelle machines. Als je dat spul allemaal niet hebt, kun je je bedrijf wel op je buik schrijven.' Ze voegden er ook nog een hulpstuk voor het opsteken van zwaden aan toe. Toen hij afgeleverd werd, probeerde de oude man hem als eerste, waarbij hij de soepele koppeling en versnellingsbak prees.

'Dat stomme ding kan alles oogsten wat je verbouwt, tarwe, mout, gerst, vlas, erwten, rijst, klaver, alfalfa, sojabonen, hooi, lupines, zonnebloemen, gierst en onkruid, en die twee kunnen alles verbouwen wat dit ding kan oogsten.'

'Ja, vooral het onkruid', zei Orson, de pias van de familie. Loyal vond hem aardig. Deed hem aan Dub denken. Een dezer dagen zou hij naar huis schrijven, ze laten weten dat hij een boerderij had.

De vrouw in de drogisterij, waar hij zijn hoestdrank haalde, vertelde Loyal over de andere zoon van de Shears, de jongste, die zo misantropisch van geest uit de oorlog in Vietnam was teruggekomen dat hij in een schuurtje was gaan wonen, waar hij van borden van boomschors at met een gepunte stok of een oude bajonet, zei ze, waar nog bloedvlekken op zaten.

De drogisterij was een kromgetrokken loods van kierende golfplaten naast de Coöperatieve Boerenleenbank. De vrouw was vormeloos als uitgestrooide suiker. Twee vreemde voortanden, die op breinaaldpunten leken, kruisten elkaar bij haar lip. 'Hij helpt niet mee op de boerderij. Hij zit daar maar, verscholen in z'n hokje. Shears zei dat hij hem zou uithongeren. Ze hebben een week lang geen eten voor hem neergezet. Maar dat hield mevrouw Shears niet vol, die zette elke avond, als ze de kippen ging voeren, stiekem een bordje voor hem neer. Nu hebben ze hem eindelijk zover dat hij regelmatig naar het veteranenhospitaal in Fountain gaat. Die zeggen dat het jaren kan duren voordat hij bijtrekt.'

Iedere keer als Loyal langs de boerderij van Shears reed, gluurde hij naar het schuurtje in de hoop een glimp van deze mensensoort op te vangen.

Hij overwoog suikerbieten te verbouwen. De districtsvertegenwoordiger gaf duidelijk de voorkeur aan suikerbieten. Er was momenteel een prima hoogrendements-hybridezaad op de markt, resistent tegen krul en valse meeldauw. Toen Shears hoorde dat hij suikerbieten overwoog, liep hij gelijk warm.

'Oké, dan heb je een duidelijke keus welke kant je op wil met je bietenoogster. Je kan twee kanten op. De eerste is een oogstmachine die ter plekke kopt. Die gaat eroverheen, snap je, en snijdt de koppen af terwijl de bieten nog in de grond zitten. Dan heeft-ie twee naar elkaar toe draaiende wielen, die zich in de aarde graven en dan in één beweging de bieten losschudden en uittrekken. Dan worden ze tussen de schudwielen schoongemaakt en over de transporteur naar de bietenkar gevoerd. Dat is één manier. De andere manier – en dat zou ik doen, als ik jou was – is de wielrooier, een getand wiel dat de bieten met kop en al uit de grond trekt. Daar zit een stel plukstangen op, dat de bieten van de tanden plukt, en een stel ronddraaiende messen, dat op rooihoogte kopt. Waarna ze de laadbak ingaan. Da's veel eenvoudiger. Man, ik heb vroeger suikerbieten verbouwd, in de tijd dat die klotesprinkhanen alles opvraten en je wat er over was met de hand moest binnenhalen. Dat doe ik dus nooit meer. Mij niet gezien.'

Loyal zag het bordje GRATIS JONGE HONDJES tegen Shears' brievenbus staan. Hij had al die jaren dat hij van huis weg was geen hond meer gehad. Wilde hij er dan nu nog eens aan beginnen? Blijkbaar.

Hij reed het erf op, dat gelijk volstroomde met honden, een gepluimstaarte bastaardteef – deels Engelse schaapherdershond, deels Duitse herder met een vleugje collie – die haar tanden ontblootte en gromde, vier half volwassen puppy's, die van de zijdeur naar zijn truck renden. Shears' truck stond er niet.

Hij bleef een paar tellen naar de honden zitten kijken. De deur van het schuurtje achter het huis ging open en daar was Jase, vreemd als gevolg van zijn reis door de bergen van Vietnam. In zichzelf pratend. Hij keek niet naar Loyal, niet naar de honden, zijn blauwomrande ogen gleden langs de randen van de schuren en het huis, glipten van de wolkenranden naar bewegingen op de grond, een vogel, een voorbijrijdende auto. Lang. Dun en stijf als een muziekstandaard, amper eenentwintig, met zulk licht haar dat het van zilver leek. Nu schoot zijn blik snel van de ene puppy naar de andere, zijn mond hing open van de inspanning om ze allemaal in het vizier te houden. Hij drukte zijn kin op zijn borst, wrong zijn mond opzij. Loyal hing over het portier geleund om te bepalen welke hondjes hij leuk vond. Eigenlijk maar één, een slim teefje dat tussen het schijnaanvallende gehap van haar nestmaatjes door glipte, vervolgens vlak bij de band van zijn truck neerhurkte om te pissen en toen achter Jase langs rende, uit zijn gezichtsveld, totdat deze zich snel omdraaide.

'Ik denk dat ik die de leukste vind', zei Loyal. 'Kan ik je iets aanbieden, in ruil?'

Jase wierp zijn hoofd zo ver achterover dat zijn adamsappel wit van inspanning werd, hij probeerde iets te zeggen, wat niet lukte; de woorden schokten rond in zijn mond en trokken de koorden in zijn zwoegende hals strak.

'Al-al-alle andere', en toen, in een vloed van opeengeperste medeklinkers, 'naardeplaatswaardeMcDonald'skomt. Vlaaaaa...k-bijdekruising. Wordt gebouwd. McDonald's.'

Loyal ging op zijn hurken zitten en maakte kusgeluidjes naar de hondjes. Ze stormden op hem af, lachten in zijn gezicht, hun warme krabbelpootjes en scherpe nageltjes klauwend aan zijn knieën. Hij tilde het slimme teefje op en zette haar op de vloer van de truck.

'Hartstikke bedankt', zei hij tegen Jase. 'Kom eens langs. Een biertje drinken.'

'Ah... ah... ah.'

De pup was op de zitting geklommen en krabde aan het glas.

'Liggen. Liggen, Meisje, liggen Meis.' Hij wist dat hondenamen kort moesten zijn en uit de mond moesten knallen, zoals Whip en Tack en Spike, maar dit was beter. Meisje. Ze reden weg, en toen Loyal aan het stuur draaide, wierp de puppy zich erbovenop, hapte ernaar en maakte grommende geluidjes, totdat het gehobbel haar in slaap suste en ze zich oprolde op een plekje zonlicht.

's Nachts op de omgeploegde prairie was de duisternis donkerder dan in de Mary Mugg, waar je ten minste het licht had van de blauwe en oranje lichtstrepen die zelfs achter gesloten oogleden nog opduiken. Dit donker was in nog zwartere inkt gedoopt door de zwermen sterren, asteroïden, kometen en planeten, die boven zijn hoofd flikkerden als in een sterrenwind. Er was, zo ver hij over de akkers staarde, geen verlicht raam te zien, geen kruipende koplampen die hun licht over de vlakte wierpen. De sterren vervulden hem met heimwee naar Ben, de hartstochtelijke minnaar van koude punten. Waarschijnlijk dood, nu. De sterren stonden niet stil; ze trilden alsof ze in een zwarte gelei dreven. Dat kwam door de wind, de gelaagde luchtstromen die als vervormend vocht boven de aarde dreven, de met slib bespikkelde wind die de verre astronomie deed rimpelen.

De wind ging heen en weer als een eindeloos zagende zaag. Als hij op zijn rug lag, met zijn oren los van het kussen, kon hij de zandkorrels tegen de ramen horen slaan. Op vollemaansavonden rammelde de wind aan het huis, hij loeide en bromde in het donker, rolde een emmer door de tuin en liet het onkruid langs de planken glijden, totdat het gepiep en geraas hem tussen de grijze lakens vandaan joegen en hij tegen het plafond begon te schreeuwen. Als je alleen woonde, kon je tegen het plafond schreeuwen. Maar het maakte wel de hond wakker, die dan met tikkende nagels over het keukenzeil op en neer begon te lopen, zich afvragend of de dreigende wolken die overdag door het luchtruim hadden gejaagd, ten slotte onder dekking van de duisternis de aanval hadden ingezet.

Hij overwoog witte bonen. Suikerbieten konden hem gestolen worden. Van bonen had hij verstand. Hij schafte een tweedehands tractor aan met hulpstukken om te ontginnen en te poten, en maakte een afspraak om voor de bonenoogst de fameuze combine van de gebroeders Shears te huren, nadat zij hun graan hadden binnengehaald.

'Als alles goed gaat, moet je over een jaar of twee misschien zo'n bonenoogster met bladuitrusting aanschaffen', adviseerde de oude Shears. 'Daar zitten stengelkeerders, rijverdelers en zwadleggers op. Het zal waarschijnlijk best lukken met de combine van de jongens, zo lang je hem op eenderde van de snelheid laat lopen. Maar er zal toch een hoop verloren gaan. Als je klaar bent, wil ik best eens langskomen om te zien hoe het gaat.'

De bonen deden het goed in het tweede jaar. Voordat hij ze ging oogsten, wilde Loyal het erf omheinen en een driedubbele rij grove dennen planten bij wijze van windbreking. De populieren waren kaal en krom van ouderdom. Jase kwam op een middag ongevraagd aanslenteren om te helpen met de omheining. Loyal, die stomverbaasd was hem te zien, dacht dat de arme stakker na maanden van therapie in het veteranenhospitaal misschien weer tot zichzelf was gekomen. De hele dag werkten ze in stilte, onder het geschraap en geklop van de paalgatboor en Meisjes kever-verjagend gehuppel. Loyal keek telkens naar Jase. Hij wist hoe hij palen moest zetten. Er zat iets vloeiends in het rollen van zijn spieren, iets wat zijn blik trok. Hij moest de laatste tijd ook regelmatig buiten geweest zijn om de oude Shears te helpen, te oordelen naar zijn pijnlijk rode gezicht en bovenlijf. Het zilverachtige haar zat in een staart onder zijn cowboyhoed weggestopt. Laat in de gloeiende middag zette Loyal er een punt achter.

'Half zes. 't Is mooi geweest, wat mij betreft', zei Loyal. 'We gaan een biertje drinken op de veranda, een beetje afkoelen.'

Het bier smaakte zoet in hun hete keel. Ze dronken in stilte. Loyal zette een paar grote hompen goedkope kaas en wat brood neer. De zon smolt weg aan de rand van de prairie, waarna aan de kristalheldere hemel de eerste sterren verschenen. Jase gaf zichzelf een klap in de nek.

'Hebbes!' De fles loeide toen Loyal erop blies. Jase stond op. Iets in zijn manier van bewegen riep het beeld op van een forel, die bewegingloos in de stroom hangt en vervolgens wegglipt.

'Nou, ik ga d'r vandoor. Ik kom wel weer langs als je me kan gebruiken.'

'Graag', zei Loyal, die daaruit opmaakte dat hij een knecht had. Hij werd overspoeld door een absurd gevoel van vreugde en bleef tot 's avonds laat naar de radio luisteren.

Het pure, nachtelijke duister werd verbroken door de lichtgloed van de McDonald's op de kruising. Boerengezinnen legden enorme afstanden af – alsof ze naar de bruiloft van hun zoon moesten – om vlees op een broodje te eten, om glibberige saus op te likken en uit kartonnen bekertjes te slurpen. De lichten van de parkeerplaats zwollen op als blaren op de uitgedroogde nacht.

Aan het eind van de dag zaten Loyal en Jase buiten op de veranda in hun stijf staande kleren, met de koude flesjes in de hand; Jase naakt tot aan het middel, met de rug van zijn stoel tegen de muur geleund, zijn haar opgebonden, de natte haarpieken in zijn oksels zichtbaar iedere keer als hij de fles aan zijn mond zette. Meisje lag op haar rug, met haar buik blootgesteld aan de zachte bries, een glimlach rond haar kaken terwijl ze sliep.

'Wil je hier een trekje van?' Jase strooide de zelfgeteelde weed in een vloeitje en draaide hem dicht, zoog de naar hooi ruikende rook in zijn longen en gaf de stick aan Loyal.

Het gesprek kwam langzaam op gang, Jase die moeizaam een paar rafelige woorden uitbracht, heel moeizaam, Loyal die zijn hersens pijnigde op zoek naar onderwerpen. De hele dag konden ze in een aangenaam stilzwijgen met elkaar werken, met enkel de woorden om de draadtang door te geven. Op de veranda lag dat anders. Loyal keek dan alleen nog vanuit zijn ooghoeken naar Jase. Hij voelde hoe zijn eigen verleppende huid om hem heen hing als wegrottend behang. De antifonale conversatie begon met het weer, de droogte, onweersbuien, aahh, die klotewind en verrekte tornado's. Hoeveel vlees er nog in de vriezer zat. Of de akkers aan het verdorren waren, of niet. Zieke dieren. Water en putten. Wat de honden hadden uitgespookt. Een motor die zo soepel loopt als wat, maar met remmen van lik-me-vestje. Elvis.

'Wiiiiii...lll je Elvis? Kijk!' Jase, even volmaakt van uiterlijk als een gladde riviersteen, maaiend met zijn armen, begon te loeien en met zijn onderbuik richting tuin te schokken. 'Ah...oeeee, ah...oeeee!' Tot de hond rechtop ging zitten en haar snuit in de lucht stak voor een stevige jodel. Vanuit de duisternis liet een coyote een honend antwoord horen, terwijl Loyal met kloppend hart het ritme meetikte met de hakken van zijn laarzen.

Daarna ging het over coyotes, tarwe, gedroogde bonen, sojabonen, maïs, de biggenworp en gewichtstoename, mormonen, vergiftigd lokaas en opnieuw over coyotes. Vallen zetten, nee, geen vallen, bij het woord 'val' begon Jase te trillen en dwaalden zijn gedachten gevaarlijk ver af naar valstrikbommen, geploeter tegen rode bergen op, het aftasten van de aarde met een koevoet om een veilige zitplaats te vinden, het ingraven, waarbij de pikhouweel amper een deukje in de met wortels doorschoten grond sloeg. Zijn paniekerige geheugen ontweek de Bouncing Betty's, de punjistokken, de oude, met springveerbommen gevulde noodrantsoenblikken, de kinderen die explodeerden als je ze oppakte.[9] De willekeurige metaalbrokken, de voeten, het weefsel en de botsplinters, die rond je neer regenden. Slechts weinig mensen begrepen de angstaanjagende sluwheid van de jagende mens. Dan brak hij het gesprek af, staarde naar de trillende achterpoot van de dromende hond en haastte zich ervandoor, waarna hij dagen wegbleef, zodat het werk zich rond Loyal opstapelde.

'Je weeeeeeeeet niet haaalf. Hoe sliiiiim. Een meeeeeensis.'

Mildere onderwerpen dus; hoe kleine boerenbedrijven gedoemd waren ten onder te gaan, deed die klootzak van een Butz nog iets nuttigs in de wereld of was hij bezig hen uit te leveren aan de grote bedrijven, bijensteken, mensen met grote voeten, mormonen, het beste hout voor een omheining, wat de honden uitspookten, of bier lekkerder was als het ijskoud was of als het licht gekoeld was, Frank Zappa, vrouwen, minirokken. Nee, geen vrouwen. Dan kneep Loyal met zijn ruwe handen zijn bierblikje fijn en spoog in het stof.

Samen bouwden ze varkenshokken, een nieuwe gereedschapsschuur, ze legden een vierkant erf rond het huis aan, plantten grove dennen, bouwden een garage voor Loyals truck. Waarom niet, dacht Jase, het betaalde goed, en niet iedereen was bereid zo'n mafketel die weed rookte en luidkeels jankte in dienst te nemen. Waarom niet, dacht Loyal, van praten was nog nooit iemand doodgegaan.

Na de verstikkende augustusdagen in het derde seizoen hield de zomerdroogte aan, de wind ging nooit liggen. Loyal raakte er maar niet aan gewend hoe de wind met hem mee boog als hij zich bukte om een wiel los te draaien, hoe hij hem op de hielen zat als hij bij het kippenhok de hoek omsloeg. De hond, de kippen, Jase. Zijn leven was even eenzaam als een tentoongesteld voorwerp. Er stond amper meubilair in het woonhuis. De stoffige ramen weerkaatsten zijn gezicht, zijn stoppelige kaken, als hij ervoor stond met zijn handen in zijn zij, of met zijn handen half geopend, als iemand die naar een danspartner toeloopt.

’s Ochtends zette hij de keukenradio hard aan en deed hem pas weer uit als hij naar bed ging. Uit de oude zwart-wittelevisie op het dressoir denderden ingeblikte lachsalvo’s, terwijl de andere radio, die op de als nachtkastje dienstdoende stoel stond, geruststellend meekwetterde met ritsen eindeloos herhaalde liedjes, telkens onderbroken door een opgewonden stem, die riep: ‘National Shoes Ring The Bell!’[10], totdat hij in slaap viel en boven de wind uit vaag lachende stemmen tussen de muziek door hoorde, als een verre familie, en in de storing het geruis van sterrenstelsels.

De droogte hield het hele najaar aan. Jase had een terugval en ging weer iedere dag naar het veteranenhospitaal. De droge equinoctiaalstormen braken aan, wind en aarde en warrige bossen amarant buitelden over de akkers en trokken ander onkruid in hun gang mee, zodat de aarde besproeid werd met zaad. ’s Nachts hoorde hij de amarant zich met gedempt gekras tegen het huis opstapelen.

De laatste week van oktober: de bonen zaten nog aan de staken, de wind was als een vloedgolf die zich vanuit het westen over de aarde stortte. Het huis stond te schudden op zijn grondvesten. Loyal zat op de rand van zijn bed in het schrift van de indiaan te schrijven, dat inmiddels een groen uitgeslagen kasboek was geworden met verticale kolommen voor inkomsten en uitgaven. De boerderij was bezig weg te waaien. De lucht stikte van het stof, de sterren doofden. Het huis werd bijna van zijn fundering getild, de ramen stonden op barsten. De hond werd gekweld door de wind in de schoorsteen. Alleen Loyals pen, die zwarte, vloeiende bewegingen maakte, was kalm.

Door een wesp in mijn duim gestoken. Bonen bijna rijp. Nog een paar dagen. Al de hele dag harde wind. Hoe zou het met Jase zijn?

’s Ochtends drong er alleen nog gedempt geluid zijn slaapkamer binnen. Hij ging rechtop zitten, keek op het horloge, dat op de stoel naast het bed lag, en zag dat het half acht was, al lang en breed dag terwijl het nog steeds donker was in de kamer. De wind was nauwelijks te horen, maar hij voelde hem in het beven van het bed. Het raam was bedekt met iets wat op een opeenhoping van wilgetakken in het smeltwater aan het eind van de lente leek. Hij liep erheen en staarde ernaar, zijn strakke gezicht weerspiegeld in de ruit, en al wat hij zag, was amarant, die zich tot aan het raam op de eerste verdieping had opgehoopt.

De bollen onkruid waren door de wind over het open veld geblazen, opgedreven, totdat ze in het prikkeldraad waren blijven hangen of op huizen en schuren waren gestuit, waar ze zich tot lange barrièreriffen hadden uitgerekt. Hij ging naar beneden. Aardedonker. Hij kreeg de keukendeur niet eens open. Hij wierp zich er met zijn hele gewicht tegenaan. De deur gaf een paar centimeter mee en stuiterde vervolgens terug alsof hij van rubber was. Hij zette de radio aan, maar de stroom was uitgevallen.

Boven, onder de deur van de logeerkamer door, scheen een helderder licht. Dit raam, aan de lijzijde van het huis, was onbedekt. Hij keek naar buiten. De wind stroomde onafgebroken over de prairie en liet de amarant door het stof tuimelen. Beneden hem lag de amarant meer dan drie meter hoog, het was vanaf het met onkruid overstroomde erf rond de hoeken van het huis geperst. Hij had weinig zin om zich langs een touw van aaneengeknoopte lakens in de wirwar onder hem te laten zakken, zich een weg te banen naar de plek waar gisteravond de voordeur nog had gezeten en de strijd aan te gaan met kluwens amarant zo groot als vrachtauto's, maar hij wist niets beters te verzinnen. Een deel van het hek omverhalen, misschien, zodat het onkruid weg kon.

Toen hij zich langs de lakens naar beneden liet zakken, hoorde hij vanuit het westen sirenes klinken. Hij bedacht dat je makkelijk over de kop kon gaan als je met hoge snelheid door zo'n ding geraakt werd op de weg. Het laken draaide om zijn knopen. Die krijg ik er nooit meer uit, mompelde hij binnensmonds, terwijl hij de amarantbult onder hem voelde trillen.

Het erf was bedekt met amarantbollen zo groot als stoelen, zo groot als auto's. Het hek lag plat. Het hek was het probleem. Het had de amarant als een trechter naar het huis gevoerd. Zijn truck was door het onkruid opgeslokt. Hij zag de schittering van glas, maar kon zich met geen mogelijkheid door de onontwarbare Turkse knoop van ineengestrengelde stengels wurmen. Het werd nog steeds door de wind voortgestuwd. Hij zag de grote bollen over de snelweg stuiteren. Hij probeerde een paar bossen aan de rand van het erf weg te trekken, maar ze waren vast ineengestrengeld, elastisch en veerkrachtig. En zo droog als kurk. De bruine stengels knapten af in zijn hand en uit het binnenste stroomde poeder.

'Ik heb verdomme een dieplepel nodig om hier uit te komen.' Binnen blafte de hond. 'Tenzij je slim genoeg bent om langs een laken naar beneden te klimmen, blijf je voorlopig daar', schreeuwde hij. De sirenes jankten opnieuw en hij wierp een blik westwaarts, in de richting van het geluid. Er hing daar een rookkolom. Stond Shears in de fik? Was Jase over zijn toeren geraakt? Hij begon de weg af te rennen, terwijl hij over zijn schouder keek of er iemand aankwam die hem een lift kon geven.

Er kwam een vrachtwagen aan van Wallace Doffins vakantieboerderij, de Walldoff Astoria. Wally zelf, zeventig jaar oud, zat aan het stuur en gluurde Loyal van onder zijn sleetse cowboyhoed aan.

'Waar is je truck, Blood? Is-ie er mee uitgescheën?' bulderde zijn schertsende stem.

'Staat muurvast in de amarant, verdomme, de voordeur zit muurvast, het hele erf ligt vol tot aan het hek.'

'Geef mij maar een deur die naar binnen toe opengaat, Blood. Dat lijkt me veruit het beste in een gebied dat zware sneeuwval kent of dat belegerd wordt door amarant. Ik neem aan dat je hulp gaat bieden?'

'Ik wil erachter zien te komen of die rook bij Shears vandaan komt.' De bleke rook verwaaide op de wind.

'Oh, dat is niet Shears' boerderij, Blood, althans nòg niet. Misschien over een half uur wèl. Het is de McDonald's.' De troebele ogen tuurden naar de zich verplaatsende nevel. Als ik in jouw schoenen stond, zou ik me zorgen maken, Blood. Jouw boerderij ligt pal ten oosten van die van Shears. Maar goed, jij hebt geen vee.'

‘Vijf kilometer ten oosten ervan. Ik hoop niet dat het zover komt. Ik heb wel vijftig leghornkippen.’

‘Oh, leghornkippen. Rasdieren, hè? Hopen en bidden maar, Blood. Binnen een uur kan het bij jouw boerderij zijn.’ Hij nam gas terug toen ze Shears’ oprit naderden. Een kakofonie van gegil steeg op uit de varkenskluwen. De oude Shears en zijn twee tarwe verbouwende zonen leidden de varkens zo snel ze konden een vrachtauto in. Orson kwam naar hen toe gehold.

‘Jezus Christus, blij je te zien, Wally, en jou ook, Blood. We moeten ze zo snel mogelijk hiervandaan zien te krijgen. Het vuur is verdomme overal.’

Jase en de oude Shears dwongen de paniekerige varkens de laadklep op. Loyal wierp Jase een blik toe. Hij keek op, knikte.

‘Opschieten, opschieten, opschieten!’

‘Pa, misschien moet je de rest loslaten, ze zelf hun heil laten zoeken.’ Aldus de bologige Pego, wiens gezicht door de ernst van de situatie was vertrokken tot een rood masker, geglazuurd met zweet.

‘Heil? Tenzij er hier een varken is dat honderd kilometer per uur rent, is hun heil dat ze rennend gebraden worden. Ik wil liever proberen om ze bij het meertje te krijgen. Ik heb varkens door een brand heen zien komen doordat ze een meertje in gingen. Ga jij het hek bij het meer openmaken, dan proberen we ze daarheen te brengen met de vrachtwagen. In het meertje hebben ze nog een kans. Als ze al een kans hebben.’

‘Shears, ik heb aan iedereen doorgegeven dat je vrachtwagens nodig hebt hier. Er zal zo wel versterking komen.’ Doffins beleefde stem.

Loyal was verbaasd over de krankzinnige haast van de Shears, de varkens die tegen de stalmuren op stuiterden. Hij keek opnieuw naar de rook in het westen, zag een bruine muur met oplaaiende vuurstippen aan de voet.

‘Daar komt er een’, schreeuwde Shears, wijzend. Een van de stippen rolde schuin de snelweg over en raakte het hek. Er steeg een snoer van rook uit op. Loyal zag dat het de amarant was die in brand stond, als voor de wind zeilende vuurbollen.

Door het lawaai van wind en knappende takken hoorden ze

amper de twee veewagens die uit het oosten kwamen, de grootste bestuurd door Pearly-Lee, de sigaren rokende vrouw van Dirty David.

'Hé, ik heb gehoord dat je een paar varkens te verhuizen hebt?' gilde ze naar de oude Shears, en lachte. Zodra Jase de volle truck wegreed, begon ze die van haar op de juiste plek te manoeuvreren. Dirty David liet zich onder het rijden uit de cabine glijden.

'De meeste van die varkens krijgen we wel weg. Wat je stallen betreft, weet ik het zo net nog niet. De brandweer heeft even iets anders aan het hoofd, vanochtend. Die klootzak van een bedrijfsleider van de McDonald's vond dat het onkruid op zijn parkeerplaats wat al te hoog lag, toen heeft-ie er maar benzine op gegooid in een poging het spul weg te branden. Werd finaal uit zijn kostuum geblazen. Hij is naar het ziekenhuis gebracht, meer dood dan levend, dat stomme stadsrund.'

Er kwam een derde vrachtwagen aangereden, een pickup, met flanken vol littekens, als een oude bizon, en de voorruit gepokt met stervormige kogelgaten, pistool en geweer in het rek. Hij lekte olie, beschreef een bocht op het erf in een wolk van blauwe rook. De laadbak rammelde als een kar uit de hel, twee lege emmers schokten tegen de wirwar van kettingen, koevoet, gereedschapskist, tot op de draad versleten reservewiel, lege velgen, gebroken flessen, een krik, paalgatboor, olieblikken, gedeukte benzinetank, los hooi, verfrommelde voerzakken, touw, en dat alles op een bed van aangekoekte mest. Loyal herkende twee van Jase's maffe makkers uit het veteranenhospitaal, Little Willy, die wat grootte en vorm betrof op een ijskast leek en een baard had als een zwabber vol klitten, en Albert Cugg, die uit gebleekte modder leek te zijn geschapen. Ze waren dronken en opgewonden door het gevaar, dat te lang afwezig was geweest in hun leven. Little Willy reed de vrachtwagen via Shears' hek de prairie op, naar het noordwesten, vanwaaruit het vuur oprukte. De vuurlinie liep als een guillotineblad schuin van de parkeerplaats van de McDonald's naar het open veld ten noordoosten daarvan.

'Moet je zien wat die mafketels doen!' schreeuwde Dirty

Dave, zonder zijn schokkende pols met de zwiepende stok, waarmee hij de varkens de laadklep opjoeg, rust te gunnen. Achthonderd meter verderop hobbelde de pickup noordwaarts over kuilen en gaten, hij bleef even staan, draaide en reed naar het zuidwesten, draaide opnieuw en reed weer naar het noorden, en met ieder rak kwam hij dichter bij het vuur.

'Die idioten proberen ze op een hoop te drijven!' loeide Dirty Dave, terwijl hij het hek achter de laatste varkens sloot. 'Die pakken ze!'

In de verte rolde een brandende amarant voor het vuur uit. De pickup maakte een bocht en bleef naast de vurige massa rijden. Albert Cugg hing uit het raam met iets in zijn handen. Een nevelkolom schoot op de amarant af. Uit het onkruid steeg een sullig rookpluimpje op, maar toen de wind erdoorheen blies, laaide het vuur opnieuw op. De pickup draaide en zette een tweede aanval in. Ze konden Little Willy 'olé' horen brullen en hem met de muis van zijn leerachtige hand op het portier horen rammen. Cugg liet een overwinningskreet horen.

Nu sprongen er meerdere vuurballen uit de muur van vlammen weg. De pickup wendde en keerde. Ze zagen Cugg de brandblusser opzijgooien en een andere uit de cabine pakken. Little Willy haalde de gewaagdste toeren uit, dook tussen de amarantbollen door, dwong ze uit elkaar en manoeuvreerde ze dan stuk voor stuk in een positie waarin Cugg het vuur kon doven.

'Daar hebben we veel aan, zeg', zei de oude Shears, waarna hij de pickup de rug toedraaide en met zijn hand wapperde ten teken dat Dirty Dave de varkens kon wegrijden. Daardoor miste hij Little Willy's te krappe bocht, waarmee deze vergeefs had geprobeerd een amarant ter grootte van een babybox van het linkerspatbord te wippen, als gevolg waarvan de wagen boven op de brandende massa terechtkwam. De vuurbal bleef aan het chassis hangen, en een paar tellen lang zagen ze hoe de onderkant van de truck van gedaante veranderde door de puntige vlammen, net de stekels op de wervelkolom van een stegosaurus, ze zagen Albert Cuggs portier opengaan en zijn been tevoorschijn komen, en toen explodeerde de benzinetank.

'Jééézus!' Dirty Dave zag de zwart-oranje chrysant in zijn achteruitkijkspiegel. Loyal sprong in Wally Doffins vrachtwagen en keerde. De oude man liet zich op de zitting naast hem glijden. Jase wipte op de treeplank aan Loyals kant, waar hij zich met zijn rechterarm achter Loyals schouders aan de metalen rand van de stoel vastklemde, zodat zijn borst het zijraam vulde. Als Loyal wilde, kon hij de knopen van Jases hemd afbijten.

'Rustig aan, Blood. Als ze dood zijn, zijn ze dood en als ze nog leven, komen we er ook wel. Dit is een oude wagen, dus ru-u-ustig aan.'

Cugg leefde nog. De linkerkant van zijn kleding smeulde en stonk, zijn haar was geschroeid en hij zei dat hij doof was, maar binnen enkele minuten stond hij op en piste in zijn broek.

'Op een of andere manier wist ik dat de dag zo zou lopen', zei hij, terwijl hij hen met betraande ogen aanstaarde en naar een sigaret tastte op de plek waar een paar tellen eerder zijn borstzak nog gezeten had.

Little Willy had op het moment dat hij besefte dat hij de bocht te krap had genomen, aan de andere kant van de truck het portier opengegooid en zich naar buiten laten rollen. Door de klap waren de zolen van zijn laarzen in brand gevlogen en was er een regen van metaaldeeltjes op hem neergedaald. Een gloeiend hete ventielveer had zich in zijn wang gebrand en hem het litteken opgeleverd waaraan hij zijn nieuwe bijnaam dankte: Veertje.

'Ik had toch al een nieuwe truck nodig', zei hij met schorre stem. Jase begon te lachen, gevolgd door Loyal, en ten slotte door Wally Doffin, idioot, ongecontroleerd gelach. Ze laadden Cugg en Willy in de bak van de truck en hobbelden terug naar Shears. Jase zat met gebogen hoofd – tegen de wind – bij Cugg en Willy achterin en liet een joint rondgaan. Het vuur veranderde met de draaiende wind van richting en wees nu als een lange pijl bijna pal naar het noorden, waar tractoren een brandgang aan het graven waren.

'Ik ben bijna geneigd om die varkens weer uit te laden', zei de oude Shears. 'Dat vuur komt nu niet meer hierheen, tenzij de wind driehonderdzestig graden draait. Ik snapte verdomme toch al niet waarom we zo'n vurige haast hadden. Aan de andere kant, je kunt het nooit zeker weten, dus misschien moet ik ze nu gelijk maar wegbrengen. Was ik toch al van plan, over een paar weken. Maar een paar van die varkens raak ik sowieso kwijt. Ze zijn niet voldoende gevoerd en gedrenkt naar mijn smaak en hun gewicht is uiteraard niet wat het zijn moet.'

'Blood.' De oude Doffin schuift zijn gerafelde hoed met de slangeleren band naar achteren, terwijl hij naar de heen en weer golvende varkens in de veewagen kijkt. 'Ik stel voor dat we, als we deze jongens hebben afgezet, je truck maar even uit het onkruid moeten gaan trekken en de leghorns redden.'

'Graag', antwoordde Loyal. 'Ik heb ook nog een hond. Die zit in het huis opgesloten, tenzij ze heeft leren vliegen.'

'Velen dromen ervan, weinigen slagen erin', zei Doffin.

Twintig minuten lang waren ze bezig de amarant rond Loyals truck weg te trekken, totdat ze bij de achterbumper konden. De hond zat hysterisch te blaffen in het huis. Toen hij de haak van de ketting om de bumper sloeg en Wally toeriep dat hij kon trekken, ving Loyal de rooklucht op, sterker nu. Hij had de wind schuin op zijn linkerflank gehad tijdens het werk, maar nu had hij hem recht in het gezicht; de verandering was hem ontgaan.

Hij keek naar het noorden. De tractoren, die de brandgang aan het graven waren, keerden terug. Het vuur was over de geul heen geslagen en stuurde amarantverkenners vooruit; ze trokken met een bocht naar het zuidoosten, met een grote boog om Shears' boerderij heen, en zeilden als grote vurige bijen recht op Loyals bonenakkers af. Sommige waren al tot op minder dan een kilometer genaderd.

'Wally! Het komt weer deze kant op.'

De oude man kwam zijn truck uit en staarde.

'Ik hoop dat je verzekerd bent, Blood. Ik denk dat ze tussen je bonen belanden. Laten we die truck nog een slinger geven, zien of we hem los kunnen krijgen. En dan kun je er maar beter tussenuit knijpen en bidden. Je kunt bij ons logeren als je wilt. Ruimte zat.' Hij sleepte de pickup-truck uit zijn onkruidnest.

'De sleutels liggen in het huis. Ik moet de hond eruithalen.' De eerste vlammen hadden de bonenakkers bereikt, knetterende vuurstrepen die de rijen langsgingen, rijen witte rookwolkjes die achter de vlammen opstegen. De deur was nog steeds geblokkeerd door de amarant. De oude man werd ongeduldig.

'Daar hebben we geen tijd meer voor. Zet je pickup in zijn vrij en stap bij mij in. Ik trek hem wel.' Het geknetter in het bonenveld was veranderd in geloei. Loyal kon de hitte op vierhonderd meter afstand voelen. Hij zette de wagen in zijn vrij.

'Ik moet proberen mijn hond te redden. Als je weg wilt, dan ga je maar, maar ik moet het proberen.'

De oude man reed de weg op, klaar om plankgas te geven. Loyal stond achter het huis naar het open raam met de bungelende lakens te staren. Om het hele huis hing een rookgordijn.

'Meisje! Kom! Meisje.' Ze stond als een gek te blaffen, maar het klonk gedempt. Hij vermoedde dat ze beneden in de keuken was, bij de voordeur.

Hij raapte een paar stenen op en gooide ze door het openstaande raam op de eerste verdieping naar binnen. Als ze ze hoorde, kwam ze misschien naar boven, naar het raam.

'Kom dan! Kom dan!' Hij floot. Ze hield op met blaffen. Wally gaf een hengst op de claxon en liet de motor van de vrachtwagen brullen. Hij schreeuwde iets wat Loyal niet verstond. De hond stond bij het raam.

'Kom dan, Meisje! Spring! Spring. Kom dan!' Ze weigerde. Hij zag haar zwarte voorpoten op de vensterbank en hoorde haar janken, vervolgens liet ze zich weer op de vloer zakken en verdween. De vrachtwagen kroop inmiddels over de weg, waar hij nu eens vervaagde, dan weer opdook in de rook, terwijl Wally met de zijkant van zijn vuist op de claxon sloeg. Een vurige bonestaak en een blad zeilden langs en kwamen aan de andere kant van het huis neer. Roepend naar Meisje rende Loyal op de vrachtwagen af.

Hij had het portier al open en stond al op de treeplank toen Wally boven op de rem trapte.

'Grote genade! Dat zou jammer zijn, als ik haar nu zou overrijden, niet?'

De hond sprong in de cabine, trillend, zwaaiend met haar staart alsof het een ruitewisser was.

'Ze zeilde uit de rook vandaan alsof ze gelanceerd werd.' De oude man gaf plankgas, de vrachtwagen meerderde vaart. Loyal keek reikhalzend achterom door de achterruit, maar ze zaten al drie kilometer oostelijker voordat hij dwars door de rook heen de steekvlam van het huis zag. Hij hield zijn hand op de nek van de hond om haar tot bedaren te brengen. Een auto en een hond was al wat hij nog bezat. Niet eens schone kleren.

'Tja, je werkt van 's ochtends vroeg tot 's avonds laat en dan hou je dit over', neuzelde Wally. 'Ik neem aan dat je iets van verzekering had, Blood?'

Er viel niet veel te zeggen.

35 Wat ik zie

Het sissende schild van de gofferschildpad *yuk-chop-a-lund-kies*, de schrille fluittonen, de naalden, bloed, bloed, oh, het nog ongeslagen opperhoofd Billy Bowles met zijn Seminolen die, uitgedost in karmozijnrode vesten en glinsterend bestikte capes, nog altijd de Groene-Maïsdans uitvoeren.[II] Maar hem tevens uitmelken. Die met luchtboten door het galigaan scheuren en toeristen lokken met gekleurde kralen uit Taiwan en alligatorgevechten. Zwarte ogen die uitdrukkingsloos terugstaren.

Op een dagtochtje door het Groene Moeras, met Pala's glinsterende loshangende haar voor hem en haar broer Guillermo – Bill, de man van de daad – achter hem, voelt Dub de kano door het theekleurige water glijden, hij ziet het water, verscheurd door iriserende gasbellen, versierd met de dambordruggen en houtknoestogen van alligators, en wolken zilverreigers die schuins opstijgen uit de overwoekerde bomen. Hij ademt deze stank van verrotting en het groene licht, het hangende mos, de over de geulen gespannen spinnewebben. Orchideeën. Het beeld van de vlezige bloesems aan het eind van zijn verrekijker bezorgt hem nog immer rillingen. De klaaglijke roep van regenkraaien onder de uitgestrekte, op geperst zwart linnen lijkende wolkenlagen. Bill slaat naar de muggen.

'Pala, vind je het mooi, hier?' Hij wil het per se horen.

'Ja. Het is prachtig, heel wonderlijk.' Ze draait zich om en lacht naar hem, muggen zitten verward in haar haar.

'Ik ben hier denk ik wel honderd keer geweest.'

Dit moeras, midden in de rode projectontwikkelaarswildernis, is zichzelf gebleven. Een keer heeft hij er een panter horen hoesten. Geen mannen in met mango's bedrukte strandshorts hier, geen vrouwen met gapende monden, geen bulldozers, geen kaakverzakking veroorzakende technologie of plastic fantasieën. Hij is betrokken geweest bij de jarenlange geheime onderhandelingen, de ontmoetingen in motels met als vertegenwoordigers vermomde kopers en postdoctoraal studenten in de milieukunde. Het Reedy Creek Ontwikkelingsgebied. Dat Disney World gaat heten als het klaar is. Dure plastic troep, denkt hij. Maar hij knipoogt en zegt bij zichzelf: duizendmaal dank.

Later glijden ze terug de gevaarlijke stad in, zigzaggend langs de snelwegen, terug naar de geur van koffie en zoete sigaren, het gele bord BARRA ABIERTA, de gekleurde lichten, de volle geur van *palomilla*-biefstuk. Op straat ziet Dub de parade van felgekleurde jurken, gouden kettingen en lovertjes. Boven de stad: een waaier van wolken, als karmozijnrode lemmeten; beneden: marmeren stoepen. Hij loopt langs een etalage waarin een antieke grammofoonhoorn staat, uit de keel waarvan geschilderde purperwinde vloeit. Daar hou ik van, denkt hij, van het gegil van straalvliegtuigen, van standbeelden met bloemenslingers, van de door roze neon verlichte voortuinheiligen en de flitslampjes van toeristen, van etalages vol trompetschelpen, van de ruige bars en gesnelde namaakkoppen, van viskorven, geverfd textiel en funky muziek, van de heethoofdige rabauwen, de handeltjes en de vuiligheid, de eroderende stranden, het gevoel in een vreemd en dodelijk oord te zijn. Thuis.

Van dit donkere stadsdeel, de gistende achterbuurten van Liberty City en Overtown, de Black Grove. Maar ook van de demonische rellen, die soms uitbreken als zweren, houdt hij, zonder terug te deinzen voor foto's van bloedige lijken. Van het geheel, het stinkende in lichaamsopeningen gepropte geld, de straatmuziek en het straatvoedsel, overlopend in romige vrouwen, donker haar, handen zwaar van de opalen manchetten, van mannen die handgemaakte schoenen dragen en wier gebruinde gezichten vertrokken zijn van vreugde of van woede; al bleef hij kijken tot hij scheel zag, niet alles wat er te zien was, kon hij in zich opnemen.

36 Geweren

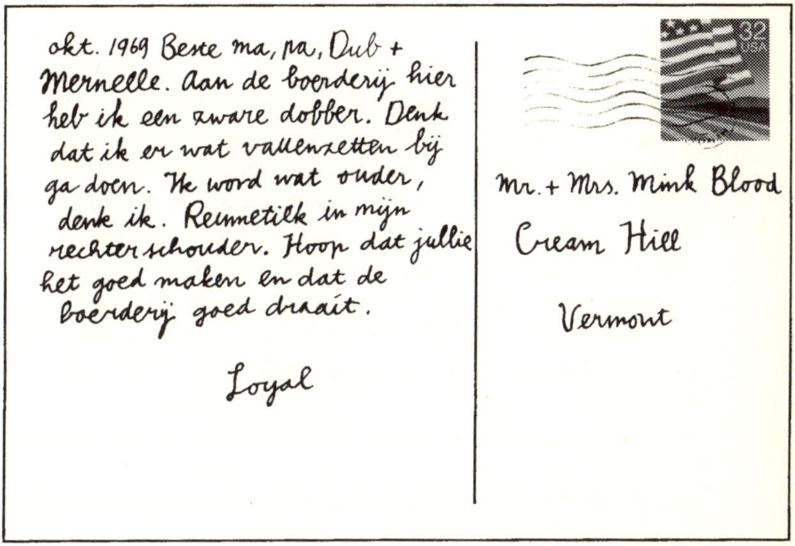
okt. 1969 Beste ma, pa, Dub + Mernelle. Aan de boerderij hier heb ik een zware dobber. Denk dat ik er wat vallenzetten bij ga doen. Ik word wat ouder, denk ik. Reumetiek in mijn rechterschouder. Hoop dat jullie het goed maken en dat de boerderij goed draait.

Loyal

Mr. + Mrs. Mink Blood
Cream Hill
Vermont

‘Ze hebben het honderdtachtig graden weten te draaien’, zei Doffin. ‘Komt door de wind. Die wind is zo ongrijpbaar als een ingevet varken.’ De hond verloor Loyal geen seconde uit het oog. Ze lag onder tafel, dicht tegen zijn voet aan. Na het eten ging Doffin, die de kromme loop van een oude ruiter had, hen voor naar de woonkamer om de brand op de televisie te zien. Loyal zag hoe klein het vuur vanuit de lucht was, pakweg duizend hectare van de immense vlakte. De telefoondraden hingen als slingers boven het landschap. Op de grond had het geleken of de hele wereld in brand stond, een lopend vuur dat zich op de wind naar Canada of Mexico had kunnen verspreiden. De nieuwslezer zei dat er zestien boerderijen verloren waren gegaan. Een van de maïsboeren, wiens jaarinkomen binnen een uur tot nul geslonken was, was met een geweer het ziekenhuis binnengelopen, roepend om de verbrande bedrijfsleider van de McDonald's. Ze lieten een troebel beeld zien van de boer, die met handboeien om in een politieauto zat weggedoken.

Doffin schonk bevend wat te drinken in voor Loyal en hemzelf. Uitgedroogd gezicht, zwart-rood verbrand, glanzende ogen.

'Je bent van harte welkom hier, Blood, totdat je je zaakjes weer op poten hebt.' Het plompe glas in de cirkel van de oude mannenhand. 'Geweren! Ik kan je verhalen vertellen over geweren, hier, tot de wijzers van de klok eraf vallen.' De grote bank was gevat in geschilde cederhoutblokken, de kussens overtrokken met runderleer. De lampekap gaf een licht dat de kleur had van een kampvuur op het moment dat de verhalen beginnen. Mevrouw Doffin, die een stukje van hen af zat, met haar dunne, onder haar rok uit stekende benen gekruist bij de enkels, als de beenderen op een piratenvlag, haar handen kalm na het ritueel van koffieschenken, knikte bij alles wat er gezegd werd.

Loyal knikte ook. Hij had altijd de grond nog. Hij kon die paar hectaren verkopen en dan vertrekken. Een nieuwe wagen kopen. Misschien zo'n Volkswagenbus; als hij die een beetje inrichtte, had hij een soort huisje op wielen. Jezus, hij kon overal heen. Alaska. Californië.

'Ik kan je verhalen vertellen over geweren, die nogal negatief klinken, je het verdriet beschrijven dat ze veroorzaakt hebben, hoewel ik het meer als een soort gewoonte ben gaan zien, snap je, gewoon een prima manier om een punt achter een verzuurd leven te zetten. Je werd dan wel tijdelijk als ontoerekeningsvatbaar beschouwd, maar de omstandigheden in aanmerking nemende, heb ik altijd gevonden dat zo'n daad een aanmerkelijke helderheid van geest vereist. Niet altijd, natuurlijk, maar vaak wel. In mijn schoonfamilie is aardig wat keren voor die richting gekozen.' Mevrouw Doffin knikte. Haar benige handen lagen werkeloos op de blauwe bekleding van de armleuningen.

'Haar vader. Opa. Een van haar ooms. En ik ken er meer. Allemaal boeren, de meesten tenminste.'

'Inderdaad.' De wijsvinger van de rechterhand wipte licht op en neer. 'Mijn vader werd door mij gevonden. Ik was pas zeventien. Door de schok ben ik een week blind geweest volgens mijn moeder. Niet dat ik het me kan herinneren, hoor.'

'De gemiddelde veeboer of landbouwer, Blood, zal vrijwel altijd voor een geweer kiezen. En er een gevorkte stok bij zoeken waarmee hij de trekker kan overhalen, snap je. Dat gedoe met je grote teen, daar moeten ze hier niks van hebben. Ze trekken hun laarzen liever niet uit. Sterven doe je met je laarzen aan, snap je. Ze zetten de loop tegen hun voorhoofd. Daar richt je op als je een koe moet afmaken. Het zwakste deel van het hoofd. Dat weten ze, snap je. Alleen hier in de buurt kan ik je er al zo tien noemen. Alvin Compass, een knappe jongen, reed regelmatig naar Wolfwing. Daar had hij een meisje, al hebben we nooit geweten wie het was. Een aardige knul, uit een fatsoenlijke veeboerenfamilie. Zijn vader had een mooie boerderij in het Whitewaterdal. Hoe vaak ik daar niet gestopt ben om even naar zijn kudde te kijken. Ik heb eens naar een van zijn stieren staan kijken in het lentegras. Die stond zo hard met zijn poten te schrapen dat de rode aarde opspatte, daarna ging hij liggen en schurkte met zijn schouder over de grond alsof hij verging van de jeuk.

Alvin moest meer dan vijfenzeventig kilometer rijden om dat meisje te zien. Op een keer raakte hij met vrij grote snelheid een auto die net de kruising overstak. En daardoor in de greppel terechtkwam. De auto rolde op zijn kant. Alvin stopte en rende naar de auto toe. Hij keek naar binnen, zag vijf of zes mensen, waaronder een paar kinderen, en niemand die bewoog, hij zag dat het gezicht van de chauffeur onder het bloed zat. Hij liep terug naar zijn truck, pakte zijn geweer uit het rek en joeg zich een kogel door de kop. Ter plekke, langs de kant van de weg. Maar wat wilde het geval? Die mensen in de auto waren helemaal niet dood. Ze waren niet eens gewond, behalve de chauffeur, die bewusteloos was geraakt van de klap en een klein sneetje in zijn voorhoofd had. Je weet hoe hoofdwonden kunnen bloeden. Na een paar minuten kwam hij weer bij. Hij was degene die Alvin vond. Daar word je toch niet goed van?

Dan had je C.C. Pope. Die woonde heel afgelegen in een groot huis met zijn zusters Dorothy en Brittania. Geen van hen is ooit getrouwd. Raar stel, hoor. Vier, vijf jaar achter elkaar werden ze door pech achtervolgd. Overal om hen heen regen behalve op hùn akkers, of hun akkers liepen volledig onder terwijl op die van anderen gewoon een lekker buitje viel, of de boerderij werd een week voor de oogst door een tornado getroffen waardoor alles uit de grond werd gerukt, of alle machines gingen tegelijk stuk en dan kwamen ze erachter dat de onderdelen die ze nodig hadden om ze te repareren niet meer te krijgen waren. Verouderd. Alleen boven hun land, nergens anders, zag je valse zonnen. De indianen weigerden een voet op dat land te zetten. Die noemden de oude C.C. "achterstevorenprater". Wie weet wat ze daarmee bedoelden. Hij kon even goed praten als jij en ik.

C.C. werd uitgeschakeld door een spierverrekking in zijn schouder, en de dokter adviseerde hem om zich twee of drie keer per week te laten masseren. De dokter geeft hem de naam van Earl Doffins vrouw – geen familie van mij, voor zover ik weet – ze kon goed masseren en vroeg een redelijke prijs, dus hij erheen. Stond hij eerst vijftien minuten lang zijn voeten te vegen, voordat hij genoeg moed verzameld had om te vragen of ze hem wilde masseren. "Jôh, jôh, doe ik." Het was een Zweedse. Hij ging er iedere week heen voor zijn massage. Ik neem aan alleen voor de schouder, maar wie weet. Arme stakker, vierenzeventig, had totaal geen weet van vrouwen, kende alleen zijn oude, preutse zusters, werd verliefd op Earl Doffins vrouw. Een grote, dikke vrouw, zes keer oma en zo romantisch als een koeievla. Hij wist natuurlijk best dat het een hopeloze zaak was. Heeft nooit één woord tegen haar gesproken. Hij nam zijn geweer mee naar de slaapkamer en schoot zichzelf overhoop, terwijl hij voor de spiegel stond. Naderhand vonden ze zijn hele bureaula vol met nooit verstuurde liefdesbrieven.

Charles V. Sunday. Een taxidermist. Kon zo goed lynxen en panters opzetten dat je er kippevel van kreeg als je ernaar keek, zo echt waren ze, nietwaar Molly?'

De hond sliep, met haar kop op Loyals voet. Door het gewicht was zijn voet gaan tintelen. Hij probeerde hem voorzichtig onder haar kaak vandaan te trekken, maar bij de minste beweging krabbelde ze dichterbij. Toch moest ze leren eroverheen te komen.

'Hij kon alles opzetten, hij kon herte- of elandehuid zo looien dat ze zo soepel als boter werd. Toen hij jong was, had hij zich laten inschrijven voor een schriftelijke cursus, "Taxidermist worden in je vrije tijd", maar hij werd er een kei in. Hij deed opzetwerk voor de grote musea, werkte twee jaar lang aan een roedel coyotes dat ze in New Paltz, New York, hebben, in het Stedelijk Museum daar. In een of ander tijdschrift stond een artikel over die tentoonstelling die we ergens gezien hebben.'

'*Western World*', zei Molly Doffin. 'Ligt in een doos boven de zadelkamer. Plus er verscheen een groot artikel in een van de plaatselijke kranten. Met foto's en al.'

'Zal ik je morgen laten zien. Nou, dus meneer het zondagskind heeft een goed leven, wordt gewaardeerd in zijn vak, artikelen in tijdschriften en kranten over hem en alles, leuk gezin met een paar kinderen, en dan schiet hij zichzelf overhoop. Aan het eind van de winter. Hij had al zijn werk afgemaakt, kranten tegen het plafond geprikt, een pak kranten op de vloer gelegd, om degene die de rotzooi moest opruimen te ontzien, en bam! Maar ze zijn er nooit achter gekomen waarom hij het gedaan heeft. Zijn zaken waren in orde. Hij had nooit een hint in die richting gegeven en ook geen afscheidsbrief achtergelaten. Na alle moeite die hij gedaan had om kranten tegen het plafond te prikken, was het een beetje ironisch dat de hele rotzooi, hersenen, bloed en alles, op een stapeltje dominostenen op de tafel achter hem terechtkwam. Ongeveer een uur voordat hij zichzelf doodschoot, had hij namelijk domino zitten spelen met zijn jongste zoon. Dat is alweer jaren geleden, maar nog vreemder is het dat die zoon, met wie hij had zitten dominoën, zichzelf op zijn achttiende verjaardag doodschoot. Dat is pas twee jaar geleden. Ik kan me niet meer herinneren waar hij dat gedaan heeft, jij, Molly?'

'Ergens midden in het veld.'

'Oh ja. Nu weet ik het weer. Het grappige was dat hij een achtmillimetergeweer gebruikte. Zijn vader had een hele wapenverzameling achtergelaten, snap je, daar zat deze bij.'

'Christus', zei Loyal. 'Dan zal er wel niet veel van hem zijn overgebleven.'

'Reken maar. Zijn kop was er finaal afgeblazen. Maar van hem wisten ze tenminste waarom hij het gedaan had. Hij liet een driehonderdtwaalf pagina's lange afscheidsbrief achter. Daar was hij zeven maanden voor zijn duistere daad aan begonnen. Had hij maanden aan zitten schrijven. Hij vond dat hij geen enkele toekomst had; hij zei dat hij huiselijk was, dat de meisjes hem uitlachten, dat hij slechte gewoonten had – welke dat waren, kunnen we, denk ik, wel raden – dat hij lui was, kort van geheugen, dat hij slecht op school was en last had van een heel scala aan allergieën, dat zijn ene been korter was dan het andere, enzovoort. Alles waar je als mens maar aan kunt lijden.'

'Ik heb hem nooit lelijk gevonden', zei mevrouw Doffin. 'Hij leek me volkomen normaal, altijd als ik hem zag. Maar je weet natuurlijk nooit.'

'En zo is er nog een hele rits: verloren gegane oogsten, hypotheekschulden, geldproblemen. Wij hebben hier natuurlijk ook wel onze portie ellende gehad, maar op een of andere manier zijn we er altijd uitgekomen zonder naar het geschut te hoeven grijpen. Nietwaar, moeder?'

'Tot nog toe wel', zei mevrouw Doffin lachend.

'Dus, Blood, je hebt zware verliezen geleden vandaag, je bonenoogst en je leghorns, je huis en je bijgebouwen, maar ik hoop dat je het leven nog een beetje van de zonnige kant kunt zien. Jijzelf, je auto en je hond zijn gespaard gebleven. Ik hoop dus dat je het niet in je hoofd haalt om het geschut in stelling te brengen, zoals degenen waar we het over gehad hebben. Er is nog zo veel om voor te leven.'

'Welnee', zei Loyal. 'Die gedachte is nooit bij me opgekomen. Ik heb wel dieper in de put gezeten in mijn leven en het nooit zelfs maar overwogen. Al gaf je me geld, zou ik mijn kop er nog niet afschieten.' Maar hij had het gevoel dat zijn leven een zwakke ketting was, waarvan de schakels een voor een braken.

'Ha, ha. Weet je, als je een baan zoekt, terwijl je over de volgende stap nadenkt, hebben wij wel wat voor je, hier. Er is altijd werk op een vakantieboerderij, zelfs op een kleintje als de onze. Tja, wij hebben ook twee van zulke incidenten meegemaakt, hier op de boerderij, nietwaar moeder?'

'Twee? Alleen juffrouw Bridal, en ik geloof nog steeds dat dat een ongeluk was.'

'En Parger dan? Ben je die soms vergeten?'

'Die ben ik niet vergeten, maar er was geen sprake van een geweer, en bovendien kan het moord geweest zijn. Die jachtbuks met een touwtje eraan, waardoor de trekker overgehaald werd toen hij de deur opendeed. Ik zal altijd blijven geloven dat het moord was, en ik moet er niet aan denken wat het motief was. Meneer Blood, we hadden in die tijd een paar onfrisse types op de slaapzaal, als u begrijpt wat ik bedoel, waarvan er een, een vriend van deze Parger, zo jaloers was als een vrouw. De sheriff heeft uren met hem gepraat, al is hij nooit gearresteerd, maar ik ben altijd van mening geweest dat er meer achter zat dan het daglicht kon verdragen. Voordat we hem konden vragen weg te gaan, was hij al vertrokken. Hij loopt waarschijnlijk nog steeds ergens vrij rond.'

De hond had zich tussen Loyals rechterhiel en de bank weten te wurmen, waar ze als een levend touw tussen zijn benen en over een van zijn voeten gedrapeerd lag.

'Die hond van jou is een vurige minnares, Blood.'

'Hmm', was mevrouw Doffins instemmende commentaar, als om te bevestigen dat het vermelden van de liefde opwoog tegen verhalen over rondspattende hersenen.

37 Het schrift van de indiaan

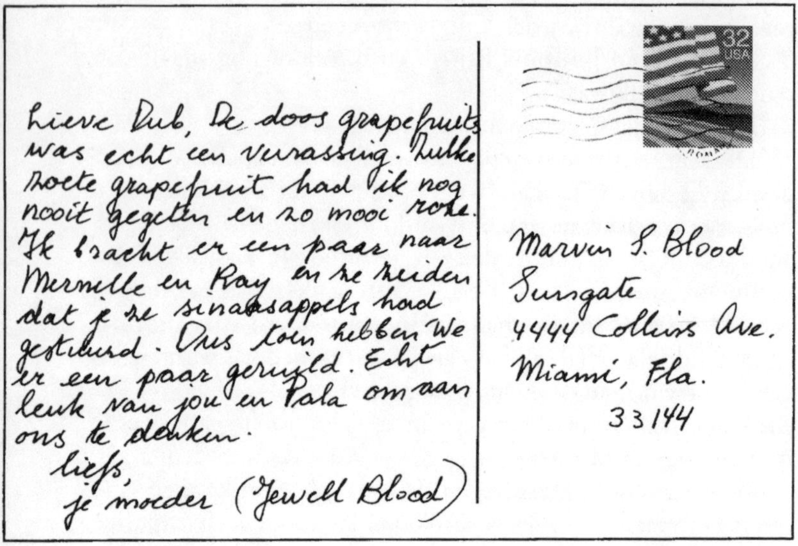

Hij had het gebeurde in Criddles bar proberen op te schrijven in het schrift van de indiaan. Maar het smolt weg onder zijn pen.

Hij had aan een tafel schulprandjes zitten maken met de natte cirkels van zijn bierflesje, terwijl hij met een half oor luisterde naar de ruzie aan het eind van de bar. Marta, een stevige tante met een torenhoog kapsel, stijf van de haarlak, had met een of andere vent staan ruziën. Ze was gekleed als een ijsdanseres in cowboydracht: een met spijkerkoppen beslagen suède hesje, geiteleren minirok waar een stel benen als van een vleugelverdediger onderuit staken, met bovenaan, daar waar het scheermesje gestopt was, een harige rand. De man zat over zijn biertje gebogen; zijn kleren, die slap van de olie hingen, verspreidden een vettige geur.

'Nou, hij rijdt dus níet beter, dat is het probleem. Je hebt hem maar te maken. Ik heb jou wel een beurt gegeven, maar voor zover ik kan zien, heb jij niks met mijn chevy gedaan, behalve op de voorbank zitten, misschien. Of even op de motorkap leunen. Heb je er überhaupt iets aan gedaan? Gelijk heb je, geef maar geen antwoord, want ik wéét dat je er niks mee gedaan hebt.'

De man krabde zich op de borst en draaide zich half van haar weg. Ze nam haar stoel op en zette hem aan de andere kant van de tafel weer neer, zodat ze opnieuw tegenover hem zat. Haar stem werd schril.

'Jij denkt zeker dat ik het maar te slikken heb, hè? Denk je dat soms, hè? Dat ik er niet mee naar de politie kan, dat ik tegenover niemand mijn beklag kan doen? Nou, dan heb je het mooi mis. Dan heb je mooi de verkeerde tegenover je.'

De man slaakte een overdreven zucht en grimaste in Loyals richting. Hij gebaarde om een nieuw biertje naar mevrouw Criddle.

'Als je een biertje wilt, kom je het maar halen', zei mevrouw Criddle met opeengeperste witte lippen, terwijl ze de bar droog veegde. Haar harde ogen accepteerden iets pas als het verleden tijd was. Ze maakte geen aanstalten om een biertje te tappen. De man draaide zijn lege glas rond op de beschadigde tafel.

'Hoor je niet wat mevrouw zegt? Ze vraagt of je je biertje aan de bar wilt komen halen', klonk Marta's stem, poeslief met een verraderlijke ondertoon. Ze stond op. 'Ik wil wedden dat je vindt dat ìk je bier moet gaan halen, hè? Jij bent vast iemand die op zijn wenken bediend wenst te worden, hè, jij schele, valse, stomme klootzak!' Bij het laatste woord trok ze zijn stoel onder hem vandaan. De man sloeg languit achterover. Toen hij aan haar been begon te rukken, bleef ze staan en gaf hem een trap tegen zijn hoofd, waarna ze niet meer ophield met trappen.

'Wat vind je van deze danspassen, hè, wat vind je hiervan, vette, ouwe aap? Wil je er nog een paar?' De stem snerpte als een kam waarvan de tanden langs de rand van een tafel gehaald worden. Telkens als de man probeerde op te staan, gaf ze hem een trap met haar versleten laars, waarvan de bovenrand met een golfpatroon van bergkristallen was afgezet.

'Hé, hou daar mee op!' schreeuwde mevrouw Criddle, terwijl ze achter de bar vandaan kwam. Criddle zelf kwam uit de achterkamer tevoorschijn, terwijl hij zijn van azijn druipende handen aan een handdoek afdroogde. De man kroop in een afgeschermd hoekje onder tafel, waar Marta niet kon uithalen met haar voet. Ze zwaaide als een stier met haar hoofd. De torenhoge haardos zwabberde mee.

'Geef me een bezem! Een stok, een honkbalknuppel, maakt niet uit wat.' Haar blik rolde door de ruimte, gleed via Loyal naar Criddle. En toen weer terug naar Loyal.

'Wat zit je daar nou stom te kijken, goor varken? Mannen! Moet je jezelf daar nou zien zitten. Alsof je naar een show zit te kijken. Goor varken. Waarom doe je niet mee met de show?' Ze pakte het lege bierglas en smeet het in Loyals richting. Het raakte zijn schouder, kletterde op tafel en brak. Ze stormde de gelagkamer door en knalde zijn stoel omver, zodat ze beiden onderuitgingen. Haar knieën boorden zich in de vloer, stijve haarpieken sprongen op als vlammen van het zonsoppervlak, ze haalde naar hem uit.

Op het moment dat hij viel, kon hij haar kop er wel afhakken, het opgestoken zwarte haar tot op de hersenen openklieven. Als een moker kwam hij overeind. Als Criddle en Ben Rainwater niet tussenbeide gekomen waren, had hij haar waarschijnlijk vermoord; zijn vilten hoed was over zijn ogen gezakt. De drie mannen schuifelden in de rondte als in een reidans. Mevrouw Criddle duwde Marta via de keuken de steeg in.

'Het kan me niet schelen of je je jas hebt of niet, je gaat naar huis, als je tenminste een huis hebt.'

En boven de woede uit smaakte Loyal een veil genoegen omdat zijn attaque met adrenaline voorkomen was. Hoewel het wonder daarvan hem niet werd geopenbaard. Die nacht schreef hij boven aan de bladzij in het schrift van de indiaan: *Maar één manier*. Waarna hij de woorden doorschrapte tot de pen het papier stuk trok en hij die gedachten diep wegstopte. Wie wist hoeveel wegen naar de liefde voerden? Zij die geen enkele weg vonden, kenden de moeilijkheden.

38 Het ziet ernaar uit dat het gaat regenen

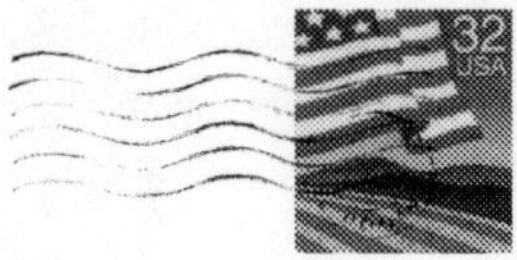

Beste Voormalige Cliënt! Ook al is het Herfst, en geen Mei, het kan zijn dat Wij precies de Auto hebben die U zoekt! Gunstige Voorwaarden voor Vaste Klanten. Wordt het niet eens tijd om langs te komen bij RUDY's AUTOSTAD? U zult er *geen spijt van krijgen!*

Jewell Blood
RFD
Cream Hill
05099

Jewell werd wakker met het gevoel dat ze voort moest maken. Er moest van alles gedaan, rechtgezet worden. Ze dronk haar kop thee staande, terwijl ze naar buiten keek, naar de donkere ochtend. Het kopje trilde in haar handen. Onvast op haar stutten, dacht ze, ze voelde zich rusteloos. Er was vast een weersverandering op til.

Ze waste de kop en schotel af en at een paar partjes appel. Geen trek meer, tegenwoordig. Sinds Dubs geboorte was ze stevig geweest, maar het afgelopen jaar was ze flink afgevallen. Ze schrok van haar spiegelbeeld; precies de oude oma Sevins met haar haakneus en rimpels, die haar aanstaarde. Ze was tweeënzeventig, wat haar goed aan te zien was, maar ze voelde zich jong, ondanks de bevingen.

Jammer, dacht ze. Ze had het verkleuren van de bladeren opnieuw gemist. In oktober was het op zijn hoogtepunt geweest, net toen de remmen van de nieuwe auto werden vervangen, en daarna, met het verstrijken van de warme nazomer, was het hele plan haar ontschoten. Ze was aldoor van plan geweest om na afloop van haar werk in de conservenfabriek de bergen in te trekken in New Hampshire, als de bladeren spectaculair van kleur wisselden. Men zei dat het fantastisch was, de kleuren, de vergezichten. Ze had graag naar de top van Mount Washington willen rijden, over de tolweg. En toen ze eenmaal vrij was, had ze het prompt vergeten. Ze dacht dat de kever het wel zou halen; ze had gehoord dat het een lastige weg was en dat heel wat auto's rechtsomkeert moesten maken. Auto's met kokende motor. Maar op de top kon je het einde van de wereld zien en een bumpersticker kopen voor je auto met DEZE AUTO HEEFT MOUNT WASHINGTON BEKLOMMEN erop. Belachelijk natuurlijk, dat ze zo'n bumpersticker wilde, maar het was niet anders. Mount Washington. Echt iets voor een ouwetje als zij!

Ray had haar overgehaald om Minks vooroorlogse rammelkar in te ruilen voor een kever uit 1966. 'Hij heeft nog maar vijfendertigduizend kilometer gereden. Hij gaat net zo lang mee als de oude Ford, hij is zuinig en je kunt ermee op plaatsen komen die voor de meeste andere auto's onbereikbaar zijn. Rudy heeft een vrij goede staan. De kleur is een beetje raar, maar je kunt hem voor een redelijke prijs krijgen, zegt hij.'

'De kleur kan me niet schelen!' zei ze. En vervolgens: 'Wat voor kleur heeft hij?'

'Hij is oranje, Jewell. Met limoengroene bekleding. Op bestelling gemaakt, maar die lui konden hem niet afbetalen. Hij rijdt heel goed en er zit een prima verwarming in. Er zit niet één roestplekje op. Rudy zegt dat hij de remmen gratis voor je vervangt, als je hem wilt. Volgens mij raakt hij hem niet kwijt vanwege die kleur, neem dat maar van mij aan.'

Eenmaal gewend aan zijn uiterlijk, vond ze het autootje best leuk. De gebochelde vorm en het enthousiasme van het voertuig kwamen haar vertrouwd voor; het deed haar denken aan Mernelles oude hond.

Ze ruimde de caravan op, haalde de stofzuiger over het franjetapijt, legde een schoon tafellaken op tafel en nieuw kastpapier in de keukenkastjes. Zo gebeurd, allemaal. Vroeger zou ze het vieze papier in de kachel gestopt en verbrand hebben. Het elektrische kacheltje was weliswaar schoon, maar je kon er geen sokken op drogen, geen papier in verbranden, geen brood op laten rijzen, en het gaf geen gezelligheid. Bovendien kostte het geld als je hem aanzette. Dat heette vooruitgang.

Rond negen uur had ze niets meer te doen, enkel breiwerk. Ze was rusteloos. De wol bleef aan haar ruwe vingers haken. De caravan was benauwd. Ze had zin in een stevige rit, ze wilde de weg op, iets zien. De caravan was best gezellig, maar hij benauwde haar ook. De waarheid was dat ze haar werk in de conservenfabriek miste.

Ze tuurde de grijze ochtend in. De lucht leek op een oude paardedeken. De magere weken voor de sneeuw braken aan. Ach, ze zou gewoon naar het oosten rijden, ook al zag het ernaar uit dat het zou gaan regenen. Ze zou wel zien hoe ver ze kwam. Laat de kever zijn best maar doen.

Rond het middaguur was ze in Littleton, moe en dorstig. Ze deed er een kwartier over om een lunchroom te vinden. En ze had last van opkomende hoofdpijn. Het was verder dan het er op de kaart had uitgezien. De zware lucht zag er dreigend uit. Een glas gemberbier zou haar goed doen. Misschien een broodje kipfilet terwijl ze haar kaart bestudeerde. Ze vond het nog steeds een genot om ergens naar binnen te gaan, te bestellen wat ze wilde en dan met haar eigen geld te betalen.

Ze parkeerde voor The Cowbell Diner. Ze nam plaats aan een met gelakte schotten afgezet tafeltje en plukte de menukaart achter de servethouder vandaan. Kruimels en ketchupvlekken op tafel. Een van de serveersters stond over het buffet geleund; de andere zat met een sigaret en een kop koffie op een barkruk tegenover haar. Er waren nog een paar klanten. Een man in een rafelig jasje leek hier kind aan huis; hij schonk voor zichzelf koffie in uit de gore pot achter het buffet.

'Ze nemen wel de tijd, zeg', mompelde Jewell in zichzelf.

Het meisje kwam naar haar tafeltje en haalde er een doek over.

'Zegt u 't maar.'

'Ik denk dat ik een glas gemberbier neem zonder ijs en een kipsandwich, met alleen kip, sla en een beetje mayonaise.'

'Wit of bruin?'

'Wat?'

'Wilt u de kipfilet op wit brood of op bruin brood?' Ze gaf een ruk met haar heup en keek om naar de andere serveerster. Jewell kende het type. Je had tegenwoordig een soort verkopers, obers, serveersters, caissières dat nauwelijks nog beleefd te noemen was tegen ouderen. Ze namen alle tijd, sloegen een aanmatigende toon aan, kwakten de spullen voor je op tafel. Jewell wilde wedden dat deze het gemberbier over de hele tafel zou morsen. En jawel, hoor.

Het brood krulde op als een pagode en onthulde verlepte sla en een dot grijze kip. Het gemberbier bestond voornamelijk uit half gesmolten ijswater. Ze depte het gemorste vocht op met wat papieren servetten en boog zich over haar wegenkaart. Ze schrok toen ze zag dat de autoweg aan de andere kant van de berg liep. Zo te zien zou ze helemaal om moeten rijden naar het noorden, nog eens honderd kilometer verder. Toen de serveerster haar de rekening bracht – $ 1.75 – vroeg ze haar of er een snellere route naar de autoweg bestond.

'Autoweg? Ik weet niet eens waar die is. Melanie, weet jij waar de autoweg is?'

'Naar Mount Washington', zei Jewell. 'De autoweg naar de top van Mount Washington.'

'Ik ben op de top geweest', zei Melanie. 'Het was bewolkt.'

'Wat is de beste route?'

'Je neemt de honderdzestien, dan de afslag naar de twee, dan de zestien, verder weet ik het niet. Een paar uur rijden van hier.'

'Zijn er geen sluiproutes, achterafweggetjes?'

De eerste serveerster gaf antwoord. 'Bij mijn weten niet. Waar ben je eigenlijk geweest gisteravond, Melanie?'

De man met het geruite jasje draaide zich om op zijn barkruk. 'Hebt u een goede auto?' Ongeschoren kaken, ogen als ingelegde uien. Een ouwe rot.

'Jawel', zei Jewell, denkend aan de nijvere kever. 'Ik ga er overal mee naar toe.'

'Wel, als u een goede auto hebt en er geen been in ziet om van de hoofdweg af te gaan, is er een sluiproute, scheelt zo'n dertien à zestien kilometer.' Hij kwam naar haar toe gehinkt en boog zich over de kaart. 'Het is een houthakkersweg. Vergeet de honderdzestien. Kijk, u gaat hierlangs, ziet u, dan pakt u de honderdvijftien, u gaat langs Carrol, en zo'n vijf kilometer voorbij Carrol moet u uitkijken naar een weg rechts. Bij een rij werkloodsen, ik weet niet precies, zo'n zes of acht loodsen, en voorbij die loodsen rechts is een afslag. Die neemt u niet, maar zo'n driekwart kilometer verderop is er weer een afslag rechts, die moet u hebben. Hij loopt hierlangs en komt zo'n beetje daar uit.' Zijn vinger gleed over de kaart. 'Scheelt u een paar kilometer, ongeveer zestien kilometer. Als u het niet erg vindt om over een onverharde weg te rijden.'

'Daar rijd ik sowieso meestal op', zei ze. 'Dank u voor de tip.'

'Al kreeg ik geld toe, zou ik zijn raad niet opvolgen', zei Melanie.

Het was kwart voor twee toen ze bij de gammele houten loodsen kwam. Ze passeerde een afslag rechts en hield vervolgens de snelheidsmeter in de gaten om te zien wanneer ze driekwart kilometer verder was. Niets. Na tweeëneenhalve kilometer boog er een hobbelige grindweg naar het zuidoosten af. Die nam ze. Geen zuchtje wind. De donkere lucht, de rafelige sparren langs het idiote pad, waarachter ruige heuvels overdekt met braamstruiken en populiersnoeisel lagen, deprimeerden haar. Ze was moe. De kou drong de kever binnen. Tegen de tijd dat ze de top van Mount Washington bereikte, zou het waarschijnlijk al tegen vieren lopen en donker worden. Hoe laat sloot de winkel waar je de bumperstickers kon krijgen? Maar ze was nu al zo dichtbij dat het zonde zou zijn om het niet te proberen. Wat een avontuur, Mount Washington beklimmen in het bijna donker. En afdalen. Als het maar niet gaat regenen, dacht ze, blij dat ze nieuwe remmen had.

De weg werd ruiger, smaller, een bleek grindpad door het donkere bos. Zo'n anderhalve kilometer verder vormde de weg een Y. Er stonden geen borden, dus welke afslag waarheen ging, was met geen mogelijkheid vast te stellen. Ze sloeg rechtsaf, dat leek haar het beste. De naamloze weg voerde over een brug en slingerde zich vervolgens in cirkels en bochten heuvelopwaarts; ontelbare zijweggetjes bogen naar links en naar rechts. Kilometer na kilometer boorde de weg zich het bos in. Ze passeerde houtkaaien, een oude groene caravan met ingestort dak en een boven de wijd open deuropening bungelend gewei. Op de laag gelegen plekken werd de weg zwart en drabbig. De modder spoot tegen de voorruit. Grind lag er niet meer. Ze worstelde zich langs een rotshelling naar een door een moeras lopende knuppeldamweg van rottende boomstammen. Ruimte om te keren was er niet. Ze werd bang en wilde rechtsomkeert maken, maar ze kon nu enkel nog vooruit. Getik van de eerste ijskoude regendruppels. Een eland sprong tussen een groepje sparrestronken. Het autootje ploeterde door gaten en kuilen, en voordat ze het moeras achter zich had, was de knalpot achter een van de boomstammen blijven hangen. Het pad – een weg kon je het niet langer noemen – werd steeds steiler, een uitgesleten nachtmerrie van keien. Ze kon niet keren en amper nog vooruit.

Fijne ijzel begon langzaam maar zeker de voorruit te bedekken. De ruitewissers schraapten vergeefs over de drab en het ijs. Ten slotte, een zijwaartse ruk, een knarsende stop. De Volkswagen was vastgelopen. Ze draaide het contactsleuteltje om, stapte uit en keek onder de auto, zag de kei die tegen het chassis drukte. De ijzel kletterde op het autootje, siste tussen de sparren. Alleen met een helikopter was de kever van die kei af te krijgen, dacht ze. In de bak van de oude auto had een krik gelegen, maar die was verdwenen toen ze de Volkswagen had gekocht. Als ze een of twee stevige palen kon vinden en die onder de kever kon schuiven, zou ze hem misschien van de rots af kunnen krikken. Als ze de kracht ervoor had. Ze zou het proberen. Maar ze wou dat Mink er was. Ze zag voor zich hoe hij altijd zijn woede aanwendde om zich door een zwaar karwei, een zwaar leven heen te slepen. Haar hart bonsde. Ze strompelde het struikgewas in, op zoek naar een stevige, solide stomp. Ze was hier bepaald niet op gekleed, dacht ze, toen haar wollen broekomslag aan een uitsteeksel bleef haken.

Gekapte takken, rottende stronken, groene scheuten; niets waar ze wat aan had. Het moeilijkste was nog om je door de wirwar van dood hout heen te worstelen. Hijgend bereikte ze een kriskras met dode bomen overdekte en barstensvol braamstruiken staande greppel. Daar lag een stomp die er stevig uitzag en die niet te groot voor haar was. Ze manoeuvreerde zich in een positie vanwaaruit ze hem los kon trekken. Het dichtstbijzijnde eind kreeg ze wel los, maar het andere eind leek klem te liggen onder een andere stronk. Ze stond te trillen op haar benen. Ze zou naar de overkant van de greppel moeten om hem los te wrikken. Wist dat ze niet als een koorddanser over de gevallen boomstammen naar de andere kant kon balanceren, wat Mink gedaan zou hebben. Ze ploeterde verder, klauwde zich omlaag, de greppel in, en begon zich een weg te banen door woekerende braamstruiken en rottend hout. De ijzel kletterde neer. Het was donker en het stonk tussen de dicht opeen groeiende stengels. Afgebroken takken prikten. Ze vocht zich erdoorheen, twee, drie meter, met hamerend hart, zo gebeten op het bereiken van de overkant van de greppel dat ze enkel verbazing voelde toen het fatale adergezwel een einde maakte aan haar tocht. Haar hand greep zich vast in de wilde frambozestengels, ontspande.

39 De houthakkersweg

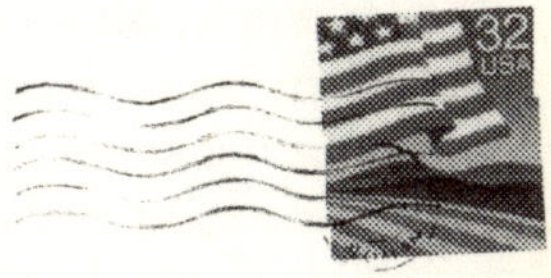

17 november 1969
Geachte heer Blood,
Er zijn bij de gemeenteraad twee klachten ingediend over het afvoersysteem op uw caravanpark in Cream Hill. Zou u aanstaande donderdagavond naar de vergadering willen komen?
Joanne Buddle, gemeentesecretaris

Mr. Otter Blood
RFD
Wallings, VT. 05030

Een kletterende novemberregen gutste over de voorruit. Windvlagen striemden de auto, smeten de natte bladeren op straat. Rays melkwitte adem condenseerde op de zijraampjes, zodat de felle stoplichten en het neonbord CHIN GARDEN (de A van China had het nooit gedaan) getemperd werden tot zuurtjes. De verwarming blies haar warmte snorrend tegen zijn benen. Hij draaide Henry Street in, waarbij de koplampen de natte bomen, de gevlekte stoep deden vonken. Water vol bladeren vliedde door de goten, natte laarzen flikkerden als vuurstenen. De ramen van zijn huis glommen in het donker als blokjes smeltende boter.

Hij draaide de oprit op, bracht de wielen evenwijdig aan de

schuin aflopende betonstrips ter weerszijden van de strook graspollen die langs het chassis van de wagen streken. Hij zag het rood van het keukengordijn door het raam schijnen, hij zag Mernelle rond de tafel lopen; waarschijnlijk streek ze de placemats glad of legde ze het tafelzilver netjes naast elkaar, alsof het kinderen waren die opgesteld werden voor een foto.

Doordat de deur was uitgezet door vocht, moest hij twee keer duwen eer hij openging. Mernelle, wier achterwerk in de strakke zwarte broek naar hem toegekeerd was toen ze bukte om uit het kastje onder het aanrecht een nieuwe spons te pakken, zei: 'Smerig buiten?'

'Bar slecht. Het wordt al kouder. Volgens het weerbericht gaat het voor de ochtend in sneeuw over.'

'Daar zullen de hertejagers wel blij mee zijn.' De wind zwiepte de regen tegen de achterdeur. Het deksel van de gastank klepperde tegen het huis.

'Ja, die houden er wel van. Duurt het nog lang voor we gaan eten? Ruikt fantastisch. Wat is het?'

'Varkensrollade met gebakken pompoen. Leek me een goed idee met dit slechte weer. En ik heb een appeltaart gebakken. Dat is wat je ruikt, de kaneel.'

'Wil je wat drinken?' Hij hing zijn natte jas aan de haak, zodat hij kon drogen. Hij verspreidde de bittere geur van versgekapt hout. Zijn sloffen stonden in de gang.

'Eentje. Niet te sterk.' Ze gluurde in de hete oven, prikte met een vleesvork in de rollade. Ray zette het radiootje boven het aanrecht aan. Trompetmuziek, iets Latijns-Amerikaans met klikgeluiden. Hij pakte de fles whisky uit de naar dennehout en specerijen geurende voorraadkast en de groene gemberbierfles uit de koelkast. Mernelle trok het bakje met ijsblokjes uit de vriezer.

'Ik heb het vanochtend opnieuw gevuld,' zei ze, 'dan hebben de ijsblokjes niet zo'n muffe smaak.' Ze hield het bakje onder stromend water, totdat de blokjes zich met een korte, ijzige kreun lieten loswrikken. Ray stond achter haar, tegen haar aan geleund, zodat haar buik tegen de rand van het aanrecht drukte. Hij duwde zijn gezicht in haar haar. Ze voelde de warmte van zijn adem op haar hoofdhuid, in haar oor, voelde zijn mond achter in haar hals, zijn tong, die langs de losse haartjes streek.

'Ah. Ah', zei hij. 'Thuis. Heerlijk.'

Haar onvervulde kinderwens vlamde weer op. 'Die rollade moet nog een kwartiertje. Het is er een van vijf pond, zodat we genoeg overhouden om morgen filosoof te maken.' Ze nam het drankje van hem aan. Het glas was koud in haar hand. Het ijs tinkelde glazig.

In de woonkamer liet Ray zich in zijn kunstleren leunstoel zakken en ging Mernelle op de bank zitten, die door zijn goudkleurige bekleding en in het hoogpolige tapijt wegzinkende, tapse poten rijk aandeed. Op de salontafel van zacht glanzend caramelkleurig hout stond een glimmend schaaltje pepermuntjes, er lagen stapeltjes tijdschriften: *De Houtfabriek, De Motorboot* en *Reader's Digest*. De triplex wanden glansden van de citroenolie. In de kamer hingen herfstfoto's in gestansde koperen lijsten. Vanaf het andere eind van de kamer staarde een televisietoestel op een tafeltje hen aan.

Naast de bank een kabinet met glazen deuren, met Mernelles berenverzameling: glazen beren, beren van keramiek, hout, bakeliet, plastic, papiermaché, een beer van gelakt deeg uit Italië, een strooien beer uit Polen, lappenberen, beren van takken en stenen en een metalen muziekdoosbeer met een hendeltje in zijn rug die 'Home on the Range' speelde. Ze had geen idee waarom ze ze verzamelde. 'Och, zomaar, het is een beetje een hobby. Ik weet niet, ik vind ze gewoon leuk.' Ray bracht beren voor haar mee uit alle plaatsen waar hij heen ging, van de houthakkersconferenties in Spokane, Denver, Boise, uit andere landen, uit Zweden, zelfs uit Puerto Rico en Brazilië. Eigenlijk was híj degene die ze verzamelde; zij zette ze enkel op glazen schappen. Ze moest ze wel leuk vinden. En ze vond ze ook leuk.

Ray zette de tv aan. De blauwe rechthoek zwol op en strekte zich naar hen uit, vervormde figuurtjes schuifelden door de verschrikkelijke sneeuwval. De beelden hielden hun aandacht gevangen als vlammen in een open haard. Om half negen ging Mernelle naar de keuken om Ovaltine te maken en de taart te snijden, die nog zo warm als slapend vlees was. Ze schikte de dessertbordjes – wit met blauwe rand en gouden bladeren – op het dienblad, schonk de roze getinte Ovaltine in bijpassende kopjes. Ze voegde het getinkel van porselein, het zilverachtige geluid van lepeltjes bij de gierende storm. In de huiskamer legde Ray het gele tafelkleed over de kleine tafel. Voorzichtig zette ze het blad erop. Met hun vork in korst en room gemoffeld, keken ze naar het flikkerende verhaal. Het beeld van zijn lege knieën sneed dwars door haar ziel. Als ze kinderen gehad hadden, zouden ze ze nu ongeveer naar bed brengen. Ray zou voor het slapengaan een verhaaltje vertellen. 'Er was eens een klein meisje dat op een boerderij hoog op een heuvel woonde. Ze heette Ivy Sunbeam MacWay, bij iedereen beter bekend als Sunny. Zelfs bij Sonny.'

Later tijdens het programma ging de telefoon. Ray rekte zich uit. De vorm van zijn puntige ellebogen bleef in de mouwen van zijn geruite hemd staan.

'Als het iemand van de houtfabriek is...'

'Ik neem hem wel, Ray. Ze zouden je op een avond als deze niet op pad moeten sturen.' De zwarte, stromende nacht. Zij nam de telefoon aan, maar hij was ook opgestaan en stond in de deuropening mee te luisteren. De holle stemmen op de tv losten op in naargeestige muziek en een barse stem: '...van politie... op de dagelijkse ronde vanuit...'

'Ja, ja.' Op de nerveuze, vragende toon gereserveerd voor onbekende autoriteiten. Iemand gaf haar een adres. Ze luisterde, gebaarde dat ze pen en papier wilde. Hij stond naast haar en zag dat ze een nummer opschreef, een routebeschrijving naar een plaats in de bergen, honderdvijftig kilometer verderop. 'Ze is tweeënzeventig, vroeger was ze nogal zwaargebouwd, maar nu is ze een stuk magerder, en zo'n één meter achtenzestig lang denk ik. Ze is kleiner dan ik. Draagt een bril.' Ze luisterde naar de jonge stem. 'Ik heb haar gisterenmiddag een paar keer proberen te bellen, maar ik kreeg geen antwoord. Hoe laat? Nou, ik weet het niet zeker, maar het was net begonnen te regenen. Rond een uur of drie, denk ik. Vanochtend heb ik het opnieuw geprobeerd. Ze is tamelijk veel weg, dus ik heb er verder geen aandacht aan geschonken. Ja. Ja, ik kan een foto meenemen, die in het voorjaar van haar genomen is. Ray en ik gaan gelijk.' Toen ze had opgehangen, vroeg ze zich af waarom haar handen niet trilden, ze drukte ze tegen haar ogen, liet haar armen vervolgens slap langs haar zij hangen en zoog de lucht tussen haar tanden door naar binnen.

'Dat was de politie van New Hampshire. Een paar hertejagers hebben ma's auto gevonden op een houthakkersweg hoog in de bergen. Hij moet daar al een dag of twee staan, volgens hen; er ligt sneeuw op en er zijn geen sporen te zien rond de auto. En haar telefoon wordt niet opgenomen, zegt de politie. Hij gaat eindeloos over. Ze hebben meneer Colerain een kijkje bij de caravan laten nemen, sheriff Colerain, en ze is niet thuis. Ze hebben ons via Ott weten op te sporen.' Ze draaide een nummer, het nummer dat haar vingers zo goed kenden, en luisterde naar het ring-ring, ring-ring, terwijl ze zich het gerinkel in de lege caravan voorstelde.

'Ze zeiden dat ze geen idee hebben hoe de auto daar gekomen is. Hij hangt op een rots. Ze zeiden dat het een en al rots, boomstronk en moeras is daar, dat je zelfs met een bulldozer moeite zou hebben om er te komen.'

'Is ze gewond?'

'Dat weten ze niet, Ray. Er zat niemand in de auto. Haar portefeuille ligt op de stoel. Met geld erin. Dertien dollar. Ze hadden een beschrijving nodig, zodat ze de motels en ziekenhuizen kunnen bellen. Ze zeggen dat het daar sneeuwt als een gek. Ray, wat deed ze in godsnaam op een houthakkersweg helemaal voorbij Riddle Gap, New Hampshire? Ze had wel een dief of erger tegen het lijf kunnen lopen, die haar had kunnen kidnappen of haar auto had kunnen stelen.'

'Doe je warme plunje aan. Het wordt een zware tocht, door die rotbergen van New Hampshire.'

Ten oosten van de Connecticut River werd het terrein steiler. Mernelle zat op het puntje van haar stoel, met haar hand tegen het dashboard geleund. De weg glansde zwart in het licht van de koplampen, de ruitewissers knikten.

'Ze doet al een paar maanden een beetje vreemd, Ray. Kun je je nog herinneren dat ze in augustus thuiskwam met iemands brievenbus aan de achterbumper? Dat moet een verschrikkelijk kabaal gemaakt hebben onder het rijden, maar zij zei dat ze niets gehoord had. En, Ray, die keer dat ze probeerde de beek over te steken terwijl de brug openstond, en ze de auto in een kuil reed? Ze is verdorie een gevaar op de weg. Ze is te oud om te rijden, Ray. En dat zal ik haar zeggen ook, pal in haar gezicht.'

De regen tikte, elke druppel bevatte een greintje ijs. Naarmate de temperatuur verder daalde, vormden zich met iedere haal van de ruitewissers steeds dikkere ijsranden op de voorruit, zodat er waaiers van helder glas in het ijs ontstonden. De ruitewissers schraapten en klauwden. Ray zette de auto voorzichtig aan de kant en plukte het ijs met de hand van de wissers. Terwijl hij met de wissers bezig was, zette zich zwart ijs af op de voorruit. Hij schraapte de ruiten schoon, maar na zo'n anderhalve kilometer moest hij opnieuw stoppen om de ijslaag te verwijderen. Hoewel de verwarming stond te bulderen, produceerde hij slechts een heldere glassikkel ter grootte van een schoteltje, zodat hij met zijn hoofd diep over het stuur gebogen moest rijden.

Op de steile wegen was niet gestrooid, de DeSoto slipte, zelfs in de flauwste bochten gleden de achterwielen weg. Op heuvels gleden en slipten ze zijwaarts. Geen enkele koplamp kwam hen tegemoet, maar in de achteruitkijkspiegel zag Ray ver achter hen een ander voertuig traag voortkruipen.

'Ik wed dat dat de strooiwagen is, achter ons', zei Ray. Ze zigzagden voort met dertig kilometer per uur, terwijl de ijzel neerkletterde als suiker. In Jarvis ging het over in sneeuw.

'Schrale troost', zei Ray. Maar op sneeuw hadden de wielen tenminste grip, en bovendien werden sneeuwvlokken door de ruitewissers weggeveegd. Hij voerde de snelheid op tot een gestage vijfenveertig kilometer per uur.

Ze ontwaakte tussen de warme motellakens en kon aan het geluid van Rays ademhaling horen dat hij zijn ogen open had. De krappe kamer, waarin een plastic stoel, het tweepersoonsbed en de tv elkaar verdrongen, was om te stikken. Ze had hoofdpijn. De kachel stond op zijn hoogst, aan de luchtstroom kon ze voelen dat het buiten ijzig was.

'Hoe lang ben je al wakker?' fluisterde ze.

'Ik heb nog helemaal niet geslapen. Ik denk steeds dat ze misschien ergens daar buiten is. Het wordt akelig koud.' Hij stond op en trok de jaloezie een stukje op, zijn trouwring fonkelde. De strips gingen scheef omhoog. Een kristallen mist vertroebelde het moteltuinlicht. Ragfijne sneeuw, het soort sneeuw dat viel als het bitterkoud was. En dan ook nog die wind, dacht hij. Zelfs als je warm gekleed in een holle boom gehurkt zat, in een beschut hoekje, hoe lang hield je het dan uit? Werden oude boerenvrouwen langzaam verteerd door hun uithoudingsvermogen of lieten ze zich snel en makkelijk gaan?

'Wat denk je, Ray?'

'Ik weet het niet. Ik weet het niet. Het ziet er niet al te hoopvol uit, lieverd. Maar we moeten de moed niet laten zakken. Misschien ligt ze op dit moment wel prinsheerlijk bij iemand op de logeerkamer. Geen zorgen voor morgen.'

'Ray. Ze ligt niet bij iemand op de logeerkamer.' Hij zei niets, sloeg slechts zijn lange harde armen om haar heen en trok haar dicht tegen zich aan, zodat haar oor op zijn naakte borst rustte. Zijn hart bonsde, zijn borst ging op en neer op de maat van zijn warme adem en hij verspreidde een slaperige vanillegeur.

'Oh, Ray, ik weet niet wat ik doe, als...' In de zoete cirkel van zijn omarming stelde ze zich Jewell voor in de sneeuwbuien, één arm recht voor zich uitgestrekt, de andere over haar borst gevouwen alsof ze een pijl uit haar keel wilde trekken. De sneeuw knetterde in haar haar en viel in haar koude oorschelp.

'Ray, arme ma', snikte ze. En hij streelde haar fijne haar, net zo lang tot het in de duisternis rechtop ging staan, zijn neerkomende hand tegemoet kwam.

Halverwege de ochtend was het zesentwintig graden onder nul. Sneeuwvlokken suisden als vlijmscherpe messen neer. Om zeven uur, bij het eerste, trage ochtendgloren, was er een nieuwe reddingsploeg op pad gegaan. Mernelle belde Dub in zijn kantoor in Florida. De verbinding was slecht, alsof zich ijs in de kabels had afgezet.

Ze zaten op plastic stoelen in de meldkamer, in gek makende ledigheid verzonken. Uit alle macht probeerden ze de gecodeerde, krakende boodschappen te ontcijferen. Het was er een komen en gaan van mensen. De kamer dampte van de kou. De lucht werd verpest door rook. Rays gedachten dwaalden naar de leidingen onder het aanrecht thuis, de wegebbende warmte van het huis.

'Het heeft geen zin om hier alle twee te blijven wachten. Ze kunnen wel ingevroren raken. Wat als ik terugga om naar de leidingen te kijken, en jij blijft hier? Ik kom terug zodra ik kan. En als ze iets vinden, bel je me, dan kom ik meteen.'

De volgende dag – het was barstenskoud – kwam Ray terug, maar ze hadden haar nog steeds niet gevonden, en op de derde dag begon het weer te sneeuwen. Het zoeken werd gestaakt. Mernelle en Ray zaten vanuit hun auto – in de hete luchtstroom – naar het benzinestation te staren, waar Jewells oranje kever stond, een beetje achteraf, met ingedeukt chassis, zonder knalpot, en onder de gestolde modder- en oliespetters. Toen het smerige metaal met verse sneeuw bedekt raakte, zei Mernelle dat ze hem nooit meer zou zien rijden.

'Deze familie', zei ze. 'Deze familie maakt er een gewoonte van om te verdwijnen. Alle leden van deze familie zijn verdwenen, op mij na. Ik ben de laatste.'

'Zeg dat nou niet, lieverd. Misschien hebben we nog geluk.'

'Dat geluk is lang geleden al verbruikt, Ray. Al sinds Loyal de benen nam, loopt de familie Blood op een lege tank. Verdomme, ieder jaar of zo stuurt hij een ansicht, maar hij laat ons nooit weten waar we heen kunnen schrijven. Moet je nagaan, hij weet niet eens dat pa dood is. Hij weet niets van de stal of van wat er met pa gebeurd is, hij weet niet dat ma in de caravan is gaan wonen en dat jij en ik al bijna tien jaar getrouwd zijn, dat Dub rijk is en in Miami zit. Hij weet niet dat ma vermist wordt. Hij stuurt enkel stomme berenkaarten. Hoeveel van die beren krijgen we nog? Waarom denkt hij dat ik nog iets van hem wil horen? Die rotkaarten van hem kunnen me gestolen worden. En wat nu? Moet ik soms een bericht in alle nationale kranten zetten: "Aan belanghebbenden. Jewell Blood vermist in de sneeuw op Riddle Mountain in New Hampshire. Wil haar oudste zoon, van wie twintig jaar lang niets is vernomen, naar huis bellen?" Moet ik dat soms doen? Van Dub weet ik tenminste waar ik hem kan bereiken. Hem kan ik tenminste opbellen. Van hem heb ik een adres. Bij hem hoef ik niet op een ansichtkaart te wachten.'

Vier

40 De galblaas van zwarte beren

Geachte Broeder Jensen. Na wat
ons overkwam ben ik een
ware gelofige. We hebben het
best arm maar afgelopen woensdag
vroeg mevr Cains de buurvrouw
of ik mee ging naar de vrouwebid-
krans. Ik mee, ook voor de
gezelligheid hoor. Onder het bidde
dogt ik weet je wat ik bid om wat
finansieele verlichting. Broeder
Jensen, geloof me 3 dagen later
wou Trav een smal stukje grond
voor de heg om ploege voor asper-
sje. Vint ie een manneschoen met
een briefje v. $100 er in. wel vies
maar alla. Nou bidde we allebei.
We kijken elke avond naar u pro-
gramma Kom tot Jezus.
Met u in de Heer, mevr Travis Butts

Broeder Jens Jensen
TV Gospeluur
WCKY-TV
Spineweed, Arkansas
72666

Hij had het nu op een rijtje; er waren bepaalde wegen en paden in het land waarover hij kon reizen, maar de meeste waren voor hem gesloten. Permanent gesloten. Hij had zichzelf er inmiddels in getraind weinig nodig te hebben, weinig te willen. Het wankele fundament van zijn leven rustte op de kunst van het vergeten. Karig wat eetgewoonten betreft, mager, alleen, rusteloos. Zijn haar was grotendeels wit geworden. Al bijna zestig was-ie.

Cowboybars waren zijn huiskamers, hij had er wel duizend, van Arizona tot Montana: Two Silver Bullets, The Red Spur, Cal's Corral, Little Wrangler, Spotted Horse Café, The Moose Rack, Rustlers' Roost, White Pony & His Friends, Sundance,

Bronco Billy's Hangout, The Yellow Steer, Boot Hill, The Sage Brush Inn. Overal vond hij snel een eigen plek: de gammele tafel bij de klapdeur naar de keuken, de coupé met de gebarsten rugleuning, de barkruk die je niet omhoog kon krikken omdat de schroef gejat was.

Ze waren allemaal eender en allemaal anders, de geur een mengsel van smerige koffie, gebraden vlees, bier, sigaretterook, ongewassen lijven, gemorste whiskey, muskus, snoeprepen, mest, slecht sanitair, versgebakken brood. Het zelfde muffe licht overal, hetzij gedempt, hetzij fel, neon of, zoals in de eenzame tweetafelige Walrus Club op de top van Ounce Pass, gelig petroleumlicht. Deze geluiden vond hij huiselijk: jukebox, tikkende biljartkeus, dichtslaande koelkastdeuren, schrapende stoelpoten, gepraat, rondtollende munten, piepende barkrukken, schuimend bier, klapdeuren met klagende scharnieren. En om hem heen, alsof het de gezichten van familieleden waren, mannengezichten, tanig, vroeg oud. Een paar meisjes met gepokte gezichten en huidkleurig haar, maar merendeels magere, hoekige mannen, die vanuit alle windstreken op dit punt waren samengekomen, zoals herten vanuit het bos naar een zoutsteen kwamen. Sommigen waren smerig. Je moest uitkijken naast wie je ging zitten, want voor je er erg in had, liep je 'broekratten' of 'naadkruipers' op.

Hij had voor zichzelf een jachthuifkar gemaakt die hij achter zijn pickup kon hangen, zo een als Baskische schaapherders hadden, een tweeassige, dikbuikige kar met canvas overkapping. Met een ingebouwd bed, een planken tafel die hij op kon klappen als hij hem niet nodig had, een compact kacheltje. Zitten deed hij op een bank met een klep, waarin al zijn jachtspullen zaten.

Hij vond het prettig om 's ochtends bij het wakker worden de deur te openen en al die afgelegen plaatsen te zien. Bad Route Road. Whoopup Creek Road. Cracker Box Road. Hij kon de kar naar vrijwel elk soort terrein rijden, hem afkoppelen en verankeren. Waar hij ook stond, het was altijd een eind overal vandaan. Daar, in de strakke vertes, kon hij maanden alleen zijn, zonder 'basatia' of 'verschaapt' te raken, zoals de maffe Basken die hij af en toe door de straten zag strompelen, gek van eenzaamheid.

Hij deed het langzaam aan. Als hij in het voorjaar van de bontveiling kwam, overzag hij het land. Bijenkorven op elke boerderij, honing voor zijn ochtendbeschuit. 's Nachts de stinkdieren, die zachtjes aan de bijenkorven kwamen krabben, tot de slaperige bijen naar buiten kropen, waar ze door de stinkdieren werden opgevreten.

Als Loyal een dorp binnenreed, in Montana, of in Wyoming, of een dorp dat op zijn weg lag als hij zuidwestwaarts naar de woestijn trok, zorgde hij er altijd voor dat hij een paar mannen in de bar aan de praat kreeg over bont en wild, waarna hij een gesprek aanknoopte met een in aanmerking komende schapenhouder. De veeboeren lagen hem beter, maar de schapendrijvers waren degenen die over coyotes klaagden. Soms trof hij een jonge vent met een gezin, dan kreeg hij de kinderen te zien, die paardreden of ravotten, fris en vrolijk als schilderijtjes. Christus, zei hij, hij vond het heerlijk om kinderen te zien. Hij onderwierp het land aan een nadere inspectie, legde zijn oor te luisteren, voordat hij aan iemands deur klopte. Er waren schapenboeren zat en uitgebluste zuipschuiten bij de vleet, maar wat hij over Jack Sagine hoorde, beviel hem, dus reed hij er op een avond heen en klopte aan de deur.

Starr vroeg hem binnen, gaf hem een kop koffie en een bordje kaneelbeschuitjes. Had hij sinds de boerderij niet meer gehad, kaneelbeschuitjes. Doordat hij netjes probeerde te eten, verslikte hij zich in een mondvol beschuit met koffie.

'Ik hoor je toch niet klagen dat de koffie vol drab zit, hè', zei ze. 'We zijn pas vorige week begonnen hem te koken.'

Het duurde even voor hij hem doorhad. Een vrouw die grappen maakte, dat was hij niet gewend. Hij lachte te hard en te lang. Hij vertelde dat hij op zoek was naar een gebied waar hij klemmen kon zetten.

'Coyotes. Vossen. Rode lynx.'

Jack wipte met zijn duim zijn paarlemoerkleurige Stetson naar achteren. Zwart haar op zijn armen, mouwen bij de manchet dichtgeknoopt, de eerste twee vingers van de linkerhand misvormd, in zijn kindertijd afgehakt met een bijl en vergroeid tot twee stompjes.

'Van overheidswege?'

'Jezus, nee. Ik ben geen massamoordenaar, ik zet mijn klemmen alleen in het seizoen, dan vertrek ik weer, op die manier sla ik geen al te groot gat in de pelsdierpopulatie. Ik neem mijn deel en vertrek weer. Daar besta ik van. Ik laat alles netjes achter, neem mijn klemmen mee, verzamel al mijn staken, en als ik klaar ben, loop ik de hele lijn langs met de eigenaar van het land, zodat hij voor zichzelf kan zien hoe ik het achter heb gelaten. Geen klachten tot nu toe.'

'Ik heb ook wel eens een paar klemmen gezet. Zwaar bestaan.'

'Och, als je de slag eenmaal te pakken hebt, is het best aardig. Je went eraan.'

'Tja. Nou, ik kan niet zeggen dat ik nooit iemand toestemming heb gegeven om hier klemmen te zetten, maar een paar jaar geleden heb ik wat problemen gehad met een paar zogenaamde klemmenzetters. Die klootzakken vraten de hele winter vers vlees en in het voorjaar bleek dat er koeien verdwenen waren. Dat hebben de coyotes me nog nooit geflikt. Die jongens deden het met aas. Ik wil wel eens horen hoe jij het aanpakt.'

'Meestal zoek ik een geschikte plek om een kamp op te slaan rond de wagen, ik zorg dat ik een beetje ingeburgerd raak, dan verken ik vroeg in het najaar, als de coyotes hun wintergebied hebben opgezocht, het land. Ik prent alle sporen in mijn hoofd, tot ik het gevoel heb dat ik precies weet wat en hoeveel er zit, dan zet ik in gedachten de lijn uit en prepareer mijn klemmen en spanramen. Tegen de tijd dat de kou inzet, de tijd van de mooiste pelzen, zit ik er bovenop, november tot januari. Vroeger kon ik alles gebruiken: konijn, stinkdier, brokken vlees, dood vee, alles, maar ik heb nooit geen koeien doodgeschoten om aan aas te komen. Toch zijn de coyotes in dit gebied veranderd. Ze zijn slimmer dan voorheen. Als je me nu een dood beest geeft, kan ik er niets mee. Ze mijden aas, daarom werk ik alleen met verborgen klemmen, en nergens anders mee. Ik loop elke dag de lijn langs. En in februari kap ik ermee, dan beginnen coyotes te heupwrijven en te ruien, eind januari kun je de plukken haar al zien. Begin februari ben ik weg. Ik breng ze naar de Soudack-veiling in Winnipeg of ik verkoop ze via de Bontfederatie.'

'Als je Brahma's hebt, krijg je anders niet gauw problemen met coyotes, weet je. Ik fok al zeventien jaar Brahma's – hier in dit blaarkoppenland denken ze dat ik gek ben – en ik ben nog nooit één dier kwijtgeraakt aan coyotes. Ik haat gif en ik haat die overheidsdruiloren, die zo totaal "verschaapt" zijn dat ze alles vergiftigen; we hebben een pracht van een hond verloren, een kleine bordercollie, door gif. Beste hond die we ooit gehad hebben, slim, lief. Maar op zich ben ik niet gekant tegen de jacht of tegen het zetten van klemmen. Het oog ziet altijd van zich af. Als je hier klemmen wilt zetten, ga je je gang maar. Ik heb geen idee hoeveel coyotes er zitten, maar je moet weten dat ik niet iemand ben die vindt dat wilde dieren totaal uitgeroeid moeten worden. Schapenhouders vinden dat omdat ze niet meer de moeite nemen om hun kuddes te hoeden. Ze laten tweehonderdduizend schapen los en schreeuwen moord en brand als ze niet allemaal thuiskomen. De meeste veeboeren weten verdomd goed dat coyotes de knaagdieren, die het gras opeten, binnen de perken houden; een paar coyotes eten gezamenlijk honderden muizen en prairiehonden in een week. We hebben tienduizend hectare hier. En voor alles is plaats. Maar ze zeggen dat er een teveel aan coyotes en te weinig ruimte is.'

Soms was de boer een klootzak met prachtig land. Frank Cloves bijvoorbeeld.

Maar Jack en Starr Sagine waren een prima koppel, wier schrale grond aan het Black Cloud National Forest grensde. Loyal herinnerde zich nog goed de ijsstorm, toen hij en Meisje, in de tijd dat hij haar nog had, in de keuken van Jack en Starr sliepen. Al kon hij zich niet meer herinneren waarom dat was; was het de keer dat de motor van zijn truck vervangen moest worden? Jacks opa had geen lage boerderij gewild, hij had een huis van drie verdiepingen gebouwd met torens en dakkapellen en kunstig uitgezaagde dakranden, als iets uit het

Victoriaanse Ohio. Zo'n hoog huis had veel last van de wind. Na de storm waren er enorme ijsplakken van wel zeven meter lang van het tinnen dak naar beneden gegleden, die in hun val opkrulden en tegen het huis te pletter sloegen. Er waren ruiten gebroken. De bomen waren diep doorgebogen in de wind en hadden net zo lang met hun gevorkte takken gezwiept tot de ijskorsten er vanaf waaiden. De beijsde sparren hadden op hurkende honden geleken. De klemmen staken allemaal diep in het ijs. Hij had een coyote zien uitglijden doordat zijn stompe klauwen op het glinsterende spul nutteloos waren, hij had gezien hoe vernederd het dier, dat zijn leedvermaak had opgemerkt, zich had gevoeld.

De lichte, zilvergevlekte coyotes van de hoogvlaktes en de dorre bergketens, en de grijsbruin gespikkelde coyotes van het woestijnland, daar hield hij het meest van. Slimste beest op aarde, zei hij vaak in bars. En niemand die het ontkende.

'Je kunt hem één keer voor de gek houden, maar geen tweede keer.'

'Godskolere, een coyote is in staat om drie dagen nadat je langs bent gekomen je uitlaatgassen honderd meter benedenwinds te ruiken. Ogen zo scherp als een adelaar en slim genoeg om een sarcastische boodschap voor je in het stof achter te laten.' De barkeeper wist alles van coyotes. Aan het eind van de bar stond een dwergcowboy met coyotekleurige bakkebaarden mee te luisteren.

'Ze vreten alles. Absoluut alles, watermeloen, gras, tarwe zo van de aar, je troetelhondje, sprinkhanen, regenwurmen, stinkdieren. Stinkdieren vreten ze ook, wist je dat?' De barkeeper ging er eens goed voor zitten. 'Een coyote vreet zelfs ratelslangen. Zelfs nadat de slang hem gebeten heeft, vreet-ie hem nog op. Van het gif heeft-ie geen last. Hij vreet boomschors, bladeren, cactusvijgen, met stekels en al, jeneverbessen, als-ie niks anders kan vinden. Hij vreet vogels, hij vreet eieren, muizen, ratten, eekhoorns, prairiehonden, gaffelantilopes, elanden, herten, oude boterhammen, watermeloen, afval. Hij gaat achter konijnen aan. Hij vreet kikkers en eenden, hij vreet grote reigers en kleine kevertjes. Hij pakt je kalveren en je lammeren, en mocht je je afvragen waar alle fazanten en kwartels gebleven zijn, dan kun je wel raden door wie die opgevreten zijn. En een ouwe reu vreet zelfs zijn eigen jongen op, als-ie de kans krijgt. De coyote heeft gewoon de hele jacht naar de verdommenis geholpen.'

De dwergcowboy sprak uit zijn mondhoeken. 'Tja. Ik heb gehoord dat er helemaal geen wild was in de tijd dat de indianen het land nog in bezit hadden en de coyote zijn gang kon gaan.'

'Inderdaad', zei de barkeeper, die absoluut niet luisterde. 'Hoe intensiever je een coyotepopulatie bejaagt, hoe meer jongen ze gaan werpen. Zet je je klemmen in zanderige beddingen, trekken zij naar rotsgrond, waar je nooit een spoor ziet. Jaag je op ze vanuit een vliegtuig, graven ze overal holen en zijn verdwenen zodra ze een vliegtuig horen, of ze gaan op jacht als er geen vliegtuigen in de lucht zijn. Man, wat een hardnekkig ongedierte is dat, de moordmachine van het westen.'

Coyote, kleine wolf van de vlakte, dacht Loyal.

Achter de razende honger en de intelligentie zag hij een levendige wereld van coyotes, die hun territorium afbakenden, verliefde en parende coyotes, coyotes die een gezin grootbrachten, die kaart speelden, bij elkaar op bezoek gingen. Coyoteterritoria als naties. Bijna dertig jaar lang had hij naar hun gekef geluisterd, wat hem het idee had gegeven dat hij iets van hun taal begreep. Hij begreep de nachtelijke trek van de coyotes naar de huilplaatsen.

Als hij met zijn kaarten en het schrift van de indiaan op zak op nieuw terrein de geurvlaggen in kaart ging brengen, de routes ging noteren, trof hij hun sporen aan in beekbeddingen, in het miezerige struikgewas. Hij had bladzijden vol aantekeningen over zomer- en wintergebieden van bepaalde coyoteclans waarop hij al jaren achtereen jaagde. Het schrift van de indiaan ging nu voornamelijk over coyotes, over wat hij aan pootafdrukken zag, aan krabsporen, uitwerpselen. Hij raapte coyotekeutels op om te zien wat erin zat, rode cactusvijg met zijn vele zaadjes, keutels die stijf stonden van de haren, donkere vleesuitwerpselen, schilden van kevers. Het doden deed hem niets; het was binnen een minuut gebeurd.

Vanaf Jack Sagines huis had hij door de verrekijker coyotes op een groot speelveld op de zandvlakte bezig gezien. De jonge coyotes sprongen keffend en blaffend over de lage struiken en rolden dan om. Met bungelende tong en geel gloeiende ogen van opwinding huppelden ze rond, slippend in fonteinen van zand. Een lichtgekleurde coyote groef zich als een das in het zand in, terwijl drie anderen om hem heen renden, zich plotsklaps omdraaiden of ervandoor raceten en zich lieten omrollen. Maar toen hij Jack en Starr naar buiten riep om de coyotes te zien spelen, lieten ze zich niet meer zien en had een zware regenbui hun sporen uitgewist. Jack keek naar de lucht en schatte de verloren tijd.

'Heel leerzaam, Loyal', zei Starr op haar sarcastische, schertsende toon.

Hij mocht Starr graag. Met haar kon hij in de keuken koffieleuten en grappen maken alsof ze een man was. Hij kon haar aardig vinden. Zonder dat er iets gebeurde. Zijn borst trok niet samen, hij ademde net zo licht als wanneer hij naast Jack over het hek geleund stond. Misschien was het over. Misschien was dat deel van het probleem over. Misschien doordat hij al zo allejezus oud was en doordat Starr oud was, doordat ze witte krullen had en brede heupen, hoewel hij haar rondborstige kropduifachtige voorkomen en haar donker omrande blauwe ogen mooi en vrouwelijk vond. Het was niet zo dat ze verdord was of eruitzag als een kerel. Als ze in de keuken zaten te kletsen, kon hij zich zelfs indenken dat hij haar op het buffelgras zou neervlijen en boven op haar zou gaan liggen, maar zonder dat zijn kruis samentrok, hij bleef gewoon doorademen. Dus misschien was het over. Als dat geen treurige opluchting was.

Zes seizoenen lang zette hij zijn klemmen uit op Jacks land, dat grotendeels niet diens eigendom was, maar door hem gepacht werd van het Landmanagementbureau. Hij kende dit land zo goed dat hij blindelings de weg wist naar de geurvlaggen en krabsporen aan de rand van het rode tafelland, op de top van de bergketen, bij de hoekpaal waar het tafellandspoor omhoog begon te lopen, op de plek waar de coyotes Jacks jeepspoor kruisten, aan de rand van het ravijn en op die plekken waar ze een vette prooi te pakken hadden gekregen en waar de karkassen van koeien of elanden vergaan waren tot stank en botten, zelfs twee jaar nadien, als er niets meer restte dan herinnering en witte stukjes.

Een van de winterstormen op Jacks land deed hem bijna de das om. Op een onheilspellend stille decemberochtend stapte hij de droge kou in. De lucht zag vaal. Rulle sneeuw dwarrelde op rond zijn voeten, rees in bedrieglijke golfjes tot zijn enkels, kabbelde over de grond, terwijl de hele vlakte beefde als een enorm slapend beest, gekweld door dromen. Hij aarzelde, keek naar de deinende sneeuwmassa. Elbows jankte en wendde haar droevige blik verlangend naar de kar. Hij was van plan de lijn langs te gaan en wilde om drie uur in de vroege winterschemering terug zijn om bij Jack en Starr het avondeten te gebruiken. Dat deed hij eens per week, om eens van andermans kookkunst te kunnen proeven. Soms maakte Starr kaassoufflé. Daar scheen hij maar niet genoeg van te kunnen krijgen.

Hij gespte de sneeuwschoenen om, hees zich in de riemen van de draagmand en ging op pad. De hond sjokte aarzelend mee, dicht op zijn hielen, en telkens als hij zijn pas inhield of even stopte, draaide ze zich half om. De spookachtige, pulserende sneeuw rees tot halverwege zijn scheenbenen. Zijn sneeuwschoenen waren in de sissende maalstroom niet te zien, terwijl de Howling Rock, ruim een halve kilometer verderop, duidelijk zichtbaar was, een bruingeel rotsplateau, dat als een sigaret in een rokersmond uit de wand van het tafelland stak.

De lucht voelde doods aan op zijn gezicht, terwijl de wervelende sneeuw tot zijn knieën rees, een schuimende massa waar hij duizelig van werd. De lucht zoemde, de hond verdronk in een nevel van sneeuw. Pas toen hij het in zijn benen voelde prikken, drong het plotseling tot hem door wat er stond te gebeuren. Hoewel hij er jarenlang over had horen praten, was hij nooit zelf in een zware grondblizzard verzeild geraakt. Een tikje angstig keerde hij op zijn schreden terug. Elbows trapte telkens achter op zijn sneeuwschoenen, zodat hij struikelde. Hij begon half te rennen met zijn blik strak op de wagen gericht, een grijze, langzaam oplossende bult in de lucht.

Op minder dan honderdvijfenzeventig meter van de wagen kolkte de grondblizzard over zijn hoofd en wiste alles met een gierende windstoot uit. De wind vulde zijn mond en neus met lucht vol kristallen. Hij zag niets meer. De sneeuw koekte aan zijn wimpers, vulde zijn neusgaten, geselde hem van alle kanten. De uitgewiste wereld kantelde. Hij strompelde voort, zich onderwijl afvragend hoe snel hij zou beginnen af te dwalen, hoe ver van de wagen hij uit zou komen, centimeters of meters. Hij voelde de hond op de hielen van de sneeuwschoenen trappen, wist dat ze hem blindelings volgde.

Om onverklaarbare reden kwam de gedachte bij hem op dat Jack niet Starrs eerste man was. Ze was eerder getrouwd geweest met een zuivelboer uit Wisconsin en had volwassen kinderen in het Land van de Grote Meren, die haar nooit kwamen opzoeken. Zoveel wist Loyal wel. Waarom moest hij daar nu aan denken? Het was Jack, die hij aardig vond.

Hoe lang deed je erover om honderdvijfenzeventig meter af te leggen tegen een wind van honderd kilometer per uur in? De wagen was maar zo klein. Het was zoiets als het zoeken naar een mandje op de oceaan. De hond hing zowat aan zijn sneeuwschoenen. Hij durfde zich niet om te draaien en tegen haar te schreeuwen, uit angst dat hij zijn rechte lijn uit het oog zou verliezen. Hij ging voort, met gebogen hoofd en een hand voor zijn mond, opdat hij lucht kreeg. Zijn gezicht was gevoelloos. Hij streek met zijn hand over zijn besneeuwde ogen. Toen de wind heel even wegviel, alsof het monster een adempauze nam, zag hij dwars door de afnemende sneeuwjacht heen de wagen, vijftien meter links vóór zich. Hij was al een rampzalig eind afgeweken.

Hij wendde zich opnieuw in de richting van de wagen, maar nog voor hij drie stappen had gezet, viel de aan hem rukkende en sjorrende witte deken opnieuw over hem heen, Tien stappen. Elbows raakte van haar stuk. Hij had er nu toch moeten zijn, maar hij was er niet. Nog een stap. En nog een. Armen gestrekt. En toen streek hij langs de zijkant van de wagen. Christus, hoe hadden prairie-indianen dit soort blizzards overleefd in hun kegels van dierevel?

De hele wagen stond te schudden in de gierende wind. Hij hing de sneeuwschoenen binnen aan de deur om ze te laten uitdruipen en wierp een blok hout in de kachel. Hij goot water in de koffiepot en begon al terwijl hij over de hond heen stapte bonen te malen. Zij trok met haar tanden de ijsklonten van haar voorpoten en kwispelstaartte toen hij bukte om haar smalle kop te strelen.

'Dat was op het nippertje, meisje. Waren we die klotewagen nog bijna misgelopen en helemaal naar Santa Fe getippeld. Als we die kleine pauze niet gehad hadden, liepen we nu nog buiten. Waren we nu waarschijnlijk een tipi aan het bouwen van twee sneeuwschoenen en een gebed.'

Dat voorjaar brachten zijn pelzen op de veiling gemiddeld zeventig dollar op: een topbedrag. De sneeuwzachte, soepele huiden waren van de allerbeste kwaliteit, de haren lang, donzig en glanzend. Pierre Faure, de koper uit Hudson Bay, bood Loyal wat te drinken aan.

'Topklasse, Loyal. Ik snap niet hoe jullie het doen, jullie oudjes, maar jullie pelzen zijn prachtig. Peyo heeft ook al van die prachtige vossen en lynxen. Heb je zijn pelzen gezien? Kersrode vos, gewoon mooie, schone pelzen. Prachtig. Tja, een arend vangt geen vliegen, hè? Ik heb hier jonge knullen gezien met bont waarvoor je het beest beter niet lastig had kunnen vallen. Totaal uit vorm gerekt. Ik heb lynxen gezien, die eruitzagen als Canadese ganzen, zo had die gozer de nek opgerekt en de kop verfrommeld. Doodzonde. Dat zijn de zakkenwassers die het de vallenzetters moeilijk maken. En geloof me, er breken zware tijden aan voor vallenzetters.'

'Hoe bedoel je? Gaan de prijzen weer omlaag?'

'Niet alleen dat, makker. Misschien dat jij, met je mand vol klemmen in de wind, het gerommel niet hoort maar wij, de dealers, krijgen het zwaar voor onze kiezen. En dat blijft zo. Ik heb het over dierenrechtenactivisten, mensen die tegen het zetten van klemmen en tegen bontjassen zijn. Ik zal je een voorbeeld geven. Een paar weken geleden stonden er in Chicago een paar van die druiloren voor zo'n luxewinkel en bespoten iedere vrouw die met een bontjas aan naar buiten kwam, met witte verf. In New York lopen ze voor bontwinkels op en neer met borden waarop "Moordenaar" staat, of "Bont staat alleen pelsdieren". En dan heb je nog het soort lui dat tegen pootklemmen is, tegen alle soorten klemmen. Dat soort wordt steeds sterker.'

Loyal lachte. 'Een paar mensen die stampei maken, da's alles. Ik heb gehoord dat de Vereniging van Vallenzetters een persbericht heeft uitgegeven, waarin ze aardig voor schut gezet worden.'

'Iets om over na te denken, Loyal; als je je gelijk moet bewijzen, zit je waarschijnlijk fout. Ik denk dat er problemen in het verschiet liggen. Als ik kon, zocht ik een andere branche.'

Aanvankelijk ving hij ze op wel vijf of zes verschillende manieren. Soms, als hij de lijn langsliep, deed hij het geluid van een gewond konijn na op een beenderfluitje en schoot hij de toevallige jonge coyote die kwam kijken wat er aan de hand was, gewoon neer, maar zijn belangrijkste werktuig was een nummer drie, een stalen klem met dubbele veer. In november had hij alles klaar, de klemmen waren schoongemaakt, ingesmeerd en opgeslagen op het terrein waar hij ze ging zetten. Het met bijenwas behandelde paar handschoenen, de draadtang, het knielzeiltje, de verschillende paren laarzen, de flessen met lokstof, touw en draad, staken, gezeefde mest, aarde, zand, gras en twijgen, alles zat opgeborgen in de kist buiten aan de wagen.

In zijn vierde jaar op de boerderij van de Sagines zei Starr dat ze graag eens wilde komen kijken als hij zijn klemmenlijn uitzette. Hij gaf niet direct antwoord.

'Nou, kom op Loyal, anders kun je die kaassoufflés voortaan wel op je buik schrijven.' Zowel zij als Jack lachte. Loyal lachte mee, een tikje laat en een tikje zuur.

'Ach, het is nou eenmaal zo dat hoe minder geur eromheen hangt, hoe beter. Als ik een manier kon bedenken om mijn klemmen te zetten zonder ze aan te raken, deed ik het.' Maar hij nam haar niettemin mee, nadat ze beloofd had in de auto te blijven en alles door de verrekijker te bekijken. Hij liet niet merken dat ze de eerste vrouw in tweeëndertig jaar was die naast hem zat in de auto.

'Nou, dit wordt een geurvlagset. Daar bij de struiken heb je een rots die nogal vreemd uitsteekt, je kunt hem van hier af zien, met de kijker zie je alle oneffenheden, daar schijnen alle coyotes uit de hele omtrek op te pissen als ze langskomen. Daar ga ik twee klemmen zetten.'

Ze keek toe, terwijl hij een paar met was ingesmeerde handschoenen aantrok, een van tevoren ingepakte draagmand omgespte en dertig meter van de auto zijn laarzen uittrok, om vervolgens een nieuw paar aan te trekken uit de tas met losse aarde, alsem en konijnehaar. Daarna bond hij een gazen masker voor zijn mond.

Bij de rots gekomen, zette hij voorzichtig de essehouten mand neer en haalde het knielmatje tevoorschijn, dat hij op de grond uitspreidde met de blauwe kant onder, de kant die niet met geurstof was ingesmeerd. Met een troffel groef hij twee kuilen aan de voet van de rots, beide groot genoeg om een klem in te zetten, waarbij hij de losse aarde voorzichtig naar één kant schepte. Nadat hij een ingekeepte houten staak in de bodem van beide kuilen had gedreven, zette hij de val over de staak heen en spande hem. De kuildeksels gingen over de gespannen val heen, waarna hij er wat aarde overheen strooide om ze op hun plaats te houden. Voorzichtig maar behendig manoeuvreerde hij de deksels met een droog twijgje in de juiste positie en strooide vervolgens nog meer aarde op de vallen, eerst over de springveren, tot ze geheel bedekt waren, daarna over de kuildeksels.

Toen de gestrooide aarde even hoog lag als de omringende

grond, streek hij er voorzichtig met een bosje alsem over. Hij verwisselde zijn handschoenen voor een ander paar, dat in een rubberzak aan de mand hing, nam de fles met lokgeurstof en doopte het droge twijgje erin. Hij stak het twijgje in een spleet in de uitstekende rots, vlak boven de grond en spoot vervolgens coyote-urine op de rots boven het geurtwijgje. Daarna deed hij de andere handschoenen weer aan. Ten slotte verzamelde hij alles, stapte van het zeildoek af, vouwde het op en deed een paar passen achteruit. Met het bosje alsem wiste hij daar waar het zeildoek had gelegen de ondiepe indrukken van zijn knieën uit en liep er behoedzaam vandaan. Toen hij bij de plek kwam waar zijn laarzen stonden, deed hij de geurloze laarzen uit en stopte ze terug in de zak met aarde, alsem en konijnehaar.

'Mijn God, wat een omslachtig gedoe allemaal.'

'Gewoon een basisset, maar je vangt er wel coyotes mee. Dat is nog maar een deel van wat je moet doen als je ze voor de gek hoopt te houden. Ik heb meegemaakt dat ze mijn klemmen uitgroeven, ze met hun neus uit de kuil duwden, ze omdraaiden en er dan overheen pisten, waarna ze ze voor mij lieten liggen. Maar normaal gesproken zet ik blinde klemmen.'

'Waar dient het masker voor? Je zag eruit of je een overval ging plegen.'

'Adem. De adem van een mens stinkt. Laat geur achter, zeker als je ham en eieren voor ontbijt hebt gehad, zoals ik. De beste vallenzetters eten pas als ze klaar zijn met hun werk.' Hij vond het leuk om haar erover te vertellen. Ze scheen te begrijpen wat hij bedoelde.

'Er zijn wel tien manieren om ze te vangen, de ene uiteraard beter dan de andere. De aarden kuil is een verdomd goede manier, evenals een blinde klem. Bij een aarden kuil gebruik je een oud dassehol of je graaft een hol dat eruitziet alsof het door een dier is gegraven, daar leg je aas in, vers konijn of een rottend stuk vlees. Ik ben meer voor blinde klemmen, omdat je daar je coyotes voor moet kennen, wil je dat ze werken. Je gebruikt geen aas, geen lokmiddel, geen geur, enkel een klem op een plek waarvan je weet dat de coyote er zijn poot neerzet. Neem nou die kleine inzinking naast jullie hek, aan de voet van die tafelberg, waar al die stenen naar beneden gegleden zijn, daar heb ik een plukje haar aan het onderste prikkeldraad zien hangen. De grond daar is een heel klein beetje platgedrukt. Minstens één coyote heeft de gewoonte om daar onder het hek door te kruipen. Prima plek voor een blinde klem. Een aasklem, vooral in de buurt van een door coyotes aangevreten karkas, werkt ook goed, te goed. Vereist de minste vaardigheid. Maar nu premiejagers en schapenboeren hier als spilzieke koningen vergiftigd aas hebben rondgestrooid, raakt geen enkele coyote het nog aan. Ik heb ook wel coyotes gevangen met gewichtsvallen, maar het duurt een tijd voor je er een gebouwd hebt en het probleem is dat je er alles mee doodt wat eronderdoor loopt, niet alleen coyotes, alles, ook een hond of een kind. Ik heb een hond verloren aan een gewichtsval die ik zelf had gebouwd, een paar jaar geleden. Meisje. Herinner je je Meisje nog, toen ik voor het eerst hier mijn klemmen kwam zetten?' Ze knikte. 'Daarom gebruik ik geen gewichtsvallen meer. Net zomin als strikken; als het dier erin trapt, betekent het een langzame dood.'

'Wat een gruwelijk idee, dat een dier in de val zit te wachten totdat jij hem komt afmaken. Vreselijke manier om je brood te verdienen, Loyal.'

'Ik ben eraan gewend. Ik doe het al zowat mijn hele leven. Ik sta er niet bij stil. Trouwens, een vallenzetter is een engel vergeleken bij de meeste schapenboeren. Die klootzakken schieten en jagen op alles wat beweegt. Ik heb coyotes gezien met op elkaar gebonden kaken en uitgestoken ogen, die vervolgens door de schapenhouders waren losgelaten, zodat ze langzaam dood zouden gaan. Dacht je dat het voor coyotes beter was om door de regering te worden vergiftigd? Gif is helemaal een smerige, ondoelmatige methode. Dat gore 1080 bijvoorbeeld, de dieren zijn voor niets of niemand meer wat waard, het doodt andere dieren doordat het in de voedselketen komt, de pels is verpest. Het is een smerige methode. Zelfs muizen hoor je niet te vergiftigen. Je mag klemmen zetten, maar je gebruikt geen vergiftigd lokaas.'

'Wij gebruiken muizevallen. We hebben eens een kat gehad,

een grote gestreepte, Kanjer, die de vallen naliep. Wij zetten de vallen en gingen dan naar bed. En Kanjer lag dan ergens te dommelen, met één oor gespitst. Als hij een val hoorde dichtklappen, was hij er meteen bij. Dan nam hij de val in zijn bek en kwam ermee naar de slaapkamer, waar hij boven op Jack sprong, een beetje gedempt miauwend want hij had die val in zijn bek, en dan liet hij de muizestaart een paar keer over Jacks gezicht glijden om hem goed wakker te maken.'

Loyal brulde van het lachen bij dat beeld.

'Hij vroeg Jack gewoon om de muis uit de val te halen en hem opnieuw te zetten.'

'Deed-ie dat?'

'Ja hoor, Jack is niet iemand die zich bemoeit met andermans vallen en hij is behulpzaam, helpt zijn vrienden altijd een handje.' Ze lachte even. 'Tja, die goeie ouwe gestreepte Kanjer, als-ie een paar kleine spanraampjes had gehad, had-ie een fortuin kunnen verdienen op de bontveiling.'

'Ik weet niet. Ik hoorde laatst dat de prijzen voor muizepelzen gekelderd waren.'

De Sagines waren het eerste stel waarmee hij bevriend raakte, en Starr de eerste vrouw. Hij had zich wel honderd keer afgevraagd of Starr kleinkinderen had. Hij had nog nergens een foto kunnen ontdekken, maar hij was dan ook in geen enkele andere kamer dan de keuken en de woonkamer geweest. Maar toch, er stond een piano en er was een schoorsteenmantel in de woonkamer, daar hoorden de foto's te staan, vond hij. Hij zou het leuk gevonden hebben om iets over kleinkinderen te horen, hij zou de geadopteerde oom kunnen spelen, als ze op bezoek kwamen.

'En dit is oom Loyal, Elly, zeg eens gedag.' En dan zou het kleine magere meisje met het rode kroeshaar verlegen naar hem toe schuifelen en hallo fluisteren, waarna hij haar het zes centimeter lange bontpoppetje zou geven, dat hij van een indiaanse vallenzetter had gekocht, wiens vrouw ze maakte. Het was een schitterend stukje werk, gemaakt van fijn konijnebont en gekleed in een wit leren jurkje bezet met piepkleine kraaltjes. Om de hals hing een ketting van molleklauwtjes. Hij droeg het bij zich in zijn borstzak in een klein leren zakje, en soms, als hij het eruit haalde en ernaar keek, voelde het zo warm aan dat het leek of het leefde. Oude dagdromen. Hij had geen idee waarom hij het bij zich bleef dragen.

Vallen zetten op Frank Cloves' land was een heel ander verhaal.

Cloves had de Hi-Lo ranch, zevenduizend hectare goed bewaterd land in een bergvallei, geërfd. Zijn grootvader was hier als spoorwegarbeider gekomen, maar diens jongste zoon was als cowboy op een vakantieboerderij gaan werken en getrouwd met de dochter van de eigenaar van een vleesverwerkingsbedrijf in het oosten des lands. Cloves, die in zijn jeugd het beste van het beste had gekregen, kwam er uiteindelijk bekaaid vanaf. Hij beschouwde zichzelf als veeboer. Wat had hij anders moeten worden?

De besneeuwde Big Horns, waar Cloves additionele graasrechten had, dreven in de westelijke hemel. Het water van Sweetheart Creek en Snowpool kwam in het tere laagland tezamen. Op de hoger gelegen grond groeide hakhout. Cloves had een ongezond sterke behoefte aan machtsvertoon. Hij trouwde vijf keer, en door het geschreeuw en geruzie uit het vijfentwintig kamers tellende huis kreeg de ranch plaatselijk al gauw de bijnaam 'Whoop-Up'. Nooit ging er eens iets goed in zijn leven en bovendien trok hij vreemde en gevaarlijke types aan.

Uit ergernis over een grindophoping die zich in het voorjaar in een bocht van de Snowpool voordeed, waardoor een hooiveld op de andere oever onder water kwam te staan, besloot hij de U-bocht in de rivier af te snijden, zodat de loop voortaan rechter zou zijn. Na een ochtendje bulldozeren werd de stroomsnelheid steeds hoger, waardoor er in een week tijd een nieuwe rechte bedding ontstond en vijf oude U-bochten werden afgesneden; tonnen grind kwamen hierdoor op Cloves' lager gelegen hooivelden terecht en twee grote wilgenpercelen werden volledig ondermijnd en weggespoeld. Het stroomafwaarts gelegen dorp Queasy werd gestremd en geheel overstroomd. Nadat de overheid was komen kijken, werd hij gedwongen tot restauratie, wat jaren duurde en hem een paar honderdduizend dollar kostte.

Zijn vee werd geplaagd door runderhorzel, horzellarvenbesmetting, trommelzucht, boutvuur, dikke kaken, schurft en ratelslangebeten. Een veearts, ingehuurd en uitsluitend belast met het genezen van de zieke kudde, verklaarde na twee maanden werken dat hij een cowboy-dichter was, waarna hij naar Montana vertrok om gedichten te schrijven.

Over zijn derde vrouw werd gefluisterd dat ze een travestiet was.

Er werd een bescheiden kolenertsader op zijn land ontdekt, maar pogingen om hem te ontginnen mislukten doordat er aardolie in het kolenerts stroomde en de mijnschachten zich met gas vulden. Door een ongelukkige blikseminslag ontstond er brand, waardoor het gas ontplofte, de olie verbrandde en het ondergrondse kolenerts tien jaar lang bleef smeulen.

Toen het met het vee verkeerd ging, schakelde hij over op schapen. Aangezien er noch met geld, noch met mooie woorden een herder te vinden was, liet hij de schapen aan hun lot over. Met de schapen kocht hij een kant-en-klare haat tegen coyotes, die, zo geloofde hij, in ongeëvenaarde aantallen zijn land vergiftigden en helemaal uit Dakota en Montana kwamen om zijn kudde te teisteren.

Maar Loyal vond Cloves helemaal niet zo'n komische figuur als zijn reputatie deed vermoeden.

Hij zag hem voor het eerst in een bar. Cloves liep de Bite the Dust binnen. Dronk een bruin biertje, bestelde er nog een. Loyal nam hem vanuit zijn ooghoeken op. Hij bekeek het bovenmatig grote hoofd en vond hem een beetje op Mussolini lijken. Bruin haar met een slag erin en een kaal voorhoofd. Vlezige neus. Een kin als een speldenkussen. Vooruitstekende kop, gespierd bovenlijf, alles plomp en gedrongen, alsof de man zich 's nachts met gewichten behing. Hij keek voortdurend omhoog, alsof zijn nek in die stand was vastgezet.

'Iemand geïnteresseerd in coyotes? Ik heb een hele meute, de beste coyotes die ooit hun poot hebben opgetild.' Slangeleren laarzen. Een lage, rauwe stem. Hij wachtte niet op antwoord, maar draaide zich om en ging weg.

'Wat was dat voor Zorro?' vroeg Loyal aan de loslippige barkeeper.

'Oh, da's de ouwe Whoop-Up Cloves, tien keer miljonair toen hij begon, maar inmiddels terug op twee of drie miljoen. Brengt blijdschap overal waar hij komt. Hij is net op schapen overgegaan en als je hem moet geloven, heeft-ie de grootste verzameling coyotes van heel Amerika op zijn land.'

Cloves had de hele zomer premiejagers op zijn land gehad, met klemmen, strikken, schietend uit vliegtuigen, met cyanidepistolen en vergiftigd lokaas. De karkassen, merendeels jonge dieren, hadden ze in een oude grindgroeve bij de beek gegooid, waar ze lagen te rotten. De overblijvers zouden inmiddels alle trucs uit de doos wel kennen en ouder en wijzer zijn wat aas en klemmen betreft, dacht Loyal. Maar wat maakte het in godsnaam uit, hij zou het proberen. Gewoon voor de gein. Hij zou Cloves gaan opzoeken.

'Oké', zei Cloves. 'Je bent aangenomen. Maar één ding: blijf uit de noordwesthoek, bij de uitlopers van de bergen, vandaan. Daar heb ik een project lopen waarbij ik geen vallenzetters kan gebruiken.' Hij knipoogde naar Loyal, die vermoedde dat er daarboven ergens marihuanaveldjes lagen. Jezus, dat vraten coyotes net zo goed.

Maar hij was nog niet klaar met het inspecteren van het land of hij wist dat er iets anders gaande was. Pickups die in de nachtelijke uren tegen de steile bergweg op ploeterden. Geweerschoten in de verte. Blaffende honden.

Zaterdagavond in Bite the Dust was zaterdagavond. Rond vier uur 's middags begon de parkeerplaats vol te stromen met knalpotloze pickups. Honden in de cabine, in de bak. Toen de blauwe pickup-truck, geschilderd met een restant zwembadverf, de parkeerplaats opreed, begonnen alle honden te blaffen en te trekken. Hij had hem de bergweg op Cloves' ranch op en neer zien rijden.

'Wat heb je verdomme in dat ding zitten, dat ze elke keer als je aan komt rijden zo tekeergaan?' vroeg Bubby, die naast de dwergcowboy zat. Ze bereden hun barkrukken aan het eind van de bar als volleerde ruiters. De man die binnenkwam had het postuur van een piramide, fonkelende gele ogen en een in het midden gescheiden bruine baard, omwonden met ijzerdraad en naar beide kanten uitstekend. Een ketting van dasseklauwen over zijn borst gedrapeerd. Loyal rook muskus, rottend aas, gevilde pels en nog iets, en wist dus dat het een vallenzetter was. Buiten het seizoen. Geen coyote, geen vos, geen lynx.

'Miauw', zei de kolos.

'Leeuwen? Mijn God, ik geloof het ook nog. Daar gaan ze wel van uit hun bol.'

'Ik heb niks gezegd', zei de vallenzetter en bestelde whiskey en bier. Toen hij zijn drankjes had, stapte hij op Loyal af en ging tegenover hem zitten. De dwergcowboy zei niets.

'Ik heb je het terrein zien verkennen. Cloves zegt dat je achter de coyotes aangaat, niet?'

'Prijzen blijven goed. Topklasse leverde zeventig per stuk op aan het eind van het seizoen.' Verdomme, hij had helemaal geen zin om met deze patjakker aan één tafel te zitten.

'Krijg je honderd, doe je het fantastisch. Zakt de prijs, zit je tot over je oren in de stront, werk je voor twintig cent per uur.'

'Precies.'

'Overheidsjongens zijn de hele zomer al op dat land bezig geweest, weet je.'

'Weet ik. Het was een soort uitdaging, om te zien hoe goed ik het zou doen in een moeilijke situatie.'

'Moeilijke situatie, ja. Weet je waarom die overheidsjongens zijn vertrokken?'

'Nee. Ik dacht dat ze klaar waren.'

'Jezus, nee. Cloves reed er op een dag heen, helemaal over de rooie om een of andere reden, en begon op ze te schieten. "Ik zal jullie leren mijn schapen om zeep te helpen", zei hij. "Ik zal al die klotecoyotes godverdomme van de aardbodem vagen." Dacht dat zij de coyotes waren. Nou zagen ze er best wel een beetje schurftig uit, maar Jezus, je kon toch duidelijk zien dat ze op twee benen liepen. Dus ik zou maar uitkijken. Er is een steekje aan hem los. Meestal is hij er 's winters niet, heb ik gehoord. Ik ben hier pas drie maanden, dus ik ken zijn wintergewoonten nog niet. Zegt dat hij naar Mexico gaat om warm te blijven. Godverdomme, ik wou dat ìk de poen daarvoor had, wat jou?' Hij knipoogde. De dwergcowboy aan de bar hield hen via de spiegel in de gaten. Loyal kreeg een absurde ingeving met betrekking tot hem. De honden blaften hun ogen uit hun kop.

'Kun je je auto niet benedenwinds parkeren, zodat we hier een beetje rust krijgen?' De barkeeper was beleefd maar zijn stem had een besliste toon. De vallenzetter ging naar buiten en zette zijn auto aan de andere kant van het gebouw. Maar toen hij terugkwam, was hij geïrriteerd en Loyal vermoedde dat er later heibel van zou komen. Hij dronk zijn whisky op en vertrok.

Bij de deur keek hij om, waardoor hij nog net zag dat de dwergcowboy snel zijn blik afwendde. Voordat hij in slaap viel, probeerde hij nog de stank die om de vallenzetter heen hing, thuis te brengen. Boommarter? Leeuw?

Maar het was geen leeuw.

Een week later zat hij aan tafel een drie dagen oude krant te lezen. De bar was leeg. De barkeeper was in de weer met ingelegde eieren, die hij met een roestvrij stalen tang uit een pot haalde en overdreven precies op een schaal legde. De wind zong rond het gebouw. Hij sloeg de ritselende bladzijden om. De barkeeper opende zijn mond enkel om te gapen.

'Daar komt je vriend aan', zei hij na een uur, toen hij blijkbaar iets hoorde wat Loyal niet hoorde. Deze hoorde de sputterende uitlaat pas toen de zwembadauto in zicht was.

'Ik ken hem niet. De enige keer dat ik hem ontmoet heb was

afgelopen zaterdag. En toen vond ik hem ongeveer even gezellig als een natte hond.'

'Hij komt hier al sinds september. Zegt dat hij uit Maine komt, of van de Mayflower of zoiets.' De pickup-truck hobbelde de parkeerplaats op. Het portier sloeg dicht.

'Godskolere, kijk eens wie we daar hebben. Heeft me vorige keer laten barsten en is alle lol misgelopen, nietwaar? Het vaste recept, Robert.'

'Alsjeblieft. Wil je een ingelegd ei?'

'Al doopte je ze in kuttehoning en rolde je ze in suiker, dan nog hoef ik die stinkeieren van je niet.'

'Er zijn mensen die ze lekker vinden. Ik meen me trouwens te herinneren dat je de hele schaal zowat hebt leeggevreten de avond dat we je eruit gelazerd hebben. Dus ik dacht dat je er nogal gek op was. Maar als je er van afblijft, hou je je misschien gedeisd en hoeven we de magische truc niet weer op je toe te passen.'

'Hé, voorbij is voorbij, oké? Ik zoek nooit ruzie.' Hij keek Loyal aan alsof die zijn broer was. Wat Loyal een ongemakkelijk gevoel gaf. Hij sloeg zijn krant op en sloeg een paar bladzijden om, al had hij alles al gelezen, behalve de advertenties in de rubriek TE HUUR. De vallenzetter bleef aan de bar zitten, vanwaar hij niet zo heel erg meurde. Loyal dacht dat hij zich misschien had gewassen.

Binnen een uur zat de bar weer vol met dezelfde ratten, dezelfde breedgerande hoeden, de dwergcowboy op de barkruk aan het eind, waar hij zijn verdraaide wereldbeeld in de spiegel ving. Een andere man, de partner van patjakker zo te zien, noemde de patjakker Sylvester en sloeg hem op de rug. Kleiner en viezer, met een druipsnor, en een orlon trui aan onder zijn overall, waardoor hij eruitzag als een geflipte hippie. Iets in het schuin gehouden hoofd en de verknipte trekken deed hem aan de oude Roseboy denken in de antieke koelcel van zijn grootvaders appelopslag. De geur van koude, verse appels drong zich aan hem op, ebde weg. De partner droeg een soort wollen woudlopersmuts, die volstrekt detoneerde tussen de opkrullende hoeden en cowboylaarzen om hem heen. Zelfs Robert, achter de bar, had zijn cowboyhoed op. Een paar buitenbeentjes, zoals Loyal, droegen tractorpetjes, NOTHING RUNS LIKE A DEERE, CATerpillar. Geen wollen puntmutsen. De partner had een zuidelijk accent. De pokerpiste stond rechtop tegen de achterwand. Een paar jongens speelden pool. Loyal bestelde een biefstuk met ingelegde uien en gebakken aardappelen.

Hij was perplex toen de vallenzetter tegenover hem kwam zitten, waarbij hij ook nog tegen het tafeltje stootte, zodat de jus over de rand van het bord klotste. Die klootzak had verdomme geen idee wanneer hij iemand met rust moest laten.

'Hé, ouwe, ik wil iets belangrijks met je bespreken.'

'Belang heb je in twee maten: het jouwe en het mijne', zei Loyal met zijn mond vol taai vlees.

'Nee, serieus, hoe gaat het met de coyotes? Heb je al wat gevangen?'

'Mmm', zei Loyal.

'Ja? Hoeveel? Drie, vier? De partner kwam met een houten stoel aanzetten en ging erbij zitten. De stoel stak een eind de kamer in.

'Twaalf. Interesseert het je?'

'Misschien. We dachten dat je misschien wel wat wilde verdienen. Dat je misschien wel eens een echt beest wilde omleggen in plaats van een beetje te dollen met die coyotes. We kunnen wel wat ervaren hulp gebruiken. Bij het zetten van klemmen. Het verdient prima.' Hij lachte, waardoor Loyal zich ineens realiseerde dat hij had zitten fluisteren.

'Waar jaag je op?' vroeg Loyal.

'Ah-ah-ah! Dat zou verraad zijn. Zeg jij het maar, Sam.'

'Het klinkt misschien een beetje raar, man, maar in Japan en Korea en China bestaat er een markt voor bepaalde stoffen. Afrodisiaca.'

'Wat is dat in godsnaam?' Ze zaten alle drie te fluisteren.

'Iets waarvan Japanse mannen geloven dat ze er een dubbel zo grote pik van krijgen en drie dagen lang een stijve. Seksspul. Je weet wel. Zoiets als Spaanse vlieg, alleen willen ze geen Spaanse vlieg. Ze willen rinoceroshoorn. Ze willen gemalen elandstanden. Ze willen fossiele sabeltijgerpasta. Ze willen de galblaas van de zwarte beer.' Beren. Dat was de geur. De partner praatte en Sylvester de berejager knikte.

'Ze betalen grof geld voor die rotzooi. Plus we hebben een markt voor de huiden. We verdienen geld als water. We hebben in Maine gewerkt, Florida, in Canada. Maar het is behoorlijk zwaar met z'n tweeën. We hadden er nog iemand bij, maar die is ermee gestopt en in Hawaii gaan rentenieren. We kunnen dus wel iemand gebruiken. Drie is beter. Volgens Cloves ben je een goede vallenzetter.' Loyal kreeg de neiging om in de spiegel te kijken om te zien of de dwergcowboy hun samenzweerderig gemompel in de gaten hield.

'Jezus, jongens, het klinkt lucratief, maar ik heb een zwak hart. Kan geen zwaar werk doen. Beren, dat lijkt me zwaar werk.'

'Jij hoeft het zware werk niet te doen, alleen maar de klemmen te zetten. Wij bemoeien ons wel met de beren. Zo zwaar is het trouwens niet, je snijdt ze open, je haalt de galblaas eruit en je snijdt de klauwen af. Jezus, man, meestal bekommeren we ons niet eens om de huid. Daar hebben we de tijd niet voor. De huiden, het villen, dat zou jouw deel zijn.'

'Ik heb wel een bereklem of twee getild in mijn leven. Ze wegen verdomme bijna vijfentwintig kilo, dat is een aardig gewicht. Bovendien ben ik dit gebied zat. Volgende week ben ik weg.' Tot dit moment had hij niet geweten dat hij terugging naar de Sagine ranch. Hij zou dezelfde avond nog moeten vertrekken. Dit waren geen jongens die je afwees, nadat ze je hun smerige geheimpjes hadden toevertrouwd. Hij zag zichzelf al aankomen op de bontveiling met twintig vernaggelde, klauwloze berevellen. Dat zou de tongen behoorlijk in beweging zetten.

'Bedankt voor het aanbod, maar ik moet ervandoor. Zou je dit voor me in een plastic zak willen doen? Wij tandeloze ouwe rakkers moeten voorzichtig zijn met kauwen.' Bij het aannemen van de zak keek hij in de spiegel naar de dwergcowboy. Maar ook met hem wilde hij niets te maken hebben.

41 De tropische tuin

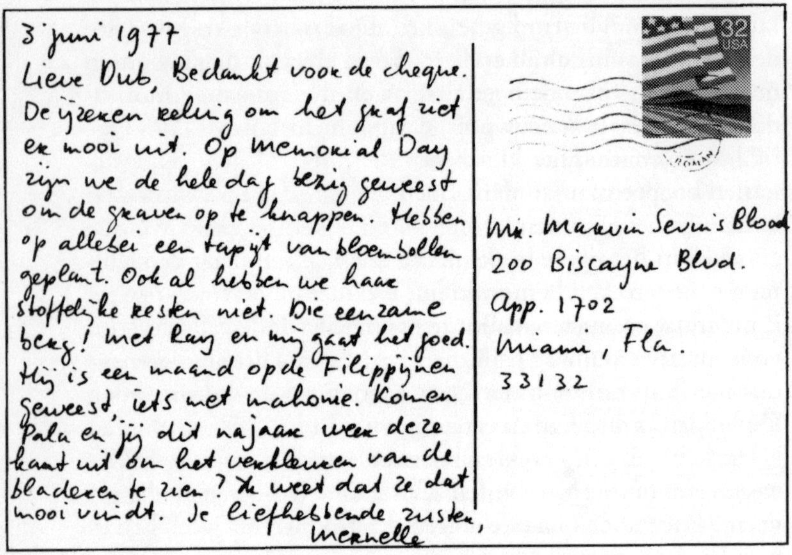

3 juni 1977
Lieve Dub, Bedankt voor de cheque.
De ijzeren reling om het graf ziet
er mooi uit. Op Memorial Day
zijn we de hele dag bezig geweest
om de graven op te knappen. Hebben
op allebei een tapijt van bloembollen
geplant. Ook al hebben we haar
stoffelijke resten niet. Die eenzame
berg! Met Ray en mij gaat het goed.
Hij is een maand op de Filippijnen
geweest, iets met mahonie. Komen
Pala en jij dit najaar weer deze
kant uit om het verkleuren van de
bladeren te zien? Ik weet dat ze dat
mooi vindt. Je liefhebbende zuster,
Mernelle

Mr. Marvin Sevins Blood
200 Biscayne Blvd.
App. 1702
Miami, Fla.
33132

Dub, die voor zonsopgang in de pauwestoel aan de rand van het zwembad zat te ontbijten, zijn dikke lijf gekleed in wit linnen. Gekoelde mimosa, meloen met opaalkleurig vruchtvlees en een scheutje groene-mandarijnesap, dan de boerenham en de uit Japan overgevlogen kwarteleieren, en pikzwarte koffie, waarvan je de rest van de dag stond te schudden. Hij dronk wel twintig kopjes, totdat zijn handen ervan trilden.

Zijn handen trilden niet toen Mernelle belde en hem, met haar noordelijke accent, vroeg wat hij ervan zou vinden om ma's trouwring naast pa te begraven. Omdat dat het enige was wat ze hadden. Het zou hen een rustig gevoel geven. Ze had de ring een paar weken geleden gevonden, toen ze dozen en laden aan het opruimen was. Ze dacht dat ma hem had afgedaan toen pa...

'Natuurlijk, waarom niet?' zei hij.

Ze las voor wat erin gegraveerd stond. '"JSB voor eeuwig de jouwe MMB juni 1915". Het is in ieder geval iets wat van haar is geweest, iets wat hen bindt', zei ze.

'Inderdaad', zei hij.

Hij hield van de tropische geur van verrotting, de hitte, liet de airconditioning altijd op lauw staan. 'Zet dat ding laag, doet me aan "Winter op de boerderij" denken, dat beroemde schilderij van Vries de Sneeuwpop. Waarvoor denk je dat ik in Florida woon, verdomme?' Lachend.

Een knappe man, ondanks de omvangrijke borst, de onderkinnen en het glimmende, kale hoofd. Cliënten vielen voor de glimlach in zijn ogen. In de spiegel zag hij dat hij nog altijd dezelfde fijn getekende mond had; en hij had geld, natuurlijk. Zonder dat geen gemanicuurde nagels (aan de goede hand) en geen maatkostuums. En hij had Pala, of had zij hem? De piraat, die inmiddels ook een tikje zwaarder was geworden, droeg linnen pakjes, in beige en ecru, en om haar hals hingen gouden kettingen met medaillons en bedels. Slimmer dan wie ook. Gereserveerd. Hij vermoedde dat ze ooit abortus had laten plegen, maar durfde er niet naar te vragen. Het onroerend goed was nu haar kroost.

Het was enkel makelaardij wat de klok sloeg, toplocaties, niet de grove verkoop van bejaardenflats en rouwkamers aan oudjes uit het noorden, maar wetenschappelijke taxaties, onderzoek naar de landschappelijke waarde van historische monumenten, oog hebben voor buitengewone locaties voor het komende jaar. Ze zagen het belang in van discrete afspraken en aanbiedingen. Ze konden met sjeiks overweg, met politiek-asielzoekers, met mannen die zaken deden in het zuiden. Esthetici. Kijk wat Pala met Opal Key Reef had gedaan. Ieder gerenommeerd tijdschrift in het land had een fotoreportage geplaatst over de huizen van geantiquiseerde schelpen en de door Burle Max ontworpen tuinen vol wonderlijke fantasieplanten.

Het eerste streepje zonlicht viel door een gat in het canvas zonnescherm en boorde zich in Dubs linnen knie. Niet veel van het onroerend goed dat via Eden verhandeld werd, kwam op de markt, als de eigenaar wilde verkopen; de verkopen werden in alle beslotenheid geregeld door Eden, Inc. Niemand kwam ook maar in de buurt van Eden. Hij en Pala hadden een neus voor beschermd gelegen locaties, eilanden die middels een enkele weg of brug met het vasteland verbonden waren. Schiereilanden met één enkele toegangsweg. Ze hadden begrip voor cliënten die bepaalde locaties behoefden. Hij wou dat de belasting hèm begreep.

Hij hield de koffiepot schuin, het zwarte vocht stroomde met een boog in zijn kopje. Aan de overkant van het zwembad gaapte de tuin, grotten van schaduw; bladeren weerkaatsten de vroege hitte, varens kromden zich, bloembladeren ontvouwden zich. Pala sliep vaak tot tien uur. Zelf was hij altijd een vroege vogel gebleven. Hij stond op en liep de tuin in met het witte kopje in zijn hand, de kunsthand met de perfecte plastic nagels.

Eden was nu hier. Ze gingen niet langer naar het Groene Moeras. De tuingeur, het zware parfum van een opengesneden vrucht, vulde zijn mond en keel. De vochtige lucht was drukkend, het mos dempte zijn voetstappen. De baniaanboom was het middelpunt van de tuin. Hij had het huis gekocht vanwege deze oeroude boom met zijn wortels als opgetrokken knieën, zijn takken als armen en zijn wroetende duimen, grillige stengels en opzichtige bloesems, de gevlekte, rafelige schors en de vallende, altijd maar vallende deeltjes. Er was iets in de geur van bederf, waar hij van hield.

42 Wat ik zie

Hoog in de puntige heuvels, modderwegen die bij natheid zo glad als snot zijn, zijn landschap van grillige rotsen. De wakende antilope, die een waarschuwing knort naar de kudde in de droge rivierbedding, de kudde die wegspringt door een bloemenveld, laag over de grond als regenbooggras. De antilope die over fossiele boomstammen stapt, afgebroken en versteende stompen, waarvan de ringen nog zichtbaar zijn, de stenen schors bedekt met oranje korstmos.

De uitgesleten zandsteenlagen, uitgehold en geribbeld door eeuwenoud water in een waterloos land, de tot gele kegelbergen omhooggedrukte meerbodem, waarover nog altijd de hoefslagen dreunen van de paarden van Red Horse, Red Cloud en Low Dog, van de grote mysterieuze Crazy Horse, Crow King en Rain in the Face, paarden die stukjes van fossiele tanden opwierpen. Ze komen aangestormd uit ravijnen en verheffen zich met dodelijke lach voor de met stomheid geslagen Fetterman, Crook, Custer, Benteen, Reno. Hij hoort de slippende stemmenparen elkaar toezingen in kwinten, de stampvoetende dans van de Oglala, de wegwervelende, wegstervende stemmen, samen, apart, verstrengeld in elkaars trillende keel. De snelle oorlogsdans, hypnotisch, gek makend, die de zandsteen heeft doen schitteren. Hij hoeft enkel een massieve steen in elke hand te nemen en zijn handen samen te brengen, steeds sneller, twee keer zo snel als het kloppende hart.

Gek makend. Op de toonbank van een bazaar in Streaky Bacon, Montana, een doos met oude patiëntenkaarten van een psychiatrische inrichting in Fargo. Hij kijkt ze door. Iedereen kijkt ze door. De hoeken zijn gescheurd en vettig. Foto's, een beschrijving van de gekte van de patiënt, godsdienstwaanzin, zwaarmoedigheid, masturbatie, dementie.

Tussen zijn vingers: het gezicht van de indiaan. Hetzelfde glad gekamde haar, maar met een scheefhangend, vies jasje aan. Het stille gezicht, de zwarte ogen, de spitse vingers om een grootboek geklemd. Hoewel het duidelijk de indiaan is, luidt het laconieke bijschrift: Walter Hairy Chin. Niets over blauwe luchten of biljetten van honderd dollar.

43 Het skelet met de opgetrokken rok

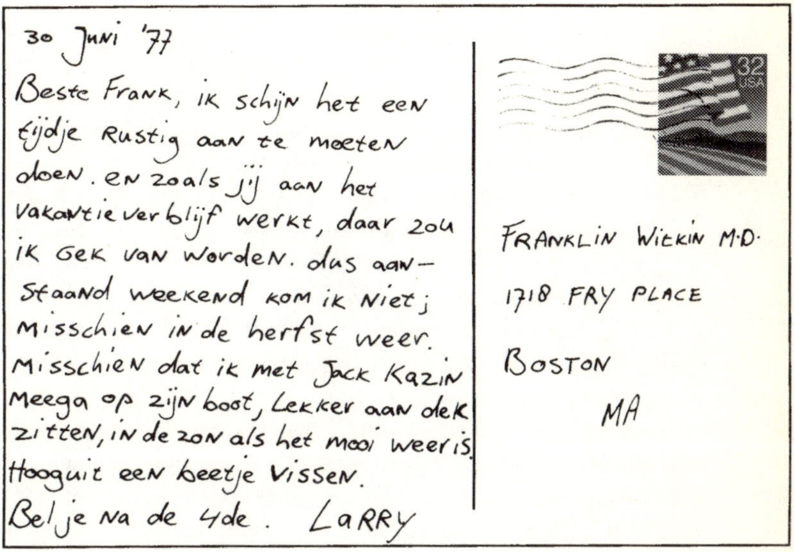
30 Juni '77

Beste Frank, ik schijn het een
tijdje Rustig aan te moeten
doen. en zoals jij aan het
vakantieverblijf werkt, daar zou
ik gek van worden. dus aan-
staand weekend kom ik niet;
misschien in de herfst weer.
Misschien dat ik met Jack Kazin
meega op zijn boot, Lekker aan dek
zitten, in de zon als het mooi weer is.
Hooguit een beetje vissen.
Bel je na de 4de. Larry

FRANKLIN WITKIN M.D.
1718 FRY PLACE
BOSTON
MA

Jaar in jaar uit had Witkin aan het vakantieverblijf gewerkt, hij had tekeningen gemaakt voor een slaapveranda, een dubbele garage, de aanbouw van een tweede badkamer. Het huis had inmiddels meerdere kamers. Hij had een stenen haard ter grootte van een hoogoven getekend. Hij hakte en stapelde zijn eigen brandhout. Bouwde een houtschuur. Hij overwoog een sauna en een zwembad en was van plan de stenen patio te vergroten tot een met natuursteen geplaveid plein. Hij was slim, belde iedereen op voor houtprijzen. Ieder voorjaar had hij een nieuwe pickup-truck, met een geweerrek van gelakt eiken, en het woord *Woodcroft* in oude Engelse letters op beide portieren.

Zijn handen en armen werden sterker dan ooit tevoren. Spieren onder zijn oude huid. Gele eeltplekken maakten zijn handpalmen dikker, zijn vingers werden ruw. Hij had timmerman kunnen zijn, of bouwvakker.

Hij had Larry verteld dat hij stilletjes overwoog om er na zijn pensionering permanent te gaan wonen, eventueel met zijn tweeën, mocht hij hertrouwen.

'Jij hertrouwen? Je bent sowieso nooit een type geweest om te trouwen. Jij bent met je werk getrouwd, Frank. Als je eens kon relaxen, zou ik je misschien serieus nemen. Wie heb je trouwens op het oog, Mintora?' Larry bracht een enkele keer wel eens een vrouw mee: Frieda, een beeldhouwster met dik, bizonkleurig haar; Dawn, de documentairemaakster, die zich aan het voorbereiden was op een tocht naar Antarctica; en Mintora, een vrouw van Witkins leeftijd met een zware boezem, die houtsneden maakte met als onderwerp gorilla's in heteluchtballonnen. Ja, misschien was het inderdaad Mintora aan wie hij had gedacht, de slanke, ongeschoren benen, het piekende haar onder haar armen, de opmerkingen over zijn houtbewerking.

'Heb je trek in rijstpudding?' had ze hem eens gevraagd, waarna ze een mand vol potten uit een stadse delicatessenwinkel had opengemaakt. Ze had een geelkoperen deurknop met een met kralen ingelegde rand voor hem meegebracht, een roodkoperen reclamebord met daarop, in spiegelbeeld, een vrouw die een corset waste in de gootsteen.

Het dak van de verlaten boerderij beneden hem was ingestort. Je zag niet meer dat daar ooit een boerderij had gestaan. Het caravanpark dijde steeds verder uit, stoffige weggetjes slingerden zich langs de heuvelflank. Als de wind uit het zuiden kwam, ving Witkin motorgeluiden en geschreeuw op. Maar op zijn veertig verheven bunders kwam het wilde woud almaar dichterbij en vermenigvuldigden de bomen zich.

Volgens Larry, die zwaar en traag was geworden, was het moeilijker geworden om je door het bos te verplaatsen. Hij hijgde en hoestte, beklom in lange, gestage diagonalen de hellingen, wat vele kilometers aan de dag toevoegde. Ze gingen met een geweer op pad, maar losten zelden een schot.

'Frank, ik kan dit niet meer. Ik had nooit gedacht dat ik mezelf dit nog eens zou horen zeggen, maar die klimpartijen lukken me niet meer. Ik ben te veel comfort gewend. Je krijgt geen lichaamsbeweging als je schilderijen verkoopt.' De kameraadschap was verdwenen. Maar ze deden allebei nog alsof.

Eenmaal alleen in het kamp schitterden de eiken Witkin tegemoet, de in bloei staande struiken en jonge bomen leken wel uit de geelbruine grond te springen. De lucht vibreerde, geroffel op een strak gespannen trommelvel. Hij schuifelde door gras met de kleur van broodkorsten, bladeren van gebrande suiker, verkoolde brieven, naaldenregens, schramde zijn hoofd aan uitstekende luchtwortels op de plek waar de aarden wal was ingestort, gleed uit op de boomstam over het water toen hij de kilometers lange stenen muur volgde, die in het bos oploste. Nog steeds had hij Larry nodig om de weg te wijzen. Hij kon de bomen niet uit elkaar houden, begreep niets van windrichting of verstrengelde takken. De wirwar van bomen drong steeds verder op naar het kamp. Doornige frambozetakken kronkelden onder zijn voet.

Hij begon orde te scheppen in de chaos der natuur. De golvende bosmuziek die hem ooit zo had bekoord, was zo vals geworden als een kapotte speaker, dezelfde niet-aflatende zoemtoon als de elektriciteitskabels waaronder hij had staan wachten tot Larry de herten op zou drijven en die hem zo in verwarring hadden gebracht dat hij de herten niet had horen aankomen, maar alleen geelbruine beweging had waargenomen. Hij had nooit willen jagen; dat was alleen om Larry een plezier te doen, de onbekende broer.

Frieda was stomverbaasd toen Larry op Jack Kazins boot zijn vette rug kromde in de canvas dekstoel, zijn hoofd in de nek gooide alsof hij op het punt stond een aria te gaan zingen en toen over de stoelleuning viel. Hartinfarct.

De week na Larry's begrafenis huurde Witkin Alvin Vinyl en zijn neef in om de schreeuwerige esdoorns rond het kamp te kappen en weg te slepen. De tijd stoof hem tegemoet. Hij spoorde hen aan met beloften van geld. Ze kapten een groot vierkant open. Bladeren verschrompelden in de lichtgloed, het geheime mos verdorde. Een stompenrooier trok met bruisende zwarte fonteinen wortels uit de tweehonderd jaar oude greep van de aarde. De bulldozer temde de verkreukelde grond, waarna Witkin gras inzaaide voor zijn gazon in de wildernis. Zijn hoofd liep om van de nieuwe projecten; hij moest opschieten.

Het materieel voor het nieuwe gazon – grasmaaimachine, bodembeluchter en gazonviltverwijderaar, tuinwalsen en zeisen – stond in de garage opgestapeld. Hij was van plan eerst een gereedschapsschuur te bouwen, dan de schoorsteen voor de open haard, en dan de aanbouw: twee kamers en een atelier. Kevin, zijn zoon, had gezegd dat hij van de zomer zou komen. In zijn tweede jaar aan de universiteit had hij geen zomerbaantje. Witkin bood hem een seizoen salaris tegen een seizoen werk, maar op het moment dat hij de stijve zinnen over elkaar beter leren kennen uitsprak, besefte hij dat ze daar geen van beiden geschikt voor waren. Kevins malvezachte handen leken tot niets anders in staat dan misstoten en foute zetten.

De eerste dag werkte Kevin in zijn blote borst zonder acht te slaan op Witkins waarschuwingen tegen verbranding en kanker. De prachtige ochtend van de tweede dag bleef hij lang in bed liggen; pas toen de puffende generator, de motorzaag en de drilboor op helse geluidssterkte waren gekomen, kroop hij zijn slaapzak uit. Hij hing wat rond, zei bijna geen woord. Witkin haatte hem weer. Hij zag in Kevin niet zijn eigen vlees en bloed. En de ander, de tweelingzuster? Wat te denken van dat verlegen, humorloze kind in haar roze blouse, dat altijd feilloos de verkeerde beslissingen nam en nu met het Peace Corps in Zambia zat? De instinctmatige, bindende liefde, waarmee generaties aaneen werden geregen, had gefaald.

Ze bedekten het dak van de gereedschapsschuur met platen gegalvaniseerd ijzer. De bloedhete hoogte glinsterde. Kevin dronk liters bier, hamerde onregelmatig, piste van het dak in plaats van dat hij van de ladder afkwam. De zon brandde op hun armen, hun borst. Zweet vloeide rijkelijk. Kevin, die Witkins behoefte aan martelaarschap feilloos aanvoelde, haakte op de vierde dag af.

'Ik red dit niet. Ik ga pleite. Ik schep nog liever kolen in de hel dan dat ik dit doe. Waarvoor bouw je verdomme eigenlijk zo'n groot huis?' Het ging precies zoals ze allebei hadden verwacht. Er zat geen vuur in hun ruzie. Enkel de taaie voldoening van wederzijdse afkeer.

Nadat Kevin was weggegaan, kwam de bejaarde steenhouwer, die zelf ook de kleur van steen had, de schoorsteen aanbouwen. Witkin besteedde voortdurend werk uit. Er was geen tijd om het allemaal alleen te doen. Een ploeg timmerlieden timmerde het skelet van de aanbouw, vulde het op met hout en glas, de vrachtwagens zwoegden langzaam tegen de heuvel op met ladingen zand en grind, met graszoden en latten, voeglood, spijkers, isolatiemateriaal, scharnieren en klinken, draad, lampen, stenen voor stapelmuurtjes, tape en plamuur, verf. Haast.

Toen ze klaar waren, begon Witkin zelf aan de stenen patio. De gietijzeren banken waren al aangekomen, per schip vanuit Zuid-Carolina in grenen kisten die roken naar hars en vernis. Hij was van plan om de stenen uit het oude muurtje aan de rand van het bos met de tuintractor naar het zandbed te verplaatsen.

's Ochtends vroeg begon hij aan het muurtje. Blauw licht stroomde uit de lucht. De dieplepel kwam tot leven. Stenen, overdekt met fijn getekend korstmos en mos, kwamen grommend en schurend los en wierpen takken en rottend hout van zich af. De dieplepel zette zijn tanden in het delicate, kopergroene patina. Verstoorde randen rukten zich los van continenten en eilanden, kabbelende moszeeën balden zich samen, zodat de dunne aardelaag eronder zichtbaar werd. Van de geur van bladschimmel moest hij niezen. Viel er echt niet te ontkomen aan die wilde bosstank?

De kleine, platte stenen op een hoop. Die zou hij in de spleten tussen de grote stenen leggen, zodra die op hun plaats lagen. De ronde, onregelmatige gingen de afvalkuil in.

Hij legde een grote kei bloot met een zwarte, twaalf centimeter dikke rand en mooie vierkante hoeken. Hij legde de ketting erom en sleepte hem naar de patio. In zijn kielzog een geplet spoor. Hij draaide hem om om de andere kant te bekijken. Over de donkere leisteen lag een bloem van witte schimmel, ragfijne lichtstralen, als een ontploft zonnestelsel. Geplette spinnekoppen. Hij draaide hem weer om, zodat de goede kant boven lag en wrikte hem met de koevoet op zijn plaats.

De rest van de ochtend harkte hij zand omdat één kant meer afliep dan de andere, en rukte en trok net zo lang aan de steen, totdat deze op de beste plek lag. Als hij een stuk of tien van dat soort stenen had... dacht hij. Hij hoopte op minstens nog één en ging terug naar het muurtje.

De steen had boven een loze ruimte vol bladeren en zaadhuisjes uit een oud muizenest gelegen. Hij bukte, veegde de gekrulde bladeren met zijn hand opzij. En trok toen, met een schok van herkenning, snel zijn hand terug van de witte ronding van een schedel.

Larry! was zijn eerste gedachte. Larry was op een of andere manier vanuit de begraafplaats in de Bronx onder het muurtje terechtgekomen.

Maar het was Larry niet.

Voorzichtig, met kleine plukjes tegelijk, haalde hij de bladeren weg, totdat de kromme botten zich blootgaven aan zijn starende blik. De gave tanden lachten hem toe, maar de kleine botjes van de handen en voeten ontbraken. De rechterarm was verdwenen. De resterende botten van armen en benen, aangetast en geribbeld door het geknaag van beitelvormige muizetandjes, zagen bruin van bladervlekken. In het bekken lag, als het vlies van een embryo, een kromgetrokken, bij de hak afgerukte schoenzool. Achter zich hoorde hij het stationaire gepuf van de tuintractor.

Een pioniersgraf. De vrouw van een van de eerste kolonisten, uitgeput door het baren van vele kinderen, of misschien gescalpeerd en vermoord door indianen, of omgekomen als gevolg van tyfus, longontsteking of melkkoorts. Hij had de koele beslotenheid van haar graf geschonden.

'Arm mens, ik vraag me af wie je geweest bent', zei hij. Uit respect maakte hij het werk van die dag ongedaan, hij sleepte de steen terug naar de muur en stouwde hem weer op zijn plek. Hij zou geen graf schennen.

44 De dwergcowboy vervloekt rechters

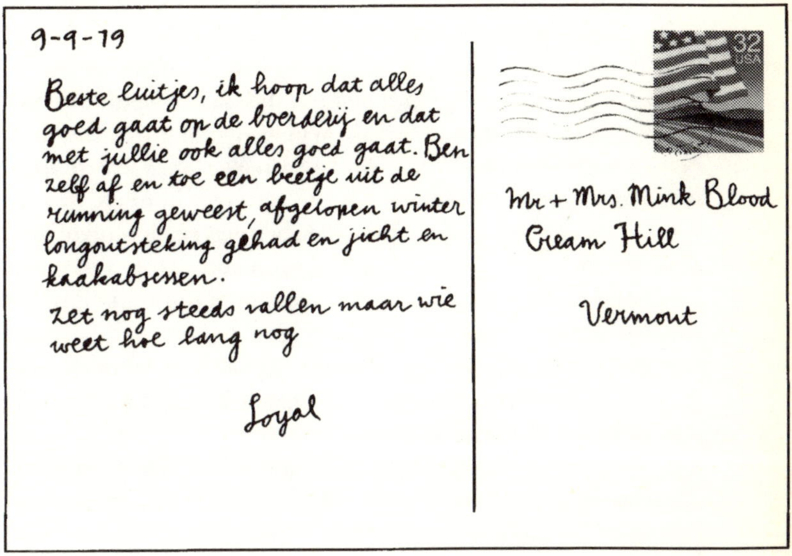

Zeven maanden later, in The White Pony in het noordwesten van New Mexico, zag hij de dwergcowboy weer, hij zat aan het eind van de bar, met zijn ogen op de spiegel gericht, met dezelfde kleren aan en zijn schildpadmond om de rand van het bierblikje gehaakt. Loyal ging naast hem zitten en keek in de spiegel.

'Heb je die kerels ooit te pakken gekregen?'

De ondermaatse cowboy zag er vreselijk uit; zijn ogen waren bloeddoorlopen, het vuil in zijn nek was diep in de leerachtige huid gedrongen. Zijn handen beefden. Ach, zelf zag hij er ook niet al te best uit. De dwerg staarde Loyal aan, produceerde een grimas.

'Krijg nou de pest. De coyotevanger, is het niet? Wat doe jij hier in godsnaam?'

'Woestijncoyotes hebben een anders gekleurde vacht, meer rossig, een beetje als een mooie vos. Ik mag graag wat rondtrekken, af en toe eens op iets anders jagen. Zolang het maar geen laagseizoenberen zijn.'

De dwergcowboy gromde. 'Wat een puinhoop was dat.'

'Ik moet zeggen dat ik benieuwd ben hoe je het er vanaf gebracht hebt.'

'Veertig mensen hebben zich bijna drie jaar lang uit de naad gewerkt voor die actie. Florida, Wyoming, Maine, Montana, Noord-Carolina, New York. We hadden alles: dia's, videotapes, foto's, getuigen, bekentenissen, bewijzen, tweehonderd galblazen van zwarte beren, klaar voor verscheping, een loods vol huiden, een paar dozen met klauwen, we hadden foto's van hen met honden die een halsband met zendapparatuur droegen, foto's van een berg rottende berelijken, we hadden verklaringen van een koper aan de Japanse kant en van een verzekeringsagent uit Connecticut die als tussenpersoon optrad. We hadden zeshonderd bladzijden aan verklaringen. We hadden hun lokgeurrecepten: bevervet, bevergeil, muskus van muskusrat, duivelsdrek en honing; weet je wat de galblaas van een zwarte beer waard is op de oosterse markt? Vijf mille, vijfduizend dollar. En nog eens duizend voor de klauwen. De Japanners hebben geld zat, het kan ze niet schelen wat het kost, ze moeten het spul hebben. Vermenigvuldig tweehonderd galblazen met vijf mille en je snapt dat we het niet over kattepis hebben. Meer waard dan cocaïne. Galblazen van beren brengen meer op dan cocaïne! We hebben het over een miljoen dollar. En nog een kwartmiljoen voor de klauwen. Alles hadden we. Tot en met bekentenissen aan toe, godverdomme! Het grootste onderzoek naar illegale jachtpraktijken dat ooit is uitgevoerd. Al die staten die godverdomme samenwerkten. Op zich al een wonder.' Er vertrok een spier in de kaak van de dwergcowboy.

'Wat is er gebeurd? Zijn ze ontsnapt?'

'Ontsnapt! Jezus, nee, ze zijn niet ontsnapt. Hoewel, een paar zijn er misschien ontsnapt, maar zeker niet veel. Op een zondagmorgen om vijf uur voerden we gecoördineerde invallen uit in drie staten tegelijk en arresteerden elf mannen: de jagers, een tussenpersoon en drie kopers. Die twee ranzige types die wel eens bij jou aan tafel zaten, waren nog zo dronken dat ze geen kater hadden. Ze dachten dat we erop uit wilden om nog meer beren te vangen. Ze bleven maar om hun schijnwerpers roepen en begrepen niets van de handboeien.' Hij sloeg zijn bier met gassige slokken achterover. 'Ja, we hebben ze te pakken gekregen.' Zijn stem klonk ironisch, bitter.

'Je lijkt er anders niet blij mee. Ik zou denken dat een succesvolle operatie een man van de wet goed zou doen.'

'Ja, dat zou je wel denken, hè? Succes wordt bepaald door het eindresultaat. Weet je waar die ratten nu zitten? Niet een uitgezonderd?'

'Al sla je me dood.'

'Op precies dezelfde plek als een jaar geleden. In precies hetzelfde werk: de illegale jacht op beren. Ze snijden de klauwen af, de galblazen eruit, verkopen ze aan de Japanners en verdienen een fortuin. En weet je hoe dat komt? Weet je hoe het komt dat al dat werk voor de kat z'n kut is geweest? Door de rechters, godverdomme. Waardeloze, zelfingenomen, domme, egocentrische, bekakte, onnozele, stupide rechters, die het verschil niet zien tussen hun eigen reet en een kwarktaart. En dan te bedenken dat die stinkhufters die wel eens bij jou kwamen zitten, enkel een boete kregen van honderd dollar wegens "het bedrijven van taxidermie zonder vergunning". Die pelden ze van een stapel bankbiljetten zo dik als een ham af en legden ze met een brede grijns op tafel. De zwaarste straf werd opgelegd aan een vent uit Noord-Carolina. Vijfhonderd dollar boete en dertig dagen voorwaardelijk wegens "jagen buiten het seizoen".' Hij dronk in stilte. Via de spiegel keek hij naar Loyal.

'De rechters vinden het grappig. Ze nemen het niet serieus. Dat is het probleem. Ze weten van niks. En. Bovendien. Kan. Het. Ze. Niks. Schelen. Het einde van de beren zullen wij nog wel meemaken.'

'Wat doe je dan eigenlijk hier?'

'Hier?' De dwergcowboy lachte. 'Meer van hetzelfde, alleen

geen beren. Ik snap trouwens niet waarom ik dit allemaal aan een beroepsjager vertel. Ik lijk wel niet goed bij mijn hoofd. Ik weet niet, misschien moet ik maar een paar klemmen aanschaffen en meedoen. Er zit zo veel geld in de illegaliteit, dat het me verbaast dat er nog mensen aan de eerlijke kant van het hek staan. God, het verbaast me dat ik er nog sta. Er zijn al heel wat wetsdienaren overgestapt. Ze kennen alle trucs, alle mazen, alle achterdeuren, en verdienen bakken met geld. Ik zou binnen een paar maanden rijk kunnen zijn. Ik zou thuis kunnen zitten bij mijn vrouw en kinderen, met een zwembad in de achtertuin en een Mercedes voor de deur, in plaats van undercover op een ranch te werken als boerenknecht.'

'Heb je kinderen?'

'Ja, ik heb kinderen. Twee. Ik zie ze niet vaak maar ik heb ze drie, vier keer in de week aan de telefoon. Wat een ellende, de jongen wil popmuzikant worden, staat de hele tijd te schreeuwen en te blèren in de garage, het meisje, Aggie, is zestien en zit in de feministische hoek, vrouwenrechten en al dat soort onzin.'

'Heb je foto's van ze?'

'Nee.' Op zijn hoede. Was dit soms een smerige val om de namen en gezichten van zijn kinderen aan de weet te komen? Er waren wel eerder kinderen gekidnapt. Wie was die oude coyotejager eigenlijk, verdomme?

45 De eenzame

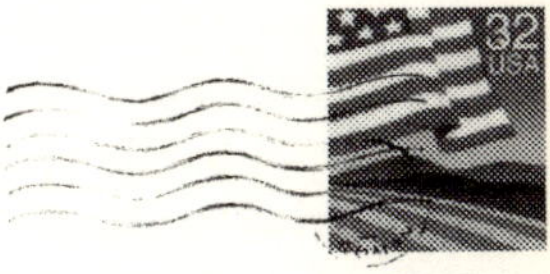

4 oktober 1979
Hiermee bevestigen wij uw afspraak met de heer Reynolds, Inspecteur der Belastingen, op 11 oktober 1979 om 08.00 uur in kamer 409 van het West-Centraal Federale Belastingkantoor.
Voor de hoorzitting wordt u verzocht alle financiële afschriften en documenten mee te brengen die betrekking hebben op de te controleren periode. Ref. correspondentie: 8-15-79.

Mr. Marvin S. Blood
Eden, Inc.
200 Biscayne Blvd.
Miami, Fl 33132

De ranch zag er anders uit, zodra hij van de snelweg af draaide en evenwijdig aan Jacks hek reed. Dat kwam door het hek: een driekwart kilometer lang, vierkant gevlochten schapehek. Sinds wanneer hield Jack schapen? Hij keek uit over het grasland. Niet een van Jacks Brahma's te zien, noch een van die kloteschapen. Dat had je er nou van als je een seizoen of twee oversloeg. Dingen veranderden.

De voordeur ging open nog voordat hij het contactsleuteltje had omgedraaid. Starr stond op de veranda. Haar armen langs haar lichaam, haar handpalmen naar buiten gekeerd. Haar gezicht was vertrokken en van waar hij zat, kon hij de natte sporen zien. Hij begreep het.

Toen hij voor de auto langsliep, stortte ze zich van het trapje en wierp zich tegen hem aan. Zijn handen sprongen naar haar schouders, hij duwde haar van zich af. Ze was zo dichtbij dat hij de muffe tabakslucht kon ruiken, het geel van haar ogen en de wijde poriën van haar wangen kon zien. Hij was te dichtbij om haar aan te kunnen kijken, hij wilde haar terugduwen, de veranda op. Maar hij bleef staan, met zijn vingers om haar vlezige armen geklemd, in een poging in evenwicht te blijven. Dat was alles. Hij kon niet meer denken, zijn geest viel uit elkaar. Ze voelde zijn schrik en deed een stap achteruit, ze liep naar het trappetje, waar ze bleef staan.

'Ik ben helemaal alleen, nu, Loyal. Jack is dood.' Ze snoot in de zakdoek. Zoute tranen in haar mondhoeken. 'Ik had het je willen vertellen, maar ik wist niet waar ik je kon bereiken. We wisten niet waar je zat.' Een beschuldiging. Ze stak een sigaret op, gooide de lucifer op de grond. Hij hoestte.

'Wat is er gebeurd? Met Jack.' Hij kon haar hitte nog voelen in de kom van zijn handen. Maar het uitspreken van Jacks naam gaf hem zijn evenwicht terug. Hij zei hem nog een keer.

'In mei. Zoiets belachelijks. Hij was perfect in orde, Loyal, perfect in orde.' De tranen droogden op. 'Er was helemaal niks mis met hem. Het is altijd een gezonde man geweest, alleen af en toe wat slaapproblemen. Hij was er heel vroeg op uit gegaan om met Rudy te praten over een hek langs de voorde en veebewaking op de kavel, het materiaal zouden ze in Cheyenne gaan ophalen. Toen hij terugkwam, stond de koffie klaar. Hij had de hik. Ik lachte en zei dat hij wat water moest drinken om ervan af te komen, voordat hij zijn koffie opdronk. Hij dronk wat water, Loyal, en het hield een paar minuten op maar toen ik koffie voor hem inschonk, kreeg hij weer de hik. Het hele ontbijt door bleef hij de hik houden.' Een lege graanzak zat half onder het trapje geduwd. Ze praatte erover alsof ze het ingestudeerd had. De woorden tuimelden toonloos uit haar mond.

'Eerst maakten we er nog grapjes over, maar al gauw werd het zo erg dat het niet grappig meer was, hij kon zowat niet eten. We probeerden alle middeltjes die we kenden, in- en uitademen in een papieren zak, water drinken terwijl je gebukt staat, een in brandy gedoopt suikerklontje eten, hij nam een glas whiskey, dronk nog meer water, ik probeerde hem te laten schrikken door hem van achteren te naderen en in mijn handen te klappen. Ten slotte ging hij weg, hij zei dat de rit naar Cheyenne zijn gedachten wel zou afleiden van die klotehik en dat hij, als het niet snel ophield, daar wel naar een dokter zou gaan.' Wat was ze veranderd, dacht hij. Ze had haar glans verloren, de rappe, gevatte antwoorden en de kwieke manier van bewegen. Lomp als een koe.

'Rond drie uur kwamen ze terug. Met een vrachtwagen vol materiaal voor het hek, ik kijk naar buiten en zie dat Rudy rijdt. Ik weet meteen dat er een probleem is, want ik zie Jacks profiel iedere paar seconden op en neer schokken.' Ze deed het na, liet zien hoe Jack in de auto had gezeten, op en neer wippend als gevolg van de rare eigen wil van zijn lijf. 'Hij had nog steeds de hik. Hij kwam binnen met een of ander recept waardoor het minder zou moeten worden, een soort slaappillen, denk ik. Loyal, hij nam die dingen in en, geloof het of niet, hij had de hele nacht de hik, zelfs toen hij half bewusteloos was van die pillen. Het bed trilde zo hard iedere keer dat hij hikte, dat ik op de bank in de woonkamer ben gaan slapen, maar omdat hij zo diep onder zeil was, maakte ik me er steeds zorgen over of hij zijn tong niet zou inslikken of zo, dus bleef ik de hele nacht koffie drinken, heen en weer lopen en naar die klotehik luisteren.' Ze begon het onkruid rond de veranda uit te trekken, alsof ze het nu pas ontdekt had, en liet het lukraak op de grond vallen.

''s Ochtends was hij een wrak, hij kon amper praten, zijn gezicht zag grijs en hij kon niets naar binnen krijgen. Het was een lijdensweg voor hem, Loyal. Toen heb ik de dokter gebeld, die zei: "Breng hem maar hierheen." Ik heb hem naar de dokter gebracht en vandaar is hij naar het ziekenhuis gebracht, waar ze wel honderd verschillende dingen geprobeerd hebben, ze probeerden hem er met kalmerende middelen vanaf te helpen, maar niets hielp. Niets hielp! Ik kon het amper geloven. De wonderen van de moderne geneeskunst, ze kunnen je weer helemaal als nieuw maken met hart- en longtransplantaties, met nieuwe armen en plastische chirurgie, maar de hik kunnen ze niet stoppen. Ik heb staan schreeuwen tegen die dokters.

Ik denk dat Jack toen al wist dat niets zou helpen. Hij zei: "Starr, het touw is uit de talie geschoten." Dat waren zo'n beetje zijn laatste woorden. Hij hield het nog tot de volgende ochtend uit, toen begaf zijn hart het gewoon. Het was duidelijk dat hij dood wilde, zodat de hik tenminste zou ophouden.'

Hij wilde weg, 'm smeren met de auto, maar Starr voerde hem de keuken in en begon driftig allerlei keukenkastjes en de ijskast open te trekken, ze haalde eieren en meel tevoorschijn, liet maatlepels uit haar handen vallen. Haar woorden bestreken het hele kompas: wat ze aan het maken was, hij bleef natuurlijk eten, het was geen kaassoufflé, maar iets wat nog lekkerder was, een *kiesj*, en de regen die maar uitbleef, wat ze nu moest doen. Over Jack leken ze te zijn uitgepraat.

'Ik heb erover gedacht om weer te gaan zingen. Ik wil wedden dat je nooit geweten heb dat ik vroeger zong, Loyal.'

'Nee, dat wist ik inderdaad niet.' Zijn beeld in de metalen pot op tafel, zijn gezicht verkreukeld en scheefgetrokken, de mond een achter zijn hoofd vastgeknoopt elastiek, hoedrand als een taartbodem.

'Ja! Ik zong in de pauze van de rodeo in Cheyenne. Lang geleden uiteraard, vijftien, achttien jaar. Maar laatst ben ik weer eens gaan oefenen. Oh, het was altijd hartstikke leuk, al die mensen, knappe mannen. Zo heb ik Jack ontmoet, op de rodeo.' Ze sloeg met kromgebogen ijzerdraadjes door het meel en de eieren. 'Allejezus, ik moet toch iets doen.'

Hij wist niet meer hoe hij met haar moest praten. Ze was Jacks vrouw geweest, verankerd in die rol. Nu was ze iemand die hij nooit gekend had, haar gehuil, haar gepraat over iets doen, zingen. Een vrouw, een alleenstaande vrouw, wat moest hij daar verdomme nou tegen zeggen?

'Hoe zit het met dat schapehek bij de afslag?' Hij probeerde het te laten klinken alsof hij het echt wilde weten. Jezus, hij wilde het ook weten.

'Oh, dat. Nou, je snapt dat Jack me niet bepaald met liggende gelden heeft achtergelaten. Zoals de meeste boeren, rijk aan land, arm aan geld. Hij wist natuurlijk ook niet dat hij zo gauw dood zou gaan. Ik moest iets doen. Ik heb geprobeerd een koper te vinden voor de Brahma's. Hier in de buurt wou niemand ze. Je komt er wel achter wie je vrienden zijn, Loyal. Al Jacks boerenvriendjes. Uiteindelijk kwam er een vent uit Texas, die heeft ze gekocht. Ik had de vent, van wie Jack ze in eerste instantie gekocht had, geschreven en die had het weer aan deze man doorverteld. Dus nu zijn ze weer terug waar ze begonnen zijn. Texas.' Met een lege wijnfles rolde ze het gele deeg uit. Er kwam een kat onder tafel vandaan, die een stukje op de grond gevallen deeg opvrat.

'Ik heb niks verdiend op die verkoop. Feit is, dat we er bij inschoten. Toen vroeg Bob Emswiller of hij niet een stuk van het land kon pachten als schapewei. Zomerwei. Beloofde dat hij uit zou kijken dat ze het niet te zwaar zouden begrazen. Dat hek is van hem.'

'Ik heb geen schaap gezien.'

'Tja.' Haar nek was rood, misschien de hitte van de oven. De oven stond hoog, er kwam een schroeigeur af. 'Hij weigerde te betalen wat hij beloofd had, dus toen heb ik gezegd dat hij maar moest oprotten met zijn schapen. Geen schapen dit jaar. Hij zei dat hij dan ook niet zou betalen en dat het hek genoeg was, dat ik in mijn handen mocht knijpen. Nadat ik zijn schapen geweigerd had, werd er op een nacht een paar keer op het huis geschoten. Waardoor het raam van de logeerkamer aan diggelen ging. Als je als vrouw wilt weten wat voor buren je hebt, hoeft alleen je man maar dood te gaan. Hier in de buurt hebben ze me altijd al een buitenstaander gevonden.'

'Dus je hebt verlies geleden op het vee en je bent belazerd met de landpacht.'

'Dat is nog maar het begin. Ik moet de boerderij verkopen. Ik weet dat Jack er gek op was, ik ook, maar nu niet meer. Zo ver hebben ze me al gekregen.' Ze gebaarde met haar kin, een oude-vrouwenkin, donzig en zacht van het vet. 'Ik wil iets doen met de rest van mijn leven. Als ik de boerderij verkoop, kan ik hier weg.' Ze schonk het ei over de kaas en het spek in de schaal en schoof deze de oven in. Ze draaide zich naar hem toe. God weet wat ze zag. Ze speelde in haar eigen film.

'Zou je het leuk vinden om me te horen zingen, Loyal?' Haar stem plotseling helder en dwaas.

Ze legde een plaat op de draaitafel. De platenspeler stond op het dressoir, op dezelfde plek waar hij al jaren stond. Loyal bekeek de platenhoes; vijf mannen op stoelen, uit wier handen een werveling van geel naar de bovenrand van de hoes liep, waar in rode, vlammende letters stond: 'MUZIEK OM MEE TE ZINGEN • Deel 7 • Country Ballads'.

De plaat draaide, dubbelgrepige fiddleklanken van een sentimenteel countrylied vulden de kamer. Starr stond voor de oven, haar voeten naast elkaar, haar handen – de vingers krampachtig ineengestrengeld – voor haar kruis. Een vrouw van middelbare leeftijd, gekleed in een gekreukelde corduroy broek en een sweatshirt, aan wie nog een vleugje oude, kwetsbare schoonheid kleefde. Misschien was ze zich daarvan bewust.

Ze telde in stilte en zong toen 'He was just passing through, I was all alone and blue'. De woorden drongen zich omhoog en door haar neus naar buiten, ze reikte naar het goedkope verdriet. Loyal kon het niet helpen, hij voelde de cafétranen opwellen in zijn ogen. Dat lied raakte hem altijd, maar hij zat hier verdomme op een keukenstoel, hij kon zich hier niet over zijn bier buigen. Daarom sloot hij zijn ogen en wenste in stilte dat Jack nog in leven was.

De quiche was heerlijk, ze aten hem helemaal op. Het ging iets makkelijker, nu, geen gepraat, eten op de borden, de prikkende en op en neer gaande vorken. Ze legde een papieren servet naast zijn hand. Jacks stoel was leeg. Ingelegde uien. De koffie stond te pruttelen. Hoe vaak had hij hier gezeten?

'Zo, wat vind je van mijn zangkunst, Loyal?'

Dit was het soort vraag waarop hij geen antwoord wist.

'Prima. Ja, mooi.'

Zuur gezicht. Ze schonk koffie in, terwijl zijn vingers kruimels oppikten uit de quicheschaal. Overal lagen spullen van Jack, alsof hij alleen maar even naar buiten gegaan was. Dat was trouwens precies wat hij gedaan had: eruitgestapt. Het touw dat hij knoopte onder het tv-kijken, aan een spijker naast de deur, een paar laarzen, stijf van onbruik. Rekeningen nog op de Victoriaanse spindel gestoken. De grijze cowboyhoed, de rand donker van Jacks zweet, op het dressoir, waar hij hem altijd op slingerde als hij binnenkwam om te eten.

'Denk je dat je teruggaat naar Wisconsin, je kinderen opzoeken? Die zullen inmiddels wel aardig volwassen zijn.'

'Dat is te lang geleden, dat ik het contact met hen heb verbroken. Met de botte bijl.' Ze zei dat de melk zuur was. Hij rook het en zei dat hij zijn koffie wel zonder melk zou drinken.

'Ik weet best dat ik niet meer op rodeo's kan zingen, Loyal. Mijn stem is zwak. Ik ben te oud. Oude vrouwen zingen niet op rodeo's. Maar weet je, ik voel me niet oud. Ik heb het gevoel dat ik het drukste deel van mijn leven nog voor me heb. Ik kan wel op de ranch blijven, Loyal, maar niet alleen. Er moet een man bij.' Duidelijker kon ze het niet zeggen.

De koffie. Zwart in de vertrouwde blauwe kopjes. Hij deed er suiker bij. Haar lepeltje tinkelde.

En opeens was de onbeholpenheid verdwenen. Er begonnen verhalen los te komen over wat hij had meegemaakt, de woorden stroomden via de spleten tussen zijn loszittende tanden naar buiten. Hij vertelde haar over Komkommer, die in de mijn was verdronken, over nachtelijke ritten met Bullet over gevaarlijke bergpassen, terwijl de koplampen het niet deden, de bergleeuw. Hij, die altijd weinig gepraat had, praatte nu honderd uit, hij veranderde in een enthousiaste straatventer, die zijn levensverhalen sleet. Om twee uur in de ochtend, toen Starr begon weg te doezelen en niets liever wilde dan slapen en stilte, hield hij op. Ze waren moe van elkaar, verlangden elk naar de rust van het alleen zijn. Hij zei dat hij wel op de bank naast de kachel zou slapen. De keuken stonk naar sigaretten.

's Ochtends gaf ze hem Jacks parelgrijze cowboyhoed.

46 Wat ik zie

Een tafeltje in Dot's Place. De glans van de plastic uilekop aan de muur. Hij leest de plaatselijke krant, met zijn armen gevouwen op de triplex tafel. De lucht van tri. Dot gaat op haar hurken zitten en haalt een doek over het aangekoekte fornuis. De koffie heeft de gore kleur van een rivierbodem. Aan de wand de koppen van wapitiherten, dikhoornschapen, witstaartherten en elanden, bedekt met een laagje vet van Dots gekokkerel: patat, gebakken eieren. Geschoten door Dots man, Harry S. Furman. Bij een bepaalde lichtval is de doffe vetkorst op de glazige ogen goed te zien.

Hij slaat de bladzijden van de krant om, kijkt naar een foto van een samen met verwanten uit Zuid-Amerika poserende Baskische familie. Enkele van de mannen zitten op hun hurken vooraan, hun polyester broek gespannen bij de knie, opbollend sportjasje. Terwijl de stammoeder van het gezelschap, Celestina Falxa, van het Huis der Kleine Kinderen, Ttipinoni – ernstige blik, kloeke gestalte en O-benen – met haar kleine oogjes recht in de camera staart. Ze draagt een met vierkanten bedrukte rayon jurk en houdt haar handtas stevig vast. Vierentachtigjarige vliegt met eenmotorig vliegtuigje over de wijde vlakten, luidt het onderschrift. Heeft nooit leren autorijden.

Hij bestudeert de foto, de richting van hun blik. Niemand anders kijkt recht in de camera. Een aarzelend glimlachende oudere dame met een opzichtige bril kijkt naar Celestina. De Zuidamerikaanse neven hebben alle drie precies hetzelfde haar en een vage glimlach rond de lippen. Ook zij staren naar Celestina. De mannen op de achterste rij staan op stoelen. Hun voorhoofd glanst wit, hun gezicht is bruinverbrand. Drie van de mannen zijn voortanden kwijt. Terzijde van de groep staat een vrouw met een geruit broekpak aan. De broekspijpen staan naar buiten als zinkbuizen, het jasje is van een dusdanige snit dat de vierkanten beurtelings naar links en naar rechts buigen. Op de achtergrond staat een tv, vlak onder het plafond, de plastic muren van de Holiday Inn, een chromen stoel, smerig nylon tapijt.

'Wat hebt u daar toch, meneer Blood, de sleutel tot het geheim van de leeftijd?' Dot giechelt. Ze grijpt een bak met diepvrieshamburgers. 'U zit er zo gespannen naar te turen, dat ik dacht dat u uw verloren gewaande broer had teruggevonden.'

Daar draait het uiteindelijk op uit, het bekijken van de foto's van vreemden.

47 De roodharige coyote

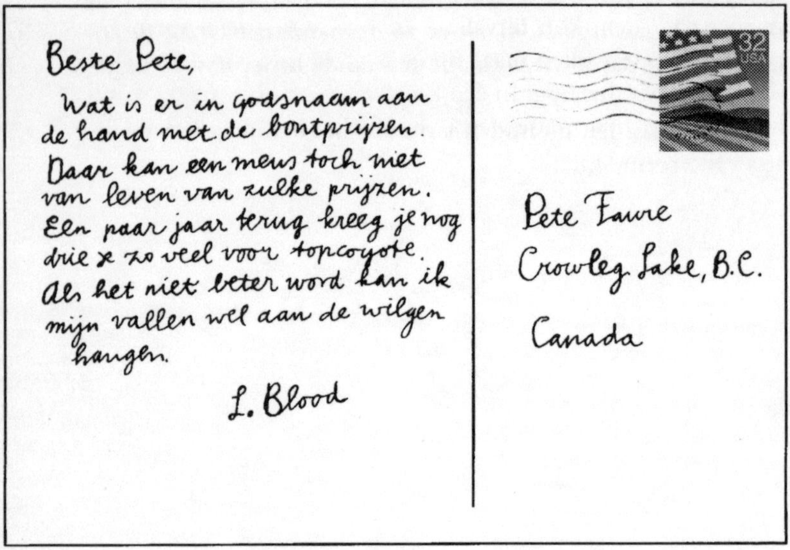

Beste Pete,

Wat is er in godsnaam aan de hand met de bontprijzen. Daar kan een mens toch niet van leven van zulke prijzen. Een paar jaar terug kreeg je nog drie x zo veel voor topcoyote. Als het niet beter word kan ik mijn vallen wel aan de wilgen hangen.

L. Blood

Pete Faure
Crowley Lake, B.C.
Canada

Hij had niet gedacht dat er iets onder het konijnekruid zou zitten. Maar toen hij aan kwam lopen om de klem en de staak op te halen, zag hij haar, een naseizoencoyote met een felrode kleur, op haar snuit, borst en heupen nog feller rood. Door de hete lentezon, weerkaatst door de late sneeuw, was haar vacht gekruld en geschroeid als een goedkoop permanent. Ze deinsde met opengesperde bek achteruit, liet haar tanden zien, ze kromp ineen en wrong zich in een onderdanige houding, terwijl haar gele ogen hem niet loslieten. Ze keek hem aan. Het kroezige rode haar, de intense expressie op de snuit van het dier en in haar lichaamstaal, een mengsel van verzoening, angst, dreiging, berusting, pijn, afschuw en nog veel meer, het verschrikkelijke en opwindende voorgevoel van haar naderende einde.

Billy.

De vacht was waardeloos. Weliswaar rood, maar met schroei- en schuurplekken. De poot zag er niet al te beroerd uit. Ze had er tenminste niet op zitten knauwen. Vliegensvlug wierp hij het knielmatje over haar kop, draaide het strak, zodat ze niet naar hem kon uitvallen, en wrikte de klem open. De poot was opgezwollen maar nog wel warm, de bloedcirculatie functioneerde dus nog. In één bijna vloeiende beweging stond hij op en trok het matje weg. Weg was ze.

Vijf

48 De Hoedeman

In het vak onbestelbare brieven

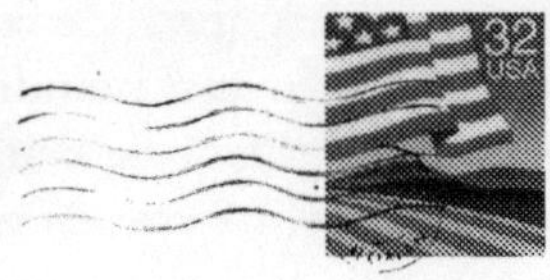

Okt. 1982

Beste meneer Blood, Dokter Pinetsky zou u graag willen spreken over de röntgenfoto's die van uw longen gemaakt zijn. Zou u ons alstublieft zo spoedig mogelijk willen bellen voor een afspraak.

Mr. Loyal Blood
Poste Restante
Hammerlock, Colorado
89910

In de tuin wierpen Kosti en Paula lakens over de tomatenplantjes om ze te beschermen tegen de nachtvorst, oude lakens die Paula jaren geleden van haar moeder had gekregen en die in alle tinten wit versteld waren: marmer, ivoor, melkzilver, sneeuw, krijt, parel, berkebast, spook, margriet, wolken, as, kwarts. De tanden van de herfst knaagden aan het licht. Eendrachtig samenwerkend liepen ze over de bezilverde aardkluiten heen en weer, de enigen die nog over waren op de boerderij in de bergen. Luipaardvrouw, Inkt, de drie zusters met de kist vol antieke jurken, Marihuanaman en zijn honderden kornuiten, allemaal afgenokt. Terwijl enkele van hun buitenissige bullen nog in de lege kamers lagen, karmozijnrood verkleurde posters van Bob Dylan, stapels paperbacks, Brautigan, Hoffman, Kesey, Wolfe, Fariña, McLuhan, de omslagen omgekruld door de hitte van de zomer, de opvattingen uit de tijd geraakt, de ideeën verraden.

De tomatenplanten rezen als romige zuilen op tegen de achtergrond van de zwarte bomen die voorbij de open plek stonden. Hun gevoelloze handen grepen nieuwe lakens, vouwden ze met een ruk open. Ze voelden hoe de aarde verstijfde van de kou. De lucht van brandend gras verving de zomergeur van vochtig gras. Door de kou zag de lucht fel gestreept als jaspis.

'Het gaat flink vriezen vannacht. Met zulke nachten kunnen die tomaten het verder wel schudden', zei Kosti. 'We kunnen ze beter groen plukken en ze in de houtschuur opslaan.'

'Als het er morgen weer naar uitziet dat het gaat vriezen, plukken we ze. Dan maak ik vierhonderd potten piccalilly. Kan mij het schelen. Dan bak ik tot het voorjaar groene tomaten. "De jongens van Jansen eten groene tomaten, dat doen ze al hun hele leven"', zong ze. Het haar op haar slapen vertoonde grijze strepen. Kosti gaf haar met een verdroogde rabarberstengel een lel op haar kont. Toen ze de warme keuken binnenstapten, hoorden ze de gekooide uil haar stem verheffen, waardoor ineengedoken kraaien van angst aan hun takken zaten vastgenageld.

'Heb je zin om na het eten bij de Hoedeman langs te gaan? Kunnen we wat van die groene tomaten voor hem meenemen.'

'Laten we maar wat gemberkoekjes voor hem meenemen. De laatste keer dat hij hier was, heeft hij zowat de hele trommel leeggegeten.' Ze noemden hem de Hoedeman, de oude meneer Blood, omdat hij altijd een hoed droeg, soms een cowboyhoed, maar meestal een boerenpet met een half rond gat aan de achterkant, waar zijn witte haar doorheen stak.

Hij was de vorige lente hier gearriveerd in zijn met roestkorsten overdekte pickup en een hond die niemand bij hem in de buurt liet komen zonder haar tanden te laten zien. Nadat hij met hen overeengekomen was een bunder braakliggend aardappelveld te pachten, reed hij zijn huifkar achteruit het vlakke terrein op.

De ene dag was er nog niets dan onkruid en laag struikgewas, en een week later had de Hoedeman zich er gevestigd en zich omringd met een hek van kippegaas, vastgenageld aan gammele paaltjes, dat wellicht bedoeld was om zichzelf een grens te stellen, of misschien gewoon om de hond binnen te houden. Hij ploegde de akker met een gehuurde ploeg en zodra het zaad in de grond zat, nam hij een baantje bij de houtfabriek. Werk dat door een oude man gedaan kon worden, etiketteren of zo. Misschien had Bricker met hem te doen gehad, zei Kosti.

Binnen een maand leek het of hij daar altijd had gewoond. Uitsluitend voor de onderdelen kocht of vond hij een oude Dodge, die hij in de struiken parkeerde en kaalplukte om de pickup waarin hij reed aan de gang te houden.

Al vanaf de eerste week had Kosti zich aangewend om aan het eind van de dag even bij hem langs te gaan en, leunend op de bumper, een biertje te drinken in het late zomerlicht, terwijl de Hoedeman aan het vettige mechanisme van zijn motor sleutelde en, slechts onderbroken door zijn hardnekkige hoest, aan een stuk door praatte. Het had iets van interpunctie, een paar woorden, een paar keer hoesten, een zin of twee, nog meer gehoest. Of ze zaten als een menselijke piramide op het trappetje van de huifkar, alsof ze op het begin van een voetbalwedstrijd zaten te wachten. Maar ze zaten enkel van de avond te genieten. Te luisteren. Niemand kreeg er een woord tussen bij de Hoedeman. Gezeten op de hoogste trede monopoliseerde hij het gesprek, en in de pauzes die in zijn oeverloos geklets vielen, hoestte en spoog hij in het donker. Het was een vieze oude man – vies van het vet, het vuil en de hond – met een hard gezicht onder een gerimpeld voorhoofd, met de rand van zijn hoed diep over zijn ogen getrokken. Maar je kon zien dat het een knappe man geweest moest zijn, zei Paula. Zo'n ouwe taaie, zei Kosti, het donderde niet hoe hij eruitzag. Hij wou dat hij zo kon rondzwerven als de oude Hoedeman.

Hij hield er vreemde tijden op na. Soms wiedde hij het aardappelveld om tien uur 's avonds, bij het licht van de pechlamp, die diende om het vette inwendige van de motor te verlichten;

de lamp hing aan een stok in de tuin, vanwaar hij enorme schaduwen van aardappelbladeren en door opgetrokken schouders en cowboyhoed gevormde waterspuwers op de wit uitgeslagen grond wierp. Als hij werkte, hield de hond hem als een kersverse leerling in het oog, onderwijl met natte kaken nachtvlinders uit de lucht happend.

Een keer, toen het begon te regenen, waren ze met zijn drieën in het mobiele huis van de Hoedeman gekropen. Kosti en Paula zaten op de houten bank. De Hoedeman op zijn slaapbank. Overal hingen en bungelden voorwerpen: koekepannen, touwen, een kluwen garen, een koffiepot vol spijkers met een hengsel van ijzerdraad. De enige lege plek was de binnenkant van de deur, waarop meneer Blood een kreukelige poster van een cowboyfilm had geplakt, die Kosti graag had willen hebben.

Carl Laemmle

Presents

Hoot Gibson

in

'Chip

of the Flying U'

Er stond een man op met perzikwangen en een idiote blik in zijn blauwe ogen, met wijd uiteenstaande tanden en een glimlach om zijn felrode Cupido-lippen.

In de hoek stond de tv van de Hoedeman. Die zag eruit alsof de hond aan het scherm gelikt had. Kastjes en planken en haken, tijdschriften, hertegeweien. Hoeden. Hij had een paar hoeden die hij nooit droeg.

'Deze,' zei hij tegen Kosti, terwijl hij de slappe zwarte rand als een bidkrans in zijn ruwe handen liet ronddraaien, 'deze kon wel eens een hoop waard zijn. Dit kon wel eens de hoed van Paul Revere geweest zijn, die hij droeg toen hij naar de kerk galoppeerde.[12] Die is misschien wel duizend dollar waard.' Paula rook wegschimmelende wol, rottend bont en oude zweetbanden, een geur die de huifkar vulde als een onzichtbaar gas.

'Moet je zien.' Hij hield een bruine pet omhoog met een rottende bovenkant, die zo zacht was dat hij plat op de rand lag. 'Is van Dillinger geweest. Weet je dat ik geen verzekering kan afsluiten voor die verzameling hoeden? Ik ben ongeveer drie jaar geleden begonnen ze te verzamelen. Van de weduwe van een vriend kreeg ik de eerste, hoewel ik mijn hele leven al hoeden draag vanwege een paar littekens die ik heb. Weet je waarom?' zei hij. Zijn stem racete tussen het gehoest door. Hij pakte een witte cowboyhoed met een slangeleren band. 'Deze heb ik van iemand in Californië gekocht. Hij had een bordje op een telefoonpaal gespijkerd. "Goede cowboyhoed, gebruikt in film, te groot voor mij, $ 20". Ik keek er even naar en betaalde hem wat hij vroeg, ik heb niet eens geprobeerd de prijs omlaag te krijgen. Weet je wie die hoed gedragen heeft? Hoot Gibson, die van de poster die daar hangt, Hoot Gibson in *The Bearcat* in 1922. Ze hebben van Hoot Gibson een soort held gemaakt maar toen hij begon, was het een doodgewone zwerver, gewoon een vent die van de ene rodeo naar de andere trok, waar hij allerlei stunts deed en een zakcentje verdiende met zijn gekke gedoe. Zo raakte-ie bij de film verzeild. Nadat iemand hem eens voor een dag had aangenomen om een paar wilde paarden in toom te houden, werd-ie ingehuurd als stuntman. Kon voor geen millimeter acteren. Vroeger waren filmacteurs kleiner. En hun hoofden groter. Dat is mijn hobby, oude filmcowboys. De meeste heb ik twee jaar geleden op tv gezien. Toen had ik een goede stroomaansluiting. En heb ik die tv gekocht.' Hij wees naar de hoek. 'Daarvoor hield ik me nooit met films bezig. Maar nu kan ik zo in een van die onnozele programma's. J. Warren Kerrigan in *Covered Wagon*, Antonio Moreno in *The Trail of the Lonesome Pine* en *The Border Legion*, Christus, ik ken er zoveel. Tom Mix in alles wat-ie gedaan heeft. Weet je wie er ook altijd zo stijf en opgeblazen bij stond, precies zo als die oude knakkers? Mussolini. Tweede Wereldoorlog. Precies zo als die oude filmcowboys. En weet je wat ook zo grappig aan ze is?' Ze zaten een stormachtige hoestbui uit, wachtten tot hij weer op adem was en zijn tranende ogen had drooggeveegd. 'Waar hun middel zit. Ze hebben hun middel altijd heel hoog zitten en hun broek helemaal tot hier opgehaald, waardoor het lijkt of ze een kort lijf hebben. Met name in stomme films. Die worden nooit vertoond in filmhuizen. *The Bearcat* ga ik nog altijd zien als ik de kans krijg. Ik kijk wat er op tv is. Filmfestivals, soms, daarvoor lees ik de kranten. De hoed die ik hier in mijn hand heb, heb ik in die film op het hoofd van Hoot Gibson gezien. Dat geeft een raar gevoel, op tv een hoed te zien die van jou is. Net of-ie dood is, terwijl de hoed nog leeft.

De reden dat ik hem niet kan verzekeren, is dat ik geen vaste woon- of verblijfplaats heb. Een paar maanden hier, een paar maanden daar. Ik moet blijven rondtrekken. Ik heb mijn huifkar, mijn auto, mijn hond, en omdat ik niet al te veeleisend ben, vind ik overal werk. Ik ben bereid op een vuilniswagen te rijden. Timmerwerk te doen. Ik bouw zo een muurtje, een hondehok of een observatorium voor je. Maar ik zit niet in dat systeem van sociale verzekeringen. Nooit een cent aan betaald, nooit een cent van getrokken. Ik heb de kar altijd zelf getrokken, door dik en dun.' Paula, die tegen de muur geleund zat, leek half te slapen. Haar knieën glinsterden van de visschubben.

'Zo heb ik ook mooie hoeden op de kop getikt, niet uit de vuilnisbak, maar door mensen te vragen. "Hebt u misschien nog een oude hoed waar u vanaf wilt?" Zo ben ik aan die skimuts gekomen; een getrouwde man liep over straat in Dog Boil in Manitoba, waar ik toen was voor de tarweoogst. De man was op weg naar de ijzerwinkel voor stopverf. Rolde er een geode van de vensterbank van een hotelkamer van een geoloog die naar olie zocht, die kwam op het hoofd van de man terecht. Deze muts heeft zijn leven gered. Je zou niet zeggen dat ik een observatorium kon bouwen, hè?' Maar Kosti en Paula waren moe. Ze hadden de hele dag hout gehakt en werden nu overmand door slaap.

Op zaterdagavond waren ze terug met groene-tomatentaart. Hij smaakte enigszins als appeltaart, maar dat kwam door de specerijen, zei Paula. Dezelfde specerijen: kaneel en kruidnagel. Groene tomaten hadden van zichzelf geen smaak. De Hoedeman zette water op voor koffie, Paula haalde hun theethermosfles tevoorschijn, hertshooi met gedroogd aardbeiblad. Een gezond drankje.

'De grootste moeilijkheid bij het bouwen van een observatorium', zei de oude Blood, was de beslissing over waar je hem neerzette. 'Er komt van alles bij kijken waar je niet direct aan zou denken. Je wilt hem niet vlak bij een grote stad of bij een winkelcentrum. Lichtvervuiling, smerige lucht. Je moet een plek vinden waar het 's nachts volstrekt donker is. Zoals hier. Er zijn niet veel plaatsen meer waar het nog echt donker is. Ik sliep vroeger altijd buiten op de prairie, daar zag je 's nachts zo veel sterren. Maar al die lichtmasten langs de snelweg, straatverlichting, tuinlampen, alles werpt nu zijn schijnsel op vliegtuigbuiken. Ze ruïneren de hemel.' Hij hoestte. 'Dit zou een goede plek voor een observatorium zijn.' Paula keek naar het zwarte raam, dat aan de binnenkant met een dunne wolkenlaag beslagen leek.

'Een donkere plek is nog maar het begin. Dat kan een idioot zelfs bedenken.' Hij schoof zijn stoel dichterbij, keek hen recht in de ogen om te zien of ze het snapten. Telde de punten af op zijn ruwe vingers.

'Aan een bewolkte plek heb je niks. Dus – twee – de hemel moet meestal helder zijn. Hier is het weliswaar donker genoeg, maar je hebt ook bewolkte nachten. Maar zelfs al waren er geen wolken, je moet ook een stabiele atmosfeer hebben, snap je? De lucht is net een rivier, duizend rivieren boven op elkaar gestapeld, en de richting waarin die luchtrivieren stromen, hetzij rustig, hetzij wild, wordt bepaald door de vorm van de grond beneden.' Hij kon Ben het hem nog zo horen vertellen in de bergnacht. 'Als stenen in een rivier, snap je?' De lucht boven ons hoofd wordt door heuvels en ravijnen en bergen en dalen verstoord. Zoals rivierwater door stenen wordt verstoord. Hoe meer stenen er in het water liggen, hoe wilder het water wordt.

En dan ga je naar je observatorium, dat je, zeg maar, gebouwd hebt in de bergen, zoals hier, om naar de sterren te kijken, en dan is alles dof en wazig en kun je geen drol op een bord zien. Het is beter om je observatorium op de top van een eenzame berg neer te zetten. En nog beter als die berg op een eiland ligt, of aan de kust. Lucht wordt gladgestreken als hij over water komt. Och, er valt zoveel te weten', zei hij, terwijl hij Kosti recht aankeek. 'Ik zou niet weten waar ik moest beginnen. In mijn tijd was alles nog goed. Maar daar hebben we het een andere keer wel eens over. Ik moet het verband op de hond d'r rug verschonen.'

Paula sprak op de droevige toon die ze reserveerde voor huilende baby's en gesprekken met haar slecht-nieuws-zusters, woorden waarvan de klinkers op weeklagende toon werden gerekt. 'Och, arme stakker, wat heeft ze?'

'Ik denk dat ze gevochten heeft met wat ooit mijn winterinkomen was. Hoor je dat?' Buiten, onder de flakkerende sterren, stiet een roedel coyotes een aantal hoge, korte kreten uit, precies hennetjes die op de slablaadjes afrennen. Paula leunde tegen Kosti aan. Nu steeg er een intens hoge toon op van de heuvel aan de overkant van de weg.

'Dat was vorig jaar nog mijn vluchtgeld', zei de Hoedeman. 'Oh, de bontprijzen lagen vroeger uitstekend. Ze gaan vast wel weer eens omhoog. Misschien dit seizoen al. Misschien probeer ik het hier in de buurt. Misschien dat ik er deze winter een paar vang, waar ik genoeg aan verdien om verder te trekken. Je kon goed geld verdienen met klemmen zetten. Maar het is zwaar. Een zwaar bestaan.'

Paula's gezicht stond koud. Ze dacht aan onschuldige dieren, gevangen in een wrede klem, hun bek droog van angst, terwijl de oude man met de harde blauwe ogen naar hen toe kroop, pratend, almaar pratend, met een met bloed besmeurde stok in zijn hand.

Maar hij zat alweer midden in een ander verhaal, een goudzoekersverhaal, waarin hij met blote voeten op een ratelslang trapte, vervolgens een sprong in de lucht maakte en opnieuw op de slang terechtkwam. Ze hoopte dat hij niet het verhaal ging vertellen over de wilde eenden die met een koord door de darmen aan elkaar gebonden waren, zodat ze steeds tegen elkaar opbotsten, waarbij het koord in het rauwe vlees sneed, of het verhaal over de hamsterratten die levend op het kampvuur gegooid werden.

Kosti en Paula kropen op hun futon in het gele petroleumlicht en speelden spinnetje met hun handen. 'Kriebel, kriebel, kriebel', fluisterde Kosti, terwijl het hem opviel hoe muf Paula rook, naar verbrande kaas en stinkdier, maar zodra ze zijn schoffel greep, rook hij niets meer.

'Ik hoop dat je niet zo'n kletsmeier wordt als je oud bent', blies ze in zijn oor.

'In mijn familie gaan de mannen vroeg dood. Je zult er nooit achter komen wat voor verhalen ik verzonnen zou hebben. Enorme drijfjachten op wapiti! Mijnrampen!' Ze lachten, maar de gedachte aan de duizelingwekkende, loslippige leeftijd van de Hoedeman dreef hen tot panische kussen, dreef hen ertoe hun soepele bekkens hard op elkaar te rammen.

49 Wat ik zie

Hij weet niet goed waar hij is. Zoveel wegen zien er hetzelfde uit, de steeds terugkerende borden, de gele streep naar de horizon. Telkens dezelfde auto's en vrachtwagens. Maar 's ochtends vroeg, wanneer hij niet door het overige verkeer in de tang genomen wordt, vindt hij een weg naar de landweggetjes, waar hij vlier ziet en sumacknoppen met groene puntjes.

Hij stuit op een paar herkenningstekens, die, sinds hij lang geleden over deze weg reed, onveranderd zijn gebleven. Om de roze rotsen heen, tussen de miezerige eiken door, buldert de wind, uit het moeras klinkt de schreeuw van de kraanvogel. In het ochtendlicht wemelt het van de vogels in de hemel. Hij herinnert zich de geur van grotten in de rotsen. Er loopt een vos over het klittende gras.

Hij neemt de afslag langs de voet van de kliffen. De oude brik rammelt voort. Overal in de vette steen zitten putjes ter grootte van het uiteinde van een stok. Reizigers hebben hun naam in hoofdletters met schreef en zwierige ampersands in de rots gekerfd. De data stromen voorbij, 4 juli 1838, 1862, 1932, 1876, 1901, 1869, 1937.

De kliffen verdonkeren. Woorden in helle kleuren, fel afstekend tegen de rots: 'Driekoningen H.S. '67', 'Bobby houdt van Nita', 'Christus is in aantocht', 'Fedora'. 'Schrijf Belerophon'. Fazanten met lange, dunne staarten vliegen over de wagen. Aan de zoom van de akkers: ingestorte boerderijen, zwakke, hoekige bouwsels, die op het punt staan tot stof te vergaan. Het land loopt op, verloopt met grote golvende kruipbewegingen. Amarant ligt opgehoopt tegen de hekken. LAKE FEDORA. AARDWURMEN. VOOR EEN GOEDE NACHTRUST GAAT U NAAR MOTEL CUCKLEBURR. STUUR $ 60 VOOR DE COMPLETE SET.

Nu ziet hij paarden, donders mooie paarden, waar hij nooit op heeft kunnen rijden. Indiaans gezang uit het Rosebud-reservaat, gezang als het huilen van de wind. De stem van de presentatrice, vol valse lucht, met snelle stembuigingen, 'En deze voor Johnny White-Eyes, die in 1980 gestorven is en vandaag tweeëndertig zou zijn geworden, aangevraagd door zijn moeder en overige familie: "I'm Proud to Be an American".'

En als hij stopt en uitstapt de brullende stilte.

Hij overweegt naar het oosten te gaan maar hij steekt de Missouri niet over. In plaats daarvan, afgaand op zijn roekeloze oude-mannenintuïtie, slaat hij naar het westnoordwesten af. Wat maakt het uit?

Hij rijdt Marcelito in Californië binnen, waar hij aan de bar van de Stars & Moon verhalen vertelt over de echte uraniumtijd, over Bullet Wulff, die een vreemdeling in deze tijd zou zijn, terwijl in het donker iemand zijn trekhaak losgooit en er met de oude, ronde huifkar vandoor gaat. Daar gaan de klemmen, het schrift van de indiaan, de hoedenverzameling, de koekepan en de blikken borden, het eeuwig lachende gezicht van Hoot Gibson.

Maar hij heeft de pickup-truck nog, waarvan de roest door de verf heen schittert. Kapot, blut, dobbert hij op de stroom mee naar de fruitkwekerijen en akkers.

De stroom trekarbeiders gaat naar het noorden en het oosten, dan terug naar het zuiden, dan naar het westen, vervolgens splitst hij zich en keert in prehistorische bussen en bonkende Cadillacs hals over kop terug naar de avocado's, sinaasappelen, perziken en zwierige slakroppen, bonen als marsmanvingers, aardappelen, rode bieten, harige suikerbieten, appels, pruimen, nectarines, druiven, broccoli, kiwi's, mandarijnen, walnoten, amandelen, kruisbessen, bramen, aardbeien. Zanderige aardbeien, zuur en wrang in de mond, maar rood als vers bloed. Het is makkelijker om je bíj de stroom te voegen dan om eruit te komen.

50 De Enigen Met Eén

4 augustus '84
Beste doc. Fitts, Ik heb (eindelijk) het onderwerp voor mijn dissertatie gekozen: studie van De Enigen Met Eén, een gemeenschap van oudere Sioux-vrouwen die 'maar één man' hebben gehad in hun leven. Niet veel geschreven over de belangr. sociale rol die zij hadden. Voordat ik eraan begin, ga ik naar de Oostkust. Mijn tweelingbroer zit midden in een soort identit. crisis en ik vind dat ik hem moet opzoeken voordat ik begin. Ik weet wat hij doormaakt. Heb heel veel zin in de dissertatie! Zodra ik terug ben, bel ik voor een afspraak.
Met vriendelijke groet, Kim Witkin

Prof. Roman Fittshew
Fac. Sociol.
Univ. Utah
14E. 2de S.
Salt Lake, UT 84105

Ray deed er zo lang over om dood te gaan, was zo onwillig om het leven los te laten, dat Mernelle aan plastic zakken en slaappillen begon te denken, erover dacht om de zuurstoftoevoer af te sluiten of het infuus dicht te knijpen, zodat hij wel op móest geven. Hij worstelde in de klemmende hand van de dood als een verdrinkende kat in de nekvel-omvattende vingers van een boer, maar de hand opende zich niet. De kanker knaagde aan zijn binnenste, soms zachtjes, zodat hij een glimlach kon opbrengen, een paar zinnen kon zeggen, met zijn onschuldige ogen strak op haar gericht, zijn dunne gestalte uitgestrekt onder de lakens. Ze stelde zich voor hoe het er van binnen uitzag, een vochtige, bruine massa, als de nageboorte van een koe, die Rays leven in het hare trok.

Rays dokter adviseerde haar naar een speciale therapiegroep te gaan. 'Omgaan met de dood.' Ze kwamen bijeen in de eetkamer van de dokter. Een kamer met een dun vloerkleed, esdoornhouten stoelen rond een lange esdoornhouten tafel. Een verpleegster overhandigde haar een blauwe plastic map. Daarin vond ze een gefotokopieerd gedicht, 'Het vervagende licht', een lijst van zeven types stervenden, aan elkaar geniete blaadjes met praktische raad omtrent testamenten, orgaandonaties, begrafenisondernemers, begrafeniskosten, grafsteenhouwers, rouwkamers in crematoria, lijsten van verpleeghuizen en stervensbegeleiders, een telefoonnummer voor thuishulp, een pamflet, 'Thuis sterven', een rooster van predikanten, rabbi's en priesters, advies over hoe je een begraafplaats kiest. Ze las de zeven types door, op zoek naar Ray. De doodsontkenner, de doodsaanvaarder, de doodsbestrijder, de doodsoverstijger. Dat was Ray, de Doodsbestrijder.

Vijf anderen aan tafel. Zeven stoelen leeg. Een mollige Ierse verpleegster met zwartomlijnde reeëogen. De verpleegster vertelde dat ze een opleiding in stervenstechnieken had gevolgd. Haar stem was vriendelijk, langzaam, het soort stem dat Mernelle associeerde met kanker. Op haar badge stond: 'Moira Magoon, verpleegkundige'. Ze blaakte van vitaliteit. De zes rond de tafel droegen geen badge. Ze waren moe en uitgeblust, hun vingers maakten steeds dezelfde doelloze bewegingen. Dat was gewoon, zei Moira, naast iemand zitten van wie je hield en die te zien sterven, was een dood op zich. Het zou een jaar duren om eroverheen te komen, een volledige omgang van dertien manen voordat... Een gebroken vader, wiens dochter dezelfde nacht nog zou overlijden, loeide: 'Nooit!' en begon, waar iedereen bij zat, luid snuivend en rochelend te huilen.

Ze namen de blauwe map door. Moira Magoon legde uit – alsof ze een recept voorlas – hoe je een stervende als Ray, die weigerde op te geven, kon helpen. De doodsbestrijders waren het moeilijkst. Mernelle luisterde, knikte instemmend. Uit de mond van Moira Magoon klonk de dood als iets redelijks, een logische beslissing die je zelf kon nemen. De beslissing was makkelijker als de levenden toestemming gaven. Waar het op neerkwam, was dat Mernelle Ray niet liet sterven. Je moest gewoon ja zeggen.

Die avond zat Mernelle aan Rays bed. Hij was bezweet, half bewusteloos van de medicijnen en pijnstillers. Om zijn uitgedroogde mond zat een witte korst. De droge ziekenhuiskamer. Ze pakte zijn dunne hand met de verkleurde nagels, kapot en blauw van de naaldeprikken, gereduceerd tot een tent van vel over magere botjes.

'Ray, Ray', zei ze zachtjes. 'Ray, het is oké, laat maar los. Ray, je mag gerust ophouden, nu. Laat maar los. Je hoeft niet te vechten, Ray. Laat maar gewoon los. Het is oké.' Ze zei het meerdere keren, met zachte stem. Hij ademde. Hij vocht. Ze wilde het raam opendoen, maar er waren nachtvlinders. Ze kon de zachte kankerstem niet volhouden. Haar eigen krassende ijzer, laag en snel.

'Ray, hou op met vechten, nu. Laat los, Ray. Ik meen het! Het is tijd om op te geven, Ray.'

Hij werd wakker. Zijn ogen dreven in het doorschijnende gezicht. Hij keek naar haar, door haar heen, naar een of andere vlammende jeugdherinnering; de machinerie van de geest schokte, opende vergeten deurtjes naar de kleur van een gekonfijte appel, de woede van de dronken vader, spuitende kippenekken, eindeloos omvallende stapels hout, de eenzame geur van op komst zijnde regen. Door het gaas van de hordeur keek hij naar het meisje, haar tengere rug naar hem toegekeerd, haar blote armen, zijn eigen schaduw in het vierkant van zonlicht.

'Jammer dat we er nooit aan toe gekomen zijn', zei hij, en stierf.

51 De coyote met het rode hemd

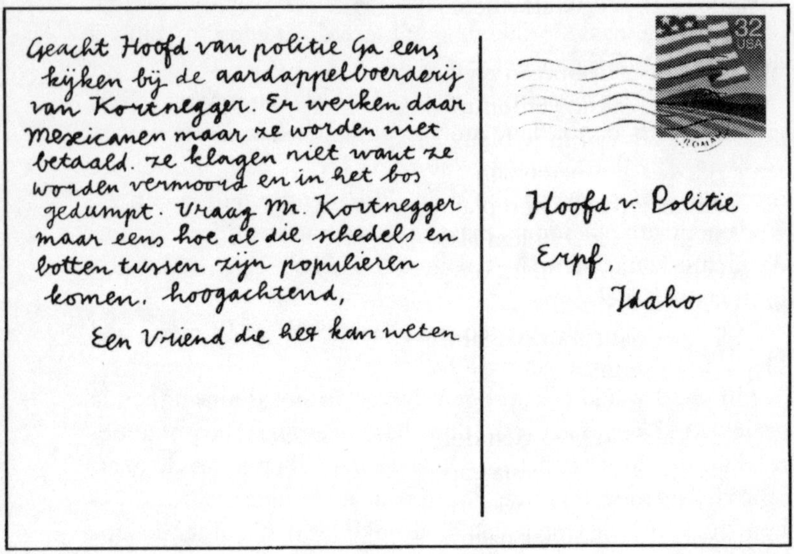

Geacht Hoofd van politie Ga eens
kijken bij de aardappelboerderij
van Kortnegger. Er werken daar
mexicanen maar ze worden niet
betaald. ze klagen niet want ze
worden vermoord en in het bos
gedumpt. Vraag Mr. Kortnegger
maar eens hoe al die schedels en
botten tussen zijn populieren
komen. hoogachtend,

Een Vriend die het kan weten

32 USA

Hoofd v. Politie
Erpf,
Idaho

De populieren bewogen niet, de bladeren hingen zo slap, dat het leek of de wortels waren doorgesneden. In het bos achter het huis, dat als windbreker diende, hadden de kraaien het druk; hard, stotend gekrijs galmde door de lucht.

'Hebben zeker wat te vreten gevonden', zei de vrouw, die haar woorden rondstrooide als een handvol graan, terwijl ze de viezigheid achter de kraan wegkrabde met het gebroken lemmet van een knipmes.

'Ben je van plan om nog lang door te gaan met dat gekrab?'

'Dat gekrab? Ik zou niet hoeven krabben als jij iets aan dit rottende zeil zou doen. Het stinkt en het is zo smerig dat ik het van zijn leven niet schoon krijg. Ik geef het op', zei ze, terwijl ze het mes neergooide en de veranda opliep. Hij hoorde hoe ze daar stond te snuiven en te snotteren. Ze vroeg erom. Zijn handen jeukten.

Als ze niet na een paar minuten was teruggekomen, had hij haar misschien een dreun of twee verkocht.

'Er is iemand, een of andere ouwe schooier, de poort door gekomen. Zoekt werk, denk ik. Moet je die auto zien. Een ouwe zwerver.'

'Ja, het arbeidsbureau zei dat ze iemand langs zouden sturen. Waarvoor denk je verdomme dat ik hier de hele dag al zit te wachten, om jou in je blauwe ogen te kijken? Hij had er een uur geleden al moeten zijn.'

'Je bent toch niet van plan hem aan te nemen, wel?'

'Waarom niet? Hij kan als voorman aan de slag, de mensen ophalen. Waarom niet, verdomme? Hoef ik tenminste niet meer steeds op en neer.'

'Hij ziet er behoorlijk gammel uit. Het is gewoon een ouwe zwerver. Oud, mager.'

'We zullen zien.'

Loyal had nog veertien dollar over van de sinaasappels. Het grootste deel van het sinaasappelgeld was opgegaan aan de ziekenhuisrekening. Hij was uitgegleden toen hij met een volle zak over zijn schouder naar beneden kwam; door het gewicht was hij tegen de ladder aan gezwiept en had hij een rib gebroken. Gewoon pech. Het genas langzaam. Vroeger genas hij altijd snel, maar nu was hij nog steeds niet in orde. Gevoelig en pijnlijk als hij diep ademhaalde. Elke keer als hij hoestte, leek het of hij doorboord werd. Vandaar dat een opzichtersbaan hem wel wat leek. Hij had het geld hard nodig. Laat die Mexicanen de aardappels maar rooien. Hij had zijn portie aardappelen, citroenen en alles ertussenin wel gehad. Van Californië tot Idaho, en terug.

Maar Kortnegger leek hem een kwaaie, met zijn petje zo diep over zijn onzichtbare ogen. Aardappelboeren waren ruw volk. Slobberbroek met opgerolde pijpen, een pakje sigaretten in de borstzak, waar een potloodstompje uitstak. Werkschoenen. Een gezicht dat uit louter lange, vieze plooien bestond, een blaasbalg van vlees. De vrouw was al evenmin veel soeps. Een groezelige blouse over een enorme bleekgroene korte stretchbroek met bij wijze van vouw opgestikte voornaden, afgezakte sokken. Maar zij was degene die de vragen stelde, terwijl Kortnegger, enigszins op de achtergrond, van onder de klep van zijn pet vandaan gluurde. Ze zeiden dat hij op de veranda moest wachten. Hij kon alles verstaan wat ze zeiden. Zij had een stem als een vlieg in een colafles.

'Daar hebben we toch niks aan. Hij is half invalide. Moet je horen hoe-ie hoest. Die is de helft van de tijd ziek. En als-ie er niet vandoor gaat, trapt-ie moeilijkheden.'

'Hij moet wel een tweezijdig scheermes zijn, wil-ie mij de voet dwarszetten. En waarom blijf je verdomme niet met je neus uit mijn zaken?'

'Je vroeg het me toch', gilde ze. 'Geef ik je beleefd antwoord, word ik bedankt!'

Kortnegger bracht zijn gezicht vlak bij de hordeur.

'Oké. Je bent aangenomen. Leg je spullen in de tweede barak, in de kamer met VOORMAN op de deur. Daarna kom je hierheen en vertel ik je wat je doen moet. Morgen of overmorgen wil ik dat je een ploeg arbeiders gaat ophalen, die samen met Gerry met de bus komen. Gerry is mijn ronselaar. Ik geef je geld mee en jij betaalt hem vijf dollar de man. Je voornaamste taak is die schooiers ophalen en ervoor zorgen dat ze op hun poten blijven staan. En haal je niks in je kop. Ik weet precies hoeveel d'r komen. Mocht je denken dat je als nummer twee hier iets te zeggen hebt, dan vergis je je, dat heeft hier geen reet te betekenen.'

Het was het meest miserabele zootje dat Loyal ooit bij elkaar had gezien. Ouwe zwervers, waarvan de helft hun longen uithoestte en blauw zag van het emfyseem, terwijl de wat jongeren broodmager waren door ondervoeding, drank en verwarring. Een paar waren Mexicaans, geen woord Engels, behalve 'Allo, iek wiel werk', waarschijnlijk nieuw in het vak, anders zaten ze niet op Kortneggers boerderij, een met een rood overhemd en een elegante lap om zijn nek. Dat moest degene zijn die de boerderijenroute afliep en dat stel loodjesleggers op sleeptouw had genomen. Hij wilde wedden dat Roodhemd al eerder de oogsten had afgelopen. De ander was met hem meegekomen. Geld was van hand tot hand gegaan. Roodhemd was de coyote, degene die het klappen van de zweep kende.[13] Oh, het loon zouden ze zeker accepteren, twintig dollar per dag in contanten, dat zou ze als muziek in de oren klinken. En dat zouden ze krijgen ook, voor een tienurige werkdag, zwaarder dan een van hen in jaren had meegemaakt, zo te zien.

'Zijn dat ze? Ze zien eruit of ze net opgegraven zijn.'

'Er was niet al te veel keus. Volgens jullie ronselaar is het aantal trekarbeiders gedaald. Bovendien zijn er maar heel weinig ongebonden Mexicanen. Veel boeren krijgen dezelfde kerels ieder jaar weer terug. Dit zijn blijkbaar de enigen die jullie man heeft weten over te halen om hierheen te komen. Het is een fiks eind naar het noorden. Het ligt niet op de route. Ik weet niet wat het probleem is, maar hier zul je het mee moeten doen.'

Eigenlijk had de man gezegd dat hij niemand die de naam Kortnegger ooit gehoord had nog zover kreeg om te tekenen. Hij zei zelf ook te willen stoppen. En hij waarschuwde Loyal.

'Een stelletje luie etterbakken. Ze stinken een uur in de wind. Het zou me verbazen als de helft de avond haalt.'

De twee Mexicanen werkten hard door. De oude zwervers dreutelden achter hen aan tussen de plantenrijen door en vergaten de helft van de aardappels. Kortnegger stond een half uur naar een nauwelijks vooruitkomend stel te kijken. Toen ze aan het eind van de rij gekomen waren, opende hij zijn mond maar sloot hem weer zonder iets te zeggen. Hij liep terug naar het huis, vanwaar hij naar Loyal riep: 'Je moet ze een beetje opporren, daar. Snap je wat ik bedoel? Je moet ze opporren.'

Loyal was de hele middag streng, hij liep op en neer, 'Kom op, kom op, een beetje tempo, een beetje tempo', en sloeg met een lat tegen de zijkant van zijn schoen. 's Nachts nam een van de oude mannen de benen. De volgende avond sloot Kortnegger ze op in de barak en zei dat niemand uitbetaald zou krijgen voordat alle aardappelen binnen waren.

In dit weer, deze droogte en hitte, lagen de rijen te zinderen. De mannen zwoegden verder, aardappelvorken gingen op en neer, rapende handen lieten aardappels in zakken vallen. Degenen die geen handschoenen hadden, kregen kloven in hun handen van het gewroet in de aarde. Katoenen handschoenen – 'Frans-Canadese raçehandschoenen', zei een van de oude plukkers smalend – waren binnen een paar dagen versleten. De hitte werd zo intens, dat de mannen in de rij hun hemd uittrokken, zodat ze verbrandden en uitdroogden en Loyal toeriepen dat ze meer water wilden.

De lucht werd donker, Loyal had het gevoel dat hij vuur ademde als hij met de klotsende emmers liep te slepen. Hij begon zo erg te hoesten dat hij moest blijven staan, dubbelgebogen van de hoest. In het westen stapelden zich onweerswolken op. Misschien dat een storm de hitte zou verdrijven. Te heet om op het land te werken. Het bliksemde, een dunne, snelle schicht, als een barst die in het ijs trekt.

Kortnegger kwam de houtschuur uit.

'Misschien dat het ten noorden van ons langstrekt. Het is droog, hier. Al twee jaar droogte. Ik kan me godverdomme het jaar nog herinneren dat alle stormen overtrokken. Je kon de regen godverdomme in Gackle zien vallen. En hier, drie kilometer naar het noorden, kregen we geen druppel. Godverdommese kloteland. Ze kunnen het godverdomme net zo goed teruggeven aan de indianen.'

De ratelpopulieren begonnen te trillen. Wind uit het noordwesten, die de bladeren van de bomen wrong en de aan de lijn hangende theedoeken van de vrouw liet knallen. De mannen op het land begonnen terug te strompelen naar de barakken. Ze zagen eruit als coloradokevers.

'Waar gaan die verdomme heen?' tierde Kortnegger.

'Storm op komst. Dat zien ze net zo goed als jij.'

'Zeg tegen die klootzakken dat ze doorwerken, als ze hun geld tenminste willen. Van een beetje regen is nog nooit iemand doodgegaan.'

'Ze maken een verdomd goede kans om door de bliksem getroffen te worden. Er blijft nooit iemand op het land als het onweert.'

'Maar dit zootje wel.' Kortnegger brulde dwars tegen de wind in. 'Terug aan het werk, verdomme, stelletje klootzakken. Wie het waagt van die akker te komen, krijgt geen geld!'

'Ze horen je niet.'

De bomen in de windbreking wierpen de witte onderkant van hun bladeren boven als schuim op golftoppen. De kraaien krasten in de takken. Vreemd dat ze geen beschutte plek hadden opgezocht. Raven, ja, raven waren heel anders dan kraaien, raven lieten zich op de wielingen van de storm ronddrijven, die beklommen de torens van opstijgende lucht en bleven zelfs tijdens slagregens in de lucht, maar er zaten hier geen raven. Onder het pulserende platina-achtige licht strompelden de oude mannen over de akker.

Boven trok de vrouw de ramen dicht, er bladderde verf af. De bliksem stuiterde door het wolkengordijn. Kortnegger startte de pickup-truck, de motor liet, vergeleken bij de donder, een zacht gebrom horen. De vrouw rende onelegant naar de waslijn om de theedoeken binnen te halen; deze maakten vreemde sprongen en wrongen zich in allerlei bochten, als in de buik geschoten katten. Loyal werd getroffen door de eerste harde druppel, vervolgens de tweede. De pickup, die op weg was naar de mannen, was halverwege. Ze aarzelden; sommigen bleven staan.

Hij zal ze wel een lift geven, dacht Loyal. Kortnegger vloekte en kafferde hen uit. Dwars door het regengordijn heen zag hij de meeste oude mannen de akker weer oplopen. Drie of vier van de mannen reageerden niet, die liepen door, voorovergebogen tegen de regen, en verlieten de akker. Hij zag het doorweekte, rode hemd van de lichtgeraakte Mexicaan erbij. Waar hij heen ging, ging de ander ook. De twee beste werkers.

Kortneggers pickup-truck beschreef een modderige bocht. Hij stopte voor de mannen en sprak even met hen, waarna er een paar achterin klommen, waar ze ineengedoken tegen de zware stortbui gingen zitten. De bliksem boorde zich in de gutsende akkers. Kortnegger stopte niet bij de barakken, maar reed door naar de verharde weg, waar hij linksaf ging, richting dorp. Hij ging ze op de snelweg lozen, dacht Loyal. Fijne manier om gratis je aardappels binnen te halen. Ontslagen zonder betaald te krijgen. Bij wie zouden ze kunnen klagen?

Een week, tien dagen later, een nieuwe werkploeg, zijn rib aan de beterende hand, kraaien terug in de windbreking, de ene felle krijs na het andere, als schreeuwerige verflagen. Hij werd er bij het eerste ochtendgloren wakker van. Hij moest hier weg, hoe blut hij ook was. Hij werd hier niet goed van. Hij kroop onder de dekens in een poging het gekras en gekrijs buiten te sluiten, maar was niettemin verbaasd over de vasthoudendheid van de kraaien. De afgelopen week hadden ze aan een stuk door zitten schreeuwen in de bomen. Hij had kraaien nog nooit zo tekeer horen gaan, behalve als ze met zijn allen om een dode koe vochten, dan bleven ze net zo lang bekvechten tot alles op was.

Terwijl hij zich half slapend aankleedde, kreeg hij wat meer greep op de dingen maar tegen de tijd dat hij zich voorover-boog om zijn schoenveters vast te maken, was hij in staat een kraai of twee te vermoorden. De planken van de verandavloer waren nat. Hij hoorde het gepassioneerde geblaf van een vos in de verte. Alles was bedekt met een glinsterend licht, alsof er een doorzichtige waslaag op zat. Hij liep naar Kortneggers wagen om de .22 uit het rek te halen, maar was niet verbaasd toen de portieren op slot bleken te zitten. De zuurpruim was zo achterdochtig als maar kon. Bang dat een van de zwervers er met zijn auto vandoor zou gaan. Hij raapte een stuk of vijf stenen op van de oprit.

Toen hij bij het groepje bomen kwam, was de parelkleurige lucht door de gaten tussen de takken te zien, fosforescerende vormen die zich met de rondhippende vogels verplaatsten en zich sloten. Venus, die net opkwam, dobberde in de bladeren.

De uitkijkkraai sloeg alarm, waarop de hele zwerm als een krijsende wolk opsteeg. Zo te zien waren het er minstens zestig of zeventig. De vos zweeg. Hij liep het koele bosje in. Op de grond lagen honderden twijgen en kleine takken die onder je voet braken. Een van de bomen, een grote populier, was omgevallen. De stam was versplinterd maar niet helemaal doormidden gebroken; de kruin was blijven steken in twee of drie gemangelde jonge boompjes. Weduwemaker. Door het gewicht zouden de boompjes doorbuigen en in elkaar gedrukt worden, waarna hun takken zouden bezwijken en de populier de laatste zeven meter zou vallen. Een zware zijtak, die van de stam was afgebroken, was zodanig op zijn kruin geland dat hij op een nachtmerrieachtig monster op dunne dribbelpoten leek. Het gescheurde hout was wit als een starend gezicht.

De grond was omgewoeld, een aarden striem die als een kromme vore tussen de boomwortels door liep. Het bliksemde. Hij schopte tegen de dorre aarde. Er stak een groot wit bot uit de vore. Een dinosaurusbot. Het grootste dat hij ooit gezien had. Een vreemd bot. Om er na al die tijd nog een te vinden.

Hij trok en het bot gaf mee in de kleigrond. Met een stok groef hij de aarde weg. Iets naars in zijn achterhoofd, iets met een stok in humus, de lucht van rottende bladeren. De vorm van het bot werd platter, het liep een beetje in een punt, als een schouderblad, maar anders. Hij keek ernaar, het grote bot, dat groenig wit afstak tegen de aarde. Hij kon het amper tillen, dit oeroude ding. Hoe heette die vent ook alweer met wie hij naar botten groef? Bully of zoiets. Een grote, zwetende kerel; wat zou daarvan geworden zijn?

Het vreemde bot was vast geld waard en als hij het in zijn eentje kon tillen, zou Kortnegger er geen cent van krijgen. Vreemd hoor, het was geen plek waar hij fossielen zou verwachten, deze laag liggende landbouwgrond. Opgewonden groef hij dieper in de omgewoelde aarde in de hoop dat hij ook de andere botten zou vinden, maar hij vond niets.

Hij liep tussen de bomen door, schopte tegen de aarde, raapte afgebroken takken op. Doordat hij botten zocht, zag hij al heel snel het scheenbeen en vervolgens de schedel, en toen wist hij wat de kraaien had aangetrokken in dit groepje bomen, want aan deze botten zaten nog plukken vlees. En proppen verrotte kleding, het rode hemd van de lichtgeraakte Mexicaan.

Veertig minuten later, met zijn pickup-truck in zijn vrij voor het postkantoor, schreef hij zijn kaart en liet hem in de blauwe, ronde brievenbus vallen. Nog voor de zon opkwam, was hij het dorp uit.

52 La Violencia

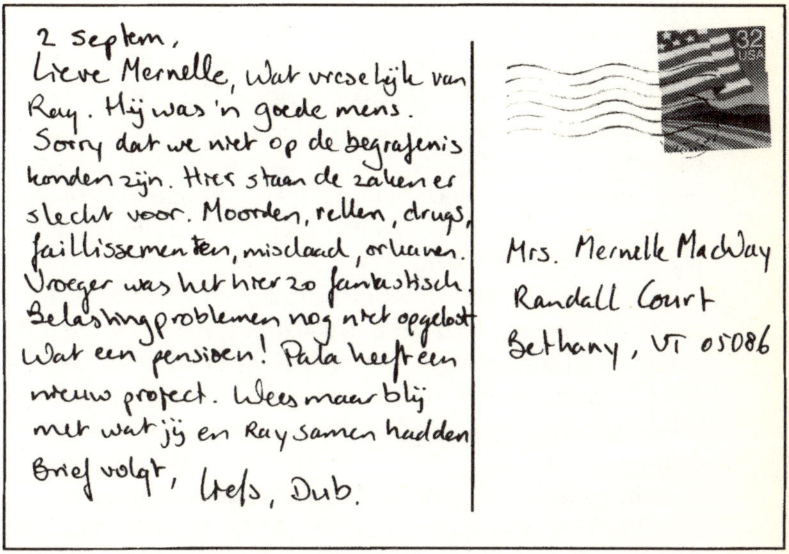
2 septem,
Lieve Mernelle, Wat vreselijk van
Ray. Hij was 'n goede mens.
Sorry dat we niet op de begrafenis
konden zijn. Hier staan de zaken er
slecht voor. Moorden, rellen, drugs,
faillissementen, misdaad, orkanen.
Vroeger was het hier zo fantastisch.
Belastingproblemen nog niet opgelost
Wat een pensioen! Pala heeft een
nieuw project. Wees maar blij
met wat jij en Ray samen hadden
Brief volgt, Liefs, Dub.

Mrs. Mernelle MacWay
Randall Court
Bethany, VT 05086

'La tristeza de Miami', zei Pala, begon in het jaar van de Mariel-uittocht, met de stroom zwakzinnigen die de stad binnenkwam. Er hing een oude, dodelijke spanning. Er waren te veel vreemde mensen, er was te veel vreemd geld in te weinig handen.

Op een hete middag hoorde ze op de autoradio dat de vier blanken die beschuldigd waren van het doodslaan van Arthur McDuffie in Tampa vrijgesproken waren. Binnen enkele minuten spoog de stad bloed.

Ze reed altijd zelf naar huis. Ze hield van autorijden, van de nieuwe zaak, het reisbureau, de haastige mensen. Dub was het allemaal zat, maar zij had nog steeds de Cubaanse energie, de wilskracht en het doorzettingsvermogen om iets tot een succes te maken. Ze moest werken. Kon niet met pensioen. Wilde niet met pensioen. Dub en zijn orchideeën.

Luisterend naar de opgewonden verslaggever, stuurde ze de auto door de warme vooravond. Plotseling had ze de zon recht in haar ogen, waardoor ze even aarzelde aan het begin van de oprit naar de snelweg. Een zwerm mannen, zwaaiend met honkbalknuppels, besprong de auto en hele brokken glas uit de voorruit vielen als een waterval in haar schoot, een steen verbrijzelde de om het stuur geklemde vingers van haar rechterhand, en dwars door het gebeuk en gekletter heen klonk de opgewonden stem van de verslaggever, alsof hij erbij was en beschreef wat er gebeurde, alsof hij zijn hoofd in de auto had gestoken om te zien hoeveel bloed er lag, of om te zien of haar tong misschien was uitgerukt en er een rode roos in het druppelende gat was gestoken.

Maar de piraat drukte het gaspedaal in en scheurde de ronkende snelweg op, steeds sneller, zodat de glassplinters door de wind tegen haar borst gedrukt werden. Ze liet de auto heen en weer slingeren en wierp de mannen af, op één na, die zich, languit op de motorkap liggend, aan de scherpe rand van het gat in de voorruit vastklampte.

Luid toeterend stuurde ze de gehavende auto door het forensenverkeer. Wat moest ze anders? Maar de andere bestuurders, totaal gefixeerd op de stem van dezelfde verslaggever en opgehouden in de vloed van rode remlichten, wisselden van rijstrook om een paar meter te winnen, gaven gas, en niemand scheen de versiering op haar motorkap op te merken. Een zwarte man. Ze zag zijn zwarte vingers en de nagels die wit zagen van het knijpen. Hij bleef zich maar vasthouden. Op de middelste rijstrook gaf ze plankgas, ze kneep haar ogen tot spleetjes tegen de harde wind. Toen er niemand achter haar zat, trapte ze hard op de rem, ze zag de man met een boog voor haar op de weg vallen. Ze gaf opnieuw gas en reed over zijn benen heen. Toen stopte ze, op de middelste rijstrook, ze zette de motor uit en wachtte midden in het tot stilstand gekomen verkeer op de politie, in een kakofonie van claxons, tapedecks en het schorre gehuil van de zwarte man.

Ze wilde nooit meer alleen rijden in Miami. Wilde niet langer in Miami blijven. Duizenden mensen wilden niet langer in Miami blijven. De chique stad liep leeg, bankiers en investeerders namen de wijk, appartementen bleven onverkocht, kantoorkolossen bleven leegstaan, nog niet bebouwde percelen werden tegen executiewaarde verkocht. Pala koos voor Houston. Voor het reisbureau was Houston de meest voor de hand liggende plaats, zei ze tegen Dub.

'Ik trek me liever terug uit de makelaardij. Volledig. Voor het geld hoeven we het niet meer te doen. Ga jij maar met je orchideeën spelen. Dit is mijn hobby. Het reiswezen bevalt me wel.'

Ze vertrokken de maand dat Christo de eilanden voor de kust begon in te pakken met roze plastic. Pala had een badjas in dezelfde kleur roze, bedacht Dub. Flamingoroze. Dat zou je in Houston nergens vinden, zo'n kleur.

53 De fulguriet in de vorm van een bot

Een kaart onder de ruitewisser

> Welkom in CICERO. Gesponsord door Cicero's Middenstand. Woensdagavond gratis ezelstochten (alleen in het hoogseizoen). Gelegen midden in Zuid-Dakota. Provinciale wegen: 18 & 42A. De stad beschikt over een ziekenhuis met 32 bedden, een arts en een tandarts. Schoolmuseum! Ga de auto zien die in de tornado van 1945 in een boom belandde! Sandwichshop Het Augurkenvat! Gratis rondritten • Verlichte tennisbanen • Gratis camping en vuilstort • 9-Hole Golfbaan • Twee benzinestations • Motel • 5 Eetgelegenheden.
> Kom naar Cicero, daar gebeurt het!

U had moeten bellen, zei de receptioniste. Glad indiaans gezicht, blauw getinte lenzen en een permanent met coupe soleil. Dr. Garch houdt zelf zijn agenda bij. Ik kan met geen mogelijkheid zeggen of hij komt opdagen. Hij staat niet op de UIT-lijst, maar ja. Ze zei dat hij op de gang bij Garchs kamer kon wachten. Als hij wilde.

Loyal zat daar de hele ochtend, met het in krantepapier en bindtouw gewikkelde dinosaurusbot tegen de muur achter de houten stoel geleund. Het had hem veel moeite gekost om hier te komen. Hij had verdomme alweer een week met bronchitis in de auto gelegen. Zijn longen waren op. Hij was nog steeds ziek, wist niet goed welke tijd van het jaar het was. Ook zijn truck was niet in orde. Versleten bougiepunten, de motor liep op zijn eind, uitlaat kapot. Het klonk alsof er een bommenwerper door het stadje trok.

Om twaalf uur ging de receptioniste lunchen, haar schoenen van Chinese stof kierden bij elke stap een stukje open.

Toen Garch verscheen, met een rinkelende sleutelbos in zijn hand, was Loyal in slaap gevallen met zijn hoofd tegen de muur en zijn mond open. Hij werd wakker en zag een kleine man in een confectiepak voor hem staan, met bruin krullend haar, aan beide zijden kortgeknipt, een streepjessnor, zo een als Mexicaanse radioverslaggevers hebben, en een zachte huid. Hij keek met glinsterende ogen toe hoe Loyal het bot voortsleepte.

'Hebt u iets?' Hij gebaarde naar een groene formica tafel in zijn kamer. Eronder stonden dozen vol botten, stoffige steenklompen, okerkleurige zandsteenplaten, rode klonten. Loyal hoestte, dezelfde hoest als 's ochtends bij het wakker worden, die hem de adem benam.

'Heb altijd naar dinosaurusbotten gegraven, naar sporen gezocht, Dakota's, Colorado, Wyoming, Utah, dat soort plaatsen. Twintig jaar terug, zo'n beetje. Ben overal geweest. Maar zoiets als dit heb ik nog nooit gezien.' Hij slaagde er nog net in het ding op tafel te krijgen, maar deed vervolgens een stap achteruit en liet het uitpakken aan Garch over. Godverdomme, hij voelde hoe hij trilde, hoe kapot hij was. Garch, die fit en gezond was, had een vaste hand. Het bot lag op tafel, het glansde alsof het gepoetst was, alsof het van steen was. Garch boog zich naar voren en liet zijn vingers eroverheen glijden.

'Ik ben hier,' zei Loyal, 'denk ik, om twee redenen. Ik wil weten van wat voor beest dit in godsnaam is, maar ook vanwege de waarde. Ik bedoel.'

Garch kwam overeind. Lag er niet een bedachtzame blik in de heldere ogen? 'Ja. U wilt het verkopen.'

'Nou...'

'Het is geen bot...'

'Wat nou, geen bot. Wat zou het dan moeten zijn? Het is weliswaar een vreemd bot, een vreemde anatomie, maar zonder twijfel een bot. Probeer me niet wijs te maken dat het een steen is. Het is geen steen.'

'Nee. Dat ben ik met u eens. Het is geen steen. Ik denk dat het een fulguriet is. Ik weet het bijna wel zeker.' Hij grijnsde.

'Wat is nou weer een fulguriet?' Garch lag hem niet. Het leek hem zo'n wijsneus die nooit het veld in geweest was, die nooit met veel pijn en moeite breekbare fossielen uit de brokkelige aarde had losgepeuterd.

'Dit ding is door bliksem ontstaan. Als steen, zand of aarde door een bliksemstraal getroffen wordt, kan het verdampen. Tienduizend graden Kelvin, snapt u, dat komt dicht bij de temperatuur van het oppervlak van de zon. Dit is net zoiets als een brok gesmolten glas. Er kunnen zeldzame metalen in zitten. Het is een grote, een hele grote. Ik zou hem graag een paar dagen nader bekijken. Maar hem kopen? Misschien heeft het Geologisch Museum er belangstelling voor. Ik heb geen idee wat ze ervoor bieden maar als u wilt, praat ik wel met ze. Geef me uw telefoonnummer maar. Dan neem ik over een paar weken contact met u op.'

'Ik had hem eigenlijk vandaag zo'n beetje willen verkopen. Ik ben op doorreis en ik wil verder, snap je. Zodra ik kan, wil ik doorreizen. Ik ben ziek geweest en ik wil terug.' Hij had helemaal geen plek om naar terug te gaan.

'Tja, u zult toch een paar dagen geduld moeten hebben. Ik moet er eerst met een paar mensen over praten, die willen dan een paar tests doen. Enzovoort. Ik loop nou eenmaal niet met verwervingsgeld op zak, snapt u?'

God, wat haatte hij dit ettertje. 'Dan breng ik het wel ergens anders heen.' Hij herinnerde zich Gek Oog en plotseling schoot ook de naam Horsley hem te binnen, die paleontoloog met de bruinverbrande vrouw. De tijd met hoe-heette-ie-ook-alweer?

'Ik breng hem wel naar Horsley.'

'Horsley? Fantee Horsley?' Garch perste een zuur lachje op zijn lippen. 'Horsley is dood. Omgekomen bij de uitbarsting van de Mount St. Helens. Terwijl hij op vakantie was. Heel ironisch. Zijn werk lag trouwens op een heel ander vlak, dat had niets met fulgurieten te maken.'

'Dan neem ik hem gewoon weer mee.'

'Luister, meneer... Ik ken uw naam niet.' Hij wachtte, maar Loyal zei niets. 'Luister, dit is niet de gebruikelijke gang van zaken, meneer oude-rot-in-het-vak.' Geforceerd geduldig. 'Je kunt niet zomaar van de straat een universiteit binnen lopen en iets verkopen, hoe interessant het ook is, wetenschappelijk gesproken. Je hebt verschillende faculteiten, budgetten, verwervingsprocedures. Verschillende kanalen. Dit valt buiten mijn terrein. Ik ben gespecialiseerd in craniale osteologie van de hadrosauriërs. Ik moet eerst uitvissen wie in dit soort dingen geïnteresseerd is; misschien een van de petrologen. Of een geoloog.'

Loyal begon het bot weer in het krantepapier te wikkelen. Die gast met de cowboyhoed in Utah die altijd botten kocht. Die zou hem wel kopen. Die zou hem kopen zodra hij hem zag. Loyal herinnerde zich nog precies waar het was, zag het zo voor zich, hoe de stoffige weg naar links afboog als je uit de bergen kwam, en dan uitkwam op lage, glooiende heuvels en riviervlakten, en dan kwam je na verloop van tijd bij de bar van de bottenman, waar de achterkamer vol stond met dozen vol van die dingen, die fulgurietbotten.

'Zo u wilt,' zei Garch, 'maar ik denk dat u daar fout aan doet.'

'Niks fout', zei Loyal, en vertrok. Hij hoopte dat hij genoeg benzine had om bij de bottenman te komen. En als zijn huis niet in Utah stond, was het Montana. Als hij op de weg zat, zou het hem wel weer te binnen schieten. Dat stond voor hem als een paal boven water.

De receptioniste keek op van haar computer, een scherm vol gloeiende kleuren, als een geometrische film.

'Hebt u hem gevonden?'

'Dat ga ik nu doen. Iemand vinden die niet eerst een jaar lang met zijn hand op zijn reet blijft staan. Welke stad is dit?'

'Welke stad? Nog steeds Rapid City, net als vanochtend.'

54 Wat ik zie

Hij zit op de verkeerde weg, omringd door druk verkeer. Hij kan de borden pas lezen op het moment dat hij ze voorbijrijdt, te laat om de juiste rijstrook te kiezen en af te slaan. Waar is hij in godsnaam? Het mist. Het is nat. Duizenden ganzen vliegen met stijve vleugels schuin over de weg. Ze dobberen op sloten en meren en scheren laag over de bochtige rivier, altijd dezelfde nasale kreten, als een menigte boze demonstranten die door het riet marcheert. Hij rijdt langzaam. WEGWERKZAAMHEDEN OVER 75 KM. De weg slinkt tot één strook, besmeurd met klonten aarde, waar hekken met ijzeren poten hem dwingen half over de vluchtstrook te rijden. Elektriciteitskabels schieten omlaag en omhoog, omlaag... Wit koord.

Voor hem, pickups die met aanhangers vol modderige terreinwagens naar het noorden rijden, auto's met motorboten erachter, wier banden knarsend de afstanden bedwingen. Zwerend land, door bulldozers uiteengereten.

Een stem op de radio waarschuwt dat onderzoek heeft uitgewezen dat het water in Fan Hill verontreinigd is, inwoners dienen contact met iemand op te nemen. Over een bouwvallige brug, blootliggende staalkabels in rafelige roestbloemen, langs verwrongen geluiddempers en zwarte halvemaansbanden. De ganzen vervagen in de rokende verte. Hoe meer auto's en sissende vrachtwagens met torenhoge spoilers vanaf verschillende hoofdwegen invoegen, hoe meer het verkeer vertraagt tot een slakkegang. Door de smerige lucht heeft hij geen idee welke kant hij op gaat.

Er hangt een restaurant over de weg. Het verkeer wordt de toegangstunnel in gezogen, aangelokt door beschilderd dak, beloften van biefstuk en ouderwets lekker ontbijt. Het lukt hem de parkeerplaats te bereiken. De mist zal wel optrekken in de tijd dat hij een kop koffie drinkt. Koffie om zijn hoofd weer helder te krijgen.

De klanten zitten aan een gouden toonbank. Mannen lezen sportberichten. Een stel zit onderuitgezakt, met hun handen om melamine koffiebekertjes gevouwen. De mannen dragen petten, de vrouwen hebben krullen. Aan de muur zijn gelamineerde taferelen van jachthonden en van lastpaarden in verre besneeuwde bergen geschroefd. De muur is van knoestig imitatie-vurehout. Loyal bestelt koffie. Hij kan niet eten. Maar hij heeft wel wat geld voor koffie en een paar liter benzine. Als hij op de voorbank slaapt. Het duurt wel even, zegt de vrouw. De kok is niet komen opdagen en ze hebben te weinig personeel. Hij wil haar vragen waar hij is, maar ze heeft zich alweer omgedraaid.

Motorfietsen zoemen als zieke bijen. De berijders komen binnen, ze krommen en strekken hun vingers, slaan met hun armen. De vrouw is enorm dik. Haar voeten verdwijnen in versleten soldatenlaarzen. De anderen dragen cowboylaarzen. De magere man leidt hen naar een tafeltje in het midden. Hij duwt zijn Harley-Davidsonpet naar achteren en steekt een sigaret op.

'Shit, kun je je die vent nog herinneren? Hoe heette die tent verdomme ook alweer? Man, ik stap daar naar binnen en ik zeg: "Hé, man, wat doet Larry verdomme in zo'n tent als deze hier?"' De mannen praten op luide toon met elkaar, de vrouwen buigen zich naar voren en lachen.

'Nou, na een tijdje kreeg ik in de gaten dat het in die klotetent link zou worden.'

De vrouw brengt hen de menukaarten. Ze heeft een koffiepot in haar rechterhand. Loyals koffie is lauw en zijn kopje maar half vol. Hij wenkt de vrouw.

'Tank nog eens bij, alsjeblieft.' Kleine, taps toelopende cups met niet-zuivelhoudende koffieroom uit de zak van haar schort. Loyal voelt de warmte van haar lichaam in het witte spul.

'Was je erbij toen Tom verdomme die klotemaïspuree nam, gisteren?'

'Nee, zaten er klonten in?'

'Jezus Christus, man, het leek wel grind.'

Nu ratelen de versleten banden over ribbels en scheuren, een rots in de vorm van een kasteel rijst op uit de mist. Volgens de radio is er een man ontsnapt die vastzat op beschuldiging van verkrachting.

Hij rijdt over een weg. Het is er minder druk. Maar er klopt niets van. Hij is de verkeerde kant op gereden, lijkt wel. Hij had nu in een dor, droog landschap moeten komen maar in plaats daarvan ziet hij begraafplaatsen, tuiltjes en vazen vol plastic bloemen. De namen op de witte stenen schieten op hem af: Heydt, Hansen, Hitzeman, Schwebke, Grundwaldt, Pick. Op een graf ligt een maïskolf. Er klopt iets niet met deze wegen. Hij rijdt een onverharde weg op die dwars door de zwarte velden van Schwebke, Grunwaldt en Hitzeman loopt. Roodvleugelige koperwieken vliegen op, wolkenschaduwen drijven over het zachte land, winkelpuien, verroest ijzer van werkplaatsen, graansilo's, onkruidverdelgers. Draaiende tractoren. God, het kan niet anders, dit is Minnesota. Hij rijdt naar het oosten, hij moet via Zuid-Dakota helemaal naar het noordoosten gereden zijn. De verkeerde kant op. Helemaal de verkeerde kant op.

De kleur van de grond gaat over in heel diep blauw. Uit de monsterachtige tractortanks spuiten stralen onkruidverdelger. Een oude boer zet een stoel uit zijn keuken op de akker. Beschilderde stenen balanceren op palen en boomstronken. Rijen populieren, windharpen achter de boerenwoningen.

En dan, naast een lege akker, op een lege weg, een weg zo strak als een gespannen touw, begeeft de pickup-truck het met een laatste rochel van versleten zuigers. Versleten, uitgeput, op. Dat was het dan, mensen.

55 De witte spin

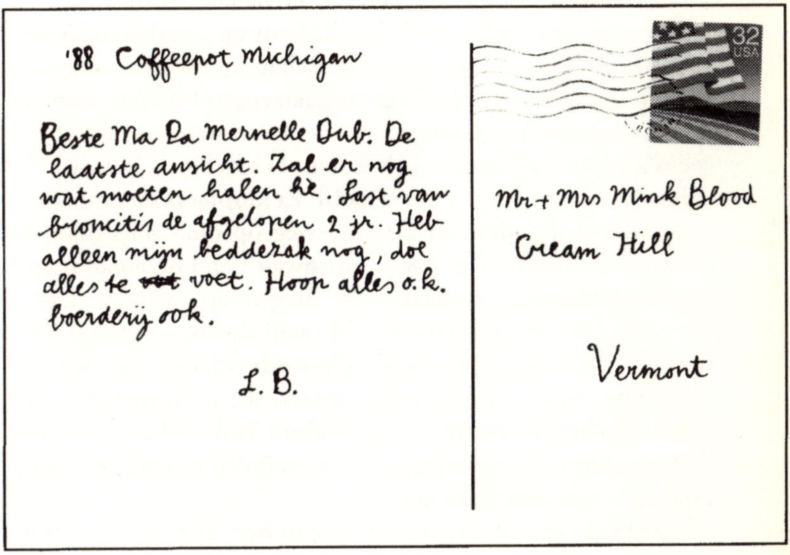

'88 Coffeepot Michigan

Beste Ma Pa Mernelle Dub. De laatste ansicht. Zal er nog wat moeten halen hè. Last van broncitis de afgelopen 2 jr. Heb alleen mijn beddezak nog, doe alles te ~~vot~~ voet. Hoop alles o.k. boerderij ook.

L.B.

32 USA

Mr + Mrs Mink Blood
Cream Hill
Vermont

Toen Loyal zijn ogen opendeed, zag hij een witte spin, weggedoken in de bloembladeren van een madeliefje. Het ronde roomkleurige lijf weerspiegeld in de boterachtige meeldraadjes. Geen wind. Op poppebordjes lijkende madeliefjes dreven in het gras. Hij kon zich niet herinneren waar dat hem aan deed denken, wafels of zoiets. Of een andere spin, geen witte.

Hij had slecht geslapen; de hoest drong nu dwars door zijn slaap heen. Hij liet zijn tong over de zweer aan de binnenkant van zijn wang glijden, zo'n zweer die je kreeg van een heel nietig grassprietje, dat zo diep in het vlees drong dat het onzichtbaar werd, zo'n zweer die je kreeg van wilde aardbeien, die je met handen tegelijk in het gras bijeen had geharkt en met kroontjes en al had opgegeten. Het was trouwens geen aardbeientijd. Hij zette zijn wijsvinger tegen zijn duim en schoot de witte spin onverhoeds de lucht in. Hij viel, een voorbijschietende bleke stip.

Hij liep over een smalle weg, omzoomd met kromme bomen, bijna een laantje, ware het niet dat er bandensporen in het stof stonden. Op zijn rug droeg hij de beddezak, wat kookgerei, een rafelige verschoning, wat papier, potloodstompjes, een pot instantkoffie en plastic scheergerei met een bot mesje. Kilometers achter hem lag de fulguriet begraven in een geheim graf. Alleen hij kende de plek.

Waar het wolkendek zich opende, was de lucht vaal. Hij kreeg geen greep op de dag, had enkel een droog, rillerig gevoel. Toen hij door de bomen heen een wei zag liggen, schuin boven hem, liep hij er automatisch heen, aangetrokken door het mogelijke uitzicht daar.

Terwijl hij tussen berken en populieren door strompelde, brak er een helder licht door. Buiten adem, hoestend, bereikte hij de wei, waar hij tot de jammerlijke ontdekking kwam dat het enkel een open plek in het bos was, een veld vol korstmos en roodgetint aardbeiblad, maar hij wist al niet meer wat hij verwacht had. Hij had al zo veel bochten gerond dat ze allemaal hetzelfde leken.

De wei was hoe hij zich de zomer in Rusland voorstelde, broos en verlaten. Nu kon hij de halve hemel zien. Windveren en schapewolkjes, serpentines van ijskristallen. Een hoge hemel, verwaaide cirrus in de stratosfeer, net penseelstreken. Met aan het eind glanzende krabbels, die op Arabische letters leken. De wolk strekte zich in golvende bewegingen naar het noorden uit, een gigantische gevederde waaier. Hij draaide zich abrupt om en keek naar het zuiden, waar cirrocumulus zich in dichte paarlen golfjes ophoopte in de hemel. Mooi weer en helder zicht.

'Als de vogel zijn vlucht heeft gestaakt, als hij de vermoeide vleugels vouwt', mompelde hij.

Aan de rand van het veld pakte hij een half verrotte tak op. 'Dansen, schat? Als de vogel zijn vlucht heeft gestaaaaaaakt', blèrde hij, struikelend over de moskussens, met de tak, die hij zo heftig heen en weer zwierde dat het haar van een vrouw ervan zou zijn losgeraakt, tegen zijn middel gedrukt, kleine sprongetjes en draaitjes, een oude man met apekuren. Hij viel half. 'Me laten struikelen, kreng? Weg jij.' Hij hijgde, moest bijna kokhalzen van het hoesten. Waarop hij de tak wegsmeet en vol voldoening zag dat hij in rode pulp uiteenspatte. Zijn eenzaamheid was niet onschuldig. Hij trilde onder de hoestaanval alsof zijn lichaam gekastijd werd, als een strakke ankerketting waar met een stuk ijzer op geslagen werd, tranen kropen door de voren in zijn vertrokken gezicht, hij stond in de stille wei en had zelfs geen rotte tak meer.

Hij dacht: het is bijna gebeurd.

Zag toen de blauwe rookvlek in de opening tussen de bomen beneden hem.

Hij stelde zich voor: een man en een vrouw die aan tafel zitten. Een tafelkleed met franje dat bijna tot de vloer reikt, hun voeten verscholen in de plooien. De vrouw neemt een hartvormige aardbei – geen wilde – van een fruitschaal. Haar hand, haar arm en haar gezicht zijn half uitgevlakt, maar de aardbei glinstert fel, ze houdt het steeltje tussen wijsvinger en duim, waarbij haar duim het uitstaande kroontje raakt. De zwarte zaadjes lijken op komma's, ingebed in de rode poriën. De man is hij zelf.

56 Het gezicht in het mos

BESTE MEN. GIAGO, WILT U DIT
SVP BIJ DE OVERLIJDENSBERICHTEN
ZETTEN.
NA EEN LANGDURIGE ZIEKTE IS VRIJDAG-
NACHT GESTORVEN JOE BLUE SKIES.
HOEWEL BLIND DOOR VERWONDINGEN
OPGELOPEN BIJ EEN WERVELSTORM IN
ZIJN JEUGD HEEFT HIJ ZICH GEHEEL GE-
WIJD AAN HET VERZAMELEN VAN EN VER-
GAREN VAN KENNIS OVER DE TRADITIO-
NELE GENEESKRACHTIGE KRUIDEN
VAN ZIJN VOLK. HIJ HEEFT MET HONDER-
DEN SCHOOLKINDEREN GESPROKEN. HET
SMITHSONIAN IN WASHINGTON NOEM-
DE HEM EEN PAREL VAN HET LAND.
TOCH LEIDDE HIJ EEN BESCHEIDEN LE-
VEN. ZIJN VROUW, WANDA CUT HAND,
BLIJFT ACHTER. ZIJN ZOON RALPH BLUE
SKIES OVERLEED OP 11 AUG. 1939 EN
DOCHTER WANDALETTE OVERLEED IN
1973. SUCCES

MR. TIM GIAGO,
REDACTIE
LAKOTA TIMES
RAPID CITY, S.D.

Op het terras van The Silver Salmon in Minneapolis boog een vrouw zich naar voren. Ze droeg een karmozijnrode katoenen jurk die tot haar enkels reikte. De schouders van de jurk waren opgevuld. Haar rode haar viel in golfjes als Chinese mie tot op haar borsten. Er zat een stukje gebruikte tandzijde in haar haar, zag haar eerste man. Misschien was dat de nieuwste mode. Hij luisterde, terwijl hij naar haar blote voeten keek, naar de eeltplekken op haar tenen. Gevolg van te nauwe schoenen. Ze had de schoenen onder de smeedijzeren stoel geschopt. Ze stak nog een sigaret op.

'Weet je wat hij tegen me zei?' zei ze. 'Hij zei: "We gaan erheen, lieveling. Ik heb voor de komende maand een zomerhuisje gehuurd in dat prachtige, wilde land. Onder de stille hemel en de purperen sparren. Een kleine kano en futen en vuur in de open haard als de nachten koud zijn. Daar zullen we stenen in het water gooien, lieveling, en zien hoe ver ze komen. We gaan van het land leven, het zal geweldig zijn."' Ze sprak tegen hem met vlakke stem, een stem die als een stuk leisteen over de golfdalen van het plezier scheerde en alleen de toppen raakte van gebeurtenissen die ze wilde betreuren.

'Dus wij erheen. Vertrouw nooit, nooit en te nimmer zo'n gemene leugenachtige klote-Ier.' Ze waren de enigen op het terras, waar glazen tafels en ijzeren stoelen hen als een bos omringden. Het terras lag achter het restaurant en grensde aan een brede steeg. Hij moest de bar in om de aandacht van een ober te trekken. Er hing een vage afvalstank, wat hem deed vermoeden dat er achter de krakkemikkige schutting een composthoop schuilging. Aan de overkant van de steeg een leeg laadplatform tegen de achterkant van een gebouw. Het licht boven zijn hoofd deed aan slap hangend canvas denken. Haar nagels en de opstaande aderen op de rug van haar handen getuigden van het kleurloze licht. Ze dronk van haar wijn. Hij dronk uit zijn eigen glas. Het leek wel warm water.

'De wind blaast precies zo door het riet als door het prairiegras. Net als bij ons thuis, op de prairie in Saskatchewan, waar we vandaan komen. Die pure pestprairie, die maar een klein beetje omgewoeld is, maar een klein beetje geruïneerd door ploegen en wegen en tarwe en machines, net zoals ik maar een klein beetje geruïneerd was, voordat ik met jou in zee ging en later met die smerige rot-Ier.'

'Ho, ho,' zei hij, 'laat mij erbuiten.' Ze mocht op de Ier schelden zo veel ze wilde, ze mocht het over de enorme ruzie hebben en hoe de Ier haar na drie dagen met haar gezicht in de modder had achtergelaten, als ze hem er maar buiten liet. Zijn fout was nalatigheid geweest.

De verlichte ramen van het gebouw aan de overkant van de steeg waren in zwarte roosters gevat; de halve cirkel van zijn ring ving het licht, zoals een oog onder een geloken ooglid het licht vangt. Zijn ex-vrouw zakte onderuit in haar stoel en strekte haar benen; scheenbenen als welgevormde metalen staven.

'Je kunt je niet voorstellen hoe het voelt om met je gezicht in stinkend, verstikkend mos gedrukt te worden, helemaal tot in de stinkende modder. Ik dacht dat ik doodging, ik kon niet meer ademhalen. Hij had een enorme kracht. Hij probeerde me te vermoorden. Me te laten stikken in het mos.'

Het laadplatform verzonk in schaduw. Er schuifelde een oude zwerver langs, op breekbare benen, met één hand aan het platform. Er bleef een prop papier aan zijn linkervoet hangen, wat een slepend geluid maakte. De aansteker klikte, zijn ex-vrouw stak nog een sigaret op en blies dubbele rookwolken uit haar fijn gevormde neus. Ze dronk haar glas leeg.

'De enige reden dat hij ophield, was dat het vliegtuigje van de brandwacht overvloog. Pal boven ons. Ik kon de motor in mijn botten voelen. Zo laag vloog hij. De piloot moet ons gezien hebben, want hij draaide en kwam terug. Op dat moment nam de Ier de benen. Ik kon hem door het bos horen stormen, ik hoorde de motor van de jeep aanslaan. En ik was blij dat hij me alleen in de wildernis had achtergelaten. Kunnen we nog wat wijn krijgen?' Hij stond op, liep de verlichte bar binnen. Toen hij terugkwam, struikelend over donkere stoelpoten, waardoor de wijn over de rand van de glazen klotste, wees ze naar het laadplatform. De oude zwerver – met zijn onophoudelijke slijmhoest – strompelde weer weg.

'Hij heeft in het afval zitten rommelen', zei ze. 'Ik wou dat ze die dronkelappen en zwervers van de straat haalden en ze in het moeras dumpten. Is het daklozenprobleem meteen opgelost. In plaats van dat gezeur over opvangcentra.' Haar wijnglas tinkelde tegen haar tanden. 'Kun je je voorstellen dat de kracht waarmee hij me omlaagdrukte zo groot was dat, toen ik opstond, de vorm van mijn gezicht in het mos gedrukt stond? Mijn hele profiel stond erin. En dat stroomde langzaam vol water.'

'Laten we naar binnen gaan. Wat te eten bestellen. Ik neem de Yucatán limoensoep.'

'Eerst moet ik het menu zien. Ik wil nooit twee keer hetzelfde.'

57 Het vliegtuigspoor door de voorruit

Beste Kevin Witkin, VAN HARTE GEFELICITEERD! Je hebt een fantastische, geheel verzorgde reis naar HOUSTON, TEXAS gewonnen. GEHEEL GRATIS! Jazeker, geheel gratis, als je binnen 72 uur (drie dagen) Blood's Texas Travel Productions belt: (990) 311-1131! Niet uitstellen, Kevin Witkin. Beleef het mee in Texas! BEL ONS NU METEEN!

Mr. Kevin Witkin
Woodcroft
Trailer Park Rd.
Cream Hill, VT 05099

Het was niet alleen de scheiding, de scheiding droeg enkel bij aan de puinhoop van zijn verklote leven, alles, de borden wassende pseudokunstenaars en schuldeisers aan de telefoon. Misschien moest hij de telefoon laten afsluiten. Als hij een ander heenkomen had gehad, was hij daarheen gegaan. Dat klotebuitenhuis. Zijn vader had er iedere dollar ingestoken die hij verdiend had. Hij had het niet in aandelen belegd of zo, oh nee. Nu zaten ze muurvast. Hij ijsbeerde. Hij liep heen en weer. Hij smeet de vuile pannen op de vloer en trapte tegen de deur van het aanrechtkastje. Niemand zou het kopen. Als je dat maar weet, schreeuwde hij.

Hij ging regelmatig een eind rennen. Wist niet wat hij doen

moest. Toen hij ophield voor Bobby te werken, ging de geldkraan dicht. Toen de geldkraan dichtging, ging ook de cokekraan dicht. Geen geld, geen druggies. Alles was pleite. Alles behalve dit klotebuitenhuis. Daar zat hij dan. Hij wist niet wat hij doen moest. Waarom was hij hierheen gekomen? Hij haatte het buitenhuis. En het gesnerp van motorfietsbanden in het stof beneden in het caravanpark. Wagens met kapotte knaldempers. Die klotecaravankerk met dat blikken torentje. Van 's ochtends vroeg tot 's avonds laat een serenade van carillontapes via de speakers. Hij werd gek van die herrie. Eens kijken, laat ik eens tellen welke soorten herrie me ergeren.

Om te beginnen, binnen. De ijskastherrie. Alsof er een vliegtuig opstijgt in de keuken, en dat vijftig keer per dag. De radio. De televisie. Muziek, de bandjes en platen. Die verdomde video. Het elektrische scheerapparaat. Het bulderende gegorgel van het toilet. Het water uit de kranen. De pomp. De pomp was echt erg. De vriezer. De ventilator. Het misselijk makende gezoem en tjilpende alarm van de computer. De klok naast het bed. Tik. Tik. De automatische energiespaarknop om vijf uur 's ochtends. De vliegen die tegen het plafond vlogen. De vogels die zich tegen hun spiegelbeeld in het raam te pletter vlogen. De wind. Nee, de wind was buitenherrie. Muizen in de muren. Dat klonk als een stadje in het Midden-Westen. Muis-in-de-Muur, Montana. Oké, dat was het, wat binnen betrof.

Nu de grote problemen. Buiten. Het caravanpark. De kakofonische symfonie van slaande deuren. Schreeuwende vrouwen, huilende en blèrende kinderen. Schietoefeningen op zaterdagmiddag. Allerlei soorten vrachtwagens, personenauto's, motorfietsen, skimotoren, driewielers en terreinwagens. Vijftig, honderd blaffende honden. Mannen die lachten, om alles wat ze verdomme maar bedenken konden. Het carillon. Radio's. En op de weg onder het caravanpark de wagen van de postbode, de man van de PTT. Vrachtwagens met houtblokken, met olie, met benzine, met boomstammen, met melk. Koeriersdienst, de sheriff, dikke Buddy Nipple die naar de oefenwedstrijden voor jachthonden ging met een pickup-truck vol jankende deelnemers. Het verkeer.

Buddy Nipple die zich over de toonbank buigt en het geld voor het bier aanneemt. 'Yep! Yip! Ja, ja! Yep! Oké! Zeker! Reken maar! Je bent een beste vent! Tasje? Oké! Reken maar!'

De vliegtuigen boven zijn hoofd. Duizenden, iedere dag. Straalvliegtuigen, gevechtsvliegtuigen, nieuwe piloten die wiebelend overvlogen, vrachtvliegtuigen die op het honderdvijftig kilometer noordelijker gelegen Montreal aanvlogen. En de helikopters. Politie op zoek naar marihuanaveldjes. Jachtopzieners op zoek naar stropers. Brandwacht op zoek naar rook en vuur. Christus! Yep! Yep! Reken maar!

En de vogels. De vogels, niet te vergeten, zei hij bij zichzelf. Het onophoudelijke, luide gesnerp en getjotter van vogels. Het kwetterende klapwieken boven zijn hoofd. De krekels, de cicades, de cicades met hun verschrikkelijke gezoem. De kreet van de kwak. In maart het gekrijs van katten. Het gesnater van trekkende ganzen in zijn luchtcorridor. Het geluid van de luchtstroom door de bladeren, de vallende bladeren die tegen zijn adem op botsten als zware windvingers die oorverdovend hard op tafel trommelden... Wat is daaaaat? Oh jaaaaa? Yep! Yep!

Los van die ergerlijke geluiden, waardoor hij zich nergens op kon concentreren, echt nergens op, had je nog de wind. De wind hierboven ging nooit liggen, het huis trilde ervan. En de regen, de regen tegen de ramen, op het dak. En hagel en sneeuw en onweer. En 's nachts het gejank van katten en coyotes.

Hij was kapot. Hij wist tamelijk zeker dat hij kapot was. Reken maar! Vuil stapelde zich rond hem op. Yep! Hij liep over een half weggespoelde weg die nergens heen leidde, hij rook vuil, vond een rottend varkenskarkas. De ogen waren door kraaien uitgepikt. De huid tot rauhfaser gepikt. Een laag rossige haarplukjes op de grond. De kraaien waren in de zinkbuis geweest. Hij kon de ribbenkast erin zien zitten, stevig in het geribbelde metaal gepropt. De darmen waren er door een of ander beest uitgetrokken. 'k Wil de weg op! De bumperstickers lezen! Yep! Zeker weten! Een havik gaf een schreeuw.

Hij trok een bierblikje open, ging voor de tv zitten. Het scherm was blauw. Er verschenen paarshuidige, bepoederde jongemannen, gezeten op stoelen. Met een gouden kruis om hun nek. Voor hen zat een gekke, maar berekenende man op een houten troon. Hij droeg een leren jack en las hardop een artikel voor over mieren. Om de paar minuten legde hij het tijdschrift neer, klakte met zijn tong en zei dat mieren precies zo waren als sommige kerkeleden die hij kende: altijd hun eigen voortuintje aan het aanharken. Yep! Kevin maakte alle blikjes bier open en zette ze op een rij voor zich. Hoe lang was hij al hier? Zes weken? Zes jaar? Hij was kapot. Yep! Yip! Hij schakelde over naar de pornozender en keek naar gesimuleerde geslachtsgemeenschap, keek hoe een blonde hoer met een tong als een stier – groot, slap en blauw – een man aflebberde. Of iets wat op een man leek.

Hij reed naar de winkel om bier te kopen. Buddy boog zich over de toonbank om het geld aan te nemen. Zijn opgezwollen hand gleed over de toonbank. Onderarm zo dik als een dijbeen. Voorhuid als een bananeschil. Zwarte tanden. 'Yep! Yip! Ja, ja! Yep! Oké! Zeker! Reken maar! Je bent een beste vent! Tasje? Oké! Reken maar!'

Op de terugweg nam hij de verkeerde afslag, met als gevolg dat hij door de kuilen en gaten van het caravanpark hobbelde. Niet in staat om de uitgang te vinden, reed hij de modderige paadjes op en neer. Hij sloeg linksaf, rechtsaf, passeerde uitgebrande caravans, rollen ijzerdraad, een waggelende man met haar als gebarsten beton en een nat gezeken broek. De bomen leken op buizen. De hemel was een röntgenfoto. In de wilgeroosjes een paars plastic paard op springveren. Een naald. Kristal. Rood water. De caravans stonden steeds dichter op elkaar. Boven zijn hoofd brulde een vliegtuig. Geelogige honden aan de ketting. In de deuropeningen vrouwen met een blikje bier, een sigaret of een baby. Ze keken naar hem. Hij gaf gas, de auto slipte in de vettige voren. Plotseling doemde de uitgang voor hem op, alsof hij uit de grond getrokken was, speciaal voor hem. Over bumpers gebogen mannen, wier bilspleet te zien was boven de olieachtige broek. Hun bierblikjes trilden door het overkomende vliegtuig.

Hij reed de heuvel op. Het vliegtuigspoor vulde de voorruit.

De herrie was ondraaglijk. Hij rende het zomerhuis binnen om het geweer te pakken. Een zilverachtige capsule aan het begin van het braakspoor. Hij haalde de trekker over. En nog eens. En nog eens!

Reken maar! Reken maar!

58 Wat ik zie

Loyal, opgerold in iets, kijkend door gesloten oogleden. De verstijvende longen lopen vast, het hart verdrinkt.

Het schrift van de indiaan valt open. Het verbaast hem dat de bladzijden de grote, oplopende wei blijken te zijn. Met boven aan de wei wat zwarte krabbels van bomen, een muurtje. En dwars door de aanrollende duisternis heen ziet hij de wind langs de helling stromen, over het gras glijden, hij ziet de rode kafnaalden het zonlicht kammen, vlammende naalden, de dichtbegroeide aarde, de wortels, de rots.

Noten

1 Dust Bowl: erosiegebied in het Midden-Westen van de VS, ontstaan in de jaren '30

2 Dr. Pepper: soort limonade

3 Jeukpest of ziekte van Aujeszky, voor koeien dodelijke virusinfectie

4 AEC: Atomic Energy Commission, commissie voor Kernenergie

5 Guayabera: een in Zuid-Amerika los over de broek gedragen overhemd met korte mouwen

6 'Carnation melk, de beste van het land, zit in een klein rood blikje. Je hoeft niet aan tepels te trekken, geen hooi op te stapelen, je slaat gewoon een gat in het kreng.'

7 Custers Laatste Slag: de nederlaag van generaal Custer tegen de indianen, 25 juni 1876

8 Succotash: (oorspr. indiaans) gerecht van maïs en limabonen

9 Bouncing Betty: landmijn die zijn lading ter hoogte van de romp ontlaadt om optimale verwondingen te veroorzaken;

Punjistokken: scherp geslepen bamboestokken, soms met in gif gedoopte punten, die dwars door legerlaarzen heen kunnen prikken

10 'National Shoes Ring The Bell': bekende reclameslogan

11 Seminolen: indianenstam uit het Evergladesgebied in Florida

12 Paul Revere: held uit de Amerikaanse onafhankelijkheidsoorlog, sprong op zijn paard om het licht in de kerktoren te ontsteken toen de Engelse vijand naderde

13 Coyote: iemand die tegen betaling mensen illegaal over de Mexicaans-Amerikaanse grens zet

E. Annie Proulx bij Uitgeverij De Geus

Scheepsberichten

Wanneer de onhandige Quoyle weduwnaar wordt, trekt hij met zijn beide dochtertjes en zijn tante naar het onherbergzame Newfoundland, om op de plek waar zijn voorvaderen jarenlang woonden, met veel vallen en opstaan een nieuw leven op te bouwen.